新潮文庫

安楽病棟

帚木蓬生著

新潮社版

6742

安楽病棟＊目　次

安楽病棟

地蔵

柴木《しばき》つたと申します。数えで八十七、満では八十五歳になります。この齢《とし》になると、自分でも身体《からだ》をもて余して、どう始末して良いものやら、一日そればっかりを考えてしまいます。ええ、長生きは辛《つら》いものです。かといって、長生きしないように、こちらから手加減はできません。

お金は年金があります。それに爺《じい》さんが残してくれた貸家を持っていますので、子供たちに迷惑はかけません。貸家は五軒です。そのうち二軒しかはいっていません。いずれ道路拡張にかかるので、できればその二軒も出て行ってもらいたいのですが、家賃が一万八千円なので居坐《いすわ》っています。引越し先も見つけて、引越し費用や向こうの敷金も払ってやるというのに、動きません。道路拡張になった際に、補償金を貰《もら》う算段をしているのでしょう。

一万八千円の家賃だからといって、粗末な家では決してありません。六畳と四畳半に三畳の台所、便所と風呂《ふろ》もちゃんとついています。昔風の本間作りですから、広さは充分あります。

その二軒分の家賃を取りに行くのが、この頃では大儀になりました。翌月の分を月末に集金するのですが、貰ったかどうか忘れることが、ちょくちょくあります。それで店《たな》子《こ》のところに行って、家賃はどうでしたかの、貰っていないような気がするのですが、と訊《き》きます。向こうは通い帳を出してきて、ちゃんとおばあちゃんが判こを捺《お》していますよと言うのです。

ところがこの判こというものが、うまくやれば誰にでも作れるので、なかなか信用はできません。朱印が薄いのも、おそらく偽《にせ》印鑑の証拠でしょう。それで、あたしのほうは新しく判こを作り直して使うのですが、向こうもかつがつ判こを作っているようで、これには腹が立ちます。あたしも他人様《ひとさま》を疑いたくはないのですが、他に考えられませんので、ついつい何度も確かめに足を運ぶのです。

息子も嫁も、私たちが管理しましょうと言ってくれます。爺さんが田畑を売った金で三十年前に建てた貸家ですが、あたしが家賃を取りに行かなくていいのなら、もう家にいる必要もないと思うようになりました。嫁たちも、家賃二軒分の代金はそっくりあたしにやると言ってくれます。

あたしが使うお金といえば布地だけです。ええ、昔は羽織でも何でも縫いましたが、この頃はもっぱらゆかたです。縫い賃などいらないので、縫わせて下さいと、こちらから頭を下げて頼み込みます。息子たちやその嫁、孫やひ孫のゆかたは、もう何枚縫いましたやら。この頃ではたくさん余っているので要らないと言われます。お盆にしか着ないので、ひとり二枚も持っていれば充分らしいです。

針に糸が通りますかって？　眼鏡なしで通ります。縫っていると、何の心配もいらず、時が過ぎて行きます。朝五時に起きて夜八時に寝て、その真中で昼の食事をして、判で捺したように毎日が過ぎます。

この二十年は、お地蔵さんの帽子と前垂れを縫っています。家の近くの山越えの道筋に、たくさんのお地蔵さんがおられます。小さいのが五体、大きいのが八体、中くらいのが七体。全部で二十体の帽子と前垂れを、冬と夏の二回、縫っては取り替えさせてもらっています。以前は冬は赤、夏は白にしていました。もちろん最初は年がら年中赤でした。しかしカンカン照りの下で、地蔵さんがみんな赤い帽子に赤い前垂れをしていなさるのを見て、暑苦しそうで、ある年、白にしてみたのです。そうしたら、白を着た地蔵さんが涼し気になり、これは良いと思いました。ところが、白はどうしても汚れが目立ってきます。落葉の頃にはねずみ色にうす汚くなってしまうのです。洗濯してやればいいのですが、その間、裸にしておくのも可《か》哀相《わいそう》な気がして、ここ数年は、冬も夏も赤で通しています。赤というのは、汚れもはじき飛ばすくらい強か色です。

それに、冬は赤がよく似合います。雪がうっすらと積もった朝など、赤い帽子の上にも雪がのっていて、それはそれは美しいものです。地蔵さんの背中のほうには、緑の葉の中に赤い椿《つばき》が咲いていていて、手を合わせていると、ほれどうじゃ、きれいじゃろと、地蔵さんが鼻をもぞもぞ動かされます。

前垂れも帽子も、大中小と、寸法は頭のなかにはいっています。型紙などいりません。一年ごとに多少は小さ過ぎたり大き過ぎたりもしますが、そんなときは、半年間どうぞご辛抱願いますと謝ります。

この病院にはいると言うと、嫁と息子はびっくりして反対しました。追い出すつもりで家賃の集金ば取り上げたのではなか、と言うのです。あたしもそんなこつは分かっとります。しかし、何でも引き際《ぎわ》ちいうもんがあります。あと何年生きられるか分かりませんが、この病院なら、息子夫婦もかかさんを老人ホームに追いやったと陰口を叩《たた》かれずにすみます。それに、病気になったときも、病院の中ですけ、心配はいりません。大船に乗ったのと同じです――。

そんな風に言うと息子も折れました。嫁は傍らで泣いとりましたが。なんとも有難いこつです。ここにはあたしみたいな年寄りがいっぱいおるのですね。人数はどれくらい居るのですか。四十人？　そしたらお地蔵さんの数の倍です。

縫い物をしてもよかでしょうか。それだけがあたしの楽しみです。時々病院の外にも出られるとでしょう。

帽子と前垂れができたら、地蔵まいりしなけりゃなりません。あたしが死んだら、あそこにお地蔵さんをひとつ置かせてもらうことにしています。二十体のうちの一番小さな地蔵さんより、もう少し小さいお地蔵さんです。置く場所も決めていて、死んだらすぐに地ならしをして、コンクリートの土台を造って、その上に建ててもらうとです。

お地蔵さんをどこに頼んでいるか？　それは言えません。言わんでもよかでしょう。

息子も嫁も、知る必要はありません。もうお金は払い込んであります。

あたしが死んでしまったら、帽子も前垂れも縫う者がいなくなりますが、ここにおらせてもらっているうちに、できるだけ多く縫っておきましょう。

こんな呆《ぼ》けかけた老人でも預かっていただけるとですね。あたしも娘時代がありました。桑畑で桑の実を摘んだり、桑の葉を背負子《しょいこ》いっぱいに積んで帰って、蚕《かいこ》にやったり、きれいな着物を着て夏祭に行ったり。あれからもう六十年も七十年も経《た》つと思うと、胸の中が何かこうひやっとします。

お世話になります。どうぞお願いします。無理難題は申しません。ほんのしばらくの間で、じきにお迎えが来ると思うております。それまで、置いていただければよかとです。そして先生、これは大切なこつですが、お迎えが遅すぎるときには、先生がこれはと思うときに行かせて下さい。あたしが知らぬ間にです。決して恨みません。冗談じゃなく、本心で言いよるとです――。

息子と嫁は待合室におります。悲しむことじゃないと、先生からよく話してやって下さい。

八十二万

また来ました。もうどうにもこうにも生きていけんので、お世話になろうと思います。

整形外科の病院に長々と入院していたときは、万事が窮屈で、金輪際、病院にはやっかいにならんと思っとったとですが、そうも言ってはおられんようになってしまいました。

そりゃあ、自分の家が一番です。何から何まで自由がききますから。起きる時間も寝る時間も自由、好きな時に家の外にも出られます。

整形の入院のとき、はじめは二人部屋で、相棒は寝たきりの年寄りでした。話をするにも相手になりません。おまけに、おしめをしているのです。看護婦がおしめ替えをするときは部屋を出されますが、戻ってきてもまだ臭《にお》いが残っていてたまりません。その年寄りは食事も看護婦から食べさせてもらわないと、自分では箸《はし》も持てんとです。そんな奴《やつ》の横で食べていると、うまくもない病院の食事がよけいまずくなって、体力は落ちるばかりでした。

その男は、夜になるとぜいぜい妙な音をたてます。死にかけているのではないかと気になります。あまり音がひどいので、起きて看護婦詰所まで知らせに行ってやりました。看護婦は不機嫌な顔をして見に来ましたが、これはいつものことで、大丈夫、つまらない心配はせんでいい、あなたは自分のことだけ考えてしっかり眠りなさいと叱《しか》られました。

腹が立って、今度はどんなことがあっても知らんふりするぞ、朝になってあの男が冷たくなっていても知らんぞと思いました。

一週間ばかり経った頃でしたか。朝の巡回に来た看護婦が、隣のベッドを見てえらく慌《あわ》て、それからもうひとりの看護婦が来て、また四、五分して医者がやってきました。医者は胸に聴診器をあてたり、目に懐中電灯の光をあてたりしていましたが、「こりゃ、もう駄目だ」と言い、部屋を出て行きました。

看護婦二人はそれから、その死人をベッドごと部屋から出してどこかに運んでいきました。

しばらくして年増《としま》の看護婦が戻って来て、死んだ男の容態の変化に気づかなかったか、と訊くのです。知らん、とつっけんどんに答えてやりました。

それにしても、死人と隣合わせに寝とったなんて、ちょっと薄気味悪くなりました。

そうこうするうちに廊下が騒がしくなり、詰所の横の部屋に、死んだ老人の家族が何人も駆けつけて来ました。トイレに行くついでにその部屋をのぞくと、老人は口にマスクをつけられ、胸には心電図、ベッド脇《わき》には点滴の瓶もぶら下がっていました。もう死んでいるのに、家族の手前、看護婦たちが死に舞台をこさえてやったのでしょうな。

そのうち、死んだ老人はまた何もかも取りはずされて部屋を出て行き、家族もいなくなって、廊下は静かになりました。

病院はもうこりごりです。あんなところにおるものではありません。

どうして整形に入院せねばならなくなったかですか？　右手を折られたからです。バットで息子がこの腕を叩いて、骨が見えるくらい折れました。この額にも傷がありましょう。これも息子です。右腕を叩いたあと、頭までバットで打ちつけ、あたしゃ訳が分からなくなり、気がついたときは病院でした。

父親にバットで殴りかかったときの息子の目は、よう覚えています。本気でした。憎しみに燃え上がっとる目です。

あの息子と嫁は、あたしを親とも思っていません。むこうがそういう考えでいるので、あたしもずっとそのつもりでおります。

そもそもは、あたしが簞笥《たんす》の引出しに入れていた八十二万入りの封筒を嫁が盗《と》ったからです。嫁は身に覚えがなかち言いますが、あたしの部屋に掃除にはいるのは嫁だけです。

その日の朝も、嫁が台所にいたので、「いい加減で返してくれんか」と頼んだのです。するとヽ「人聞きの悪いこと言わんで下さい」とあたしを睨《にら》みつけました。あたしはこれじゃもうラチがあかんと思うて、台所の包丁ば手にして、嫁に白状させよう思ったとです。

嫁が悲鳴を上げたので、二階から息子が降りて来て、あたしに飛びかかろうとしたので、包丁を振り回しました。すると息子は玄関のところに行ってバットを取って来て、あたしの右腕に振り下ろしたとです。ボキッという音がして、右手がしびれ、そのあとまた頭をバットで叩かれました。孫娘が泣き叫ぶ声を聞いているうち、気が遠くなり、気がついたときは、整形外科の病院に入院していました。

入院中、息子も嫁も一度も見舞いに来ませんでした。あたしは自分の家がどうなっているのか心配でならんかったとです。

屋敷は全部で千二百坪あります。家も七年前に六千万で建てて、建坪は百坪です。息子夫婦には何ひとつ不自由なく暮らさせてきました。息子は自動車教習所に勤め、嫁は看護婦です。孫娘は高校一年で、昼はあたしひとりになります。嫁が作っておいてくれた昼飯を食べ、テレビをみたり、あたりを散歩したりします。以前は畑を耕していたのですが、大根を抜くとき腰を痛めてしまって、それ以後はもう鍬《くわ》も持ちません。庭の草取りもできません。あとからあとから生えてくるものは、この齢《とし》になると取りおおせません。

息子も嫁も一切畑仕事はしないので、もう荒れるがままです。時々除草剤は撒《ま》いているのでしょう。畑も、家の周囲も黄色くなっています。

新聞は字が小さくて、読めません。補聴器は四つも五つも買い替えましたが、どれも聴こえにくく、テレビといっても本当に眺めるだけです。面白くも何ともありません。

家内が生きていた頃、近所に老人会がありました。それもいつの間にかなくなりました。年寄りが消えてしまったわけでもなかですけ、公民館に行くだけの元気がある者がおらんごとなったとでしょう。

あれは去年の初めです。近くの内科病院が年寄り向けのデイケアとかを始めたというので、嫁が行ってみないかと勧めました。気は進みませんでしたが、バスの送迎があるらしいのです。うちの前に停めてもらった小さなバスに乗りました。中には、年寄りが十人乗っとりました。年寄りばかりです。幼稚園の迎えのバスのごつ、途中何ヵ所かに停まって、婆《ばあ》さんたちが家の者に連れられて乗り込んできました。嫁さんか娘さんが、バスに向かって手を振るのです。制服もなく、帽子もかぶらず、カバンも持っていませんが、幼稚園の子供と同じでした。

病院の二階にある年寄りのたまり場は、幼稚園の遊戯場そっくりです。保母さんのような若い娘が、指の体操や首の体操、塗り絵やらちぎり絵やらを教えるとです。

小学唱歌や、輪になってぐるぐる回る踊りも教えられましたが、じきに馬鹿馬鹿《ばかばか》しくなって、列の外で眺めていました。そうすると、若い娘が、そこのおじいちゃん、ここに来て、みんなに加わって、と何回も言うとです。

「わしのことを、爺《じい》さん爺さんと呼ぶな。板東という苗字《みようじ》がちゃんとある」

あたしが怒鳴りつけたので、若い娘はびっくりして、それからは声もかけません。

そのうち、あたしの横で踊りを見ていた婆さんの足元が濡《ぬ》れ出したので、何事かと見ると、小便でした。足も床も濡れまくっているのに、婆さんは知らぬ顔して、踊りを眺めているのです。誰かが、お漏らし、お漏らしと大声を出すと、看護婦がとんできて、便所の方に連れて行きました。

床の上の濡れた小便は、掃除婦が棒雑巾《ぼうぞうきん》でふき上げましたが、何とも気色悪くて、一刻も早く逃げ出したくなりました。

「もうこんなところにはおられん」と言って、部屋を出ようとすると、出口には鍵《かぎ》がかかっていました。引き手を力いっぱい回しても、びくともせんのです。

さては、俺たちは閉じ込められていたのだと知りました。幼稚園の遊び部屋だって鍵はかけません。これでは囚人です。年寄りたちを囚人に見たてて、子供だましの遊戯をさせているのです。

把手《とつて》を引いたり押したりしていると看護婦が来て、やめなさいと腕を摑《つか》まれました。

そこで、胸をひと突きしたのです。中年の看護婦はよろけて二、三歩下がり、そのまま尻《しり》もちをつきました。アワワワと真青な顔をしとります。もう一発足蹴《あしげ》にしてやろうと思いましたが、助けてと大声をあげたので、やめました。

それから、女が三人、男が二人、手助けに来て、「お爺さん、何するの」と訊《き》くのです。「俺は帰りたいだけ。鍵がかかっているので出られん」と言いました。すると男の職員がすぐに鍵を開け、「はい、出て行きなさい。二度と来ないように」と押し出したのです。

ああ、こげなところに二度と来るかと思いながら外に出ました。見かけだけはみんな楽しそうにしているが、中は囚人の収容所で、普通の人間がいる場所ではありません。デイケアはこりごりです。

整形の病院を退院して帰ってみると、家には誰もおらず、玄関の戸も閉まっていました。金も鍵も持っていなかったので、こりゃしまったと思いました。嫁は小さな病院のパート勤めをしていて、帰ってくるのは三時頃です。その病院は電車で三駅か四駅か離れていて、電車賃もなければ、病院の電話番号も知りません。

玄関の石段に腰かけて、思案しました。電話帳で病院の電話番号を調べ、十円は近くの店で借りるのもひと工夫だと思いました。しかし嫁に仕事を中断させて帰らせるのは酷な気もしました。自分が電車に乗って鍵をとりに行くのも難儀です。高校一年の孫娘が帰ってくるのが、やはり三時過ぎなので、その頃まで待っておこうと心決めしたとです。

玄関先に坐《すわ》っていると、通りがかりの人が妙な目つきで見ます。家の周囲は昔は田んぼばかりだったとですが、今では家がたてこんで、アパートやスーパー、せせこましい建て売り住宅がひしめいています。家の前を通るのも、顔を知らない人間ばかりです。

これは俺の家だ、自分の家の敷地内にじっとしていて何が悪い。――そんな気持で、じろじろ見る連中を睨み返していましたが、一時間もすると腰が痛くなり、これはいかんと玄関横の木戸から裏の方にまわって、縁側に行きました。縁側の雨戸も閉めきって、家の中を覗《のぞ》くこともできません。どこか一ヵ所くらい開けておればいいものをと、嫁が憎くなりました。

坐る場所もなく、軒下のたたきに、よっこらしょっと腰をおろしました。陽が当たっているので、いい按配《あんばい》に寒くはありません。

庭も畑も草がぼうぼうで、見るのも胸が痛み、それまで縁側に坐る気もおこらなかったとです。つつじの根元も草ばかりで、ひところ白い花を雪のようにつけてくれた株も、この数年は栄養分を雑草にとられて、春になっても申し訳程度の花数しかつけません。椿《つばき》だけは本来が山野物のためか、花の勢いは衰えません。しかしあの赤い花が、掃き清められた地面の上に落ちるのは、それはそれなりに潔《いさぎよ》い美しさを感じますが、雑草に紛れて散った赤椿というのはいけません。いかにも荒れた家という感じがします。畑も、あたしや家内が元気だった頃は、隅から隅まで耕して、キュウリやナス、ネギにニラ、白菜にキャベツ、ジャガイモに里芋、インゲンにトマト、ゴボウに大根、ウリに西瓜《すいか》と、作らないもののほうが少なかったとです。家内が死んだあとは、あたしひとりで耕しました。鍬《くわ》を入れたり、草をむしったりしていると、畦《あぜ》向こうに家内がいるような気がして、「おい」と声をかけたこともあります。しかし返事はなく、改めてひとり身だったことに気づくとです。家内はよう言うとりました。草を一本抜くたびに、大地の尊い空気ば吸うことができる――。抜いた所から、すっと良か空気が直接鼻にはいって、身体《からだ》が丈夫になると言うのです。なるほどそう思うと、草取りも苦になりませんでした。

畑はよか所です。家の中にじっとしているより、近所をぶらぶら歩き回るより、畑におるほうがどれほどかましです。畑に出れば、何か作れます。こっちがしてやっただけ、足を踏み入れ、汗のしずくを垂らし込んでやっただけ、畑の土は応《こた》えてくれます。秋に大豆を収穫して土地を肥えさせたあと、冬の寒い時にキャベツの苗を植えます。手の指ほどの長さしかない苗は、霜にもめげんでじっと土の中で根を伸ばし、初春の陽が射《さ》し始める頃にはどんどん太り出します。よくぞ、あの冬をもちこたえたなと感心させられます。

ところが、そうやってできた畑の作物も、息子と嫁と孫、あたしの四人家族では食いおおせません。毎日毎日キャベツ、白菜というわけにはいかないと嫁も息子も言います。孫娘に至っては、野菜の煮付けなど、金輪際手をつけません。バターやチーズのはいった洋風料理や、カシワの唐揚げが好物です。

きれません。それで、余ったものを隣近所に分けてやれと嫁に言うのですが、嫁はそれも嫌がります。おじいちゃんが自分で行って下さいと言うとです。あたしが自分で行くといっても、隣近所は昔と様変わりして勤め人ばかりで、つきあいなどありません。そんなところへ、ひょっこり年寄りが顔を出せるものでもありません。

　嫁に問いただすと、どうも畑で採れたナスもキュウリも形が悪くて、虫も食い、人様に上げるには気がひけると言うのです。そう思われてしまえば、身も蓋《ふた》もありません。こっちは金もかけていない隠居農業ですから、虫くらいはつきます。形も不細工のままです。肥料とて、家の生ゴミを入れ混んだやつで、金肥《きんぴ》は一切使っておりません。時々、石灰を撒いておくくらいです。

　嫁は、生ゴミをきちんと分けるのも却《かえ》って手間暇かかると不満たらたらでした。普通なら燃えるゴミと燃えないゴミを別にすればいいのに、畑の肥料のためには生ゴミを燃えるゴミからさらに分別しなければならず、面倒臭くてかなわないと言うのです。

　それでもう生ゴミ埋めはとり止《や》めました。手間をかければ、魚の骨も果物の皮も、残飯もみんな立派な肥料になって、土を肥やし、畑の作物を実らせるのに、ちり紙やビニールと一緒に燃やされるなんて、風呂《ふろ》を沸かすためでもなく、ただ灰にするだけというのは、考えるだけで身が細ります。

肥料をやらねば畑の土はやせてきます。かと言って金肥を買う気はしません。やせた土地になるキュウリは曲がり、キャベツも半巻きで貧弱です。見てくれの悪い野菜を嫁は気味悪がるし、近所にもおすそ分けはできません。ひび割れたトマトやら、虫食いの白菜を、自分だけでも食べようと思いますが、台所にあたしが立つわけにはいきません。茶碗《ちゃわん》や包丁にちょっとでも触ると、嫁は怒るとです。

誰からも食ってもらえない野菜が、畑でそのまま腐っていくのを眺めるほど、百姓にとって辛《つら》いものはありません。ひとつひとつの野菜が人間に見え、それが飢え死にしていくのを眺めているようなものです。どうせ飢え死にさせるなら、もう作るまいとあたしは思いました。

それ以来です。畑が雑草ぼうぼうになったのは。ひよこ草が生え、セイタカアワダチ草がはびこり、茅《かや》までが畑の隅に根を張り出しました。二年目になって、息子が除草剤を撒いたので、大きな雑草は立ち枯れましたが、黄色くなった畑というものは見るも無残です。あれは雑草の怨念《おんねん》でしょうな。背中を斬《き》られ、胸を突き刺されて死んでいく草の悲鳴が聞こえてくるようで、青々と雑草の繁《しげ》る畑を見るよりもよほど嫌でした。

縁側の石に腰掛け、黄色くなった畑を眺めていると、もう自分の人生も終わりかけたなという気分になります。子供の頃から一生懸命働かされ、兵隊にとられても何が何だか分からぬままに行軍ばかりして、シベリア抑留から帰ると、それこそ家内と二人で馬車馬のように働いて田畑を耕した挙句の果てが、がらんとした家と黄色くなった畑です。

あのときシベリアで死んだほうがましだったかもしれんと思います。

シベリアでは、みんながバタバタ死んでいきました。チチハルに居た頃は、部隊もまだしっかりしていて、気力も充実、零下四十度になってもへこたれませんでした。

先生は知らんでしょうが、あっちの寒さは並大抵のものじゃありません。防寒頭巾に防寒帽、防寒シャツにズボン下と防寒ズボン、防寒靴に靴下、脚絆《きゃはん》、防寒外套《がいとう》、それに防寒手袋をつけても、鼻や耳はちょっとした油断で凍傷になります。

辛いのは、その服装に小銃や軽機、弾薬、食糧を背負っての行軍、さらには駆け足です。汗と吐く息で、目と鼻のまわりはつららのように凍りつきます。かといって、じっと歩哨《ほしょう》に立っているのも地獄です。防寒靴の底から、寒さがじわっと足を伝って上がってくるので、いつも足踏みをしておらねばなりません。

戦闘は稀《まれ》でした。ソ連軍を刺激するなという命令で、じっと守備についているのが部隊の主な任務でした。それでも時々は匪賊《ひぞく》討伐や、八路軍との戦いに駆り出されました。匪賊と違って、八路軍は武器装備も戦術も優れていて、どの部隊も相当の被害を蒙《こうむ》りました。一番大きかった戦闘は、ある高地に布陣する敵を攻めたときです。野砲一個中隊が闇《やみ》に紛れて、七〇ミリ砲四門を敵陣地近くまで運び上げ、夜明けとともに一斉砲火を仕掛けました。砲撃停止の信号弾を確認して、あたしたちの歩兵一個大隊が敵陣になだれ込んだとです。塹壕《ざんごう》の中に生き残っている敵兵を皆殺しにする勢いで突撃したのですが、これが敵の罠《わな》でした。もぬけの殻の陣地に気づいてうろうろしていると、突然砲撃の音がし、周囲に土埃《つちぼこり》が上がり、味方の兵が倒れました。

敵は後方の台地に陣地を移して、そこから十字砲火を浴びせかけたのです。大隊長はたまらず後退を号令しました。味方の砲兵の掩護《えんご》もあって、ほうほうの態《てい》でどうにか元の陣地まで引き返しました。負傷者が多数出たのですが、あたしは五体満足、無性に喉《のど》が渇いて、水筒の水を飲もうとしたら、水筒は空。砲弾の破片が命中したのか、水筒に穴があいて、水は全部こぼれていたのです。ぞっとしました。

同年兵の水筒を借りて、ほんのひと口飲ませてもらい、先程まで自分たちの修羅場《しゅらば》だった高地に眼をやりました。高地の凹《へこ》みに兵がいるのが見えました。「小隊長殿だ」誰かが叫びました。確かに第三小隊の沢少尉でした。凹みにうずくまりながら、手を小さく振っています。足を負傷しているのか、移動できないようでした。もうそのとき敵は元の陣地まで前進してきており、急ごしらえの壕の中に避難している味方の将兵に向かい、砲撃を再開していました。沢少尉を救出するどころか、こちらの身が危ないのです。

五分か十分沈黙が続きました。むしろを
するとしと小柄な兵隊がひとり、その高地に向かって前進するのが見えました。むしろを胸に抱いて、縄束を肩に巻き、岩陰から岩陰へと、敵陣の死角をついて、沢少尉が立往生している凹地に近づいていくのです。沈着冷静、見事な匍匐《ほふく》前進でした。みんな手に汗を握って事態の成り行きを見守っていました。大隊長まで報告がいったのか、味方の重機関銃と後方の野砲が火を噴き出したのはその時です。兵隊を掩護するためのものです。敵もそれに気づき、砲撃の目標をその兵隊に変えました。兵隊の周囲にまた土埃が上がり始めました。

兵隊はそれでもひるまず、匍匐を続け、二十分ほどして沢少尉のいる凹地に辿《たど》りつきました。

そして少尉の傍らで傷の手当てをすませ、最後に小さく手を上げました。味方は掩護の砲撃をいよいよ強め、敵も盛んに撃ち返してきます。砲撃のなかを、兵隊はまた匍匐しながら下ってきたのです。あたしたちはみんな胸が熱くなりました。沢少尉の身体《からだ》をむしろで巻いて縄で結び、縄の断端《きれはし》を肩に掛けるようにして、兵隊はジリジリと戻ってくるのです。相当の重みでしょう、下り坂とはいいながら、往《い》きよりも時間は長くかかり、三十分くらいしてその兵隊は味方の壕に帰りつきました。

ああいう思いがけない状況で、重機関銃を移動するのに使うむしろと縄に思い至り、砲弾の下に飛び出して行った勇気は、並のものではありません。兵隊が吉富という名であることは、そのとき胸に刻みつけました。

沢少尉は戦傷で内地送還になり、吉富二等兵とは、シベリア抑留中もずっと一緒でした。部隊がそっくり、アムール河沿いにあるコムソモリスクに移動させられたのです。十数ヵ所の収容所に分散して入れられたときも、たまたま吉富二等兵と同じ収容所になりました。

あたしは収容所に着いてすぐ大腸炎にかかりました。その地域の病気らしく、雪を煮《しゃ》沸《ふつ》せずにそのまま水代わりに飲んだのが原因だったのです。血の混じった粘っこい便が一日何十回も出て、痩《や》せていた身体はますます骨と皮だけになっていきました。治療法は絶食しかないと軍医に言われ、吉富が傍についてくれました。脂身《あぶらみ》の浮いたスープと黒パンだけが食事でしたが、「いいか、これは貴様のためだからな」と言ってそれも吉富が食べてしまうのです。腹と背中がくっつくとはあのときのことです。何か食いたい気持だけが残り、意識はもうろう、熱にうかされた状態が一週間くらい続いたとき、下痢がなくなり、熱が下がりました。

軍医がもう食わせても良かろうと許可を出し、吉富二等兵が黒パンをスープに浸して、少しずつ口に入れてくれたのです。助かったと思いました。

回復にはそれから三週間くらいはかかりましたが、吉富二等兵が作業の合間をみては、身のまわりの世話をしてくれました。垂れ流した便と尿の始末、下着の洗濯、湯を沸かしての身体の清拭《せいしき》など、母親が子供にしてやるような親身の世話でした。

かといって吉富二等兵自身、体力があるわけでもなかったのです。病人でなくても、収容所では、全員が大なり小なり栄養失調でした。時々、体格の等級を決める検査があり、ソ連の軍医が、日本兵捕虜を裸にして決めていくのです。ペルウィは一級、フタロイは二級、トレチイが三級、ＯＫと呼ばれるオズドラブレンナヤ・コマンダが四級です。三、四級ともなると、痩せてしまって、後ろからでも尻《しり》の穴が見えます。そうした連中は営内作業班に回されました。

作業は伐採、道路工事、住宅の建設、貨車の積荷の上げ下ろしなど四、五種類ありましたが、一番多いのは何といっても伐採です。五人がひと組になって森の中に散り、ノルマを果たすのです。向こうとこちらの両方から交互にひく大鋸《おおのこ》を使いました。ロシア兵が傍で見張っているわけでもないので、ひとりは食糧探しです。きのこや蛙《かえる》やトカゲ、食えるものなら何でも捕えました。毒きのこかどうかは、収容所の中にいた開拓団上がりの兵隊から、実地訓練で教わりました。蛇がつかまえられれば、それこそ大御馳走《ちそう》です。

日頃の食事ときたら、黒パン三百グラムに碗一杯のスープだけです。スープの中味は毎回決まっていて、ジャガイモに玉葱《たまねぎ》、親指ほどの羊の肉が一片だけ、いつも腹をすかしていました。作業をすれば腹はよけい減ります。配給以外の物を食べない限り、衰弱していくばかりです。

きのこでも蛙でも、たいてい塩汁です。隠し持った小鍋《こなべ》に雪を入れて溶かし、これも隠し持った塩で味つけをします。塩がなくては、どんなうまそうな物でも喉を通りません。蛇の皮をむいてぶつ切りにし、木串《きぐし》に刺して焼くときも、少々塩をまぶすと口にはいります。

塩は本当に貴重品でした。左官や大工としてロシア将官の家で使役をさせられることがちょくちょくありました。作業が終わると、家の主は給金をくれる代わりに、たっぷりの食事をさせてくれました。家族と同じ食事を出すのです。帰りがけに、塩をほんの少しだけ恵んで下さいと言うと、主婦でも使用人でも嫌な顔をせず、紙袋に入れて持たせてくれるのです。

火を起こすのもひと苦労でした。これも開拓団上がりの兵隊の伝授です。二枚の板の間に、防寒服の綿をこよりのようにして挟み込み、力一杯、板をこするのです。そうすると零下十度でも二十度でも、綿に小さな火がつきます。今度は、白樺《しらかば》の皮をはぎとって、それに綿の火を近づけると、いっぺんにボーッと燃え出します。白樺の皮というのは油のかたまりと思ってもよいくらいです。

防寒服の綿は、そうやって少しずつお互いが順番で抜いていくので、最後には中の綿がなくなって、布だけの防寒着になります。何かこう、自分の羽根を抜いて布を織った鶴《つる》に似ていました。

火といえば、穴を掘るときも火を使いました。小屋を建てる際、柱は穴の中に立てますが、土が凍っているので、ツルハシもはじき飛ばされます。穴掘りの場所を決めたら、前の晩からそこでずっと焚《た》き火をしておくのです。当番を決めて、二、三ヵ所で火を燃やし、寝ずの番をします。翌朝になると、土が柔らかくなっていて、穴掘りも楽になります。もちろん、火当番の者は作業免除です。

二十一年の夏でしたか、駅の構内作業をしていたときでした。引込み線に五、六輛《りよう》編成の貨車がはいってきて停車しました。周囲を、ロシアの警備兵が自動小銃を肩に吊《つ》るして巡回していました。貨車のドアは開いていて、中は丸見えです。そこには下着一枚になった女たちだけが詰め込まれていました。作業班のひとりがひとことふたこと声をかけて、女たちがドイツ人だと判《わか》りましたが、いったいあれは何だったか。小学生か中学生くらいの少女も混じっていたとです。

いよいよ帰国になったのは四年後です。アムール河沿いの道をトラックに乗せられ、ハバロフスク目ざして移動しました。その途中です。吉富二等兵が事故死したのは。ロシア兵が酒をしこたま飲んで運転していたため、トラックが横転、乗っていた兵隊たちが何人も大怪我《けが》をして、たったひとりだけが即死で、それが吉富二等兵でした。ハバロフスクに着いてから、みんなで墓を掘り、洗った軍服に着替えさせて、吉富二等兵を埋葬しました。どうしてよりによって彼が死ななければならなかったのかと、涙が出て仕方ありませんでした。

その頃を思い出して泣いているのに気がついたのは、あたりが薄暗くなってからです。息子夫婦は、もしかしたらこの家を出て行ったのかもしれないと思いました。あたしが整形外科に入院している間に、何から何まで段取りをつけて、親子三人で逃げ出したのです。病院に一回も見舞いに来なかったのもそのためでしょう。

しかし鍵《かぎ》くらいは渡しておいてくれてもよさそうなものだと、腹立ち以上に情なくなりました。まさか、夜までもこの縁側で過ごせません。

もしかしたら、郵便受に鍵を入れてあるかもしれないと思い、玄関に出てみました。郵便受には、花屋の宣伝の葉書以外、何もありません。郵便物もたまっていないので、家出したのは今朝なのでしょう。心底、弱ったなと思案にくれました。まさか、また病院に戻って入院させてくれとは頼めません。それとも、ここで寝て風邪をひき、熱が上がれば、入院させてくれるかなと考えていました。

「板東さん」

と後ろから呼ばれました。向かいの家の嫁さんでした。

「これを預かっています。息子さんからです」

五十歳過ぎで、しっかり者の嫁さんはあたしの顔を見据えて言いました。鍵は真鍮《しんちゅう》でできた元鍵で、鎖もつけてない裸のままです。

「息子たちは、どこかに行きましたかの」

「行きなさったようですよ」

はっきりした返事が返ってきました。あたしには同情しないというような、強い顔つきでした。

「行き先は？」

「さあ、それは聞いていません」

向かいの家の嫁さんは首を振ると、確かに渡しましたからとでも言うように、あたしの手の中に黄色っぽい鍵を握らせ、背を向けました。

鍵を開けて中にはいりました。

家の中は、前より広い感じがしました。もともとが広い家なのです。一階には台所、風呂場《ふろば》、便所、六畳のあたしの部屋の他、十畳の居間、二十畳の客間があり、二階も息子夫婦用に四部屋と便所がとってあったのです。

玄関の傘立てがなくなって、あたしの黒傘だけが隅の方に立て掛けられていました。傘立ては有田焼で、嫁の同僚たちが新築祝いとかでくれとったものです。

下駄箱《げたばこ》を開けてみました。そこも一切合財がなく、残っているのはあたしの下駄、草履、長靴、古びた革靴だけです。嫁や孫娘の靴ではちきれんばかりになっていたのが、今はがらんどうです。

玄関マットもスリッパ立ても、スリッパもありません。玄関マットは息子が会社の友達からやはり新築祝いで贈られ、スリッパとスリッパ立ては、嫁がボーナスで買ったものでした。

あたしは身体から力が抜けていきました。そうか、そういうことだったかと、思いました。

案の定、台所には大型冷蔵庫がありません。あたしが息子夫婦に買ってやった食器洗いはあります。あたしの金で買った水屋もそのままでしたが、中味の食器類は、ほとんどなくなっていました。あたしは食器など自分で揃《そろ》えませんから、全部といっていいほど、息子夫婦が買った物です。しかし、すべて持って行ってしまうと可哀相《かわいそう》と思ったのか、それとも年寄りの茶碗《ちゃわん》など汚いからか、あたしが日頃使っている飯茶碗や箸《はし》、湯呑《ゆのみ》などはそのままになっていました。

風呂場の脱衣場にあった洗濯機も消えていました。あたしが散歩の途中で見つけて買った大安売りの籐《とう》の脱衣籠《かご》はありました。タオルやバスタオルも、あたしの分だけは残されています。

食堂の椅子《いす》に坐《すわ》り、しばらくじっとしていました。テーブルも、椅子も、近くの家具屋で大安売りをやっていたとき、あたしが買った物です。それもちゃんと置いて行っています。息子夫婦が同居する際に持って来た小さな飯台は、捨てずに物置小屋に入れていたので、たぶんそれは持ち出していったろうなと、ぼんやりした頭の中で考えました。

水道の蛇口から水を飲んだあと、階段を上がってみました。息子夫婦の部屋と孫娘の部屋も思った通りで、自分たちで買った布団《ふとん》やベッドは、きれいに持ち去られていました。カーテンのない窓から、造成中の山が見えていました。孫娘の部屋にある机は、あたしが中学入学の祝いに買ってやり、高校生になっても使っていましたが、それは置いていっています。引越し先で孫娘はどうやって勉強するつもりなのだろうか、買い与えてやったのだから、孫娘のものになっているのに、持っていかなかったのは孫娘の意志なのだろうか、それとも嫁の考えなのだろうかと、しばらく考えました。

はっと気がついて一階に降りてみました。簞笥《たんす》の引出しには、預金通帳や証書の類を入れていました。調べると、ちゃんともとの場所におさまっていました。

ひとりで暮らしていこうと思いました。

金もある、家もある。食っていけないはずはありません。

シベリア抑留から帰ってきて、父親の下で百姓をやり出したときのことを考えればいいとです。あの頃は、着る物もなかった。家は藁《わら》屋根で、電化製品もなかった。食い物も、味噌《みそ》から醤油《しょうゆ》まで自分たちで作らねばならなかった。今は金さえあれば何とでもなります。

冷蔵庫は買わないことにしました。どうせひとりですから、毎日、その日いるものを十分ばかり離れたスーパーに買いに行きます。行き帰り二十分歩くのが運動になります。洗濯機だけは買いました。三万円の全自動です。掃除機もいりません。箒《ほうき》でたまに掃除します。風呂も、掃除が大変なので、水曜と土曜しか沸かしません。

ひとりでやっておれば、息子夫婦からそのうち何か連絡があるかと思っていました。しかし二ヵ月過ぎても音沙汰《おとさた》がありません。隣町に住む長女に訊《き》いても、知らないと言います。

三ヵ月して大阪に住む次男に電話をし、帰って来る気はないか尋ねました。三十歳の頃に離婚して、ずっと独身で通しているからです。仕事があるから田舎には帰れないという返事でした。

正月が過ぎた頃、風邪をひきました。前の日から寒気がしていたのですが、朝、頭が割れるように痛いのです。熱もあるような気がしましたが、体温計がどこにあるのか分かりません。体温計は自分で買ってはいないので、多分、嫁が持って行ったでしょうが、確かめる気力もないまま、困ったなと思いました。

前の日に買って余っていた牛乳を飲んで、午前中は寝ていました。しかし、頭痛と咳《せき》はよくならず、いくら布団と毛布を重ねても、寒気はするばかりです。このままだと死ぬかもしれないと思いました。

一時頃になって、ありったけの力をふりしぼって起きました。寝巻を着替えて、歩いて十五分のところにある内科に行ったのです。デイケアのある内科とは違う、別の内科です。

途中の道筋も、倒れそうなのを我慢して歩きました。

シベリアでの雪の行軍も死ぬかと思いましたが、このときも、途中で倒れるかもしれないと覚悟しました。周囲の景色も何も眼にはいりません。足元の五、六メートル先だけを見つめて、一歩一歩、道を踏みしめます。

途中、誰からか声をかけられましたが、声を出すのも、立ち止まるのも苦しくて、睨《にら》みつけてやりました。一秒でも早く、病院に着きたかったとです。

やっとの思いで病院に着き、受付で名前を書くと、空いていた長椅子にそのまま横になりました。頭が割れるように痛いのですが、もう少しの辛抱だから頑張れと、自分に言いきかせました。野戦病院に辿《たど》りついたのと同じで、もう慌《あわ》てることはないのです。

それでも、横になりながらウンウン唸《うな》っていたのでしょう。すぐ横の長椅子で待っていた女性が、通りがかりの看護婦を呼び止めたようでした。

「このお爺《じい》ちゃん、本当に苦しそうです」

そんな声が耳に届きました。あたしは、いや大丈夫、このくらいは我慢できると思いました。雪中行軍や、飢えのなかでの辛《つら》い作業に比べれば、たいしたことはありません。

看護婦は額に手を当て、すぐに奥にひっこみました。一分もしないうちに、今度は看護婦に身体《からだ》を支えられ、診療室にはいりました。担当医は代診の医者で、看護婦から体温や血圧の値を聞いたあと、胸や背中、腹に聴診器をあてました。

「板東さん、肺炎をおこしかけています。すぐに胸のレントゲンを撮りますが、入院しないといけないと思いますよ」

耳元に口を寄せて医者が言いました。

「ありがとう。ありがとう」

涙が目尻《めじり》からこぼれてきました。老いぼれに、こんなにまで親切にしてくれるのが嬉《うれ》しかったのです。あたしは、うんうんと頷《うなず》きながら目を閉じて、じっとしていました。そのとき思ったのは、自分はまだまだ生きたいのだろうかということです。そんな気持ではなかったような気がします。死にたくなかっただけというのが正直な気持です。生きたいのと、死にたくないのは、同じようでいて違っとります。若ければ生きたいと思うし、年取ってしまうと、「死にたくない」だけになるのかもしれません。

内科の入院は四週間ですみました。一度も見舞い客がないので、看護婦は不思議がりました。

下着などの洗濯物も全部、病院の業者出しにしました。

退院の前日、タクシーで銀行まで出かけて行き、お金をおろしました。命まで救ってもらいながら、老人医療で入院費は安く、これなら、家で暮らすのと大して変わりないと思ったものです。申し訳ないことです。

退院のとき、婦長さんや薬剤師、事務の人、主治医が、玄関まで出て見送ってくれたとき、涙が出ました。何度も頭を下げて、タクシーに乗り込みました。

あたしが不在だった一ヵ月の間に、息子か嫁が家に来たかもしれんと思ったのですが、家の外も、内も、全く手つかずのままでした。草はぼうぼうに生い繁《しげ》り、垣根のベニカナメも伸び放題、畑の草は人の腰くらいまでに高くなっていました。

郵便物は溢《あふ》れていましたが、実のある手紙はひとつとしてありません。新聞が一週間分玄関先に置いてあったのは、あたしが取次店に電話してとめてもらっていたからです。戸口を開けて中にはいると、澱《よど》んだ空気が恨みがましくとりついてくる感じがしました。

一ヵ所だけカーテンの閉め忘れがあったのは、熱のためにどうにも気が回らなくなっていたのでしょう。

雨戸とガラス戸を開いて、空気を入れる間、じっと縁側の椅子に坐っていました。まずその日の夕食を何にするか、ぼんやり考えるのです。お昼は、腹の具合からして、食べなくてもよさそうでした。

夕食を作るためには、また家を出て、スーパーまで行かねばなりません。病院ではトイレに行くか食堂に集まるときに歩いたくらいで、歩くのさえひと仕事の身体になっていました。草が生えないようにするには、セメントで固めるか、砂利を敷くか、どちらが金がかからないだろうかと、ぼんやり頭のなかで考えをひねくりまわしていました。

そのうち、雑草を取るのも、コンクリートの庭にするのも、砂利庭にするのも面倒臭く思えてきました。このまま雑草が背の高さまで伸びるのもええ、という気がしてきたのです。

途中で眠っていたのでしょうか、気がつくと、置時計がもう四時をさしていました。トイレに立って、水道の蛇口を開いて水を飲み、玄関から出ました。財布だけはちゃんと手に持って、一歩一歩足を踏み出しました。

案の定、一分間も続けて歩いたことはなかったので、最初の曲がり角の手前まで来ると息が上がり、しばらく立ったままで休みました。そうやって途中で二回休憩してやっとスーパーに着いたとです。

牛乳とキンピラゴボウのパックと、鯖《さば》の煮付けのパックをかごに入れ、レジの方に向かったとき、これからごはんを炊《た》くのが大仕事のような気がしてまた戻り、温《ぬく》もりの残った一食分の御飯のパックを探し出しました。

六人用のテーブルにひとり坐って、夕食をとります。家もあり、着るものもあり、食べるものにも不自由しない。気兼ねをする他人もいません。

五十年前が思い出されました。雨と雪を防ぐだけのバラックは、隙間風《すきまかぜ》がどこからかはいってきて、いつも寒さを気にしなければなりません。寒さはどこに行っても、見えない膜のように皮膚の外側に張りついていました。着るものは支給品で、綿入れの上着に替えはありません。誰かが盗んでいけば、それまでです。病死した兵の着ている物は、たちどころに横流しされていきました。配給の食べ物は、やっと生きていけるだけのスープと黒パンだけ。労働に駆り出される分、体力を使い果たすので、自分たちで手に入れなければなりません。野苺《のいちご》や木の芽、トカゲや蛇。——食べる工夫をやめたとき、死が確実に襲ってくるのです。あれだけ若かったのに、死はいつも壁ひとつ向こうに待っていました。前の晩まで口を聞き、故郷の春について語ってくれた同年兵が、翌朝になると、もう死神の手にかかっていました。寝ている間に死神が部屋の中にはいってきて、物色していたのです。壁ひとつどころか、肩が触れあうくらいに傍まで忍び寄っていたとです。

あれから五十年、衣食住の心配は本当にどこかに去ってしまいました。死神の姿も、肺炎で苦しんだときでさえも見ませんでした。死ぬ気もしませんでした。病院までたどりつけば何とかなると思ったし、ベッドの上で点滴を受けている間も、死ぬなんて思わんかったとです。

ところが家に戻って毎日毎日同じ暮らしをしていると、こちらのほうから、死神が来てくれるのを待つようになりました。若いとき、あれほど毛嫌いした死神をです。眠っているとき、こちらが気づかないまま死神に魂をもっていかれれば、どんなにいいか。寝る前にいつも思うようになりました。

遺言を書こうともしました。

あの家は、本当を言えば、家内のために建ててやったものです。兵隊に取られる前に結婚し、兵隊に行って留守の間も苦労をかけ、帰って来てからも百姓仕事で苦労ばかりかけました。このあたりが開けて農地が宅地になるような時期が来て、やっと金回りが良くなり、地面に這《は》いつくばって朝から晩まで働かなくてもよくなりました。それでも家内は休むことをせず、こまネズミみたいに働きました。

そんな家内にひと息ついてもらおうと思って建てた家でしたが、家内が住んだのは半年くらいなものでした。何とかいう難しい名前の病気が出て、立つのが不自由になり、とうとう入院しました。そのあとは坂をころがるように悪くなりました。自分ではものが食べられなくなり、あたしは三度三度、食べさせに行きました。初めは自分の亭主だと判《わか》っていましたが、そのうち誰から食べさせてもらっているのか、定かでなくなりました。息子や嫁や孫の顔も見忘れてしまって、見舞い客も減り、たまに来てもそそくさと帰って行きました。

寝ついて、ものが飲み込めんようになるまで三年近くありました。鼻から胃までチューブを入れると、もうあたしが食事の手助けに行く必要もなくなって、一日三回の病院通いを、一日一回に減らしました。午前中か午後に行って、一時間ばかりベッドの脇《わき》に坐ってやるのみです。家内はチューブのはいった顔をじっと天井に向けているだけ。目玉も動きません。話しかけても、こちらに顔を向けません。手を握ってさすってやったり、足先を撫《な》でてやったりしました。おしめや寝巻替えはあたしにはできないので、看護婦のやるのを遠くから眺めるだけです。

そうやって一年ばかりは生きていましたか。最後はもう全身が石みたいに硬直し、誰彼の見分けもつかなくなり、ローソクが消えるように亡《な》くなりました。最後まで、痛いとか苦しいとかひとことも言いませんでした。家内のほうは苦しかったのかもしれません。痛みも、口に表わせないだけだったのかもしれません。しかしそれも含めて、家内らしかったと思うとです。

ほんとうに不憫《ふびん》な女でした。働きづめで、何が楽しくてあたしと一緒にいたのだろうかと、今になって思います。

位牌《いはい》を置いた仏壇をそのままにして家を出るのは気がかりですが、家内のことは胸に充分しまってあるので、分かってくれると思います。

先生、どうぞあたしをここの病院に置いてやって下さい。もう満の八十二歳ですから、どこか呆《ぼ》けているはずです。四、五日前に、病棟は見学させてもらいました。あたしよりは大分呆けている患者もいるようですな。部屋もきれいだし、ここなら何の心配もなくおられるような気がします。そして死神が迎えに来たときには、じたばた引き止めんで、すんなり渡してやって下さい。それがあたしの願いです。

腰

いつの間にか腰が曲がってしもうて、脇腹の下が常時痛むのです。この前は風邪をひきかけました。咳《せき》が出るたび、肋骨《ろっこつ》にひびいて痛いのなんのって。声をすぼめて、オホオホと咳をしなければなりません。するとと娘が怒るのです。咳くらい、エヘンエヘンと大きな声でしなさい。景気の悪い声を出すと、こちらまで胸くそが悪くなる、と言うのです。

この娘は小さいときから気が強い子でしたが、嫁いで子供ができず、それでも夫婦仲良く暮らしていて、安心しておりました。その亭主が定年前に胃癌《いがん》でぽっくり死んでから、社宅を出て実家に戻って来ました。もう十年にもなりますか。わたしは古い家でひとり暮らしをしていたもので、つれあいを亡くした者同士、母娘《おやこ》が食べていくにはよかろうと考えたのです。あの子の弟になる息子二人も、それが最上策だと賛成してくれました。息子たちは仕事の都合で大阪と熊本に住み、家もそっちに建てております。

しかしこの同居が災いしました。親子でもひとつ屋根の下に暮らすというのは、若い頃と年取ってからというのでは大違いです。若い頃は、娘は母親の言うなりになっておりました。今日この頃の風潮は変わってきておるのかもしれませんが、当時はそうでした。

ところが老人の母親と初老の娘ともなると、これは難しいものがあります。娘は娘の流儀を夫婦生活のなかで身につけて、しかも子供ができなかったので、誰彼にも遠慮せずに生きておったのでしょう。以前の気の強い性分が、二重三重に鎧《よろい》を着たように恐ろしいものになっておりました。もちろん娘は、姑《しゅうとめ》や舅《しゅうと》にも仕えておりません。実家に戻ってきて暮らし始めて、わたしが姑になったようなものです。

人様は自分の娘と一緒に住めて羨《うらや》ましいとおっしゃいますが、それは家の内の分からない方が言われること。娘ともなると、そりゃあもう、遠慮がなくなってズケズケものを言うのです。こちらにはそれに耐える力はございません。これが嫁であれば、のっけのはじめから、身体の周りに渋紙でも貼《は》りつけたようにして防ぎようがありましょうが、娘となると渋紙の貼りようがないのです。他人だという気構えがなくなるからでしょう。

家から出ると、あちこちで嫁の悪口は花盛りです。あそこの豆腐は不味《まず》いの、あそこのうどんは味が落ちたのと言うのと同じように、嫁の悪口なら、どこでも言えますし、遠慮もいりません。しかしどっこい娘の悪口となると、八百屋の店先に魚を置いたように、世間話に馴《な》じみません。みんな目を剝《む》くようにして、悪口を言うわたしのほうを眺めます。いきおい、口をつぐむしかありません。

息子二人にはたまに会ったとき、こっそり娘のことを話します。ところが息子たちも聞く耳はもっておりません。気の強いのでたまらんと言いますと、いや気の強いのは母親譲りだと、息子たちは笑うのです。勝気な似た者同士だから、ちょうどいい按配《あんばい》、お互いに遠慮せずに言いたいことを言いあって暮らすのが一番、なんて説教垂れます。息子たちにしてみれば、老いさらばえた母親を自分の家に引き取るはめになるよりは、長女に預けておくほうが一番良いに決まっています。波風立たぬよう、母親が文句を言っても丸くおさめようとするのが当然でしょう。なまじっか二人の間に仲裁にはいっても、火傷《やけど》をするのがせいぜいです。

また娘のほうも、弟たちの忠告を聞くような女ではございません。忠告を垂れようものなら、お前が面倒みれ、と高飛車に出るに決まっています。

八方塞《ふさ》がりとは、ほんにこのことです。またひとりになろうかとも考えますが、出戻りの娘を今さら追い出すわけにもいきません。

あの娘が嫁に行ったのは二十六のときで、それまでは家にいながら郵便局に臨時で勤めたり、呉服屋の店員をしたりしていました。器量も十人並みで、どこといって欠点もない娘でしたのに、どうしたわけか縁遠く、何回かの見合いも折り合いがつかず、本人も結婚は諦《あきら》め、わたしたちもこのまま家においてもいいと思っていたものです。そこへ乾物屋に勤める三十歳の男性が娘を気に入ったのか、近所の方を通して話があったのです。娘のほうには断る理由もなく、話はトントン拍子に進みました。隣町の借家に住み始めましたが、実家に帰るのは盆と正月だけで、わたしのほうから畑の作物などを持って、ひと月に一度は訪ねておりました。

二人に子供ができなかった理由は知りません。どちらの身体《からだ》が悪いのか、そもそも病院で検査を受けたかどうかも訊《き》きません。そのうち乾物屋が左前になってしまって、別の仕事のために、広島に引越していきました。

真面目《まじめ》一方の亭主でしたが、運のない人でした。広島での会社も何年かしてつぶれ、もう引越すのは嫌だと娘が言い、亭主はスーパーの店長や園芸店、弁当屋など、いろいろやったようです。わたしが娘に会うたび、亭主の仕事が変わっていました。

お前も働いたらどうかと言いましたら、それは主人からとめられていると娘は首を振りました。二人分の食い扶持《ぶち》くらい自分が稼ぎ出すので、お前には家にいてもらいたいというのが、亭主の口癖でした。娘はそれでもこっそりと内職はしていたようです。昼間、亭主を送り出したあと、家の中でやれる小さな仕事です。封筒書きとか、ビーズ編みとか。かさばるものだと、亭主に気づかれるので、ほんとに小さな手仕事しかできません。いきおい、賃金もたいしたものではなかったと思います。

そうこうするうち、亭主に胃癌が見つかり、まだ五十代だったので癌の勢いがすごかったらしく、手術の際、あちこち転移しているのが判って、そのまま腹は閉じたようです。娘は結局二ヵ月ばかり病室に寝泊まりしました。通夜《つや》と葬式の間、娘が泣きもせず、魂の抜けたようにぼんやりしていたのを思い出します。指図をしたのは、わたしでした。それでも葬式には二百人ばかり見えたでしょうか。印刷所の営業のような仕事が最後だったのですが、その前に世話になった店の方や近所の方が大勢集まって来られて、運の悪い人にしてはびっくりするくらいの弔問客の数でした。若くして亡くなったので、それだけ惜しまれたのでしょう。年寄りが逝《い》ったときなどは、ほんの身内だけしか集まらないものです。人間は、ある程度早く死んだほうがいいのかもしれません。

娘が実家に帰って来たのはそのあとです。

娘はわたしと一緒に住み始めてから、病院の看護助手の仕事を見つけて来ました。亭主の看病で泊まり込みの世話をしたので、これならできると思ったのでしょう。適当に休みもとれて、収入もそこそこ手にはいっているようです。いくら貰《もら》っているかは、わたしは訊いてもみません。初めの頃は月に六万、わたしによこしました。わたしの収入は年金が月七万、それに息子二人がそれぞれ二万ずつ送ってくれるので、どうにかこうにかやっていけます。

娘は仕事から帰ってくると、さっとテレビをつけ、風呂《ふろ》にはいります。風呂の中にはラジカセを持ち込んで、流行歌を聴きながら身体を洗います。病院では好きなテレビも見られないし、唄《うた》など歌えないからと言うのです。

わたしの腰が曲り出したのはその頃からで、風邪気味のときに行きつけのお医者さんを訪ねたら、浦さん、どんどん威張りなさいとおっしゃるのです。どういう意味かと尋ねますと、もっと背筋を伸ばして胸を張らないと腰が曲がってしまいますよと言われました。そう言えばわたしの母も六十過ぎてから急に腰曲がりになり、七十歳のときは最敬礼する以上に曲がってしまい、頭を立てて鵞鳥《がちょう》のようにして歩いていました。あんなになってはいかんと思って、気がつくたびに先生の話を思い出し、背を伸ばし、胸を張ってはみるものの、日頃はすっかり忘れて、一日に二回くらいしか胸を張ったことはございません。

そのせいか、先生から言われたように少しずつ曲がり出し、寝起きも次第に不自由になっていきました。七十五歳頃からでしたか。もう経済のほうは娘にまかせることにしました。わたしから娘に七万円渡して、電気代から水道代、家の修理代など、もろもろの出費、管理を娘がするようにしたのです。

しかしこうやって財布を渡してしまうと、妙なものです。気持に遠慮みたいなものが出てきて、自分の家でありながら自分の家でないような、娘を食べさせているのに娘から食べさせてもらっているような、何かこう、軒下を貸して母屋《おもや》を盗《と》られたような気持になってきました。気持が小さくなって、これがまた腰には悪かったのでしょう。整形の先生は、あなたみたいな働き者は、どうしても腰が曲がってくる。働き者の勲章でしょうな、と言って下さいます。

そう言われてみると、なるほど自分くらい働いた者はいないだろうと、しみじみ思います。

つれあいを早う亡くしましたから、朝は五時から、夜は十一時まで働きました。日曜祭日もございません。骨休みするのは、正月三ヵ日とお盆の二回くらいでした。五反の田んぼと一反の畑を女手ひとつでやっていくには、それぐらいしないと成り立っていきません。子供たちに晩御飯を食べさせたあとは、土間で縄を編んだり、むしろ編みをしました。いまだに手が竹の節で、手の皮も象さんのようになっているのも、そのためでしょう。年取って、他のおばあちゃんたちの手とついつい比べて、あまりに恥ずかしくて引っ込めたくなります。

何ひとつ病気らしいものにもかからなかったのは、神様の加護もあったでしょうが、気が張っていたからでしょう。わたしが病気でもしたら、それこそ子供が飢え死にしてしまいます。

子供たちが育ち上がって、家を出、ほっとひと息ついたあとに、こんな身体になってしまうとは皮肉なものですが、長年使い込んだ帳尻《ちょうじり》がこんな風にして合ったのでしょう。

腰曲がりで歩いていると、ほんにこれは田植えをしたり、苗を植えているときの姿勢だと思います。毎日毎日こんな姿勢で仕事をしていたので、背骨がこの形を覚え込んでしまったのです。忘れていい頃に、しっかりこの形になってしまうとは、背骨も融通がきかぬものです。

わたしが働きづめだったことを言うと、娘は分かっとる、分かっとる、そんな時代だった、自分も働きづめだと口ごたえします。この腰の曲がりに対しても、嘆いたってはじまらんと軽くいなします。時には「焼かないと治らない」とまで言います。

腰が痛くてどうにもならないときは、タクシーを使って整形の病院に行きますが、娘はこれをひどく嫌います。確かに往復で三、四千円もしますが、娘から金を出してもらっているわけではないのです。あちこちの鍼灸《はりきゆう》にかかるのも、どうせ一時しのぎの治療で無駄だと目くじらを立てます。わたしとしては一時しのぎだろうが、まじないだろうが、痛みが少しでもひいてくれればありがたいのです。

近所に低周波の機械が来たときも、娘が家を出たあとにタクシーを呼んで、かかりに行きました。二十分間、無料で低周波を腰にかけてもらいます。五回ばかりかかっているうちに、痛みは少し軽くなったような気がしました。店員は、六十万円の機械を現金なら四十万円に勉強しておくからと言ってくれましたが、娘に相談もしないでそんな機械を持ち込むと何と言われるか分かりません。言いそびれているうちに、その臨時の展示会もどこかに移っていってしまいました。

この間は、わたしが仏様に供える花までも文句をつけました。花や柴《しば》が枯れるたび、店から安い物を買ってくるのですが、娘はその出費が気に入らんようです。

「そげん何回も花を替えるくらいなら、造花にしたらよかろ」

と言うのです。あきれてものが言えませんでした。仏壇の花くらい、わたしはごはんの量を減らしても、本物を買おうと思っております。

寝るときはベッドを使っています。起き上がる時など、よほど用心しないと、身体中に電気のような痛みが走るのです。それこそアイタタタと叫びたくなります。食事のときも、茶碗《ちゃわん》や皿を流しに持って行こうとして軽く腰を捻《ひね》っただけで、痛みが来ます。顔をしかめると、また娘が怒ります。わたしの前でこれ見よがしに痛がらんでよか、茶碗運びが嫌なら嫌ち、はっきり言えばよかものを、と言うのです。

大きな咳をこらえるのは、腰にひびくからです。こらえて咳をすれば、今度は、咳くらい大きくやれ、辛気臭《しんきくさ》くなると怒ります。一体全体あれで、よく病人の世話が務まっているなと思います。病い持ちの年寄りの気持が分からんで、病院では働けとるようですから不思議なもんです。

本当にもう自分の身体は焼いたほうが楽かなと思ったりもします。何もかも焼いてしまって、煙だけになり、まっすぐ空に昇っていくのもよさそうな気がします。

庭で枯草を焼くとき、そう思いました。この齢《とし》になるまで、煙なんか見てもどうってことなかったとですが、初めてです。こんな具合に、わたしも最後には煙になるのだなと考えて、火の傍に坐《すわ》っていました。

ある日そうしていると、勤めから帰った娘が、「ばあちゃん」と血相変えて庭に飛び出して来ました。

「家から煙が出ているので、てっきり火事と思った。紛らわしか。これからは、何も燃やしちゃいかん。第一たき火をしていて、そのまま眠りこけたらどげんするとね」

と、とりつく島もありません。

庭に落ちる葉っぱでも、燃やすゴミ袋に入れると二袋は必要になります。ひと月に四袋は最低使うでしょうから、三百二十円です。庭の隅に穴を掘ればいいのですが、この身体ではもうスコップは持てません。鍬《くわ》でかつがつ掘ったところで一尺は無理です。

それ以降は、娘が帰って来る前に焼くようにしました。

何かこう、焼かれる準備をしているような、いい気持です。

ここにおられる方をざっと見回しても、わたしほど腰の曲がっている人はいないようです。ほんに無様《ぶざま》な恰好《かっこう》になってしまいました。せめて煙になるときには、背をピンと伸ばして空に昇っていきたいと思います。先生それまでは、どうかお願い致します。そして煙になる時期が来たら、それとなくあの世に送って下さい。

家内

とうとう家内が死にました。五歳年上でしたので満の八十八でした。八十のときに寝ついて、五年後には私のことも判《わか》らなくなり、ここ半年は流動食も呑《の》みこめなくなっていました。本人もやれやれといったところでしょう。

何年連れ添いましたか。一緒になったのが私二十四のときでしたから五十九年ですか。家内は離縁されたあとの再婚でした。よう尽くしてくれました。人柄と器量を見込まれて、二十一で篤《とく》農家のところに嫁いだのですが、三年たっても五年たっても子供ができないので三行半《みくだりはん》を貰ったのです。女ばかりが悪いわけではないでしょうが、私との間にも子供はできず仕舞いだったので、やはり産まず女《め》ではありました。

子供に恵まれなかった分、ひとさまの子供は大好きで、近所の人が赤ん坊を抱いているのに行き合おうものなら、必ず呼びとめて覗《のぞ》き込んでいました。抱かせてもらうと、もう有頂天で、そのまま持ち逃げしまいかと心配になるほどで、なかなか赤ん坊を返さないのです。私が傍から「おい」と言いかけてやっと我に返り、そそくさと母親に返します。冷汗ものでした。

貰い子をしようかという話も出ました。家内は半分その気になったのですが、私のほうが踏み切れませんでした。犬や猫を貰うのとは勝手が違うので、首を縦に振れなかったのです。それに犬猫と違って、子供を育てるには金が要ります。貰い子にまで貧乏させるというのは、気のすすまぬことです。

今から考えてみれば、たとえ自分たち二人は泥水をすすっても、その貰い子だけには苦労させない生活ができたような気もします。それだけは、家内に申し訳ないことをしたと、半分悔いる気持もあります。

私がずっと家内の見舞いに行ったのも、罪滅ぼしからです。しかしあのとき貰い子をしていたら、今頃は年寄りの世話で大変でしょう。やっぱり、しておかなくて良かったと思います。

家内とは老人ホームでも長いこと一緒で、部屋も夫婦用のをあてがってもらい、みんなからおしどり夫婦だと言われました。私どもも、あのホームで同じ時期に死んで行ければいいなと考えていましたが、世の中はそううまくいきません。七十五歳を過ぎる頃から、家内の歩きが悪くなりました。背をかがめてヨチヨチ歩きになり、よくつまずくようになったのです。手の震えも出てきて、ホームに週一回みえている内科の先生に診てもらったら、パーキンソン病だと言われました。

いろいろ薬をのんでいたようですが、先生が最初に「気長にやるように」と言われたように、病気そのものはさして良くなりませんでした。動作ものろくなり、まばたきもせず、立てなくなって、茶碗さえ持てなくなりました。声も小さく、何をしゃべっているのかは、私だけしか分からなくなったのです。

そのうち声も出なくなり、手足も石の地蔵さんのように固まってしまいました。動くのは目くらいですが、これもじきに、中空だけを見て、私が顔を覗き込んでも反応しなくなりました。

家内が最後に口にした言葉は何だったかなと、今でもよく考えますが、思い出せません。最初の頃は、「寒かったでしょう」とか「もうホームの近辺には霜が降りたでしょう」とか、私に訊《き》いていました。ホームは山の中腹にあって、平地よりは二度か三度、気温が低いのです。

昔から回転焼が好きだったので、二つ買っていき、一個ずつ食べた頃もあります。白あんのほうが好物なのです。私は黒あん党なので黒白一個ずつです。同室の他の患者さんの分も買えればいいのですが、私には百円二百円も大きな出費なので、そんなこともできません。二人でこそこそと部屋の隅のベッドで食べていました。そのうち、回転焼一個を食べるのが無理になりました。白あん一個を買って行き、二人で分けて食べました。白あんも食べてみると案外良い味で、食べず嫌いだったのかなと反省したものです。

回転焼屋で、一個五十円のものをたったひとつ買うのは気がひけます。老人ホームのマイクロバスの運転手に言って、回転焼屋の前で停めてもらうのです。バスには他にもいろいろな病院通いする年寄りが乗っていて、私ひとり降りて行き、回転焼を買って戻るまで、じっと待ってもらわねばなりません。店の主人は、嫌な顔もせずに袋に入れてくれました。

ですから、家内がもう何も食べられなくなったときには、どこかほっとしました。マイクロバスも回転焼屋の前を素通りするようになりました。

自分でものを食べられなくなって以来、言葉が口から出なくなりました。私は常々思うのです。ものを言うには、ものを自分で食べねばならんと。チューブで栄養をじかに胃に入れたり、点滴ばかりで生きているようになると、ものを言わなくなります。妙なものです。

家内が言葉を忘れてだいぶたった頃でしたか。モゴモゴと口を動かすのです。口元に耳を持っていくと、声が聞こえました。

「回転焼、オイシカッタネ」

本当に家内がそう言ったのです。壊れたラジオが、何かの拍子に回線が通じたようなものです。私は涙が出ました。家内の手を握って、「おいしかった、おいしかった。お前が食べたいなら、また買って来る」と答えたのを覚えています。

その返事を家内が聞いていたのかどうか。また元のような虚《うつ》ろな目に戻っていました。

家内が回転焼、回転焼と言うのには理由があります。一緒になってからというもの、本当に苦労をかけました。家内は妙な体質で、汽車以外の乗物は一切駄目でした。バスもいけません。タクシーでも、一分もたたないうちから顔色が悪くなり、吐き気を催すのです。知り合いの車に乗っても同じことで、結局、どこへも行かず仕舞いでした。たまにある町内会の旅行でも、ほとんどが汽車とバスの組み合わせで、汽車のみというのはありません。

老人ホームにはいってからも、いろいろ催し物が組まれ、バスで花見や紅葉狩り、温泉旅行など、遠出する機会は年に二、三回、必ずあったのです。それにも家内は参加できません。家内が行かないものを私だけ行けるはずもないので、二人して居残りでした。歩いて行ける場所しか、家内は知らなかったのです。回転焼屋というのは、どこにでもあるものではありません。もともと家内の好物だとは知っていたので、私が外出したときには必ず求めて、買って帰りました。

自分では容易に買えない。それだけに、家内にとっては回転焼が高嶺《たかね》の花だったのでしょう。回転焼くらいで大喜びするのですから、いとおしいと言えば、いとおしく、情ないと言えば情ない話です。

家内には本当に苦労をかけました。結婚してひと月もたたないうちに私は召集されましたから、戦争の間中、その後捕虜生活を送って復員するまで、足かけ六年傍にいてやれなかったのです。よく待っていてくれたと思います。

私が満州《まんしゅう》から無事帰って来られたのも、酒豪だったおかげです。酒豪といっても、私は酒好きではありません。大酒を飲んでも滅多なことでは酔わなかったのです。もうひとつ、戦闘部隊ではなく陸軍病院で将校の当番兵を務めていたのも、帰国できた理由です。病院は大連にありましたが、敗戦後、ソ連軍の命令で海城に移動させられました。海城は奉天と大連のちょうど中間にある町で、そこに関東州内の各病院関係者が集結させられたのです。大連からは二泊三日の汽車の旅でした。陸軍病院ですから、患者もいれば職員とその家族もいます。患者が千二百人はいましたか。職員が四百人、家族が五十人あまり、それが二十輌《りょう》の列車に詰め込まれるわけですから、文字通りのギュウギュウ詰めでした。まず優先するのは食糧と医療品、それに衣料です。その次が患者。元気な職員や家族は荷物の上に身を縮めて乗るしかありません。それでも有蓋《ゆうがい》列車でしたから、寒さと雨風はしのげました。

海城では、鉄道四連隊の宿舎が収容所になりました。そこに旅順や金州などにあった陸軍病院も含めて、六千人近くが集まったのです。しかもそのうちの七割が病人なのですから、職員と将校の家族が中心となって働かねばなりません。しかし今になって思うと、これが通常の元気な戦闘部隊であったなら、早々にシベリアに連れて行かれ、強制労働させられていたでしょう。復員できたのは病人たちのおかげかもしれません。

しかし敗けた国というのは実に哀れです。大連で敗戦を迎え、ソ連軍の軍使が来るという報が届いたのが八月二十二日でしたか。今《いま》になって思えば、日本軍というのはつくづく敗戦の作法を知らなかったと思います。部隊によっては、すべての書類や名簿を揃《そろ》え、鉛筆の先まできれいに削って、ソ連軍が来るのを待っていたところもあったらしいです。そういう部隊では、保有していた物資も人員も、そっくりそのまま敵方に渡ってしまったのです。どうせ渡すくらいなら、品物は在留邦人に放出、兵隊も離隊したい者は私人にして帰し、将校だけが残っておれば、生きて帰れた日本人も何倍か多かったはずです。

市内にソ連兵がはいってくると、戦車で繁華街が荒らされ、酒類が掠奪《りゃくだつ》されました。その次が、病院や部隊所有の自動車です。ホテルなどは全部ソ連軍に接収され、兵隊の掠奪も酒から女へと変わりました。

ソ連軍の司令官が第一に出した布告は、八月二十八日頃でしたか、車の右側通行でした。その日を境に、電車までが右側通行になったのには驚きました。食糧の配給もないので、町中はどこも闇市《やみいち》だらけです。食べ物が日ごとに高くなり、逆に家具や布類が安くなっていきました。

ソ連兵は病院の中まで掠奪に来ました。十四、五人連れだって、我が者顔で病院中歩き回るのです。被服倉庫から衣類をトラックで運び出し、衛生材料も持ち出し、患者の毛布までひっぱがしていきます。たまりかねた院長がソ連軍の本部にかけ合いに行って以後は、例のゲー・ペー・ウーが見回りに来るようになりましたが、イタチごっこで、憲兵の姿がなくなるとまた兵隊がやってきます。看護婦たちは全員髪を刈り上げて、兵服を着て男装していました。そうやっておくと、ソ連兵には見分けがつかないのです。大連を出発したのが十一月中旬ですから、敗戦から三ヵ月間、びくびくしながら市内に留まっていたことになります。

その間、内地の情報も少しははいってきていました。内地に二百八十万の米兵が上陸進駐するとか、東条元首相が自殺未遂をしたとか、情ない話ばかりです。

その頃大連では、北の方から移動してくる邦人難民が眼につくようになりました。どれも着のみ着のままの姿で、小さな荷物を持っているだけです。子供たちは痩《や》せこけ、垢《あか》にまみれています。そんな難民の脇《わき》で、大連在住のきれいな身なりをした女性が、家財道具を売っています。なかには立派な雛《ひな》人形もありました。

副院長について、難民の収容されている実業学校へ行ったことがあります。収容所といっても食べ物が支給されるわけではないので、元気な者は街に出て物を売ったり、かっぱらいをしたり、どこかで働いて日銭を稼いでいるのです。いきおい、残っている連中は病人ばかり、それもたいていは栄養失調でした。副院長も、ここでは薬より食糧が必要だよ、と暗い顔をしていました。しかし陸軍病院自体も近隣の病院からの移送患者を抱えていましたから、難民に施す余裕はないのです。

あの難民たちも無事、内地の土を踏めたのでしょうか。私らは列車に乗せられて大連を出たので、その後のことは知りません。翌年の六月にいよいよ内地引揚げになったときも、大連まで戻ったのではなくて、西の錦州の方に行き、葫蘆《ころ》島で乗船、博多に着きました。

私が酒に強く、部隊が助けられたというのは、こういうことです。ソ連兵たちはウォッカ好きで、酒豪であればあるほど尊敬されます。グラス一杯にウォッカを注ぎ、乾杯をして一気に飲み干します。チビリチビリなんていう流儀は通用しません。ところが私の主人である副院長、収容所では院長がソ連軍司令部に連行されていたので、副院長が院長代理になっていました。その副院長が全くの下戸《げこ》なので、私が代役を務めさせられました。ソ連軍の将校との酒席では、私が院長代理の分と自分の分を飲むはめになったのです。

少しでも足をふらつかせると相手にみくびられるので、私は必死で足を踏ん張っていました。ウォッカはあとで、足腰にきいてきます。それでもよろけないよう、まっすぐ歩きました。

ソ連兵たちの生活は質素でした。暖房もないところで、毛皮の外套《がいとう》にくるまっただけでごろ寝していました。私たち日本人が目を開けておられぬような酷寒のなか、馬で兎《うさぎ》狩《が》りをしていましたから、驚きです。それもウォッカのおかげでしょう。ウォッカが彼らのガソリンなのです。

しこたま飲まされて、上べだけは平静を保ちながら歩く私に、院長代理の土田少佐は「すまんな」とねぎらってくれました。よその収容所では、ウォッカを断って営倉入りになった日本人責任者もいたそうです。

「敵の収容所に入れられているくせに、思う存分飲めるのですから、感謝こそすれ、文句を言う筋合いはありません」

私は土田少佐に言いました。宿舎に帰りついたとたん、酔いが頂点に達して、意識を失ったこともありました。気がつくと、少佐自ら、私の傍について看病してくれていました。

土田少佐は気骨のある方で、酔ったソ連兵がやって来て、看護婦を出せと強要したときも、はっきりと断っていました。たとえ自分の身体《からだ》がナマスのように切られても、駄目なものは駄目だという態度に、ソ連兵たちはすごすご帰って行ったものです。

収容所で迎える冬は酷でした。大連が寒いといっても、零下三十度までは下がりません。海城では簡単に三十度以下になるのです。燃料の支給もありません。幸いそこは鉄道連隊の跡でしたから、石炭や重油、枕木《まくらぎ》などはいくらか残されていました。石炭は砕いて泥と混ぜ、たどんを作りました。枕木も切って、重油で点火するのです。しかしそれも年が明ける頃にはなくなり、今度は建物が燃料になりました。厩舎《きゅうしゃ》や倉庫、渡り廊下などが次々となくなっていきました。

食糧も最初から一日二食に切りつめて、ジャガイモが四個、大豆粕《かす》と高粱《コーリャン》を混ぜたもの少々が主食でした。

そのうちいつの間にかソ連軍の姿が消え、収容所は八路軍の管理となりました。あとから考えると、土田少佐と私と通訳が守備隊長の家に招かれ、例によってしこたま飲まされたのが別れの儀式だったのかもしれません。通訳を横に従えての会話に耳を傾ける暇などなく、私はただ差し出されるウォッカを胃の中に流し込み、しっかりと両足を床に立たせることだけに専念していたのです。

八路軍は同じ共産党軍でもソ連軍と違って階級にこだわらず、収容所内の上下関係もなくさせました。それまでは収容所の中でも、旧陸軍の階級をそのまま持ち込んで、敬礼などうるさいところが残っていました。でも私は、ウォッカ攻めがなくなったのに一番ほっとしたものです。

八路軍はもともと貧しさに慣れているのか、私たちの置かれた状況にも無頓着《むとんちゃく》で、悲惨さを当然と思っているふしがありました。巡察をたびたび行って、靴や服、毛布、果ては食糧などを没収していくのです。

そのうち寒さもいくらか弛《ゆる》み、春の兆《きざ》しがみえました。南国の人間には理解できないのですが、春は飢えの季節なのです。秋に収穫したものが冬の間に底をつき、春になるといよいよ食べる物がなくなります。

共産軍は私たちに自給自足を勧めました。それぞれ街に出て稼ぐのです。時計屋だった者は時計の修理、桶《おけ》屋は材料を調達してきて木工、軍医たちは巡回診療、手に職のない者は農家に手伝いに行き、稼ぎの半分を自分の懐《ふところ》、残りを収容所に入れました。

三月の終わり頃でしたか、土田少佐は若い軍医を特使にたて、金集めに大連まで行かせました。その従者に私が命じられたのです。特使といっても、まだ日本人が大勢残っている大連で、物乞《ものご》い、体裁良く言えば募金活動をするのが役目です。大連行きにあたって土田少佐は、相談に行くべき目ぼしい人を何人か紙片に書いてくれました。

四ヵ月ぶりの大連でしたが、物価が何倍にもなっていました。当時まだ南満で共産軍と国民党軍の内戦が続いていて、共産軍の支配下にある大連への物資の流入を、国民党軍が封鎖していたのです。そのうえ、大連在住の日本人は内地引揚げのデマに惑わされて、その都度着物や調度品を処分していました。全く売る物がない状態に陥っていたのです。主食も米から粟《あわ》、高粱からトウモロコシの粉である包米《ほうまい》、さらには豆粕やふすまというように、私たちの収容所以下の生活をしている有様でした。

最初に訪れたのは、元大連病院の嘱託医で、街中で開業している先生でした。医院は朝日広場の近くにありましたが、先生は特使の若い軍医とは顔見知りで、快く招き入れてくれました。

「この半年で四十枚の死亡診断書を書いた。町医者がだよ」

先生はぽつりと言いました。「その半分が結核。戦争中からの結核療養中の患者が、敗戦で希望をなくして、ばたばた死んでいった。この頃は、それに栄養失調が加わっている。死ぬ間際《まぎわ》の親から結核を移された子供もいる。親が肺結核で死んだ同じ週に、小学生の子供が結核性脳膜炎で死んだのもあった。

この冬は特に悲惨だった。町内会長に呼ばれて行った家には家財道具もなくて、窓ガラスも割れたまま。破れた畳の上に、じかに女の人が寝ている。掛けてあるのは毛布一枚。それをはぐったとたん、ピンピン蚤《のみ》が飛び出してきた。三十過ぎの女性だったが、もうこと切れていた。胸には赤ん坊がしっかりしがみついていて、その子はまだ息があった。

まだ引揚げが始まらずに、もう一回冬を越すようになれば、死者は何倍にも増えるだろうね」

その他にも開業している先生はいましたが、金銭的に余裕があるわけではなく、たとえあったとしても食い物のない邦人家庭に金をやったりしていたようです。私たちの無心にはとても応じきれません。

医師会長が最後に私たちを連れて行ってくれたのが、戦時中から陸軍病院に酒類を納めていた邦人の会社です。そこの社長に、特使の軍医が収容所の窮状を訴えたところ、二つ返事で金を出してくれました。今の金にして五十万円くらいでしょうか。この金は収容所に差し上げるのではなく、あなた個人に差し上げるもので、あとは何に使われても自由ですというのです。

地獄で仏とはこのことでした。手ぶらで海城までは到底戻れず、そのときは腹でも切らねばならないかなと内心覚悟していたくらいでしたから。お金は、途中の万が一の事故を考えて、軍医と私で半分ずつ肌身につけ、無事収容所まで帰りつきました。一大人数にしてみればわずかな金でしたが、収容所の全員が一週間ばかり本物の味噌汁《みそしる》にありつけました。

寒さが少しゆるみ始めた頃、八路軍から徴兵の話が盛んにもち込まれるようになりました。もちろん病人に対してではなく、五体満足な将兵が彼らの目当てです。もともとの階級を二つ特進させて待遇し、月給もくれるというのです。食い物には不自由させないといくら念を押されても、事が事だけに誰も誘いにはのりません。そこで八路軍が考えついた策は、月給の半分を病院に支給してやるというものでした。これには私たちも気持が揺らぎ、病院のためになるのならと、二十人ほどが志願しました。私も土田少佐から「吉岡、お前は残れ」と命令されなければ、八路軍にはいっていたかもしれません。志願した兵は数日後、八路軍の軍服に身を固め、それぞれ何人かの部下を連れて病院にやってきました。食糧を手土産に持ってです。一、二時間いて帰っていく後ろ姿に、私たちは深々と頭を下げたものです。

三月の中頃からでしょうか。町の周辺で砲火の音が響くようになりました。国民党軍が攻勢に出たためで、八路軍にはいった日本人将兵の訪問もぷっつり途絶えました。

四月の初め、八路軍の責任者が病院長のところに来ました。

「これから撤退するが、これは戦略上の決定だ。国民党軍がここを占領し、あなた方の引揚げを考えてくれるだろう。それが完了するまでは、この町は攻撃しない。そのあと我々は反撃に出る。くれぐれも気をつけて日本に帰って欲しい」

通訳を交えて、大体そんな風に言いました。まだ三十歳くらいの将校でしたが、土田少佐に礼を尽くした立派な態度でした。

そのあと三日間くらい、小ぜり合いが続きました。病院の屋根には赤十字の旗を立てていたので砲弾も飛んできません。

こんなところで、戦争の見物をすることになろうとは思ってもいませんでした。皮肉なものです。

そのうち予告通り八路軍が退却し、国民党軍が海城の町にやってきました。家々に青天白日旗がなびき、住民たちは治安の回復を喜んでいるように見えました。確かに国民党軍は、それまでのソ連軍や八路軍と比べると紳士的で洗練されている感じでした。

国民党宣はその後、日本人の内地送還政策を積極的に進めてくれました。満洲における引揚げ総本部は日僑善後連絡総処と名づけられて、奉天に置かれていました。

帰国が近くなると、収容所の中にも明るさが戻ってきました。戦傷病死者の慰霊祭が行われたのもその頃です。名簿で数え上げると二百五十柱近くありましたか。その人たちは満洲の土となって故国に帰れなかったわけで、本当に可哀相《かわいそう》です。

引揚げは二回に分けて行われました。第一陣の八百名近くが収容所を出たのは五月中旬です。その頃、重症患者が百名近くおり、土田少佐をはじめとして主だった軍医は残留しました。私ももちろん居残り組です。

複雑な思いで第一陣の出発を見送りました。海城の駅までの道のりは約二キロです。みんな身のまわりの品をリュックに詰め、両手には毛布や布団《ふとん》を丸めたのをぶら下げていましたが、もともと体力がないので、途中でへたばってしまいます。列からはずれてしゃがみ込むと、手助けを装《よそお》って中国人が近づき、そのまま持ち逃げするという光景がいくつも見られました。しかし、誰ももう抗議する気力はなかったのです。

私たち第二陣は、約一ヵ月遅れて出発しました。待つ間の一ヵ月の長かったこと。何の連絡もないので、これで引揚げは打ち切りになったのではないかと、疑心暗鬼になりました。重症患者も、一ヵ月のうちに二十人ほど亡《な》くなりました。帰国を目前にして死んでいくのはどれほど無念なことか。たいていの患者は自分が駄目なのは分かる様子で、死ぬ間際に涙がひとしずく、頰をつたって落ちるのです。

第二陣の出発は、忘れもしません六月二十四日でした。首を長くして待っていただけに、みんなで万歳を叫んだものです。

まず汽車で北上して奉天まで行きました。翌日奉天に着き、宿舎の興和会館に二泊しました。現地の邦人が仕出しをしてくれ、最初の夜に粟粥《あわがゆ》が出ました。臓腑《ぞうふ》にしみ入るとは、あのことです。私はいまだに、あのときの粟粥のおいしさを超えるものに出会ったことはないような気がします。

奉天からは、今度は無蓋《むがい》列車でした。丸二日かかって葫蘆島に着きました。途中一日だけ雨に降られ、屋根がないものですから、病人のいる貨車にはシートをかぶせたりして大童《おおわらわ》でした。それだけに雨が上がったときは、慈光がさしたような気持になりました。外は四方八方、一面の平野です。この満洲の眺めも見納めだと思うと、一時間でも二時間でも見つめ続けられました。

葫蘆島から乗ったのは、あの有名な「信濃《しなの》丸」です。乗船に先立っての所持品検査はさして厳しくはなく、ほとんど素通りでした。たまげたのはＤＤＴによる消毒です。お互い白粉《おしろい》をつけたようになった顔を見て、笑い合ったのも、帰国がもう目前になったからでしょう。食糧事情が改善された点もありましょうが、病人たちの表情も日に見えて明るくなりました。

先生は若いから知らないのが当然でしょう。「信濃丸」というのは、日露戦争でのバルチック艦隊との海戦で、〈敵艦見ゆ〉の信号を発した哨艦《しょうかん》です。その後長く奉公したあと現役を退いて蟹工船《かにこうせん》として使われていたそうで、それで戦争でも沈められずにすんだのです。そのときは引揚船として最後の御奉公をしていたわけで、私たちは船体を撫《な》でては、ご苦労さんと礼を述べあいました。

葫蘆島を出発した直後に天候が崩れ、ひどい雨風になりました。大波が船体に当たる音と震動が不気味で、魚雷が命中したときの恐怖が蘇《よみがえ》ります。──もう戦争は終わったのだ、潜水艦などいないのだと自分に言いきかせました。どこにいるか判《わか》らない潜水艦に比べれば、嵐《あらし》は正体が知れています。

暴風雨は二日でおさまり、船が玄界灘《なだ》にはいった頃には青空が見え始めました。甲板に上がり、陸地をしみじみと眺めていると、じわっと涙が出てきました。肩を抱き合って大泣きしている職員もいます。船倉の寝台に寝かされている患者にも、九州に近づいたことを知らせてやりました。青ざめていたみんなの顔にさっと血の気があがってきたのを覚えています。

上陸した博多の町は、文字通り焼野が原でした。ところどころに、大きな墓石のように鉄筋のビルが焼け残っていました。患者は一時国立病院に収容、職員と家族は復員と引揚げの手続きをすませて、大連陸軍病院は自然消滅しました。

土田少佐とは博多駅で別れました。私は上り、少佐は熊本三角《みすみ》の出身でしたから下り、気をつけの姿勢で敬礼をしようとすると、もう上下関係はないのだからと諭されました。

郷里に帰ってから少佐は一時公立病院の院長をされていたようですが、すぐに引退し、田舎に引込んで、小さな診療所を開かれました。会いに行ったのは一度きりです。こちらも食うのに精一杯で、せめて年に一度の年賀状だけは欠かすまいと書き続けましたが、昭和三十九年でしたか、喪中を知らせる葉書が届き、亡くなったのを知りました。以来、墓参りの機会は得ていません。

収容所の中で死んだ患者、引揚げの途中で息を引き取った病人、それに八路軍に志願して行った同僚。その人たちをたびたび思い出すようになったのは、ずっとあとになってからです。

本当によう生きさせてもらったと思います。子供には恵まれませんでしたが、家内と長く生きてこられただけでも幸せです。あと一年か二年でしょうが、先生、どうか置いてやって下さい。身のまわりのことは何でもします。家内の具合が悪いときも、ずっとしてやっていました。いいえ、手は取らせません。動けるうちは、人様の世話もします。

そして、私が動けないようになったら、そっと注射をしてやって下さい。眠るようにして家内の許《もと》に行けるような注射です。私は先生に感謝こそすれ、恨みなど決して致しません。

うつ

またうつが来ました。いつもの薬をお願いします。どうしてこんな頭になってしまったのでしょうかね。身体《からだ》がさっさと動かないのです。朝、起きなきゃならないと思うのに、頭も身体も鉛のように重たい。かといって午前二時くらいに目は覚めてしまって、うつらうつらさえもできなくて、じっと同じことばかり考えてしまいます。こんなに八十過ぎまで生きて、息子や嫁たちに迷惑はかけていないだろうかと思い悩むのです。身体が動くうちは、食事の用意も洗濯も掃除もできて、少しは家の役に立っていると思うのですが、朝起きられずに、やっと起きても、味噌汁ひとつ作るのも億劫《おっくう》になるのですから、本当に役立たずで、家の者の足ばかり引っ張っています。

頭が重たいと言うと、この頃では嫁も無茶なことは申しません。わたしがしますから寝ていて下さいと言ってくれます。以前と比べて変わりました。

何年か前までは、腰が痛いのも齢《とし》のせい、頭の痛いのも齢のせい、年寄りになればどこか具合が悪くなるのが当然、とそれは冷たいものでした。

わたしも、理屈は分かっております。七十年も八十年も、使っている身体ですから、どこかに故障が起きるのは当たり前です。かといって、それを人様からズバリと言われるのはきついものです。嫁の口から、それは大変でしょう、無理はしないで下さいと、慰めの言葉ひとつ聞けば、それが薬になるのです。

嫁は、根は悪気のない女です。人の悪口は言わないし、無駄金を使うこともありません。

ただ、一足す一は二、それ以外の答えはないというような理詰めの性格が、わたしにはきついときがあるのです。痛いなら、お医者さんにかかればよし、そのお医者さんに薬がなければ、もう我慢するしかない、ブツブツ言ったところで痛みが減るものでもない、という考え方ですからね。一分《ぶ》の隙《すき》もありません。

それでも、この身体の悪いのがうつからきていることが分かり、先生の話を嫁が聞きに来たのが幸いしました。いちいち理詰めで頭ごなしで叱《しか》っていたのでは、うつはいつまでたっても治らない、熱が三十八度出ているのと同じで、並の病人と思っていたわらないと、どんどん悪くなっていく、と先生に叱られたと言っていました。

傷があるわけでなし、血が出ているわけでなし、だから本人も家族もだまされてしまう。具合が悪いので、あちこちの内科にもかかって検査をしてもらいますが、そこでも異常がないので、内科の先生もだまされてしまう。結局は、本人の気持がたるんでいるのではないかということになって、ますます自分を責めるし、人様からも責められて、蟻《あり》地獄に陥《お》ち込んでいくのですよね。

これは病気です、いい薬があります、必ず治ります、と先生から言われたときには、心底ほっとしました。このまま元気がなくなり、何もする気が起こらず、眠りもとれないままでいるのは、死んでいるのよりも悪いと思ったものです。死んだほうがましなら死ねばいいと自分でも考えるのですが、その死ぬ元気さえないのです。神も仏もないと思いました。神様や仏様なら、生きるか死ぬか、はっきりさせてくれます。しかしうつは、宙ぶらりんのままずっと生きておらねばならないのです。こげん辛《つら》いことはありません。

先生がおっしゃった通り、二週間ばかり薬を飲んだら、雲が晴れるように頭の中がすっきりしてきました。ぎくしゃくした頭が、どうやらこうやら動き出したのです。眠れるようにもなりました。朝起きるのも苦ではなくなりました。夕方、洗濯物のとり込みなどをしている我が身に気がつき、こんなにも身体が動くようになったのだと、自身でびっくりしました。

ちょうど薬を飲み始めて三週間目でしたか、老人会の催しで、おてもやんを踊りました。うつの時には二ヵ月先のその会合には、到底出れないものと諦《あきら》めていたのです。この五年間は毎回踊らされて、池辺さんのおてもやんがないと、肉のはいらないスキヤキだと言われてきましたから、断るにも何と言ったらいいかと気持は真っ暗でした。断るくらいなら死んだほうがまし、いやおてもやん踊らないなら、もう池辺さんもあの世に行かれたのだろうと、噂《うわさ》が広がるものと考えて悩みました。

それが、踊る気持になったのですから嬉《うれ》しいやら、びっくりするやらで、あの苦しみは何だったのかなと思いました。

箪笥《たんす》から絣《かすり》の着物を出して、赤襦袢《あかじゅばん》の上に着て、白足袋、頭には手ぬぐい、頬に紅を塗ります。化粧するとき鏡を見て、ああ今年もおてもやんが踊れると、嬉し涙がこぼれました。

おてもやんは腰を少しかがめて、首をちょこんと曲げ、跳びはねるようにして踊らねばなりません。

おてもやん　あんたこの頃
　嫁入りしたではないかいな
嫁入りしたこつぁしたばってん
　御亭どんがぐじゃっぺだるけん

手ぬぐいを口にくわえて、顔をちょいと斜めに傾けるところがコツと言えばコツです。

気持が沈んでいるときには、そんな動作もできません。

老人会の踊りはそこそこにうまく踊れたと思っていましたら、評判は大そう良くて、また別のところから頼まれて、これが来月の初めです。ついでだからと思って引き受けた矢先に、また気持が金縛りにあったようになったので、早目に来てみたのです。

それでも以前のときのようにひどくはありません。嫁も孫娘もようしてくれます。ただ、家の仕事が思うようにできないので、家の者に申し訳ないと、それはかり感じます。

嫁は大きな布団屋の末娘で育っているので、家事は何もしません。ピアノを教えに行って帰って来ても、ハンドバッグは玄関先や椅子《いす》の上に置きっ放しです。その都度わたしが拾い上げて、嫁の部屋の壁に掛けてやります。コートも脱ぎっ放しですから、ちゃんとハンガーに掛けて箪笥の中に入れてやらねばなりません。

嫁に来た当初は、何ひとつできんので、驚きました。板張りを雑巾《ぞうきん》で拭《ふ》くにもバケツを使わんのです。風呂場《ふろば》の蛇口の下でこちょこちょと雑巾を洗って、板張りの部屋まで来て床を拭き、また風呂場に戻ります。廊下にはしずくがしたたり落ちています。まるで幼稚園の子供のやり方です。わたしが手本を示してバケツを使うようになりましたが、雑巾の絞り方ひとつ覚えるのに、半年くらいはかかりました。そんな物知らずの嫁でも、恨む気持にならないのは、やっぱりあの人の性根に悪気がないからです。

先生の言葉も確かにききました。わたしが具合の悪そうなのを見てとって、無理しないように言ってくれます。料理も外から取ってもいいと申します。いよいよ悪いときはそうしますが、毎日というわけにはいきませんので、やっぱり買物に行って簡単な惣菜《そうざい》をつくります。前のうつのときもそうでしたが、店先に立っても何を買っていいものか、頭が働かなくなります。買物かごに野菜だけとか、魚だけ買って帰って来て、あとで足らないのに気づくのがしばしばです。

　孫娘も本当にわたしを大事にしてくれます。今年の春に看護学校にはいったばかりですが、若いのに似合わず漬物好きで、いつも糠漬《ぬかづ》けを持たせるのです。

「おばあちゃん、今日も昼休みに、みんながおいしいおいしいと言って食べてくれた」と帰って来て言われると、わたしも嬉しくなります。

　昼休み前に、同じ組の人たちと食べることもあるそうです。持って行くのを忘れると、今日はないの？　とがっかりされるというので、わたしもなるべく毎日持たせるようにしています。夏は大変です。キュウリなどは三時間か四時間くらい漬けるのが一番ですから、夜中の二時頃に起きて漬け込むこともあります。ちょうどおトイレに行くのに目が覚めるので、手をよく洗って糠床を混ぜ、キュウリ、ナス、ウリなど下ごしらえして入れます。孫娘やそのお友達が喜んで食べてくれると思うと苦になりません。

　冬は白菜漬けを持たせようと思っています。今はちょっと具合が悪くてその気も起こりませんが、この前のうつも治ったので、今度も先生の薬をいただいて、養生していけば、元気になると自分でも思います。

先日、病院のデイケアを見せてもらいました。家までバスで送り迎えもしてもらえるそうで、少し元気が出てきたら通おうと思っています。同年輩の人たちと一日のうちの何時間か一緒に過ごすのも、うつの予防になるような気がします。

校　長

父は今年八十一になります。私はその長男で、やはり父と同じ教師の道を選びました。

少し妙だなと感じたのは五年くらい前からでしょうか。言葉数がぐんと減って、あまりしゃべらなくなったのです。話をしていても、こちらの言うことが通じているのかどうかはっきりせず、父の言葉も理解しにくくなりました。本を持って来いと言うので、どの本かと思っていると新聞のつもりだったりで、言いたい言葉がずれるようなのです。鋏《はさみ》とナイフを言い間違えることもありました。これは呆《ぼ》けが始まったかと思って、大学病院で検査をしてもらったところ、アルツハイマー病で、脳もだいぶ萎縮《いしゅく》していると言われました。

念のため、何か治療法はないか尋ねてみましたが、主治医は首を振り、夜眠らなくなったり、徘徊《はいかい》してまわるようになったりしたら、また連れて来なさいと言うだけでした。

それが四年前でしたか。

アルツハイマー病なんて、どこかよその国の病気かと思っていましたが、現実に父にそれが起こるとは予想外でした。さっそく姉や弟たちにその旨《むね》知らせましたが、やはり一緒に住んでいないと切実感がないようです。広島に嫁いでいる姉はすぐとんで来ましたが、一泊していって、びっくりしたけど、たいしたことないじゃないの、と言い残して帰りました。弟二人は、まあ齢が齢だから呆けがくるのも道理だろうと手紙を寄こしてきたのみです。

それでも正月に顔を出したときは、さすがに三人とも「親父《おやじ》本当に呆けてきたな」と言っていたので、少しは分かったようです。

しかしいくら分かったといっても、離れていれば現実から遠く、一緒に住んでいる者が一番の苦労です。盆と正月に帰ってくるくらいでは、本人の呆けの進み具合しか眼にはいらないようです。まあこれも仕方のないこととは思いますが。

家内が困るのは、昼間も外出できないことです。ひとり残しておくわけにもいかないので、じっと見ている必要があります。昼御飯だけつくって置いて出て行くのも不可能です。やはり家内が箸《はし》を持たせて、食べる動作を促さないと、食事は始まりません。そのままにしておけば、箸でお汁をかき混ぜるだけで、口に運びません。箸という道具の使い方を忘れているのでしょう。

夕方、風呂に入れるのがまたひと苦労です。洋服の脱ぎ方も着方も、忘れてしまったようです。放っておくと、ランニングなんか、首から脱がずに、引きちぎろうとして顔を真赤にしているありさまです。湯舟にはいるのも恐《こわ》がるので、私が一緒に見本を示してはいってやり、洗うのも家内が三助よろしく、ごしごしこすってやったりします。もちろん、父の言うことはなかなか理解できません。「××か」とか「△△だ」というように語尾だけはちゃんとしているのですが、その前の言葉がうやむやなのでこちらには通じないのです。

トイレの感覚も薄れてきているようで、昼間は家内が一時間おきに促しています。大便のほうは、私が勤めから帰ってからさせるようにしています。家内が言っても、なかなか便器には坐《すわ》ってくれないらしいのです。坐らせてもすぐに出るのではなく、十分も二十分も根気よく待たねばなりません。時々、戸を開けて、便器の中を覗《のぞ》いてやります。ちゃんと出ていれば、ウォッシャーのスイッチを押して、私が紙で拭いてやります。もともと、温和な父でしたので、わけの分からぬ言葉で大声を出したり、手を上げたりはしません。それがあるなら、家内も早々音をあげたでしょうが——。

しかし、温厚で几帳面《きちようめん》な父がこうまで呆けてしまうとは思いもしませんでした。父は堅物で、専攻も数学です。それも、初めから師範学校を出たのではなくて、戦前は田舎の代用教員のようなことをしばらくしたあと兵隊にとられ、復員してから一念発起して大学にはいり直し、教師になったのです。融通がきかず、人づきあいも下手なので、せいぜい教頭どまりと言われていましたが、最後は町の小学校の校長を四年務めて定年になりました。校長としての評判はなかなかのものだったようです。もともと威張りたがる人物ではないので、教職員にも頭が低く、逆に市や教育委員会には言うべきことは言いに行くという態度で、退職のとき何人もの先生が家まで押しかけてきて、四年間、下野校長の下では本当に仕事がしやすかった、と涙ながらに言っていたのを覚えています。すべては現場に任せる。教室の中では担任が指揮官、校長といえどもその聖域は侵すことはできない、というのが持論でした。私も平の教諭を経験しているのでよく分かるのですが、そういう校長は稀《まれ》で、小言ばかり言う小人物が多いのです。下の者には小言、上の者にはペコペコというわけで、今はそのタイプの校長や教頭が蔓延《まんえん》しています。児童や生徒の気持を汲《く》みとることなぞ、もう眼中にはありません。上に気にいられ、教育委員会の覚えを良くするために、毎日を生きているようなものです。教育論議よりも、日々の酒の上でのつきあいが大切になり、職員室での話し合いも上意下達、反対に、教頭や校長を論理や人生観でやっつける教員もいなくなりました。こう言う私も、陰ではあの校長が悪いと不平不満を並べたてているのですが、表立っては借りてきた猫みたいにしています。

父は上役にも教育委員会にもずけずけものを言い、かみついて、それでいて校長になった最後の世代でしょうね。そんな父を引き立てた偉い上役がまだ残っていたということでしょう。組織というものは、伝統によってその質が保たれていくものと思うのです。

良い校長が良い後輩を育てて、校長に推薦していく。その校長もまた後継者に、少なくとも自分と同程度か、それ以上の人物を指定する。この連鎖が、その組織の水準を厳然と保っていくのです。

ところが、これが別の基準で機能するようになるともういけません。おべっかつかい、要領の良さ、袖《そで》の下というような、その組織の本性とは何ら関係のない要素で、上に立つ者が決まり出すと、みるみる組織は変質していきます。そんな風にして選ばれた校長は、自分の後継者に自分以上の大人物を推薦することは絶対にしません。自分の馬鹿《ばか》さ加減が目立ちますから、必ず自分よりも小人物を選び出します。そのほうが自分は見映えがし、あとあとまで影響力を及ぼせますからね。

すみません、父の相談に来て、自分の愚痴ばかりこぼしました。要するに、自分が教師になってみて、上にいる教頭や校長を眺め、父とは雲泥《うんでい》の差だなと思うのです。何もこれは身びいきではありません。

父を支えたもの——これは何だったかなと考えることがあります。戦争体験ではないかと、この頃になって思うのです。

父は、昔語りに若い頃の話をしていました。私ら子供たちは父親の話をよく聞いたほうでしょう。特に教師になるために教育学部にはいってからは、真面目《まじめ》に聞きました。どこかに父親を尊敬する気持があったのでしょう。特に盆や正月に帰省して、一緒に酒を飲むときがそうでした。

父は〝餓島〟と言われたガダルカナルの生き残りなのです。部隊名は忘れましたが、以前から数年毎《ごと》に元部隊の供養《くよう》の集まりに出かけていました。××回忌だという通知の葉書が届いていました。その他にも時々戦史を開いては、どんな作戦だったのか確認しているようでした。何しろ中学を出たときに実家がつぶれ、上の学校に進めずに文房具を扱う会社に勤めたあと、代用教員をしていたところに召集されたので、全くの二等兵から叩《たた》き上げ、最後がたかだか伍長《ごちょう》で敗戦なのです。参加した作戦がどういう意味をもつのか知るすべもなかったのでしょう。七年間軍籍にあって、最初がノモンハン、さらに中国、インドネシア、フィリピン、ビルマを転々とし、最後がカンボジアとベトナム、その合い間に半年だけいたのがガダルカナル島だったようです。

父は、ノモンハンの敗《ま》け戦を〝停戦〟、ガダルカナル敗戦を〝転進〟などと偽った陸軍上層部を、ことあるごとに責めたてていました。無理もないと思います。ガダルカナルでは陸軍三万のうち二万人が死に、そのうち弾丸に当たって亡《な》くなったのは四分の一、あとの四分の三は病死か栄養失調だというではありませんか。

父の部隊がガダルカナル島に投入されたのは昭和十七年の九月で、既に戦いは始まっており、翌月、師団が総攻撃に出たといいます。ところがもう米軍は陣地を築き終わっていて撃ち合いも勝負にならず、一日で部隊は半分の員数になってしまったそうです。

第一ラウンドのゴングが鳴ってすぐアッパーカットをくらい、マットに倒れたようなものです。

米は一日に一合の割当てだったので、これでは腹が減って、戦もできないのが当たり前です。しかも弾丸もないときています。

その点、米軍のほうは、ちょっと草むらがさこそしたかと思えば弾丸も機関銃のように撃ちまくり、煙でも立てようものなら、砲弾が雨あられと降ってきたというではありませんか。これでは勝負にならないはずです。

そのうち父の部隊は半病人の集まりになりました。重症の兵隊を後方の野戦病院に下げようにも、運搬の手段がない。たとえそこに辿《たど》りついても、病院とは名ばかり、食糧もなし、医薬品もなし、医者も戦死していないという有様ですから、その甲斐《かい》もないのです。

半病人ばかりといっても、いないよりはましだそうで、杖《つえ》にすがってやっと歩く兵隊でも、敵が出てくれば弾丸だけは撃てるのです。

米軍の砲撃を避けて移動するうち、落伍者が出ます。隊列から離れて一人になるのは死を意味します。父も必死だったようです。道端に戦友が倒れ込むと、声をかけるだけで、とても肩を貸してやる余力はありません。まだ息のあるうちから、目や鼻、口に黒い蠅《はえ》がとまり始め、追い払う力もないまま息を引き取るのです。砲弾での負傷や栄養失調だけでなく、マラリアも米軍以上に強敵で、高熱で頭がおかしくなった将校が、真っ裸になって刀を抜き、敵陣に切り込み、あえなく死んだ例や、裸で木の周囲をぐるぐる回り、バタンと倒れて絶命した兵士もいたといいます。

父は負傷こそしていませんでしたが、マラリアには悩まされたそうです。着のみ着のままの服が豪雨で濡《ぬ》れても、熱が出るとパリパリに乾きます。服には虱《しらみ》がたかり、穴ぐら生活ですから、顔も手足も服も真黒、人間のモグラです。

それでも日本軍は米軍に対して夜襲をかけました。多少なりとも元気な兵隊を集めて挺身隊《ていしんたい》をつくり、虎《とら》の子の米を少しばかり余分に食わせて、切り込みをかけるのです。敵の優秀な機銃の前では大した効果もなかったと思います。しかしこれが牽制《けんせい》球になって、米軍が一挙に押し寄せなかったのはどうやら本当のようです。父たちが助かったのもそのためでしょう。

もはやどうにも勝負にならぬと、参謀本部が撤退を決定したのは昭和十八年の二月です。撤収には海軍の駆逐艦が二十隻《せき》動員されたそうです。四キロ先の沖合に待機する船に、夜闇《よやみ》に紛れて小舟で辿りつく作戦です。退却も命がけです。父は三回敢行された撤収のうち最後の組でした。その頃には米軍も事情を察して偵察《ていさつ》機を出しており、乗艦直前に照明弾を落としたそうです。それでも無事に乗り終え、全速力で発進。夜明けとともに米軍の艦爆三十機が襲って来て、急降下爆撃をされたのですが、父の乗った船は難を免れて無事ブーゲンビル島に逃げ帰ることができました。しかし上陸後、一割はそのまま昇天したといいます。もともとが骨と皮、杖をついてやっと立てるくらいの兵隊ばかりだったのですから当然でしょう。

撤退後、軍司令官の訓示が配布されたそうです。《諸子は人力の限りを尽くしてよく戦った。これは決して敗れたるにあらず云々《うんぬん》》と書いてあり、これには父も腹が立ったと言っていました。どんな戦いを負けと言えばいいのか。全員将兵が死んだときに初めて負けだと認めるのか、と内心鼻白んだことは、その後たびたび聞かされました。父らしい判断です。私も聞きながら、全員討ち死に、あるいは餓死でも、負け戦と断定しないのが日本軍の方針だなと思ったものです。

父は現場がすべてだと、よく言っていました。あの戦争は、現場を知らぬ者、知ろうとしない者が、机上作戦をたてたから、どうせ負ける戦いにしても、死者の数が十倍にも百倍にも増えたのだと確信しているようでした。

先生は知っているかどうか分かりませんが、ガダルカナルのジャングルは、ビルマやタイの密林とは全然違うらしいですね。大木の下は雑草が生い繁《しげ》り、地面と木の枝の間を、蔦《つた》とかずらが網の目のように埋め尽くしているので、昼間でも暗い。これに崖《がけ》や急坂が加わっているため、五十メートル進むのに一時間もかかるそうです。ましてや大砲などは崖を登れませんから、いったん分解して、兵が部品を身体に巻きつけ、蔦にしがみついて上り下りするのです。参謀本部は作戦をたてるのに、ジャングルの研究をしていないのです。また現地からの報告さえもとり上げなかったのでしょう。地図もろくになかったといいますから、よくもまあこれで大軍を動かしたものだと、私でさえもあきれます。

現地の参謀たちは、大本営の参謀を東京ホテル組、連合艦隊の指揮軍を大和ホテル組と呼んでいたそうです。大いに揶揄《やゆ》したつもりでしょうが、その現地参謀たちも、敗れた支隊長たちの報告に耳を貸さなかったといいます。敗れたのは士気が足りなかったというわけです。食糧、武器、弾薬もなく、地形の研究さえできていない。敵陣にたどりつく前に、こちらは消耗してしまっている。制空権がないので、進軍するのにも海岸や平地には出られない。昼間は炊事の煙も立てられない。敵の弾丸に当たらなくても、栄養失調で兵隊がばたばた倒れていく。小隊長や中隊長たちは、そんな惨状を大隊参謀や師団参謀たちに訴えるのですが、彼らはその大事な話に耳を傾けない。そして大本営のやり方に対して、現地を知らぬと憤慨する。情報の交換が、上から下まで徹底して阻害されていたわけです。

戦争の体験もない私が想像するに、大本営や現地参謀が勇ましい決断を下すには、情報などないほうがよかったのでしょう。こまごまとした具体的な情報があればあるほど、まとめるのに頭脳が要求されますし、決定も慎重にならざるをえません。

父はよく言っていました。同じ大隊所属の兵で、マラリア熱の再発でラバウルに残留した戦友と、ガダルカナル撤退のあと合流したらしいですが、島が違うだけで、もうガダルカナル島の悲惨さは想像できなかったそうです。人間、居場所が違えば相手の状況など想像もつかないものなのでしょう。だからこそ情報のとりまとめと検討が大切になってくるのです。

父はそのことを骨身に沁《し》みて理解したと思います。小学校で管理職になっても、徹底した現場主義でした。第一線の教師たちの意見、生徒の考え、父兄の意向に耳を傾け、それを校長会や教育委員会に伝えるのが職務だと考えていました。

私が教育の現場にいてつくづく感じるのは、父のような管理職にはまず出くわさないということです。文部省や教育委員会の方針を下に伝えるばかりの校長です。そういう人物でないと校長になれない時代になってしまったのでしょうね。その意味では父は前時代最後の遺物なのかもしれません。

もともと優しい父だったのですが、アルツハイマー病に加えて脳梗塞《のうこうそく》を起こしてから、カンシャクを出すようになりました。最初に入院したときは、手足にも少し麻痺《まひ》があって、言葉も大そう不自由でした。しかし少しずつ身体《からだ》の動きは回復して、言葉の障害だけが残ったようです。入院していた病院には言語治療士がおらず、退院したあとは別の病院に週一回通って訓練を受けました。土日は病院も休みで、行くのは火曜か木曜、家内が車で連れて行きました。訓練の内容がどうなっているのか詳しくは知りませんが、漢字や平仮名を読ませたり、絵を見て何なのか言わせたりのようで、父は次第に行きたがらなくなったのです。自分が生徒にされているような気がしたのではないでしょうか。行きたがらないのを無理に連れて行こうとしても機嫌が悪くなるだけで、とうとうやめてしまいました。

言葉が思い通りにならないので口惜《くや》しいのでしょうね。アアアアと言って顔を真赤にし、テーブルを箸《はし》で叩くこともありました。食事は家内が介助しても、だんだん食べ散らかすようになりました。

昼間、家内に用事ができ外出したとき、まさか玄関を閉めておくわけにはいきませんから開けたままにしておきました。父にはじっと留守をしておくよう言いきかせていたのですが、やっぱり外に出て行ったのです。

金を持たずにスーパーにはいり、店員との言葉のやりとりがうまくいかずに喧嘩《けんか》になり、警察官が中にはいってやっとその場はおさまったようです。派出所から私の勤務先に電話がかかってきて、ようやく分かったのですが、もう父を昼間ひとりにしてはおけないなと思いました。かといって、見る者は家内しかいません。これまで二十年以上小学校の教師をしてきたのを今中断させているのですが、これから先もそれを強要する資格が私にあるのか、考えました。

その後、父は近在の店には買物に行かなくなりました。その代わり、遠くまで、それも山の中か林の中を歩き回り、足にすり傷をつけたり、ズボンを汚したりして帰ってくるようになりました。そのうち帰り道が分からなくなってうろうろしているのを知人が偶然見つけて、家まで連れて帰ってくれたり、交番のやっかいになったりが増えてきました。

職員室の電話が鳴ったりすると、また父がどこかに世話になっているのではないかと、ギクッとしたものです。

家内にも相談する時期がきたと思って、話し合いをもちました。このままずっと教師の仕事をやめて父の面倒をみてくれないかとは、直接口にはできません。もしかしたらという気持があっただけです。

あと五年か十年か、先の分からぬ年月の間、痴呆《ちほう》老人のために自分の天職を投げ出すつもりはないと、家内ははっきり言いました。私もそうだろうと思いました。家内はこれまで学年主任などもし、大会で発表もしたりで、まさにこれから脂《あぶら》の乗る年代です。いま職を投げ出せば、前途無効の切符で途中下車したのと同じなのです。

それに娘二人の仕送りや学費を考えると、私ひとりの収入だけでやっていけないのは明白です。

父には何とか説明しました。果たしてここで暮らしていけるか心配ですが、さっき病棟中を案内してみたら、気に入ってくれたようです。

どうかよろしくお願いします。日曜か土曜には妻と交代で見舞いに来ますし、週末の外泊も構いません。すべて病院と、主治医である先生の方針に従うつもりです。

サーモン

この病棟にお世話になるとして、ひとつ心配なのが食事です。家内はサーモンしか食べません。

それ以外にも、めん類と里芋の煮付けに箸をつけることはありますが、主食はあの薄切りのサーモンです。

私もよくこれで身体がもつなと思い、風邪をひいて内科にかかった際、血液検査をしてもらったのですが、栄養失調になっているわけでもなし、すべて正常値だそうです。私なんか高血圧の薬は飲んでいるし、前立腺《ぜんりつせん》肥大もあります。ところが家内ときたら、サーモンだけしか食べないのに、血圧も正常、不整脈も貧血もなくピンピンしているそうです。この齢《とし》になると血糖値が高いとかコレステロール値が上がるとか、何か異常値が出るのが普通なのに、高倉さんはよほど食事に気をつけているのでしょう、と内科の先生に言われました。まさかサーモンばかり食べているとも言えず、返答に困りました。

家内がどうしてサーモン好きになったのかは分かりません。歯はもう十年前から総入れ歯ですが、最初の頃は何でも食べていました。もともと好き嫌いのないほうで、サーモンなど年に何回しか食卓には上がらなかったと思います。

やはり呆《ぼ》けが出始めた四、五年前から、妙にサーモンにこだわり出したように思います。その頃もう家内の料理がちぐはぐになり出していました。御飯の水の量が多過ぎたり、逆にコチコチになったり、味噌《みそ》汁《しる》に味噌がはいっていなくて、あとで慌《あわ》てて味噌を溶かし込んだり、大根と魚の煮付けが醬油《しょうゆ》漬けのようになって、しょっぱくて食べられなかったりです。見るに見かねて、私が傍につくようになりました。私が料理学校に通い出したのはそのあとです。しかし三ヵ月もした頃から、お父さんが傍にいるとやりにくいと言って、パタッと料理ごしらえをしなくなってしまったのです。ある日を境にして急にですから驚きました。少しくらいは手伝わせようとしたのですが、頑として動きません。茶碗《ちゃわん》の後片づけもしないのです。

仕方なく私が炊事をするようになってすぐの頃です。「サーモンを食べたい」と家内が突然言い出しました。本当に唐突にです。それで家内と一緒にスーパーに行き、新鮮なのを六切れか七切れ包んでもらって帰ったのです。もちろんレモンも買いました。それを、家内はあっという間にペロリとたいらげてしまいました。他は何もいらないと言います。私なぞ、サーモンはまずいとは思いませんが、二切れも口にすればもう充分です。その夜家内は、私の食い分など残すような素振りは見せず、自分だけさっさと食べて平気な顔でした。

次の日、朝はいつものように食パンにバターをつけて食べ、ミルクティですませたのですが、昼にはまたサーモンと言い出したのです。昨日も食べたのでいい加減にしないかと叱《しか》りつけて、そうめんをしてやりましたが、半分ばかり箸をつけただけでした。情ないやら腹が立つやらで、夕方にまたスーパーに行き、前日と同様にサーモンを十切れ包んでもらいました。サーモンだけでは物足りないだろうと思い、肉ジャガも作ってやりましたが、家内が食べたのはやっぱりサーモンだけでした。それも十切れ全部です。肉ジャガを食べたのは結局私だけです。

こうなるともう私も覚悟を決め、翌日スーパーの開店に合わせて家内と一緒に買物に行き、サーモンを十二切れ切ってもらいました。値段は、まあ五百円前後でそう高いものではありません。昼に五切れ、夜に七切れという具合に分け、残せば私が食べればいいのです。

ところが、家内は一切れだって残しません。出されたものをペロリと食べてしまい、満足そうに箸を置き、お茶を飲みます。私が食べている魚の煮付けやほうれん草のおひたしなど、自分とは全く関係がないといった眼で見つめます。こうやって家内のサーモン狂いが始まりました。

パン一切れとサーモン十二切れ、ミルクティにお茶、それに時々食べるめん類と和菓子が、家内のこの四、五年の食事内容です。偏食もこれ以上はないほどの偏り方なのですが、不思議と風邪もひきませんし、腹も下しません。私が風邪で熱を出しても、家内にうつったためしはありません。

盆と正月に帰ってくる息子夫婦と娘夫婦もこれにはあきれています。もちろん正月にもサーモンは欠かせません。スーパーは休みなので三、四日分のサーモンは年末に買い込んでおきます。幸いお雑煮だけはほんの少し食べてくれるので、正月の恰好《かっこう》はつきますが——。

困るのは夏です。サーモンは生ものですから絶対に買い置きはせず、毎日買いに出かけます。もうこの頃ではスーパーの魚屋も分かっていて、切らさないように仕入れてくれます。やはり値段は日によって違い、高いときは魚屋も申し訳なさそうです。

今もって、家内のサーモン好きがどこに由来するのか理解に苦しみます。

家内は広島県の瀬戸内海沿岸の生まれで、魚は小さいときから食べてはいたでしょうが、私と結婚してからはどちらかというと魚好きというより肉好きの印象がありました。もちろん安月給なので、肉料理などそう頻繁にできるはずはありません。それでも豚汁や豚の生姜《しょうが》焼《や》き、ステーキ、焼肉、しゃぶしゃぶなど、他の同程度の暮らし向きの家よりは、肉料理が多かったかもしれません。「小さい時から魚ばかりで、魚には倦《あ》きています」と家内は言っていました。

サーモンが瀬戸内海で捕れるはずもないので、子供時分に食べつけたものが、頭が呆けて蘇《よみがえ》ったというのでもないと思います。

広島の女学校時代、毒ガス作りの島に学徒動員されたとは聞きました。竹原の沖合い三キロ程に浮かぶ小さな島です。私はそこに渡ったことはありませんが、家内の実家に行った折、海岸から眺めた覚えはあります。イペリットやルイサイトと言われるびらん性毒ガスを作る工場があったようです。

ガスマスクやゴム手袋、ゴム長靴、ゴム衣などをつけて工場にはいり、三十分働いては三十分休憩の措置がとられていたそうです。男子の動員学徒のほうが実際の毒ガス製造現場近くに配属されて、被害はそちらに多かったといいます。イペリットが皮膚につくと火傷《やけど》したように熱くなり、五、六時間すると水泡ができるそうです。二、三日後にはこれが破れて、そこに衣服でも触れると飛び上がるくらいの痛みらしいです。毒ガスを吸うと肺がやられて、ひどいときは声も出なくなり、ひっきりなしに咳《せき》が出ます。水泡が破れた跡に包帯を巻き、激しく咳込む男子工員が何十人とおり、顔色も何か黄色くなっていたと家内は言っていました。

幸い家内は結膜炎にかかったぐらいで、これも医務室で洗眼してもらうと、すぐ治ったようです。それでも工場で働いていた同僚の誰もが、身体がだるいだるいと口にしていたといいますから、目に見えない微量の毒ガスは吸い込んでいたのでしょう。

戦争末期になって沖縄に米軍が上陸すると、毒ガスの製造は中止されて、風船爆弾づくりに変わったらしいです。爆弾をつけた気球を飛ばして太平洋を渡らせ、米国本土を直接攻撃するというわけです。今から考えると子供だましの作戦ですが、当時は大真面目《おおまじめ》でした。

コンニャクを原料にした特殊な糊《のり》で雁皮《がんぴ》紙を貼《は》り合わせ、駅がひとつはいるくらいの大きな風船を作るのです。出来上がった物に本当に爆弾をつけて飛ばしたかどうかは知りません。その頃になると瀬戸内海沿岸の町が次々と空襲にあい、毒ガス島も防空壕《ごう》づくりに追われたそうです。風船の紙貼りと穴掘りが家内たちの日課です。

七月上旬の呉《くれ》空襲のときは、焼けた黒い紙が島まで飛んできたといいます。下旬の松山空襲は夜空が赤くなるのが見えたと言っていました。その次が八月六日の広島です。朝礼が七時三十分で、原爆が投下されたときはちょうど作業を開始してすぐの頃だったようです。建物の中にも閃光《せんこう》が走り、作業は一時中止になって、全員が運動場に出たのです。家内は、広島の方向に、黄色い煙が巨大な柱になって天を衝《つ》くように立ち昇っていくのを目撃しています。

すぐに終戦となって、職員や工員、中学校や女学校の学徒、合わせて千三百人近くが、それぞれ家庭に帰されました。

毒ガス島の毒液が米軍の管理下で処理されたのは、終戦後七年してからで、その頃私たちは結婚して紡績会社の社宅に住んでいました。毒液は千トン近くあって船で運び出され、高知沖の海底に沈められたと聞きました。残りの毒液は、米軍が火焔《かえん》放射器で焼き払いました。私たちが見たのは、そのときの黒い煙です。来る日も来る日も毒ガス島からもうもうと煙が上がり、一ヵ月以上は続いたでしょうか。家内が毒ガス島での仕事について話してくれたのも、その時でした。家内は女学校を卒業して紡績会社に就職、私もそこで働いていたので職場結婚です。

まさかサーモン好きも、毒ガスとは関係ないでしょう。ただ、もうあれから五十年以上もたったのかと、感慨無量です。文字通り二男一女に恵まれ、豊かな生活ではないにしろ、男二人は大学を出し、娘も短大まで行かせ、晩婚ながら無事世帯を持ちました。いま娘は臨月で、間もなく私共にとっては五人目の孫ができる予定です。

もう私の力ではどうにもならないと思ったのは、スーパーに連れて行ったとき、みかん一個や七味唐辛子などを万引したからです。家に帰り着いて、家内の服のポケットから品物が出てきてびっくりしました。あとで店に返しに行き、本人をこっぴどく叱りましたが次に行ったときも、やっぱり味の素の小瓶をポケットに入れていました。若い頃にはそんな盗癖などいっさいなかったのです。もう家内を連れて店にはいれません。かといって家に残しておくわけにもいきません。進退窮《きわ》まりました。

家内が完全に呆け切ってしまうまで私が家で面倒をみようかと思っていましたが、私も八十を越して身体《からだ》も思うように動きません。家内は風呂《ふろ》の中でも身体を洗わず、上がってもバスタオルを使わず、濡《ぬ》れたままの身体にパンツをはきます。洋式トイレにも反対向きに坐ります。私がそれではいかんと言って注意すると、手を払いのけて怒ります。見ての通り、家内と私はノミの夫婦で、力は家内のほうが強いのです。共倒れになる前に家内を預かってもらおうと決めていました。

家内がいなくなっても、まあひとりで生活する分には不自由しません。これまで何年間かやってきましたから。

ただ、家内はサーモン以外はやっぱり食べないような気がします。二、三日様子を見て、みなさんと一緒の食事に手をつけないようであれば、毎日でも私がサーモンを買って参ります。その点は先生、心配しないで下さい。見舞いがてら来ればいいことです。

アルコール

主人には苦労しました。若い時から酒好きだったようです。しかし結婚した当初はそんなにお金もなく、酒がはいるにしても時たまでした。会社が大きくなるにつれて生活も安定し、酒量も増えていきました。

主人は、戦争から帰って来たあとはしばらく山仕事などしていたようですが、戦時中の上官が会社を始めるというので誘われ、町に出ました。初めは社員三、四人の小さな会社だったといいます。地図会社です。

親類の口ききで結婚してから、わたしもその会社に臨時職員で働きました。町の地図を作って一軒一軒の家の配置と戸主の名前を書き、その紙の周囲の余白にいろんな広告を出すという商売です。現在はぶ厚い一冊の本になっていますが、以前は町内毎《ごと》に一枚の紙に印刷していました。当時の形式は今でも、バスの停留所の看板に描かれた地図に残っています。地図は一度作ってしまえば、一、二年毎にアパートの住人の出入りを確かめて、戸主を書き換えていけばすみます。区画整理で道路の変更ももちろんあります。

そんな時の点検には、学生アルバイトを使っていました。わたしたち主婦の臨時雇いは、広告取りです。冊子になっている地図と一枚地図の両方があって、地図そのものの値段よりも、広告の収入のほうが大きいのです。囲みの広さによって三千円とか五千円、一万円と決められ、その一割がわたしらの収入になりました。今でいう歩合制です。毎年広告を出してくれる店は決まっていますから、それぞれ担当区域を決めて、契約を取ってくればいいわけで、楽な仕事ではありました。

主人たち正社員の役目は営業で、警察や役所、百貨店、酒屋や魚屋、八百屋などに、冊子になった地図を販売にまわります。初めはひとつの町だけの地図だったのですが、営業が成り立っていくような町にも手を伸ばす方針だったので、そのあたりの調査もしていたようです。

そのあと会社は大きくなるばかりで、支店も増えました。社長の息子さんが大学を卒業してすぐ副社長になって、それから先は大学卒ばかりを雇うようになりました。地図作りもコンピューター化されて、主人たちのような古い社員には事業の詳しい中味は分からなくなっていたようですが、創業時代からの従業員というよしみで営業の課長にはさせてもらいました。課長といっても、仕事は相変わらずの得意先回りです。昔からの同僚がそれぞれ事業の拡大にうまく合わせて課長から部長になっていったのに対し、主人だけはずっと課長止まりで、そのうち、部下のいない課長にされ、外回りも若い人がするようになりました。はっきり言えば窓際族《まどぎわ》です。アルコールの量が増えたのはその頃からです。ぐでんぐでんになって帰り、そのまま寝床につき、翌朝頭が枕《まくら》から上がらず、わたしが会社に欠勤の電話を入れる羽目になります。日曜祭日は家で、朝からもう焼酎《しょうちゅう》です。

会社を辞めるにしても他に能力はないし、窓際族なりに給料を貰《もら》えるのはありがたいことでした。わたしとしては休みの日は酔いつぶれたとしても、週日はなるべく出勤させるようにするしかありません。息子二人もまだ高校と中学で、主人には何としても働いてもらわねばなりません。会社では本当にお荷物になりはじめていたと思います。社長の息子である副社長の悪口をよく言っていました。小さいときは自分が手をつないで夜店に連れて行っていたのに、昔のことは忘れて俺を邪魔者扱いにすると言うのです。副社長にしてみれば、創業時代からの社員は目の上のたんこぶみたいなものでしょう。会社を近代化していかなければならないのに、古い社員たちはその変化についていけないのですから。

主人の立場が決定的に悪くなったのは、社長が亡《な》くなってからです。社長はもともと病気知らずの人で、六十過ぎても医者にかかったことがなかったのです。会社で顧客と商談中に胸の痛みを訴えて、救急車で病院に運ばれたのですが、その日が通夜《つや》になりました。心筋梗塞《こうそく》です。年二回の健康診断でも異常は出ていなかったそうで、社長自身も健康そのものと信じていたはずです。

通夜の席で、主人は大声をあげて泣きました。社長からは二度救われたのに何も恩返しできないうちに死なれてしまったと言うのです。そのとき酒ははいっていませんでしたが、あまり取り乱すので、なだめすかして家に連れて帰ったくらいです。家では酒持って来いです。そんなとき逆らえば、テーブルはひっくり返され、窓ガラスに灰皿をぶつけられるだけなので、はいはいと従っておくほうが無難です。

社長から命を助けられたという話は、よく聞かされました。主人は少年兵で応募し、ジャワのスラバヤにある部隊に補充されたのですが、昭和十八年の終わり頃、もっと東にあるアンボンという島に転属命令が出たそうです。もうその頃にはアメリカ軍が優勢になっていて、空には飛行機、海中には潜水艦がうようよで、船での移動は命がけだったといいます。

スラバヤ港で何日か待って明石丸という小型貨物船に乗り込みました。主人たち以外にも移動する他の隊の下士官や将校が百名近く乗っていたそうです。もちろん、位の上の人たちはデッキにある船室で、主人たち新兵は船倉です。

明石丸は潜水艦が近寄れないように、島陰づたいに移動し、目的地に近づき、いよいよ明日はアンボン島に入港するというところまで来たそうです。ところが夜が明けて間もなく、アメリカの潜水艦の魚雷攻撃を受けてしまいました。沈没はしなかったのですが、二十名近くの死傷者を出し、主人も右足を大怪我《けが》し、立つのも歩くのも左足でだけという有様になりました。

明石丸はそれでも残りの力をふりしぼってアンボン島に向かいました。そしてバンダ海に出たとき、ちょうど午前零時頃、再び潜水艦の魚雷攻撃を受けました。もともとが軍艦でもなくただの貨物船ですから、二度も魚雷を受けてはたまりません。夜闇《よやみ》の中で、汽笛を鳴らし、乗組員たちに緊急避難を知らせました。あんな悲しい汽笛は聞いたことがない、まるで船が生き物のように鳴き声をあげていたと、主人は酔うと繰り返し言っていました。沈没しかけているのは、船ではなくて今のあんたですよ、とわたしは心の内で思っていました。

ともかく明石丸の船内は、上を下への大混乱になったそうです。将兵たちは、明かりもつかないので、手さぐりで出口に殺到します。片足でしか動けない主人は、大方の人間が出ていったあとで階段を昇り、デッキにたどりつきましたが、そこには誰ひとりいません。どうしたものか迷っていると、船が少しずつ傾き始めたそうです。身動きできないまま、もうこれで終わりと観念したといいます。

そのとき行きかかったのが、顔だけは知っていたよその部隊の准尉《じゅんい》です。「貴様、泳げんのか」と訊《き》かれ、主人は「足を負傷しております。どうぞ自分のことは構わないで下さい」と答えました。すると准尉は軍刀を抜き、デッキに固定してあった浮きのロープを切ってくれたのです。浮きは丸太を井桁《いげた》に組んだもので、人ひとりが充分につかまれる大きさです。もうデッキも沈みかけ、二十センチくらい海水がかぶっていました。准尉はその井桁を浮かべて主人をその上に乗せ、海の方に押しやってくれたそうです。

准尉がそのあとどうしたか、主人は自分が沈む船から遠ざかることばかり考えていたので知りません。船が沈没するときは大きな渦ができるので、吸い込まれないよう、できる限り遠くまで離れたほうが安全なのです。

主人が船から離れて五、六分後、明石丸は船体の全《すべ》てを海中に沈めてしまいました。浮きにつかまって海の上を漂っているうちに夜が白みはじめ、周りに点々と人が浮かんでいるのが見え出しました。みんなそれぞれに木片や雑貨にすがって浮かんでいたそうで、明石丸からは二艘《そう》のボートがおろされ、周囲の者に激励の声を送っていたといいます。ボートも乗れるだけ人が乗っているので、余分には乗せられないのです。

眠っていないので、睡魔に襲われますが、寝入ると海中に沈んでしまいます。そのうち陽が高くなり、今度はその太陽が容赦なしに顔を焼きつけます。首から下は、海の中ですから冷たいのです。しかし頭は直射日光にさらされてジリッジリッと焼かれます。主人は海水を頭から何回かかぶってみたのですが、却《かえ》って暑さを感じたそうです。喉《のど》も渇いてきます。かといって海水は飲めず、もう駄目かと思ったとき、空の向こうに黒い点が見え出し、飛行機だと判《わか》りました。敵機ならもう一巻の終わりです。誰もがじっとその一点を睨《にら》んでいました。友軍の海軍機でした。飛行機はぐるぐる旋回しながら通信筒を落下させ、それがちょうど主人が浮かんでいる近くに落ちたらしいのです。すると明石丸からおろされたボートが通信筒を拾うために近くまで来て、負傷している主人に気づき、ボートの中に抱え上げてくれました。何人分か余裕はあったのでしょう。

通信筒には、救助のため味方の船が向かっているので頑張れと書いてあったそうです。午後になって水雷艇が姿を見せ、周辺の海を巡回して敵の潜水艦を追っ払い、ボートに近づいて遭難者を艦内に収容しました。そのあとまたぐるぐる海上をまわって潜水艦を牽制《けんせい》して、さらに味方を救助するということを繰り返したといいます。

その水雷艇の中で出会ったのが、水びたしのデッキの上で浮きを主人に与えてくれた准尉だったのです。その准尉も、木片につかまって泳いでいたのを救助されたのです。水雷艇はアンボン港に入港し、そこでも上陸の際にその准尉が主人を背負い、野戦病院に向かうトラックの中でも付き添ってくれたのです。部隊のことなど話しているうちに、お互い大分の出身であるのが判り、名前と住所を交換し合って別れました。

その准尉が、戦後間もなく主人に連絡をしてきて、会社を始めるので働いてみないかと誘ってくれた先代の社長なのです。

主人は野戦病院に入院したあとも足の傷の治りが悪く、痛みや熱がひかないで、何ヵ月かして今度はまた貨物船でスラバヤの陸軍病院に移送され、ジャカルタの陸軍病院、シンガポールの陸軍病院、マニラの陸軍病院と、少しずつ北の方の病院に転院させられました。最後には小倉の陸軍病院にたどりつき、そこで終戦を迎えました。ですから、戦争の最後の二年は病院暮らしだったのです。もっとも小倉の陸軍病院では足の傷も大方治って、病院内で雑役夫として働いていたそうです。主人の元の部隊はボルネオに行き、そこで大半が餓死したといいます。バンダ海で船が攻撃され、足を負傷し、准尉に救われたのが、結果的には幸いしたのです。

ですから社長には二度救われたことになるのです。沈没する船から間一髪で浮きに移してもらい、戦後は会社に雇ってもらったわけですから。主人はたいして才覚もなく、田舎に残っていても兄さんたちに使われてうだつが上がらなかったでしょうし、他の会社に勤めても、とても課長まではなれなかったでしょう。ただ社長から言われた通り、商品の地図を持って、役所や警察や商店街をコツコツまわり続けただけです。

そんな主人を、社長の息子さんは煙たがったはずです。小さいときから世話してきたのだという思いや、創業時代の社員だという傲《おご》りが、態度の端々に出るのでしょうね。会社の事業が拡大して、業務内容が変わるにつれて、主人のような才覚のない者、頭の切り替えができない社員が足手まといになるのは当然です。新入社員も、大学卒で、コンピューターにも明るい、頭の柔軟な若い人ばかりです。主人が気がついたときには、もう時代遅れでした。それでも先代の社長が生きている間は、何とか首がつながっていたのです。先代が急死して息子さんが後を継ぐと、社内の様子もガラリと変わり、主人の居場所はなくなったのでしょう。

酒を飲んでは、二代目社長のことを恩知らずなどと言っていましたが、わたしから見ればとんでもない思い違いです。役に立たない人間を降格もさせず、食い扶持《ぶち》を与えていたのですから。酒びたりで無断欠勤が多くなっても、ボーナスはそこそこに出ていました。それがわたしにとってはどれほどありがたかったか。そのおかげで、二人の子供も上の学校にやれました。五十歳を過ぎてからは、年に二回は酒で肝臓を悪くして一ヵ月ずつ入院していました。普通ならすぐクビでしょうが、二代目社長は五年間も大目に見て下さったのです。五十五歳で内科に入院したとき、主人ももう会社に申し訳ないと思ったのでしょう。辞表を書きました。その頃はわたしもスーパーのパートに出ていて、何とか生活できるめどはついていたのです。子供たちも学校を卒業して、ひとり立ちしていました。現社長もそこいらあたりを心配して、わたしにわざわざ会いに来てくださいました。三須《みす》さん、生活は大丈夫か、なんなら嘱託としておいておくこともできるとまで言っていただきました。いいえ、もうこれ以上ご迷惑をおかけするわけにはいきません。主人もそこのところを重々分かって辞職願いを書いたのだと思います、とこれまでのお礼を申し上げました。創業時代からの社員だというので、退職金も思いがけないほどいただき、本当に現社長には先代以上にお世話になったと、わたし自身は感謝しております。

そんな現社長の親切は、主人にはとうとう分からず仕舞いでした。退職してからはアルコールの量がどんどん増えていきました。朝散歩に出ると、もう自動販売機で焼酎をひと缶ひっかけて帰ってくるのです。

昼間、わたしは勤めに出ているので、どうしているのか分かりません。昼御飯は焼きそばや焼きめしなど、レンジで温めるだけにしておきますが、手をつけていないこともあります。ぐうぐう眠っていることが多かったでしょうか。家の中に焼酎や清酒の瓶が転がっているのは見たことがありません。たぶん缶や瓶が見つかるのを恐れて、外の販売機で飲み、そこに置いてきているのだと思います。

夕食の時間も眠っています。起こすよりも、その間にわたしが食事をすませ、風呂《ふろ》にはいります。主人には一応声をかけますが、不機嫌な声で怒りだすだけなので、最後にはもう放っておきました。するとわたしが眠っているのを起こしに来て、飯を食わせろだとか、亭主を置いて自分だけのうのうと眠っていると言って当たり散らすのです。わたしは、これではいくつ身体《からだ》があっても足りないと思いました。

息子二人に相談してみたのです。お母さんそんなところに一緒に住む必要はない、酒飲みは放っておいて、ひとり暮らしをしたらどうかと言うのです。酒をやめろと言ってもきくような主人ではありません。かといって本人の退職金の通帳をわたしが管理すれば、鬼のようになって怒ります。

職場の友人にも話をしてみました。やはり別居してみるがいいと言うのです。わたしが手取り足取りして世話をするので、本人が頼りきってしまっている。突き放して、どん底の苦しみを味わえば、少しは変わるかもしれないという意見でした。

それで主人には黙って二間の安アパートを借り、毎日少しずつ衣類を運び出しました。それが二年前の春でした。その日、帰宅したら、主人はうつらうつらしていました。置き手紙をして、暗い中を外に出ました。涙が止まりませんでした。アパートは家から電車で二駅ばかりですが、もちろん主人には住所も知らせていません。手紙には、探さないで下さい、会社も変わりました、あなたが酒を断って立ち直れば喜んで戻って参ります、と書いておきました。そうはいっても、その夜、初めてひとりでアパートに泊まって、一睡もできませんでした。やっぱり戻って主人の様子を見てみようか、放っておけば食べ物も口にせず、栄養失調になるのではないか。いろんな思いが頭の中を駆け巡るのです。明け方少し眠っただけで、翌日はそのままスーパーに出勤しました。途中、主人のところに立ち寄ってみようかと思いましたが、心を鬼にしてやめました。

勤め先は辞めたと置き手紙には書いたものの、主人が確かめに電話をしてくるのではないかと、半分は期待、半分は恐れて仕事をしていました。とうとうその日、主人からの電話はかからなかったようです。早上がりだったので勤務が終わったのは四時です。

その足で家まで様子を見に行ってみようかと思いました。しかしそれもせずに、まっすぐアパートに帰ったのです。

アルコールが憎いと思いました。あんなものが世の中にあるので、仕事好きだった主人を駄目にし、何ということもなかった夫婦を引き裂いたのだと、恨めしい気持でした。

翌日もその次の日も、主人からは何の連絡もありませんでした。四日目でしたか、上の息子から電話がかかってきました。息子の家に主人が電話を入れたそうです。わたしがいなくなったことを告げて、お前のほうに連絡はないかと訊いたようです。お母さんはひとりで元気にしているから心配しないでいい、お父さんが酒を断って真面目《まじめ》になれば、お母さんは戻ってくる。このままだとお母さんはお父さんに殺される。自分でよく考えなさいと、息子は説教したと言いました。主人はわたしの居場所を訊かないで電話を切ったそうです。

これでいいのだと思いました。息子たちも、今家に戻っては何にもならない、下手な情は禁物だと言ってくれました。

そうやって一ヵ月過ぎたでしょうか。ひとり暮らしをしてみると、こんなに楽なことはありません。考えてみれば結婚以来、いえ、嫁ぐ前も両親の許《もと》にいましたから、ひとり暮らしは生まれて初めての体験でした。朝起きるのも夜寝るのも自由です。もちろん出勤時間に合わせて起きなければなりませんが、少しぐらい寝坊しても、御飯とお漬物だけで食事をすませられます。夜も、面白いテレビがあれば、十一時までも十二時までも起きていられます。眠っていて、途中で起こされもしません。食事も自分の好物をこさえればいいのです。自分が納豆と豆腐が好きだったのも、ひとり暮らしになって思い出しました。

主人が豆腐嫌いなので、結婚してからも豆腐はほとんど買ったことがありませんでした。子供が少し大きくなって、たまにスキヤキをしたときはさすがに豆腐を入れましたが、食べるのは子供たちとわたしだけです。納豆に至っては食卓に並べたことすらありません。子供たちも家で食べたことはないはずで、今でも嫌いだと思います。朝食に豆腐と油揚げの味噌汁《みそしる》を作って食べたとき、そのおいしかったこと。それだけでもひとりになって良かったとしみじみ思いました。朝と夜の二回、納豆を食べた日もあります。朝はからしと醤油《しょうゆ》を入れた納豆で、夕食は大根おろしを混ぜた納豆です。

ひとり暮らしがひと月ふた月になると、主人の暮らし向きなどは、あまり気にならなくなりました。何かあれば子供のところに自分で連絡し、子供がわたしに電話してくるに違いないので、音沙汰《おとさた》がないのは無事にやっている証拠だと思い込むことにしたのです。休みの日でも、電車に乗って主人の様子をのぞきに行ってみようかという気持も失《う》せてきました。馴《な》れというのは恐ろしいものです。これまで主人の言うがままに尽くしてきたのだから、主婦としてもう充分やるだけの仕事はした、今後は自分がひとりで生活していっても悪いはずがない、しかもそれこそが主人を自立させる道だと、そう思えてきたのです。

そのうち、同じアパートの奥さんから誘われてカラオケ教室に行き始めました。わたしより十歳も年上のひとり暮らしの方ですが、わたしをわけありの人間と見てとられたのでしょう。料理をひと皿持って来てくれたり、何かと親切にしてくれる人です。カラオケ教室は駅の傍のスナックバーですが、昼間はそこのママさんが店を近所の人たちに開放して十一時から五時まで、何時間いても、何曲歌ってもひとり千円しか取らないのです。アイスコーヒーやジュースが一杯はつきます。お腹《なか》が空《す》けば、近所のラーメン屋さんに出前を頼んでもいいし、焼きそばやうどんなどはママさんが作ってくれます。千円そこらで四時間以上過ごせるのですから、こんなに安上がりの趣味はありません。わたしは学校時代から唄《うた》はからきし駄目で、カラオケなど、職場で誘われてももっぱら聴き役にまわっていました。たったひとつ歌えるのは〈湖畔の宿〉だけです。とても下手ですが、唄そのものが好きなので、その唄には悪いと思いながら、恥ずかしさをこらえて最後まで歌えます。

そのお友達から誘われたときも、皆さんの唄を聴かせてもらおうと思って、気軽に行ってみました。最初の日、みんな女性ばかり、それも五十歳以上の年配者ばかり七、八人集まっていたでしょうか。ママさんが一番若く、四十少し過ぎくらいです。ママさんは何でも若い頃、歌手をめざして上京し、本格的にレッスンを受け、レコードを一枚出したがヒットせず、そのあとはクラブで歌い続け、三十歳過ぎて故郷に戻ってきた人です。どんな芸名でどんな唄を歌ったのか、今もって誰も知りません。

カラオケの先生だから唄に厳しい人かと思っていましたが、にこにこしながら聴き入ってくれるだけです。わたしからみても間違いなく下手な人が歌っても、ママさんはこが良かったと誉《ほ》めるのです。上手だから誉める、下手だから注意するのではありません。みんな一様に誉めます。みんなそれなりに生き生きと、堂々と歌っているのはそのためなのだなと分かってきました。ですから初めて行ったその日に、何か歌ってきかせて下さいと言われたときも、〈湖畔の宿〉を歌ったのです。終わると「三須さんは本当に好きなんですね。気持が伝わってきました。唄が喜んでいましたよ」とママさん先生が言ってくれました。唄が喜んでくれているなんて、今までわたしは唄に申し訳ないと思いつつ歌っていましたから、びっくりしました。

それからです、他の好きな唄も恐る恐る歌うようになりました。好きな唄ならどんなに下手でも、声を張り上げるのが嬉《うれ》しいのです。

ママさんは、少々キィーが違っても元の歌のキィーで歌いなさいと勧めます。本職の歌手ではないのだから、努力して声を合わせるところに味が出ると言うのです。いくつも誉めたあと先生が注意するのは二つだけ、腹式呼吸と言葉で、これだけは午後一時になると全員起立して、お腹から声を出す練習をします。わたしたち女性は胸で息をする癖をつけているので、息を吸ったときお腹をへこますのではなくて膨らむようにしなければならない。身体いっぱいに空気を溜《た》めれば、それぞれに表情のある声が出るそうです。明るい〈あ〉、暗い〈を〉、するどい〈い〉、子音もきちんと唇を閉じたり、舌を硬口蓋《こうこうがい》につけたり、まるで外国語を発音するように練習させられました。

そんなときです、市立病院から勤務先に電話が入ったのは。主人が救急車で病院に運ばれたのですぐに来て欲しいとのことでした。店長に事情を話して早退にしてもらい、タクシーで駆けつけました。

主人は内科病棟にいました。いくらか痩《や》せて髭《ひげ》が伸びたままでしたが、命に別状はないと看護婦さんから聞かされてほっとしました。自分で救急車を呼んだそうです。家族のことを聞かれ、女房の昔の勤め先なら分かると言ってスーパーの名前を言ったそうです。子供たちの家の電話番号を言わなかったのは、息子たちには迷惑をかけられないと思ったのか、それとも番号そのものも思い出せないくらいに脳がアルコールでやられていたからかもしれません。

病名はアルコールによるひどい栄養失調で、肝臓も悪くなっているとのことでした。四人部屋の窓際《まどぎわ》にベッドがあり、傍に行くと点滴中で、わたしの顔を見ると何も話したくないように目を閉じました。髭が伸びているとはいっても二、三日剃《そ》っていないくらいので、床屋には行っていたのでしょう、髪の毛もそう長くなってはいません。足の爪《つめ》も多少伸びている程度、身体もそんなに汚れてはいません。風呂にも一週間に一度くらいははいっていたのでしょう。

一時間ばかりベッドの横に腰かけていましたが、主人は目をつむったままでした。本当はわたしに謝ってもらいたかったのでしょうが、命に別状がないと知らされたあとは、「ごめんなさい」と言う気持も消えていました。かといって「また酒ばかり飲んでいたのでしょう」と責める気にもなれません。「家を片づけてきます」と言い置いて病室を出ました。タクシーでいったんアパートに帰り、しまっていた家の鍵《かぎ》を持って行ってみました。

家の中は一変していました。もともと主人はきれい好きだったので、時々掃除機はかけていたようです。しかし障子の桟《さん》や部屋の隅などは埃《ほこり》が積もっていました。風呂場も水を入れ替えるだけで、タイルも湯舟も洗っていないのでしょう、水垢《みずあか》で黒くなっていました。一番汚れが目立ったのは台所です。外に出て弁当やお惣菜《そうざい》を買っては食べていた跡が歴然としていました。プラスチック容器があちこちに散らかり、焼酎《しょうちゅう》の瓶や缶が山積みになっていました。毎日買いに出るのが億劫《おっくう》になって、買いだめをしていたのでしょう。空缶の下にはまだ蓋《ふた》を開けていない瓶もあって、酔っぱらってどれをどう買い置きしていたのか分からなくなったのだと思います。一日では片づきませんから、病院の見舞いに行った帰りに家に寄って少しずつ掃除をすることにしました。

入院して五日目でしたか、病院からまた電話があって、栄養状態が少し良くなったら、今度は禁断症状が出始めて大声を出して暴れるので、精神病院に転院させる。奥さんはすぐそっちの方に行って下さいと看護婦さんが言うのです。本当にどこまで他人に世話をかければ気が済むのかと、主人を恨めしく思いました。

精神病院は国道沿いにあって何度も見てはいましたが、正面に回って中にはいったのは初めてです。恐《こわ》い所かと思っていましたが、事務の人も、迎えに来てくれた看護婦さんも感じの良い人で、すぐ病室に案内してくれました。階段の床のタイルがところどころはげて、天井も汚れていて、やはり普通の病院とは違うなと感じました。看護士さんが、汚い病院ですみません、間もなく新館が建つ予定ですからと言いました。主人はそんなに長く入院しなければならないのか、とびっくりしました。でも、ずっとここでお世話になるのも本人のためかもしれないとも考えました。

主人は牢屋《ろうや》のような狭い部屋に入れられていました。トイレと畳一枚だけある所で、ドアと反対側に鉄格子《てつごうし》がはまっていて、そこから中の様子を眺めることができます。主人は四つん這《ば》いになったまま、床の上を手で撫《な》でたり、シーツをまさぐって埃を払うような動作をしていました。着ている寝巻が違うのでどうしたのか尋ねると、便で汚したので病院のゆかたを着せていますという返事でした。主人は見られているとも気づかず、一生懸命シーツと毛布を両手でつまんでいます。「幻覚です。蜘蛛《くも》かゴキブリか、びっしり蠢《うごめ》いているように見えているのです」と看護士さんが説明してくれました。「御飯は食べていますか」と訊《き》くと、介助で食べさせていますが、それでも不充分なので、拘束して点滴で水分を補給しているという返事でした。治るかどうか、死ぬまでこんな哀れな状態でいなければならないのか心配になって質問しました。「治ります。一週間もすれば自分で食事がとれるようになります」という返事でした。

そのあと若い主治医の先生に呼ばれて説明を受けました。世の中の人はアルコールで恐ろしいのは肝臓だと思っていますが、アルコールで一番やられるのは脳ですと言われ、主人もその例だなと思いました。どのくらい脳が障害されているか、検査と治療をしてみなければ分からないとも言われました。

主人の酒について質問を受けたとき、何ヵ月も主人を放置していたことを責められるものと観念しましたが、主治医は黙って聞いているだけです。身体の状態が一段落したら、うちの病院にある断酒のための病棟に移ってもらうかもしれません、しかしそれも本人次第です。本人が酒はやめたくないと言えば退院してもらいます、と主治医から説明されました。そのとき若い先生が言った「本人が主治医、ぼくたちはそれについていくだけです」という言葉は忘れられません。主治医である本人がアルコールを止《や》めないと言えば、もうぼくたちはどうすることもできない。はいそうですか、ではどうぞお帰り下さい、というのが病院の方針だそうです。

たぶん主人はアルコールをやめるとは言わないだろうと、わたしはそのとき思いました。アルコールはもう主人の一部です。アルコールがなければ手足をもがれたも同然、酒が飲めないくらいなら死んだほうがましという人なのです。

何かの参考のために奥さん、アルコール専門病棟を見学して帰りませんか、と主治医の先生に言われ、看護婦さんに案内してもらいました。鍵などかからない普通の病棟で、廊下の掲示板には週間スケジュールが貼《は》ってありました。ミーティングや勉強会、体験発表など、暇な時間がないくらいの一日です。患者さんたちの表情が思ったより明るいので、〈本人が主治医〉という先生の言葉も本当だと思いました。掲示板のなかでなるほどと感心したのは、〈酒がうまい→酒かうまい、この濁点をはずすのが一生の仕事〉という患者さんの色紙でした。でも主人は、もうここにいる患者さんたちとはレベルが違うと思ったものです。

独房のような所に主人は十日ばかりいましたか、その間に息子から電話がありました。お父さんは肝臓を悪くして入院しているとだけ伝えました。精神科にはいっているとは到底言えず、家の中が乞食《こじき》小屋同然になっていたとも、とうとう話せませんでした。

そのあと鍵のかかる病棟に移りました。いろんな患者さんが一緒くたにされている病棟で、主人はこんなところには俺はいたくない、あんな気違いとは違う、お前から先生に言って早くだしてくれるようにしてくれと頼むのです。ただ、足のしびれは残っているようで、これは内科に行って薬を貰《もら》えば治るもの、こんなところで治してもらう必要はないと言い張ります。この病院にはアルコール依存症の専門病棟があるではないですか、そこに移って他の人たちと治療を受けたらどうですかと、わたしは訊いてみました。馬鹿《ばか》、俺がアル中なものか、と主人は怒りました。でも先生があなたは立派なアルコール依存症だとおっしゃっていました、と反論すると、よけい怒り出して、あんな若い医者に何が分かるか、俺のことは俺が一番よく知っていると怒鳴ります。あ、もうこれは駄目だなと、わたしは背筋が寒くなりました。話の通じる主人ではなくなり、何かもう別の世界に住む人間のように思えました。

一週間ばかりしてまた主治医から呼ばれました。

ご主人は酒をやめるなんてとんでもない、すぐにでも退院したいと言っています。ぼくたちとしてはもうどうすることもできません。今日、望み通り帰っていただきます。よれよれだった身体が少し回復すると、たいていの患者はもうアルコールの恐さを忘れてしまいます。精神科の他の患者さんを見下して、あんなのと一緒にされてはたまらないと反発しますが、ぼくから言わせれば、精神科のなかでも一番始末が悪く、治りにくいのがアルコール依存症なのです。医学のなかで治りにくいのは原因が分からない病気ばかりですが、アルコール依存症は原因物質も判《わか》っています。治し方も、飲まなければいいので簡単なはずですが、それもうまくいきません。ご主人の場合は、もうアルコールをやめる気はないので、どうしようもありません——。

それが主治医の説明でした。

わたしもう主人とは一緒に暮らせません、酒をやめない限り家に戻らないと決めていますから、と答えました。主治医がどんな反応を示すか見てみたかったのです。

「いいでしょう。本人が酒の道を選んだのですから、奥さんがそれについて行く必要はありません」

「もし主人がこのまま飲み続ければどうなりますか」

わたしは恐る恐る訊いてみました。

「アルコール性の痴呆《ちほう》です。ほんの数時間前のことでも忘れるようになります。既にその徴候が出ています。奥さんは気づきませんでしたか」

「そういえば、わたしが一昨日見舞いに来たのを忘れていました。着替えを持って来たではないですかと言って衣類を見せると、そうだったかなと、首をひねっていました」

「同じことが、十分前、三十分前のことでも起こるようになります。まるで瞬間人です。脳の断層写真を撮りましたが、年齢に比してかなり萎縮《いしゅく》が目立ちます。肝臓が丈夫な人は、アルコールの害が脳にきやすいのです」

先生の説明はそういうものでした。「ご主人が酒をやめようと思ったら、また来るように言って下さい」

退院時、同じ言葉を先生は主人にもかけてくれましたが、主人は「もう二度と来ませんここ」と言うだけでした。

家に帰って、家の中が片づいているのに気がついたはずですが、主人は何も言いません。

「それでは、わたしは帰ります」

わたしが言うと、びっくりしたようでした。

「戻らんのか」

唸《うな》るように訊きました。

「あなたが酒を飲み続ける間は戻りません」

そう答えて、玄関口で靴をはき、外に出ました。涙が溢《あふ》れて止まりません。酒みたいな毒物がたやすく手にはいる世の中がいけないのだと恨みました。

ひとしきり涙が出て、駅のホームに立ったとき、おそらく主人は酒と縁が切れないだろう、わたしがあの家に戻る機会も来ないだろうと、そんな気がしました。

予感は当たりました。主人は退院したその日からまた飲み始めたようでした。上の息子が主人の所に電話を入れたとき、声が違っていたそうです。

四ヵ月後、主人は同じように救急車で市立病院に入院になり、三日後に精神病院に回されました。今度は独房にいる期間も長く、しばらくおむつをしていました。赤ん坊のように便と尿の始末ができずに、床の上を這いずり、わたしが顔を出しても気づかないのです。

独房から出たのは一ヵ月してからでしょうか。しまりのない顔になり、あまり喜怒哀楽も表情に現れません。裸足《はだし》で廊下を歩いているときもありました。わたしがスリッパをさし出すと、そのときは履くのですが、またどこかに置き忘れてきます。前の日に面会に来たことも忘れているのです。

前にお世話になった主治医は大学に戻り、代わりに中年の先生が担当になりました。呼ばれて説明を受けました。記憶をテストしてみましたが、相当に低下していて、これからも回復は難しい。この記銘力低下では、もうアルコール専門病棟に移っても、他の患者さんについていけないだろうということでした。

ではどうすればいいのでしょうか、と尋ねると、痴呆老人と同じ扱いをしてもらうしかありませんという答えでした。しかし同じ呆《ぼ》けでも、アルツハイマー病などとは違って、普通の世間話はできるが、新しい物事を覚えるのは難しい、従って断酒などもう自分では決めることはできませんと、先生は言われるのです。物忘れがひどいのでしたら、酒を飲むことも忘れているのではないでしょうかと訊いてみました。飲酒は昔からの習性ですから、それは忘れるはずはありません、自転車の乗り方を忘れないのと同じですという話でした。

入院は二ヵ月ですみ、主人を家に連れて帰りました。もう主人をひとり置いてはおけないと思いました。店のほうにも事情を話してパートをやめさせてもらいました。それからはずっと主人と一緒でした。アパートもひき払い、荷物も家に運び入れました。主人には金を持たせず、わたしが外出するときは何時に帰るからと何度も言いきかせて、時間に遅れないように帰ってきました。

主人は半日でも炬燵《こたつ》にはいってじっとしています。身のまわりのことはしますが、自分から何をしようという気は起こらないようです。朝刊が来ているでしょうと言えば、取って来ます。ゴミ捨ての日、これを運び出して下さいと言えば、ちゃんとしてくれます。しかし、電話での頼まれごとは全く駄目で、三十分前の電話でも覚えていないのです。ましてや、伝言など全く駄目で、ご主人に頼んでおいたのに聞かれてませんか、と何度言われたかしれません。

カラオケにも行けなくなりました。気持のうえでも、歌う気分にはなれないのです。主人は新聞も読みません。見出しを眺めるだけです。テレビもドラマは見ません。あらすじが分からないのでしょう。ニュースや歌の番組だけ眺めています。

料理の好みも以前と変わってはいないか、試しに味噌汁《みそしる》に豆腐を入れ、納豆を出してみました。やっぱりひと口食べただけで、あとは箸《はし》をつけません。主人とわたしと別々につくるわけにもいかず、その後、わたしも納豆と豆腐は食べていません。一年くらいの別居生活でしたが、何だか夢のような暮らしだったと思えます。

主人を捨てて放り出していたので、こんなアルコール呆けになってしまったのだと言う人もいるかもしれませんが、あのまま一緒に住んでいたとしても早晩、こんな状態になっていたと思います。その前にわたしのほうが殴られて、骨折のひとつくらいしていたかもしれません。

痴呆になってくれたおかげで、わたしを脅してまでも外に酒を買いに走ることはなくなりました。ただ、お金をもたせて、ひとりで家に置いておけば、たぶん買いに行くでしょう。近所の酒屋にも事情を話して、主人から電話があっても絶対に応じないように頼んでいますし、タウンページの電話帳も家に置いていません。

主人を監視する生活に戻って三ヵ月ばかりした頃、ひょっこり前のアパートの友達から電話がはいりました。カラオケに誘ってくれた方で、引越すときにわたしの連絡先を教えておいたのです。友達は十日くらい前にも電話をしたそうで、電話に出た主人に、伝言と自分の電話番号を教えていたそうです。わたしが買物に出かけていた留守でしょう。それを主人はひとことも言わないので知りませんでした。事情を説明して謝りました。

そうやって誘われてカラオケに行ってみたのです。久しぶりに顔を出したので、みんな歓迎してくれました。しばらく歌っていないと、声もすぐには出ません。三曲くらい歌わせてもらったあと、ママから誉《ほ》められました。唄《うた》が歌えるだけでも幸せなのだと、そのときやっと分かった気がします。唄も歌えないのは、気持に余裕がないからです。

それは生活にも余裕がないのと同じでしょう。できれば週に一回、あるいは二週に一回でも行けるようにしようと決めて、その日は晴れ晴れとした気持で帰ったのです。

主人は酔っぱらって寝ていました。炬燵の横に焼酎《しょうちゅう》の缶が四本、ころがっているのです。お金は全く持たせていないのに、本人がどこかに隠していたのか、わたしの財布からこっそり千円札を抜き出していたのでしょう。

そんなに世の中は甘くない、思った通りにはいかないのだと、鉄槌《てっつい》をくらったような気持にさせられました。もう自分はあの店にも行く資格はない。そんな思いをかみしめながら夕食の用意をしていると、涙が出て止まりません。眠っている主人には食事もさせず、そのまま放っておこうと思いましたが、やっぱり気になり、自分が夕食を食べ終えたら主人を起こして、お腹《なか》がすいているかどうか訊いてみるのです。焼酎の缶もそのままにしておくつもりでしたが、片づけてしまいました。主人は腹も減っていない、風《ふ》呂《ろ》もはいりたくないと言います。寝巻に着替えさせ、布団《ふとん》を敷いて寝かせてやりました。

以前のように、酔って殴りつけ、物を投げる主人と比べれば、確かにましなほうです。そうでも思わなければ、一緒にいるのは耐えられません。

その後、もうカラオケの店には足を運んでいません。友人からは電話がかかりました。主人の具合が悪くて出られないと、正直に答えました。友達は早くにご主人に死なれてひとり暮らしでした。娘さんが二人近くに住んでいて、時々お惣菜《そうざい》を持って来られ、わたしもおすそ分けして貰ったことがありますが、あんな老後もいいなと羨《うらや》ましく感じたものです。

今日、お願いしに来たのは、わたし自身が入院しなければならなくなったからです。坂道を登ったりすると、冷汗が出たり、動悸《どうき》が打ったりするのは二、三年前からですが、家に戻って以降は寝ていても胸苦しくなって、夜中に何度も起きるようになりました。内科の先生に相談していろいろ検査してもらい、総合病院を紹介されました。そこで、入院が決まったのです。

精密検査をして必要ならば、血管に沿って針金のようなものを入れ、心臓の周りの血管の狭くなっているところを風船で広げる手術もするそうです。

わたしが入院している間、主人をみてくれる者は誰もいません。入院が二週間になるか一ヵ月になるか分かりませんが、その間子供たちにも、主人を引き取る余裕などありません。もしかすると、嫁二人が交代で家に泊まり込み、主人をみることはできましょうが、それをわたしの口から頼むのは気がひけます。今まで、嫁と主人は何回も顔を合わせていないのですから、ひとつ屋根の下に同居など、及びもつかないはずです。結局、ここにお願いするのが一番と考えました。先生お願い致します。わたしの身体《からだ》が回復すれば、また主人を家でみていこうとは思っています。

家出

母は八十一歳、わたしは五十三歳、息子が二十七、孫娘が小学校に上がったばかり、その下の男の子が三歳です。息子の嫁はたしか二十四でしたが、ひと月前に、一歳半の赤ん坊を連れて家出しました。書き置きも何もなく、母を家に残してわたしが隣組の寄り合いに出ている隙《すき》にいなくなっていました。赤ん坊もいない、嫁もいないで、どこか買物にでも行っているのか、夕方まで待ちましたが、何の連絡もありません。まさかと思って、嫁の部屋に行き、簞笥《たんす》の引出しを開けてみると、自分の下着や赤ん坊の着る物など、ごっそりなくなっているので、ピーンときたのです。嫁の実家に電話すると、そこにも帰っていない、家出するような話も聞いていないとの母親の返事でした。夜になって、半年前から単身赴任している息子に電話を入れました。何も心当たりがないと、息子も言います。

嫁の様子がどうだったか、母に訊《き》いてみましたが、この通り呆けが進んでいるので、らちがあきません。一緒に住んでいるといっても、嫁の部屋は一階の居間の横、母の居場所は離れになった古い座敷です。わたしが居間のほうにいれば、母もこっちに来て、炬燵に坐っていますが、嫁だけのときは座敷に戻ります。というのも、母がひ孫たちと接するのを、嫁が嫌うからです。呆けているから何をされるか分からないと嫁は恐れているのでしょうが、危険なことを母がするはずはありません。上の女の子と一緒になって絵を描いたり、男の子とおもちゃの自動車をぶつけ合ったりするだけなのです。孫たちも、嫁がいるときにはおばあちゃんにはよそよそしくなり、いない時だけ傍に寄っていくような有様でした。

ですから嫁が洋服などを少しずつ持ち出して、友達の家に運んでも、母には分からなかったはずです。友人を近くのスーパーで待たせ、荷物を持って行ってもらえばすむことです。たぶん、そうやって嫁は計画を実行していったのだと思います。

息子が結婚したとき、二人ともまだ若いので大丈夫かなと心配はしたのですが、夫も肝臓癌《がん》で病院を出たりはいったりしていたので、夫が生きているうちにひとり息子を結婚させるのもいいかと思ったのです。嫁は器量良しで、十八歳にしてはしっかり者でした。もうそのときは腹の中に三ヵ月の赤ん坊がはいっていたことは、あとになって判《わか》りました。式のあと半年も経《た》たずに夫が亡《な》くなり、赤ん坊が生まれ、母の痴呆《ちほう》も進むという具合に、何だか次々と変化が起きて、てんやわんやでした。

嫁のお母さんというのは飲み屋をやっていて、今のご主人とは双方とも再婚同士です。

そのご主人は定職がなく、お母さんが食べさせているのが実情でしょう。今度も、嫁が家出をしたと報告すると、二人して謝りに来ました。嫁いびりをしたのだろうと怒鳴りこまれるよりは、ふつつかな娘で、と頭を下げられるほうがこちらは気が楽ですが、どうも嫁の行く先は知っているような、知っていてわたしたちには隠しているような、そんな気がしました。そうでなければ、もっと慌《あわ》ててもいいはずです。しかも嫁は一歳半の子供を連れて出て行っているのですから。

嫁に男ができていたかどうかは判りません。でも女友達は何人かいました。よく電話がかかってきたし、待ち合わせて外出することも月に一回くらいはあり、そんなときはわたしが子供の面倒をみていました。息子は転勤になったあと、月に二回くらいは帰って来ていました。そんなときは親子五人で公園に行ったり、街中に買物に出かけたりして、特に夫婦仲が悪いという様子もなかったのです。

女友達と外で会っているうちに、結婚している自分だけがみじめだと思ったのではないでしょうか。まだ二十三、四だというのに三人も子供ができて、その世話に追われ、おまけに亭主は単身赴任、姑《しゅうとめ》と痴呆老人と同居、というようなことから気持がおち込んでいったとも思えるのです。好意的にとればです。

息子は五月の連休前に転勤でまたこっちに戻ってくる予定でした。その前に家を出たことを考えると、このまま家にいたのではもう永遠に出る機会がなくなってしまう、逃げ出すのはその前だと、考えたのではないでしょうか。何か切羽詰まったものがあったのでしょう。

向こうのお母さんは離婚を口にされましたが、息子のほうでちょっと待ってくれと、模様眺めをすることにしたようです。離婚は、三人の子供が不憫《ふびん》ですし、嫁に対しても未練があるのでしょう。

一昨日が上の娘の入学式、昨日が下の男の子の入園式で、わたしが連れていきました。息子は会社が忙しくて、こちらに帰って来られなかったのです。ひょっとしたらそれは言い訳で、自分ひとりで、あるいはわたしと一緒に、子供の行事に参列するのが体裁が悪かったかなと思います。本来なら夫婦揃《そろ》って行くか、母親が連れ添うのが普通ですからね。

教室で「園地ゆかり」と呼ばれて、孫娘は元気な返事をしていました。

孫二人は、よそは母親が来ているのに、自分はおばあちゃんだなどとはあまり気にしている風ではありません。まだそれが分かる年齢ではないのでしょうね。しかしこれから大きくなっていくにつれて、わたしが行くのを嫌うようになるでしょう。お前のところのお母さんはえらく年取っているな、と友達に冷やかされでもすれば、もう来ないでいいと言うようになるはずです。今のところはわたしになついていますが。

その間、母は留守番をしてくれてはいましたが、気が気ではありませんでした。昨日帰ってみると、母は箪笥の引出しを開けて、自分の下着やら着物を風呂敷《ふろしき》に包んでいるのです。風呂敷なんてそう何枚もありませんから、すべて包めるはずはありません。ひと包みしたあと、中味が分からなくなってまたほどき、別な物と入れ換え、最後には収拾がつかなくなったのでしょう、真赤な顔をして座敷にへたり込んでいました。

「お前たちがいなくなったので、どこに行ったか、わたしも出かけなければならないと思ってのう」

　それが母の返事でした。

　出かける前に、入園式であることは重々言ってきかせ、十二時前に帰ってくると書いたメモをテーブルの上に置いていたのですが、そんなものは何の役にもたっていないのです。

　老いた母、孫二人をわたしがつきっきりで見ることはとても無理です。かといって孫二人を施設に預けるわけにもいきません。預かってもらえるなら、母のほうがどれだけ手間がはぶけるか分かりません。今はまだ、下《しも》のほうの始末は自分でできますが、時々粗相をして、自分で下着を取り替え、汚れたのをトイレの隅に置いていることがあります。そのまま洗濯機の中に入れたり、押入れの中に隠してしまうよりはましだと思っています。

　孫たちが学校と保育園に出かけてしまい、わたしがパートに出ている間が本当に心配です。外から鍵《かぎ》をかけてもいいのですが、もしものこともありますし、裏口はそのまま開けておいて、玄関だけは鍵をして出かけます。そのたびにガスの元栓は閉めておきます。十一時頃になると、昼の用意をしなければと思うのか、母は台所に立つのです。あるときなど、玄関にはいるなり焦《こ》げ臭いので、仰天して靴のまま台所まで走りました。母がフライパンで卵を焼いているのです。長いこと熱していたらしくフライパンが焦げて煙が立っています。そしてフライパンの中には生卵が二つ、丸のままごろごろころがり、茶色くなっていました。

寝たきりになってくれたほうが、どれだけましかと、何度思ったかしれません。寝たきりになれば、自分で動かない分、心配の種は減りますから。

先生、どうか母をよろしくお願いします。

慰安婦

おじいちゃんは、それはそれはいい人でした。わたしは父を戦争で亡くし、母の手ひとつで育てられたので、父親というものを知らないのです。写真で見ただけです。軍服を着て母と一緒に写っている姿です。顎《あご》が張って眉《まゆ》が太くて、それでいて目は細いので、美男子ではありません。父親似でなくて良かったと娘時代に思ったものです。わたしは父方の祖父にどちらかというと似ているのだそうです。長顔で、口元などそっくりだと母や叔母が言っていました。祖父の写真は見たことがないので、確かめようはありません。わたしの三つ違いの兄は、完全に母親似で、ハンサムな部類です。母も三姉妹のまん中、父はひとり息子で、あとは姉が二人に妹が二人といった具合でしたから、本当の身内には男性が少なかったのです。叔母たちのつれあいというのは何となく身内という感じがせず、あまり口をきいたこともありません。ですから身近な男性といえば兄くらいなものでした。

女子ばかりの商業高校を卒業して就職したのが、ケーキ屋でした。就職して車の免許もとらされ、店員から配達、掃除からケーキづくりと、何でもするのが仕事です。本当はデパートにも就職の口があったのですが、小さいときから洋菓子は憧《あこが》れで、あんなケーキを腹一杯食べられたらどんなによかろうと思っていました。小学校の三年か四年の頃でしたか、大きな会社の社宅に住んでいる友達の家に招《よ》ばれてケーキをご馳走《ちそう》になったことがあります。こんなおいしいものが世の中にあるのかと感激しました。あとから考えると、あれはモンブランだったような気がします。黄色い生クリームと、上にのっている栗《くり》、その下の柔らかいスポンジの組み合わせが何とも言えず、高校生になってからも、お小遣いを貯《た》めては、喫茶店でモンブランを食べるのが何よりの楽しみでした。友達はみんなコーヒーにするのを、わたしだけはコーヒーの代わりにモンブランと水です。みんなまた始まったとわたしをからかいますが、わたしはあんな苦い物をするより、モンブランのほうが絶対いいと信じていました。

そのケーキ屋に面接に行ったとき、他には誰も応募者は来ていなかったのでほっとしました。デパートもスーパーも定員以上の応募があるので、誰かが不合格になるのは確かです。友達が通って自分が落ちるのは情ない気がするし、逆の場合でも、落ちた友人にすまないと思います。そんな気持にならなくてすむだけでも嬉《うれ》しかったのです。

学校の帰り、セーラー服にカバンを下げた恰好《かっこう》で、そのお店に行きました。中心街から少しはずれた所にある店なので、今までその近くまで足を延ばしたことはありません。

大通りから一区画はいった場所に、明るい感じの店があり、それが〈オ・ソレイユ〉でした。白地のお洒落《しゃれ》な看板に金色で店の名前が書いてあり、店の内装も白と金が基調になっていました。もちろんそのときは、店の名前がどういう意味かも知りません。

中にはいったとたん、陳列ケースの中に並んだ色とりどりのケーキにまず目を見張りました。しばらく見とれていたに違いないのです。「贈り物ですか、それとも御自宅用ですか」と訊《き》かれて、我に返りました。白い作業着に白い帽子をかぶった人が奥の仕事場から出て来ていたのです。買物ではなく面接に来たと告げると、そうですかと男の人は笑い、店の隅にあったテーブルのひとつに腰かけるように言いました。ケーキを店内でも食べられるようになっていて、飲み物にはコーヒーや紅茶、ジュースなどもあるようでした。

「何か好きなケーキがあれば言って下さい。ケースの中を見て決めてもいいですよ」

その人は言いました。わたしの母よりは年上のようで、四十代半ばくらいに見え、帽子からはみ出した髪には少し白髪《しらが》が混じっていました。わざわざ立ち上がってケースの中を覗《のぞ》くのは気がひけるので、「モンブラン」と小さな声で答えました。すると店の人はコーヒーがいいか、紅茶がいいかとまた訊きます。「紅茶、レモンティです」と、わたしは臆面《おくめん》もなく答えていました。それまで喫茶店でケーキを食べるときは、コップの水だけを飲んでいたのですが、面接の場でそんなことをすれば不合格にされると思ったのです。ミルクティもレモンティも自分では飲んだことはありません。友達が飲んでいるのを思い出し、甘いケーキにはレモンティが合うに違いないと考えての返事でした。

店の人は席を立ち、仕事場の中に声をかけてレモンティを作るように言い、自分の手でケースを開け、皿にモンブランをのせて運んで来ました。白い皿は金色の縁塗りがあり、スプーンも金色でした。今まで見た円柱状のモンブランとは少し形が違って、山形になり、黄色と茶色のクリームが筋を描いて山頂から下まで垂れていました。ちょうど雪で覆《おお》われた尾根の感じなのです。本当にモンブランの形をしているなと、心のなかで感心しました。

間もなく店の奥から女の人が出て来て、レモンティを置いてくれました。

「こちらは面接に見えた方だよ」

男の人が女の人に言うので、わたしは慌てて履歴書をカバンから取り出して手渡したのです。

それが店のご主人と奥様との初対面でした。

奥様も白いエプロンをかけ、布を頭にかぶっていましたが、背の高いご主人とは反対に小柄な方で、「どうぞ召し上がって下さい」とにこにこ顔でわたしに言うと、すぐまた奥に引っ込まれました。ご主人も「どうぞ」と言われるので、わたしはスプーンに手を伸ばして、モンブランの山の端のほうを少しばかり削り取りました。放課後なので、お腹《なか》はペコペコに空《す》いていたのです。

スプーンを突き刺したのが黄色と茶色のクリームの境目だったので、その両方が口の中にはいりました。そのおいしかったこと。形も色も、湿り気の具合も良かったのですが、味がまた格別で、それまでに食べたどのモンブランもかないません。思わず「おいしいです」と言ってしまいました。ご主人は嬉しそうに目を細め、じっと眺めています。手渡した履歴書はテーブルの上に置いたままです。

こんなケーキ屋さんで働けるなら本望だと思い、また反面、ひょっとしたら雇う気がないのかもしれない、ケーキを一個食べさせて、帰す気でいるのではないかと気になりました。いやそれでも、構わない、雇ってもらえなくても、ひと月に一回くらいはこの店のモンブランを買いに来ようと内心で決心していました。

「このモンブラン、いくらですか」

と訊《き》いたのはそのためです。面接される側がそんな質問をするのは非常識なのに、ご主人は嫌な顔もせずにすんなり答えてくれました。一個が六十円で、他の店より高くもなく、喫茶店で食べるよりはずっと安いと思いました。

面接なのだから何か訊かれるかと思い、食べてはひと休みし、また紅茶を口にする動作を繰り返しているうちに、モンブランをすっかり食べ尽くしてしまいました。紅茶も飲み終えて、「ご馳走さまでした」と言っていました。両手を膝《ひざ》の上に揃えて、さあ何でも訊いて下さいという気持で背筋を伸ばしました。

「それで、いつから働きに来てくれますか」

ご主人から言われて、返事に詰まりました。何の話もせず、さし出した履歴書もちらりと見ただけなのです。

「卒業が近くなると授業も少なくなるでしょうから、アルバイトのつもりで放課後から二時間でも来てくれると助かります。仕事を覚え込むのもそれだけ早いですし」

ご主人の話を聞きながら、そういう手もあるなと嬉しくなっていました。アルバイトは夏休みに母の知り合いの八百屋などでしたことはあったのですが、放課後にするのは初めてです。少しでも収入がはいれば、母も喜びます。

「それでしたら、来週からでも来ていいでしょうか」

わたしは答えていました。

「いいですとも。何なら今週の土曜からでもいいです」

「いいえ、気持の準備がありますから」

妙な理由をつけたのも、ここで働き始めれば、普通のアルバイトと違って一生の仕事になりそうな気がしたからです。大袈裟《おおげさ》に言えば、新しい人生の始まりと思い、週末からではなく、ちゃんと月曜から働き始めたかったのです。

「その他、何かあなたのほうから尋ねたいことがあれば」

ご主人はにこにこした顔を向けて言うのです。

「いえ何もありません」

と言いかけて、「このお店の名前はどういう意味ですか」と尋ねていました。

「オ・ソレイユですか。日なたで、という意味です。私がお菓子づくりの修業をした店の師匠さんがつけてくれました。日の当たる場所という意味もあるそうです。この店が奥まった所にあったので、せめて名前だけはと考えてくれたのだと思います。もう亡《な》くなりましたが」

それがご主人の答えでした。

店を出ながら、オ・ソレイユ、オ・ソレイユと何度も呟《つぶや》き、降りそそぐ陽の光を受けるように、胸を張りました。カバンを持ったまま、くるくると回って、店の名前も素敵だと思いました。

本当はお給料や勤務時間について、ちゃんと聞いておくべきなのでしょうが、あの店のご主人ならそんなことも任せておけるという直感がしたのです。

帰ってからその話を兄にすると、お前はお人好し過ぎると叱《しか》られました。雇用契約というものはきちんとしておかないと馬鹿《ばか》をみるのは雇われたほうだと言うのです。兄は高校を出て、大きなタイヤ工場に就職していました。でもアルバイトをしているうちにいろんなこともはっきりしてくるはずで、嫌な職場であれば、その時点でいつでも辞められるからと、兄には反論しておきました。

オ・ソレイユで放課後のアルバイトを始めてから分かったのですが、お客さんは遠方の人が多いのでびっくりしました。中には、わざわざ一時間も汽車に乗って買いに来るという奥さんもいました。店先に新顔のわたしが立っているので、お客さんのほうからいろいろ話しかけてくるのです。あんた、しっかり菓子作りの腕を磨いてのれん分けをしてもらいなさい、と励ましてくれる男の人もいたくらいです。

ケーキの名前を覚えたり、奥様から箱の詰め方や紅茶の入れ方、コーヒーの作り方を習ったりしました。それまでお店には雇い人は中年のおばさんがひとりしかいなくて、腰を悪くして一日中の立ち仕事が無理になり、どうしても店員をあとひとり増やさなければならなくなったようでした。

午後の四時から六時半まで働いて家に帰るのですが、ご主人は必ずと言っていいほど、ケーキを三個持たせてくれました。その日売れ残りそうなものを選んで箱に詰めてくれるのです。これには母や兄もびっくりして、夕食後にケーキを食べるなど、外国人のようにぜいたくだと、喜んでもいました。ごはんのあと、腹一杯で食べられないときは、朝食用にまわしました。

ケーキで賃金を払ったつもりでいるのではないだろうなと兄は疑っていましたが、月末にはちゃんと時間計算でお給料を貰《もら》いました。八百屋で働いたときよりも多い額でした。給料袋をそのまま母に渡そうとしたら、自分が働いたのだから自分で始末しなさいと言われ、デパートでハンカチを三枚買い、母と兄に一枚ずつ贈り物にし、わたしも記念に一枚使うことにしたのです。

卒業式を終えて、四月一日から正式に常雇いの店員になりました。九時半出勤で七時までです。お店を開けるのは十時です。でもご主人夫婦は、五時過ぎから仕事場にはいり、その日の菓子作りをし、夜の八時に店を閉めるまで働き通しなのです。お昼の休みは昼のお客さんが一段落した一時半過ぎで、わたしは弁当を自分でこしらえて持って行っていました。仕事場の隅で食べていると、奥様がお茶を入れてくれました。

あるときご主人に、面接のとき話もきかないで雇うことに決めたのはどうしてかと訊きました。

「あなたの食べっぷりを見て、もうあれこれ訊く必要はないと思った。ケーキ屋で働くにはケーキ好きが一番。それに、ケーキが好きな者に悪い人間はいない」

そんな答えが返ってきました。

店の掃除から販売、暇なときは仕事場にはいってケーキ作りも手伝うようになりました。従業員といっても、ご夫婦とおばさん、そしてわたしの四人だけですから、本当に何でも屋なのです。

しばらくすると、ご主人の家のことも少しずつ分かるようになりました。息子さんが二人いて、長男は大阪でデパート勤め、次男が神戸の大きな菓子屋さんに弟子入りしていると聞きました。

店が駅前にも支店を出したのは、わたしが常雇いになって三年たってからです。息子さんが修業から戻ってきて店にはいるようになり、店舗を増やす余裕もできたのです。駅前店の開店と同時に、わたしはそこの受け持ちになりました。息子さんのおかげでケーキの種類も増えて、もともと店の売り物であったコッペパンも、学生さんなんかに人気が出るようになりました。コッペパンが二十五円なので、学生さんは近くで売っている一個十五円のコロッケをはさんで、昼ごはんや晩ごはんの代わりにしていました。もちろんケーキのほうも順調に売れ出しました。誕生日用のケーキを予約で受け付けるようになったのも、息子さんの発案です。

そして忘れもしません、わたしが二十二歳になったときです。誕生日の日も勤めで、夕方七時になって店を閉め、売り上げ金を持って本店まで戻ると、ご主人から「お誕生日おめでとう」と言われたのです。むろん、わたしはその日が誕生日だと判《わか》っていましたが、誰にも言った覚えはありません。びっくりしていると息子さんが、大きな箱をわたしの前に運んで来ました。奥様までがにこにこして、箱を開けてみなさいと言うのです。

わたしはそれが何なのか気づいていましたが、まだ信じられませんでした。店が注文を取るどの誕生日のケーキの箱より大きくて特別製だったのです。蓋《ふた》を取ると、中にはこれまでに見たこともないケーキがはいっていました。直径は三十センチくらいでしょうか。中央が山のように盛り上がって、黄色と茶色の筋が麓《ふもと》の方まで降りてきているのです。モンブランだと思いました。ご主人が作ったショートケーキのモンブランをもっと雄大にしたものです。山の頂上に白の生クリームがたっぷりかけられ、麓の平べったいところに、わたしの名前とともに〈お誕生日おめでとう〉とフランス語で書いてありました。フランス語で文字を入れるのは息子さんが始めたのです。周囲は小さいローソクがぐるりと取り囲んでいます。数えはしませんでしたが二十二本あるのだと思いました。

「家に帰って、お母さんや兄さんと祝いなさい」

ご主人が言いました。ありがとうございますと頭を下げるとき、目頭が熱くなりました。二十二年間生きてきて、家族以外の人から誕生日を祝ってもらったのは初めてで、誕生ケーキを手にしたのもそれまではなかったことです。うちでは誕生日祝いでも特別な祝いはしなくて、兄とわたしのときに母がスキヤキをしたり、小さな鯛《たい》を買ってきて塩焼きにしてくれるくらいでした。店で誕生日のケーキの注文を取っていても、自分のためにそれを買うなどとは考えてもみなかったのです。

その日はケーキが壊れないように、自転車を押して帰りました。夕食の席でそれを見せると、母も兄も目を丸くしました。「お前は可愛《かわい》がられているのう」と兄が言いました。勤め出した頃は何かとケチをつけていた兄が、「大きな会社ではこんなこと誰もしてくれないぞ。小さな家族的な職場だからできることだ」と、いつの間にか意見を変えて言うのです。

それからしばらくしてからです。息子さん、今の主人から結婚の申し込みがあったのは――。

わたしの公休日は月曜日で、映画に誘われました。〈シェルブールの雨傘〉というフランス映画でした。主人公たちがしゃべるのではなく歌うので、不思議な気持がしました。どこか悲しい映画でした。そのあとレストランにつれて行かれました。フランス料理の店で、そこにうちの店がケーキを納めていて、わたしも何度か品物を運んだことがあります。テーブルクロスが真白で、金色のシャンデリアがかかり、自分は一生こんな店で食事をすることはあるまいと思っていました。

来る前にもう予約がしてあったようで、窓際《まどぎわ》のテーブルに案内されました。料理は分からないので任せました。パンかライスか訊かれ、ライスにしたのですが、ナイフとフォークでライスを食べたことはなく、大変なことになったと思いました。でも、その恐れはすぐになくなりました。息子さんもライスを注文して、フォークを右手に持ってすくって食べたからです。フォークの背にライスをのせて食べなければいけないとどこかで聞いていたので、ほっとしました。

伊勢《いせ》エビも初めから小さく切ってあり、ステーキもサイコロ風になっていて、恥もかかずに食べられました。あんなおいしいぜいたくなものを口にしたのは初めてです。デザートには、ワゴンにのせられた六種くらいのケーキがテーブルに運ばれて来ました。みんなうちの店のショートケーキばかりです。わたしがモンブランを選ぶと、息子さんはやっぱりという顔をして、自分はチーズケーキを取りました。モンブランは先代が昔から作っていたもの、チーズケーキは息子さんが神戸から帰って新しく作り始めた製品で、お客さんには人気が高かったのですが、わたしは何といってもモンブランが好きなのです。

ケーキを食べているとき、頭の上に高いコック帽をかぶった人が出てきて挨拶《あいさつ》されました。店のシェフで、神戸で息子さんと同じ店で働いていたそうです。

全部を食べ終え、コーヒーになって、息子さんが何気ない調子で自分と一緒にずっと店にいてくれないか、二人で店を大きくしていこうと言ったのです。結婚の申し込みだと分かって、顔が真赤になりました。恋愛もした経験がないのに、結婚だなんて、思いもかけない驚きです。一瞬の間にあれこれと考えました。息子さんを男性として考えていなかったとも思いました。六つか七つ年上なので、ずっと大人に見えていたのです。家の格の違いにも思いがいきました。母と兄しかいないつつましやかな家と、大きな店の息子さん。でもわたしの頭のなかに浮かんだのは、ご主人夫婦の姿でした。あの二人となら何とかうまくやって行けそうな気がしました。家の台所や工場、店先で立ち働いている自分の姿を生き生きと思い描けたのです。

わたしは真赤になった顔で頷《うなず》いていました。

それからとんとん拍子に準備が進み、九月に結婚しました。氏神様の境内で式を挙げ、披露宴はその因縁のレストランでしました。招待客は四十人もいなかったので、ちょうどよい広さだったのです。新婚旅行は神戸で、山の中腹にあるホテルに二泊しました。主人が修業した店とホテルは二ヵ所あって、両方ともに挨拶に行きました。みんなから祝福されて、主人がどこでも好かれていたのが理解できました。「あんたのだんなが田舎に帰るとき反対したのだが、あんたを見つけたのならこれはこれで大成功だった」と、菓子づくりの先生にあたる人に言われました。主人の腕が良く、もうしばらくいたら一軒店を持たせるつもりだったそうです。

結婚したら次々と子供が生まれました。男が二人で女がひとり、三人とも年子なのです。子育てと店の切り盛りは大変でしたが、支店も、もう一軒デパートの中に増えました。全員が休まずに働いたおかげです。

わたしは出産したあと間も置かずにお腹が大きくなるという有様なので、義父が「仕事は無理するなよ」と口癖のように言ってくれました。身体《からだ》だけは丈夫なので、家事も店の仕事も辛《つら》いと思ったことはありませんが、義父の言葉は身に沁《し》みてありがたいと思いました。

主人は酒が飲めませんが、義父は晩酌《ばんしゃく》が楽しみのようでした。ほんの銚子《ちょうし》一本です。一合ははいらない小さなもので、八勺《しゃく》くらいでしょう。それでもほんのりといい顔色になり、小さい頃の話や店を出した頃の話がよく出ました。

でもわたしが、義父らしいと思ったのは戦争の体験談でした。それまで戦争中の話は義母も主人も聞いたことがなかったそうで、わたしが嫁入ってから初めて口にし始めたらしいのです。たぶんもう戦争が終わって何年にもなり、義父も昔を振り返る余裕が出てきたのでしょう。娘のような嫁が来たせいだとも考えられますし、もしかしたら、わたしの父が戦死しているのを義父が気にしていたからかもしれません。それとなく戦争がどういうものか伝えたかった、それを任務だと自分に言いきかせた可能性もあります。話を聞きながら、義父らしいなとわたしは思いました。いや、逆に義父の優しさというのは、戦争体験に根ざしているのかもしれないと感じたのです。

義父の連隊が行ったのはビルマ、今のミャンマーですか、その北部地帯で、チーク林の茂るジャングルだったそうです。ともかく湿気の多い所で、朝目が覚めると、あたり一面は霧で周囲も見えず、それが太陽が昇るにつれて葉から雫《しずく》が雨のように落ちてくるといいます。まだ戦争は激しくなっていない頃で、隊は作戦に備えて英気を養っていました。

　そんなとき中隊長から呼ばれたのです。何の任務かと思うと、「菊本一等兵を特別輸送班に編入する。各中隊からひとりずつ適任者を出せという命令が来たので、お前を推薦した。すぐ輸送指揮官のS軍曹の許《もと》に行き、指示を仰ぐよう」と言われました。こんな時期に何の輸送なのか、山砲などの移動には専門の輜重兵《しちょう》がいるではないかと内心で不審に思ったそうです。

　新しい指揮官のSという人は衛生軍曹で、その下に義父のような一等兵が七名集められていました。「お前たちは各中隊から選ばれたのを幸運と思え」。そんな風にS軍曹は兵隊に向かって言いました。そのときも、何のために輸送班が編成されたのか分かりませんでした。

「本日、我々の部隊に慰安婦二十四名が到着する。三日後出発し、一週間の予定で、百二十キロ先の師団司令部まで移送する。それが任務だ」。そう言われて、義父たちはそそくさとその準備を始めさせられました。S軍曹に従って本部に行き、まず宿舎を一棟空けてもらい、大急ぎで片づけをします。普段なら頭が固くて大抵のことでは首を縦に振らぬ本部付の准尉《じゅんい》も、二つ返事で人員の少ない通信中隊をよその棟に移してくれたそうです。それから、その棟の横に便所づくりです。兵隊用のは外から透けて見えるので役に立ちません。板でちゃんと囲った便所を二つ、他の中隊からの使役の応援もあって

二、三時間で作り上げたところに、女性たちの一行が到着したと言います。
年齢は十八歳から二十五歳まで、すべて朝鮮人と中国人で、日本人はひとりもいませんが、全員に雪子とか妙子とかの日本名がつけられていたそうです。二十四人を一列に並ばせ、S軍曹が名簿とつき合わせていると兵隊たちがぞろぞろ寄ってきて、担当である義父たちを羨《うらや》まし気に眺めたといいます。

女性たちの荷物は大変なもので、布団《ふとん》や枕《まくら》、着物に日用雑貨、それぞれが一世帯分の多さです。ざっと見積もってもひとり二台の馬車が必要ですが、そんなものはありません。班員はS軍曹と一緒に、地元住民の牛車を借りに走りました。しかしそれでも十台くらいしか集まりません。S軍曹はまたしても本部にかけ合いに行きました。本部付の准尉は今度は一緒に参謀のところへ同行し、窮状を訴えたようです。すると即座に許可がおり、さらには牛車四十台を集めてやる、地元民の御者《ぎよしや》つき、という返事が出ました。

ビルマの牛は背中に瘤《こぶ》があって、首と瘤の間に車の把手《とつて》をかけて二輪車を引かせるのですが、素人《しろうと》が操縦してもなかなかうまく進んでくれないそうです。現地人は車にちょこんと乗って、小さな鞭《むち》を当てながら思い通りに動かすので、御者つきというのは願ってもないことです。

出発は朝五時でした。既に制空権が奪われていたので、草原を横切るのは、霧が晴れる昼間では不可能なのです。その朝もおあつらえむきに濃い霧でした。女性たちを起こして荷物を乗せ、ぞろぞろ出発します。兵隊たちは五時にはまだニッパヤシの宿舎の中に眠っているはずなのに、その朝に限って起きて来て、見送ってくれました。

敵機の偵察を避けて、部隊はジャングルの中に宿営していたのです。二十四人の女性と荷物を乗せた五十台の牛車を、五十人の御者が動かし、S軍曹が徒歩で先頭に立ち、義父たち兵隊は牛車の前後、中間を守りながら進みます。偵察のため二人が先回りして、水のある場所や休憩できる場所を探しておきます。簡単な地図はS軍曹が持っていて、草原の中の道は十キロくらいの道のりで、霧の晴れない間に突破できる算段でした。霧が深くて、牛車も五、六台先のがやっと見えるくらいです。農作業に行く地元民と出会うと、びっくりしたように一行を眺めやります。女性たちは遠足気分で、はしゃぎながら話しかけてきますが、私語はS軍曹から一切禁じられているので、義父たちは駄目だというように首を振るだけです。そのうち女性たちがぶつぶつ言い始め、休憩を要求するようになりました。牛車に乗るのも、慣れないので疲れるのでしょう。赤い中国服を着た女性が牛車から降りてきて、「くたびれた。腹も減った。休みましょう。隊長さんに相談して下さい」と言うのを、恐い顔で叱《しか》りつけ、「もう少しで休憩だ。辛抱せよ」となだめるのに大変だったそうです。

二時間ばかり休憩もとらずに進むと、偵察に出ていた二人が霧の向こうから姿を現し、前方に木立があり、小川が流れているというのです。S軍曹がすぐに決断し、そこで朝飯ということになりました。それを伝えると女性たちは一斉に声を上げ、手を叩《たた》きました。

小川の水は澄んでいて、炊飯には適しています。五十台の牛車には草をかぶせて空から見つからないようにし、霧の中でさっそく食事の用意です。御者たちはそれぞれ自分たちで食べ物を作り、女性二十四人分は八人の兵士が手分けして用意します。それも霧が晴れる前に済ませなければなりません。

ようやく炊《た》き上げて食事が終わった頃、霧が薄くなり、青空が見え始めました。すると西の方角から飛行機の爆音です。「敵機だ。隠れろ」とS軍曹が命じます。兵隊たちは大体女性四人を自分の担当にしていたので、赤い着物を着た女性には茶色の毛布をかぶせたり、草むらの中に押し込んで動かないように言いつけたり、身も縮む思いだったそうです。さすがに敵機が頭上を通過するときは、女性たちもシーンと静まり返っていました。

イギリス軍の爆撃機は午前と午後の一回ずつ、ほとんど決まった時間にやってくるので、日本軍は定期便と呼んでいたようです。しかしジャングルの中に部隊と一緒にいるときと、部隊から離れて丸裸同然で木立の中に隠れているのとでは、恐怖心は大違いだったと言っていました。

草原の道のほうが牛車は進みやすいのですが、それでは霧の濃い朝のうちと、夜の行軍しか許されません。S軍曹は御者たちを呼び寄せて地図を広げ、ジャングルの中の道を示させました。遠回りになるかわりに、昼間でも進めます。御者たちの言う道を実際に偵察の二人を先に行かせ、牛車が果たして通れるかどうかも確かめて、それからは一日に十五キロから二十キロくらいは進んだそうです。

ビルマといっても十二月の朝夕は冷えこみます。日の出前のジャングルの中は日本の秋くらいの涼しさで、女性たちはめいめいセーターや綿入れを羽織って寒さを凌《しの》いでいました。ところが陽が昇り始めると気温はぐんぐん上がり、彼女たちは羽織っていた物を脱ぎ、下着だけになる者もいて、義父たち兵隊は眼のやり場に困ったようです。

四日目はどうしてもジャングルの道からはずれて、鉄道の走る草原を横切らねばなりませんでした。そこで朝五時起きして霧が晴れぬ間にと、一行は出発したのです。ところが八時を過ぎた頃、霧が薄くなったと思ったら、またたく間に周囲が明るくなって、何キロも先まで田園風景が見渡せるようになりました。中国の文人画で見たような平和な景色ですが、S軍曹は慌《あわ》てました。進むにも引き返すにも、草原のど真中なのでどうすることもできません。迷った挙句、S軍曹はそのまま前進を決めました。牛車はのろのろ歩きます。女性たちは周囲の景色を眺めて上機嫌ですが、気が気でならないのが兵隊たちです。自分たちだけなら駆け足か早足で、どこか遮蔽《しゃへい》物のある地点まで行けますが、牛車が相手ではどうにもなりません。爆音が聞こえはしないか、びくびくしながら歩いたそうです。

そこに偵察の二人が駆け戻って、前方に小さな土橋があると知らせました。歩いて十五分ほどの距離らしいです。「牛車は道からはずして草で隠せ。人間は走って橋の下に隠れるのだ」S軍曹が命じました。それからが大変です。草で牛車を覆《おお》うのは御者たちに任せ、義父たちはそれぞれ受け持ちの女性たちを橋の方に走らせます。ようやく彼女たちを橋の下に追い込んだとき、不吉な爆音が聞こえ始めました。道の方を見ると、御者たちはもう橋に近づくのを諦《あきら》めて、草むらに身を隠しました。ところが牛車が三台、道の真中に放置されたままです。これでは爆撃機からは丸見えです。

「もう遅い。全員伏せろ」

S軍曹が叫んだとき、二機の爆撃機が急降下してくる音がしました。それと同時に、ブスブスと弾丸が土にめり込む音が聞こえました。橋の下は大騒ぎになったそうです。「アイゴーアイゴー」と泣く者、手を胸に持っていって祈る者。恐怖心にかられて橋の下から飛び出そうとする女性もいて、義父たちは彼女たちを押しとどめるのに必死でした。爆撃機は道に沿って急降下しているので、橋の下にいる人間には気づかないはずですが、反転して上昇する際に、脇《わき》の方から橋の下をのぞくかもしれません。そのときはもう最後です。英軍機は地上の獲物《えもの》を見つけると、四度も五度も襲ってくるのが常でした。「動くな」とS軍曹が叫ぶうちに二回目の銃撃がきました。幸い土橋は土がぶ厚く、銃弾は貫通しませんが、爆弾でも落とされればひとたまりもありません。女性たちは流石《さすが》に二回目の銃撃からは、水を打ったように静かになってうずくまり、三回目、四回目の銃撃も無事にやり過ごしました。その間、実際には二十分足らずだったのでしょうが、一時間にも二時間にも感じられたそうです。

ようやく爆音が遠ざかり戻って来なくなってから、橋の下から出ることができました。空はどこまでも青く、ふりそそぐ陽光の下に緑の草原が広がり、何とも言えない静かな光景でした。

道に置かれていた三台の牛車は、影も形もなくなり、荷物も散り散りでした。しかし牛にも御者にも被害はなく、全員が無事な姿で集合してきました。荷物がなくなってしまった女性がまた泣きわめくのをなだめすかして牛車に乗せ、逃げるようにしてジャングルまで急ぎました。幸い第二波の爆撃機は飛んで来ず、昼過ぎにすぐ近くのジャングルに辿《たど》りつくことができました。

改めてS軍曹が点呼をとります。全員無事でしたが、「赤い赤いになった」と申し出た女性が二、三人いたそうです。あまりの緊張と恐怖心で生理が始まったのでしょうが、これにはS軍曹もどうするわけにもいかず、「本日の行程はここで終わり、昼飯のあともそのまま宿営」と命じるだけだったといいます。

しかしこの爆撃のおかげで、女性たちは兵隊の言うことを大人しく聞くようになり、そのあとの移動は順調に事が運びました。予定通り七日目の夕方、目的地に着きました。晩の腹ごしらえをすませると、すぐ帰路につきました。彼女たちは宿舎からローソクを持って出て来てくれたと言います。手を振り、「兵隊さん、さよなら。元気でね」と口々に言ったそうです。

八人の兵と牛車、御者は主に夜中に行軍して二日かけて元の部隊に帰り着きました。同僚たちも上官からも、「良い旅だったろう」と冷やかされたのですが、本当のことは言えず、うやむやな返事をするしかありませんでした。

そのあと義父たちの部隊はインパール作戦に駆り出されたのです。わたしはその作戦がどういうものか知りませんが、大変な負け戦だったようです。河を渡り、三千メートルの山を越え、やっとたどりついた戦場は敵の待ち伏せている場所で、地上は戦車、空からは飛行機で襲撃され、またたくまに戦力は四分の一に減り、半年後には退却を余儀無くされました。連隊長も戦死、三人いた大隊長もひとりになり、千六百人の兵士も最後には二百人ほどになって、着のみ着のまま、武器はごぼう剣一本という恰好《かっこう》で敗走していったそうです。後方からはイギリスとインドの連合軍が追ってくるので、途中で落《らく》伍《ご》すればそれっきりです。道端には白骨化した死体が散らばっていて、誰ともなく白骨街道だと名付けていました。ちょうど敗戦の一年前の頃です。

義父たちの前を、奇妙な風体の一団が杖《つえ》にすがって歩いていました。ぼろぼろの兵隊服をまとって、頭は坊主《ぼうず》にしていますが、よく見ると女性です。他の同僚はその有様を観察する余裕などなく自分が歩くのに必死ですが、義父は彼女たちが慰安婦であるとすぐに分かりました。自分たちが輸送した女性はその中に混じってはいませんが、同じような年恰好です。荷物はひとつもなく、一様に痩《や》せて青白い顔をし、目だけ大きくなっていました。体力も限界に達しているらしく、よろよろ歩きの兵隊たちにも追い越されていくのです。それでも、十四、五人が連れ立って、倒れそうになる者に手を貸して歩きます。義父はよほど居残って助けてやろうかと思ったそうですが、部隊からはぐれた兵はもう死んだも同然です。「頑張って山を下れよ。もう少し行けば食糧もある」と声をかけるのが精一杯でした。

その女の人たちは無事に山を下ることができたでしょうか、とわたしは訊《き》かずにおれませんでした。

「いや駄目じゃろう。自分たちの部隊ですら、二百人いたのが最後には百人になっとった。道の両脇には、平地が近づくにつれて白骨が増えていた。ほっとして気落ちしたときが危なかった。よほど飢えていたのか、死んだ牛の尻《しり》に噛《か》みついたまま白骨になっていた兵隊もおった。慰安婦たちが、あの後二百キロも歩けたとは思われん。自分たちが輸送した慰安婦たちも同じ運命じゃろ」

それが義父の返事でした。まだ今のように慰安婦の存在が問題になるずっと前のことです。

　義父が彼女たちの運搬役に選ばれたのも、何かしら優しい性格だったのを隊長さんが見てとったからでしょう。女は可哀相《かわいそう》な立場に置かれているという考えを、義父はずっともっていたような気がします。それも戦争で生死の境をくぐりぬけ、慰安婦たちの哀れな最後を目にしたことと関係があるかもしれません。

「ビルマでは二十万の日本軍戦死者を出したと言われとるが、その中には彼女たちのように、どこからか連れて来られて、どこに行って死んだか判《わか》らん者の人数は含まれとらん。連れて来られたときも、親からもらった本当の名前ではなくて、菊江とか花子にさせられとったし。不憫《ふびん》だのう」

　義父はそう言って目をしばたたいたものです。

　戦友会など、義父の場合はなかったようです。千六百人が百人しか生き残らなかった部隊では、集まっても供養《くよう》話か懺悔《ざんげ》話しか出ないので、面白くないのでしょう。敗走していくよその部隊では、体力をなくした兵隊が上官の足にしがみついて「連れて帰って下さい。妻や子供に会いたいのです」と懇願していたそうです。将校のほうが若く、兵隊が年寄りというのはよくあったらしく、脱落していくのは老兵かららしいですね。上官はそんな部下を険しい目で睨《にら》みつけ、蹴《け》やって見捨てていったと言います。白骨街道というのはそんな地獄の結末なのでしょう。

ビルマへの遺骨収集団の話も何回か出ましたが、迷いに迷った挙句、義父はとうとう参加しませんでした。その気持はわたしにもよく分かります。戦友たちの骨を拾ってやりたいのは山々なのでしょうが、生き残ってのうのうとしている姿を見せるのは申し訳ないと洩《も》らしたことがあります。千六百人から生き残り百人の中にはいるのが、自分の才覚の結果であれば誇らしいのでしょうが、単なる運命のいたずらや、戦友を見捨てた挙句であれば、申し訳なさが先にたつのでしょうね。

義父の場合、そんな申し訳なさを心の中に抱いてずっと生きてきたような気がします。お寺の坊さんと同じです。供養のお経を唱える代わりに毎朝五時に起きて、ケーキとコッペパンの生地をつくり、大して利潤も考えず、お客さんに喜んでもらえる商品作りを唯一《ゆいいつ》の生き甲斐《がい》にしていました。義父が大声で誰かを叱った姿を見たことがありません。不機嫌な表情をしたこともなく、いつもにこにこ顔でした。色とりどりのケーキに囲まれていれば満足、それを客が買いに来てくれればもう上機嫌です。売れ残ったケーキは冷蔵庫に入れて、翌朝、義母が近くの養護施設に持って行きました。

孫三人の面倒も、義父はよく見てくれました。孫は目の中に入れても痛くないほど可《か》愛《わい》いと言いますが、わたしも自分の孫を持ってよく分かります。でも義父の可愛がり方はそれ以上で、三人の子供たちもおじいちゃんによくなついていました。ラジカセを買ってもらったり、修学旅行の小遣いをねだったり、わたしたちの知らないところで随分助けてもらっていたようです。

もともと病気知らずでしたが、六十を過ぎた頃から、糖尿病が出だして、食事療法を勧められるようになりました。食べるのが大好きなおじいちゃんですから、お菓子もご馳走《ちそう》も食べられないというのは苦痛のようでした。六十五を過ぎる頃から糖尿病の薬を飲むようになり、何だか急に老《ふ》け込んだ感じがしました。まだその頃までは工場にも出て、コッペパンだけは自分が受け持って作っていました。

おじいちゃんがいよいよ呆《ぼ》けてきたのは、おばあちゃんが脳卒中で急死してからです。おばあちゃんは前から血圧が高くて医者にかかっていたのですが、調子の良いときは薬をやめたりしていました。クリスマス用のケーキ作りで大忙しの日が続き、ひと息ついた十二月二十六日の夜です。風呂《ふろ》にはいったまま、なかなか出て来ないのでわたしが見に行きました。風呂は、いつもわたしがしまい湯でしたから。

おばあちゃんは湯舟の中で頭を縁にもたせかけて倒れていました。すぐに主人を呼んで湯舟から出し、救急車の手配をしました。風呂場に横にしたとき、もうおばあちゃんは息をしていませんでした。十分後に救急車は来ましたが、隊員の人も瞳孔《どうこう》などを調べて、病院に運んでも同じだからと言って帰りました。そのあと、かかりつけのお医者さんに来てもらって死亡確認をしたのです。

やっぱりこのおばあちゃんの死が、おじいちゃんにはショックだったようです。年毎《ごと》に、物忘れがひどくなっていきました。何か言いたくてわたしたちに話しかけても、言葉が通じないのです。本人は伝えているつもりでしょうが、ひとつひとつの言葉がバラバラです。それまでは糖尿病の通院もひとりでしていましたが、帰り道が分からなくなって、お巡りさんに連れられて帰ってきたこともあります。それが二、三回続くと、外に出るのを恐《こわ》がるようになりました。家の中にじっとしていて、何かあると、ごはんは食べただろうかと訊きに来るのです。一時間前に食べましたと答えても、また十五分後には訊きに来ます。

その他の話が通じなくても、かんしゃくを起こさないのはやっぱりおじいちゃんだなと思います。通じないと分かると悲しそうな顔をして引き下がり、自分の部屋に戻って行くのです。

糖尿病なので、おやつも食べさせられません。三度三度の食事も少なめです。それでお腹《なか》がすくのか、台所のコンロに鍋《なべ》をかけたままにしておくと、中の物をお玉ですくって食べています。豆の煮付けや味噌汁《みそしる》など、そのまま食べられるものは何でもです。この前は、冷凍庫から出して、下の冷蔵庫に移しておいた冷凍食品まで食べていました。まだ調理が済んでいない物をです。おじいちゃん、お腹こわすよと言ってみたものの、叱るわけにもいきません。

おじいちゃんの部屋は、新聞の広告でいっぱいです。捨てようと思って重ねてあるのを持って行って、折ったり広げたりしています。

夜はおしっこも間に合わず、おむつを使うようになりました。糖尿病のほうも悪化して、このままだとインスリンの注射を朝夕しなくてはいけないと、内科の先生には釘《くぎ》を刺されています。わたしたちの手ではどうにも世話ができなくなったのです。主人とわたし、次男、あと従業員が三人で、工場のほうにかかりっきりなので、誰もおじいちゃんをみる手がありません。先生のところの痴呆《ちほう》病棟なら、食事制限もきちんとできて眼も行き届きます。どうかよろしくお願いします。

起　床

今朝は大変でした。

腰の曲がった浦さんが、六時少し前に看護詰所まで来て看護婦さんちょっとちょっと手招きするのです。わたしは朝の採血準備をしていたので、看護助手の鈴木さんに行ってもらいました。すると鈴木さんも戻って来て、大変、ちょっと来てみて、と言います。

浦さんの部屋は奥の八号室、四人部屋で、他の三人のおばあちゃんたちも目を覚ましていました。

浦さんはぶつぶつ言いながら枕頭台《ちんとうだい》の引出しを指さします。ベッド脇《わき》の枕頭台は小物など入れるようになっていますが、普段は何も収納させないようにしています。家族が見舞いで果物など持って来てそこに入れても、みんな気づかずにそのまま腐らせたりするからです。タオルなんかは枕頭台の横にある桟《さん》に掛けさせるようになっています。とにかく、患者さんたちは、見えない場所に置いたものは、忘れてしまいがちです。

一番上の引出しを開けてみて、わたしもびっくりしました。黄色っぽい水がなみなみと溜《た》まっているのです。

「眼鏡入れをしまおうとしたら、こうだったのです」

浦さんは口をとがらせて言います。

「これはおしっこですよ」

鈴木さんが臭《にお》いをかぎました。わたしも同感でした。

「わたしはおしっこなどしません」

浦さんがまた口をとがらせます。

「浦さんでないのははっきりしています。とにかく、捨ててきれいにしましょう」

わたしは引出しをそっとはずし、中味が下に漏れていないか確かめました。よほど作りがいいのでしょう。下の方には全然漏れていません。

トイレまで運ぶ間もこぼれないように、慎重に歩きました。

「やっぱりこれはおしっこ」

便器にこぼすのを見て、鈴木さんが言いました。臭いや性状からしてそれ以外考えられないとわたしも思いました。確かめるためにはテステープでウロビリノーゲンを測ればいいのですが、そこまでやる必要はなさそうでした。

「誰か夜中にはいってきませんでしたか」

部屋に戻って浦さんに訊きました。

「いいえ、寝ていて気がつきません。トイレに二回起きましたが、そのときは誰もいませんでした」

四人部屋のあとの三人は、質問してもしっかりした返事は期待できませんが、いちおう尋ねてみました。佐木さんはぽかんとしていて、永井さんはそれどころではなく、スリッパはどこに行きましたかと反対に訊かれました。見元さんは三回質問を繰り返して、やっと知らないと首を振りました。

枕頭台の高さから考えて、誰かが夜中に部屋にはいり、引出しに排尿した可能性が最も高そうです。しかもそれは女性ではありません。

「校長先生かしら」

鈴木さんが言いました。元校長先生の下野さんも時々トイレと間違えて、ホールの柱におしっこをかけることがあるのです。しかし、女性部屋にはいったことなど、これまで一回もありません。

「辻《つじ》さんはどうかしら？　おむつをはずしていませんか」

わたしは鈴木さんに訊きました。辻さんは昼間は排尿誘導でおむつなしで過ごせますが、夜間睡眠時だけは紙おむつをあてます。自分の部屋をいつも間違え、女性部屋にも構わずはいって行くので、みんなから気味悪がられています。

「そういえば、今朝おむつ替えのとき、おむつをはずしてベッド下に落としていたわ」

鈴木さんが気づきます。「辻さんかもしれない。あの人は背も高いほうで、引出しの高さが丁度いい。それに一回の尿量が多くて、おむつもしたたるくらいになるのが普通よ。でも本人に訊いても、したとは白状できないわ、きっと」

辻さんはうちの病棟で一番若く、五十五歳です。通常の痴呆ではなくて、工事現場から落ちて脳挫傷《ざしよう》を負い、それ以後五歳くらいの知能になった患者さんです。幼児の知能といっても、身体《からだ》は大人ですから、何かの拍子で怒ると、わたしたちだけでは手がつけられず、看護士を呼んで、こんこんと説得してもらうしかありません。男性が二、三人で応対すると急に大人しくなります。機嫌の良いときは、看護婦と手をつないで、病棟をひと回りしたりします。眠れないで廊下をうろうろしているときなど、そうやって廊下を二周回ったあとで、ベッドに連れていくと、よく眠ってくれます。

「本人に注意しても無駄でしょうしね」

鈴木さんも諦《あきら》め顔です。確かに辻さん相手では、せいぜい現場をとらえて、きつく叱《しっ》責《せき》するくらいしか効き目はありません。侵入を防ぐために八号室に鍵《かぎ》をかけるのも禁物で、そんなことをしていたら浦さんは別として、他の三人の患者さんがトイレにも行けなくなります。

廊下にはモニターが装備されていて、詰所の中から誰が歩いているか観察はできますが、夜の間中ずっとそれを眺めているわけにはいきません。当直者は交代で仮眠をとり、起きている間は看護記録の記載や、翌日の検査の準備で忙殺され、じっとしている暇はないのです。

「誰がしたか、看護婦さんが調べてみましょう。引出しは石けんで洗って消毒しますから、今まで以上にきれいになります」

わたしの説明で浦さんは納得したようでした。部屋を出かかったとき、永井さんが「スリッパがありません」とまた言いました。

永井さんは赤い花柄のパジャマを着ています。家族がそれを持って来たとき、えらく派手すぎるなと思ったのですが、今はもう永井さんというと赤だというように切り離せません。

「永井さん、立ってみてごらん」

パジャマ姿で気をつけをさせ、懐《ふところ》と背中をまさぐります。スリッパは背中にはいっていました。やはり真赤な小さいスリッパです。

「あっ、ありがとう」

永井さんが礼を言うのもいつもの通りです。スリッパはベッド下に置いておけばいいものを、いつの間にかパジャマの懐に入れ、眠っているうちに背中に回って、大騒ぎするのがたびたびなのです。

スリッパではなくて運動靴なら懐に入れにくいのでしょうが、靴だと、永井さんは脱ぐことができません。靴の脱ぎ方を忘れてしまって、あちこちさわりまくり、おしまいには詰所まで来て、「これを取って下さい」となるのです。

スリッパが見つかった永井さんはさっそく足にはいて、壁づたいに廊下に出て行きます。

「見元さんの尿コップは、もう取っていい頃ではないですか」

わたしは鈴木さんに言いました。糖尿病もちの見元さんは二週間に一回、検尿と採血をしなければなりませんが、それが簡単にはいきません。検尿コップを渡して、はいこれにおしっこを取って来て下さいと言えるのは、病棟に何人もいません。少しもの分かりのよい男性の患者さんなら、例えば辻さんなら、おしっこしましょうとトイレまで連れて行って排尿させます。プラスチックの手袋をつけた手でコップを握り、おしっこさせている最中にさっとコップを入れて中間尿を取ります。コップをさし出す前後でおしっこをとめる芸当なんか、まずどの患者さんもできません。

おむつ使用の女性はその方法も無理です。明け方に陰部に尿コップを当て、周囲をビニールで覆《おお》ってその上からおむつをしておくのです。大量にはとれませんが、試験管に入れて検査室に送る分には充分です。

鈴木さんが新しいおむつを持って来て、見元さんのおむつをはずしかけたので、わたしも手伝います。ちょうどよいくらいにコップに尿が溜まっていました。

見元さんのように肥満体の人は、おむつ替えに力が要ります。はい腰を上げてと命令しても、上げるのは足ばかりです。赤ん坊なら両足を片手で持って尻《しり》を上げられますが、大人はそうはいきません。二人がかりで両側から大腿部《だいたいぶ》を持ち上げ、一、二、三のかけ声と同時にさっとおむつを尻の下に敷くのです。ひとりのときは、側臥位《そくがい》になってもらって、腰の下に深々とおむつを置き、今度はその上にごろりと仰臥位になってもらいます。

見元さんが入院したての頃、ひとりでおむつ替えをしていたら、

「女はなんでこんなことせねばならぬかのう」

と見元さんが言ったのです。何のことかなと思ってそのままやり終えて詰所に戻りました。その夜も当直は鈴木さんと一緒で、見元さんが言ったことを話してみました。

「わたしが替えたときも、そう言ったわ。あれと勘違いしているのじゃないかしら」

わたしがまだ独身だからなのか、鈴木さんは遠慮がちに説明してくれたのです。鈴木さんによると、見元さんは足を開いておむつ替えをするのを、どうやら夫婦の夜の営みと間違えていると言うのです。これにはわたしもびっくりしましたが、当たっていると思いました。

「今度から、すぐ終わる、すぐ終わると言ってみたらいい」

鈴木さんはそう助言してくれました。

二人がかりでのおむつ替えだと、見元さんは何も言いません。それでも、鈴木さんは「すぐ終わるからね」を繰り返していました。

わたしは詰所に戻って採血の用意をしてきました。血液を採るのもひと苦労で、看護婦ひとりではなかなかうまくいきません。とくに女性患者は痛いのを嫌がるので、ひと刺しで血管に入れないと抵抗されます。

「はい、見元さん、いつもの採血ですからね」

右腕を鈴木さんに押さえてもらい、素早く駆血帯をします。太っているのでなかなか血管は出にくいのですが、一ヵ所だけ、太く浮き出た箇所があるのです。

「ちょっと痛いだけですよ」

アルコール綿で清拭《せいしき》したあと、ねらいを定めて針を刺します。手ごたえがあり、血液が逆流してきます。

「はい、もう少し、もう少し」

と呟《つぶや》きながら一本だけ採り終えて、見元さんは無事解放です。その日の採血は三人で、うちひとりは引出しに排尿したと目される辻さんです。辻さんも、いったんつむじを曲げるとなかなか採血させません。怒ってしまうと、女性二人ではいくら腕を押さえつけても駄目です。一番いいのは、まだ起きがけでうとうとしている時です。

わたしひとりで三号室に急ぎました。廊下側のベッドにいる辻さんはまだ起きていません。

「辻さん、採血ですからね。はい腕を伸ばして」

耳元で優しく言うと、大人しく右手をさし出します。「さあすぐすみますからね。まだ眠たいですか。ゆっくり眠っていていいですよ。眠っている間に採血は終わりますからね」

大切なのは、休まずに話しかけておくことです。話しやめると、何事かという調子でむっくり起き上がります。辻さんは土木工事の現場で働いていただけあって、血管は太いのがあちこちに出ています。まずやり損ないはありません。

「はいはい、お利口さんです。採れましたよ」

針跡にはちゃんとテープを貼《は》ってやります。

引出しの尿についても訊《き》こうと思いましたが、所詮《しょせん》分かるはずはありません。

辻さんは少しばかり眠気が覚めたように、斜視の目できょろきょろあたりを見回します。焦点の合わない目と、額の凹《へこ》みが辻さんの特徴です。たった四、五メートルの高さからの落下だったらしいですが、本当に打ち所が悪かったのでしょう、楔《くさび》形に頭蓋骨《とうがいこつ》が砕け、目の神経も切れたのに違いありません。

「辻さん、そろそろ起きてもいいですよ」

と言ったとき、窓際《まどぎわ》のベッドの三須さんもごそごそ動き出しました。

そのときです。便の臭いがぷーんと鼻にきました。部屋にはいったときから、かすかな便臭は感じていたのですが、誰かのおむつが汚れているのだろうくらいに思ったのです。

三須さんのベッドに行ってみると、シーツにも毛布にも便がついています。その上、本人はパンツもはいていないのです。

「三須さん、パンツはどうしたの」

返事はないと分かっていても訊きたくなります。毛布をはぐり、ベッドの下を探してみますが、パンツは眼につきません。

「ここを動いてはいけませんよ。あとでシャワー浴びしましょうね」

たぶんベッドで便失禁をして気持悪くなり、トイレに行って、そこでパンツを脱ぎ捨て、そのまま戻ってきたのだと思います。

トイレに行きかけると、鈴木さんが飛んできました。

「加辺さんが、また誰かのパンツを集めている。うんこがついてるパンツ」

「パンツに名前が書いてないですか」

「見なかったわ」

九号室の加辺さんは何でも集める癖があって、油断はなりません。ホールに置いてある観葉植物の葉、花瓶の花、塗り絵のクレヨン、折り紙用の色紙、廊下に落ちている紙なども こっそり集めて、自分の枕頭台《ちんとうだい》の中や枕《まくら》の下に隠します。

加辺さんがパジャマの胸の中に入れていたのは、案の定、三須さんのパンツでした。白いパンツの紐《ひも》のはいっているところに、筆ペンで〈みす〉と小さく書いてあります。

結局、鈴木さんと二人で、三須さんと加辺さんを風呂場《ふろば》に連れて行き、シャワーで身体をきれいにしてやりました。男女二人を一緒に裸にするのはまずいかなと思いましたが、ひとりずつやっていたら、朝の忙しい時間、間に合わなくなるのです。並べて、熱いシャワーをかけ、石けんで洗い、洗いたての下着にスカートやズボンをはかせ、ホールの椅子《いす》に坐《すわ》らせました。その隙《すき》に二人のベッドのシーツや毛布カバーを替え、脱臭スプレーをふりかけます。

起床時間帯に何か普通でないことが起きると、病棟の中を走り回らなければなりませんが、無事に過ぎる日のほうがむしろ稀《まれ》なのです。

その朝の検査は、まだ板東さんの検便が残っていました。二号室に行き、昨夜から部屋に置いていたポータブルトイレをのぞきましたが、何も溜《た》まっていません。板東さんは起きて着替えをしていました。傍に近づいて耳元で、

「板東さん、便はまだですか」

と訊きました。にこっと笑いながら、

「出ない。あげなところだと出にくか。さっき坐ってみたが出なかった」

と首を振ります。

「今日から三日間、便の検査をしなければならないのですよ」

板東さんが黒いうんこが出たと言ってきたのは二日前で、看護婦がじゃあ見せて下さいと言ったものの、便は流したあとだったのです。検査データを見ると確かにヘモグロビンが減ってきていて、先生の指示で便中にヒトヘモグロビンが出ているか調べることになったのです。

「分かっとる」

板東さんは頷《うなず》きます。「朝飯食べたら出るじゃろう。また坐ってみる。出たら看護婦さんに言いに行く」

耳が遠いのが不便ですが、いったん声が通るともの分かりが良いのはさすがです。

もうその頃には十数人が起きて来て、ホールに集まっていました。それでも念のため起床を促すテープはかけます。音楽は「チックタックチックタック、ボーンボン」で始まる〈早起き時計〉です。

「おはようおはよう、すてきだな。まっかなまっかなお日さまだ」のところにくると、動ける人はほとんど部屋から出て来ます。

テーブルに坐っている高倉さんが、片方の頬をふくらませています。サーモンしか食べないので、ご主人がほとんど一日おきに買って来て、詰所の冷蔵庫に入れて帰るのです。好きなものだけ食べさせていると病院食に決して馴《な》れないと判断して、初めの頃はサーモンを見せませんでした。しかしそうすると、本当に何も口に入れてくれず、水分もろくろくとらないので脱水症状を起こし、点滴をするはめになりました。食べてくれるなら、何でもいいという結論になって、サーモンを毎食添えるようにしました。お昼にそばかうどんが出たときだけは、サーモンを出す必要はありません。

その高倉さんの左の頰がふくらんでいるので、わたしはてっきり飴玉《あめだま》をなめているのだと思いました。

「高倉さん、飴を持っていたのね。喉《のど》に詰まらせないようにね」

と話しかけましたが、飴にしてはどうも変です。「高倉さん、口の中を見せて下さい。はいアーン」

覗《のぞ》き込むと、下の入れ歯がはずれ、縦になって左側の歯茎の外に寄ってしまっているのです。道理で、頰が極端にふくれるはずです。

「高倉さん、ほら口を開けて、入れ歯が──」

そう言って入れ歯を取り出して下の歯茎にしっかりはめてやります。「今日もサーモンを用意しますからね」

入れ歯はスリッパと同じで、みんなよく間違えます。「他の人の入れ歯です、わたしには合いません、何とかして下さい」と訴えてくるので、よく見ると上下が逆になっているだけなのです。

他人の入れ歯をちゃっかり自分の口の中に入れて平気な人もいます。自分の入れ歯は引出しの中にしまい、知らん顔です。入れ歯に名前を書いておくわけにはいきませんし、間違い探しには、入れ歯の人の口をいちいち調べるしか方法はありません。

テーブルの上に入れ歯を置いておくのもよくありません。他の患者さんが手に取って、しゃぶりはじめるからです。色の具合からして、何かおいしそうに見えるのでしょう。

入れ歯で思い出すのは佐木さんです。明け方のまだ消灯している時間でした。見回りをしていると、八号室で変な音がするのです。ポータブルトイレの横に佐木さんがしゃがみ込み、手で中をかきまぜています。何をしているのですかと問うと、「米研ぎです」という答えが返ってきました。

佐木さんは下痢気味でトイレに間に合わず、ベッド脇《わき》に便器を置いていたのです。便器の中は未消化の下痢便が溜まり、佐木さんの右手も便で汚れています。そのうえ、中に自分の入れ歯の片方を入れていたのです。もう一方の入れ歯は床にころがっていました。

便器の中味を流し、佐木さんの手を洗って、汚くなった入れ歯は洗浄のあと消毒しました。ポリデント液に入れ歯を浸して枕頭台の上に置いていたところ、眼を離した隙に、今度はコップにはいったその液をぐっとひと飲みしたのです。大騒ぎのあとだったので、喉が渇いたのでしょう。それとも、コップの中の入れ歯がきれいで、エキスジュースか何かかと思ったのかもしれません。

薄めているとはいえ消毒液が胃にはいったのですから、わたしは心配になって事務当直を通じて薬剤師の自宅まで電話しました。どれくらいの濃度か説明し、それなら心配ないでしょうと言われ、事なきをえました。

その佐木さんも最近ではお腹《なか》の調子もよく、自分でちゃんと排便排尿ができて、あまり手がかかりません。下痢気味のときは、脱水症状で軽いせん妄《もう》が出て、頭が混乱したのだと思います。

七時少し前になると、動きのいい患者さんたちはホールに出てきて、思い思いにテーブルにつきます。

わたしと鈴木さんは、遅れている患者さんたちの様子を見に、部屋回りします。パジャマを脱ぐのに手間がかかったり、靴をはくのに時間をとられる患者さんに手を貸してやるのです。

夜間はたいていの患者さんがパジャマです。以前は個人の好みに応じて寝巻の許可をしていたといいます。あくまで家庭の生活の延長だという点を重視したのでしょう。しかし、病棟と家の大きな違いは広さです。痴呆《ちほう》病棟は部屋にも廊下にも広さの規準があります。その結果、お年寄りにとって部屋は大きすぎ、廊下も街の大通りのように広く、ホールに至っては体育館のように広々とした空間になっています。その中を患者さんたちは泳ぐようにして移動するのです。広い廊下の、まん中を堂々と歩ける患者さんは何人もいません。たいていは廊下の壁にある手摺《てす》りにつかまりながら移動します。廊下の端からもう一方の端に移るときは、つかまる物はないので、まるで横断歩道を渡るようにして反対側の手摺りにたどり着くのです。

そんな場所での寝巻は危なくて仕方ありません。紐が垂れて足にからみついたり、裾《すそ》に足がとられたりして転倒しやすいのです。そんなわけで、今ではよほど足腰の丈夫な患者さんしか寝巻は許可していません。

四十人の患者さんがホールに揃《そろ》うと、蒸しタオルを配ります。自分で洗面ができる人は洗面所で顔を洗ってもらいますが、それは七、八人です。あとの患者さんはタオルで顔を拭《ふ》き、髪を整えてやります。

その頃には、早出の看護婦と看護助手が来て、病棟内は四人の看護体制になります。ようやくひと息つくのもその時刻です。

患者さんの坐るテーブルは、基本的に自由選択にさせています。それぞれ仲の良い人たち同士で固まりあって坐っているようです。概して、男の患者さんたちはどこに坐ってもよく、あまりお互いにおしゃべりはしません。その点、おばあちゃんたちのほうが主導権争いやグループづくりに熱心で、そこそこに見えない縄張りを作っているように見えます。どの集団にもはいらない患者さんは日によって適当に坐るテーブルを変えています。もちろん、いつもぶつぶつ声を出している患者さんに、「黙れ、うるさい」と手をあげそうになる患者さんなどは、引き離さなければなりません。幼稚園や小学校の席決めと同じです。

全体が落ち着いたところで朝の服薬をさせます。全部の患者さんが何かの病気をもっていて、薬のない人はいません。湯呑《ゆの》みに白湯《さゆ》を入れてひとりひとりの前に置き、看護婦が薬を渡しますが、薬袋を破って自分で服薬できるのは五、六人です。薬を嫌がる患者は少なく、大ていが楽しみにしています。しかしこれがくせものです。

薬を「おいしいね」と言う患者さんや、隣の患者さんのほうが錠数が多いので羨《うらや》ましがるのはまだよいほうです。「あなたの薬、赤いのがあっていいね」と言い、「じゃ、わたしの白のと交換しましょう」と取り替えてしまう人たちもいます。油断はなりません。口の中の感覚も鈍っているのでしょう。錠剤が入れ歯の間に挟まったままだったり、歯列の外や舌の下にはいったりしていますから、飲み込んだかどうか、しっかり確かめます。

服薬というのは、本来なら食後が普通なのでしょうが、たいていの老人病棟では、食事を待つ時間帯に組み入れているようです。食後はどうしても忙しくて、せかしながら慌《あわただ》しく薬を飲ませていると誤薬が起こりやすくなります。

白湯を飲んでしまったあとの湯呑みに、今度はやかんでお茶を注いでいると、朝食の配膳車がやってきます。八時少し前です。

朝食も患者さんによって幾通りもあります。パン食もあれば、御飯でも常食から軟飯、粥《かゆ》食とあり、副食のほうも、老人食から粗刻み、刻み、ミキサー食と、歯の状態や嚥下《えんげ》の具合に応じてさまざまです。そのうえに糖尿食、潰瘍《かいよう》食、心臓食、腎臓《じんぞう》食といった特別食が加わります。汁物がむせやすい患者さんには、とろみをつけてもらいます。食事の量にしても大中小と段階をつけて、個々人に合わせた量にしています。

四十人の患者さんのうち、食事の介助がいるのが十人はいるでしょうか。四人の職員でそれぞれ受け持ちを決めて、ゆっくり食べさせるのです。全介助が必要な患者もいれば、半介助ですむ人もいます。その間にも周囲で食べている患者さんに時々眼を配っておかなければなりません。喉に詰まらせて、大事故になることが稀ではないからです。

一ヵ月ほど前でしたか、かろうじてひとりで食べている下野さんが、急に顔を真赤にさせて苦しみ出したのです。わたしは早出で、食事介助にはいっていたのですが、ひとつ向こうのテーブルだったので初めは何かなと見ていました。赤かった顔がみるみる青くなり、一番近くにいた看護助手の田中さんが下野さんの背中を叩《たた》き始めたので、喉に詰まらせたのだと気づきました。すぐに詰所に走り、掃除機を持って来ました。コンセントを入れ、下野さんの身体《からだ》をうつ伏せにして椅子の上に腹をのせ、頭を垂らし、あとの三人に背中を叩かせながら、わたしは掃除機のホースの先を丸いまま口の中に突っ込んだのです。ズボッと音がして何か中に吸い込まれたような手ごたえがありました。

下野さんはほっとひと息つき、それから大きな息を二つ三つしました。青ずんでいた顔にさっと血の気が戻りました。口を開けさせて指を中に突っ込み、残っている物をかき出してみると、カステラでした。

カステラなど朝食にもおやつにも決してつけないので、おそらく、前の日に面会に見えた息子さんが置いていったのでしょう。もしかしたら、他の患者さんの面会人が渡した物かもしれません。見舞いの食べ物は前以《まえもつ》て看護婦が点検し、安全な食べ物でも、家族が必ず横について食べさせ、余ったら持ち帰らせる方針をとっています。しかしこれがなかなか徹底しないのです。とくに初めて訪れる親類の人など、食べ物が命とりになることなど全く理解していません。実際は、動物園で食べ物を与える以上に危険なのです。

掃除機にはよく気がついたと、みんなから誉《ほ》められましたが、救急法の授業で習ったことが初めて役立ちました。患者さんが食べ物を詰まらせたら、まず逆さにして背中を思い切り叩き、口の中にはいった物を指でかき出すのが一番ですが、あの身体の大きな校長先生は抱えることもできません。通常の吸引器などは力が弱く、乱暴だが最も有効なのは掃除機だと、講師の先生から言われていたのです。

食事が終わると、口腔内《こうくう》を清潔に保つためうがいをさせます。ごく薄いうがい薬を入れた液で三回です。もちろん、自分で歯磨きができる患者さんは別です。このうがいも簡単にはいきません。顎《あご》の下に受け皿をあてて、そこに吐き出させますが、ときには飲み込んでしまうこともあります。薄い消毒液ですから、胃の消毒になったと思って、そのままにしています。なかにはわざわざ床に吐く患者さんもいるのです。この前なんかは、「吐きなさい」と言って覗き込んだとたん、口の中味を顔に吹きかけられました。

日勤の職員が集まって、九時から申し送りです。

「城野さん、当直だったの？」

わたしがメモを見ながら始めようとすると、いつもの口癖で副主任が訊《き》きます。

「はい」

「まあ、当直明けには見えないわね。ぐっすり寝て、元気いっぱいという感じ」

「寝る時間なんてありませんでした」

わたしはムッとして答えます。

「忙しかったです」

鈴木さんが、疲れたという顔で言い添えてくれます。

「いや、皮肉じゃないの。やっぱり若さね。羨ましい」

「くたくたです」

確かに二時間の仮眠から覚めたときは、もっと寝ていたいと思い、身体も重かったのです。働いているうちに、眠気もとれ、身体も軽くなってはいましたが。

引出しのおしっこ事件を口にすると、みんな呆気《あっけ》にとられました。

「へえ、引出しから、おしっこは漏れなかったの。作りがいいのだわね。桐箪笥《きりだんす》なみじゃない」

「それで浦さん、よく怒らなかったわね。引出しも新しいのに替えてくれと言わないのね」

みんな妙な感心をします。

「今、鈴木さんに洗ってもらって干しています。あとで浦さんに説明してあげて下さい」

わたしは答えます。

「犯人とおぼしき辻さんには注意をしたの?」

今度は主任さんが訊きます。

「いえ、辻さんが犯人かどうかもはっきりしません。訊いても分からないはずです。今後当直の際に、それとなく見張っておくしかないと思います。浦さんには、今夜から枕頭台を裏返しにしておくよう言いました。引出しが見えなければ、いたずらはできません」

「それが一番」

主任さんが納得します。

他人の引出しを開ける患者さんがいる部屋は、使わないとき、すべて枕頭台は扉を壁側にしています。浦さんのいる八号室はその方法をとっていなかったのです。

申し送りはそこで終わりです。

ちょうど九時十五分に更衣室のタイムカードを押し、駐車場に行く鈴木さんとは中庭で別れました。

アパートまでは歩いてちょうど二十分です。雨の日は少し辛《つら》いですが、晴れの日は良い運動になる距離です。特に当直明けの日は、何か別の世界から本当の世界に出てきたような気持にさせられます。例えは悪いですが、刑務所からシャバに出てきたときの感じはこんなものかもしれません。何もかもが生き生きとしているのです。道端の草でも、川の水でも、空の色でも、目にはいるもの耳に聞こえるもの、すべてが文字通り生きているのです。

もちろん、外の世界にも枯れていくものはあります。落葉がそうですし、川岸のすすきも枯れますし、あれだけ咲き誇っていたコスモスも、最後には枯れてしまいます。しかしそれらは、また春が来れば新しく息を吹き返します。休息としての枯れ方なのです。

それが分かっているので、暗い気持にはさせられません。

痴呆病棟はしかしそれとは違います。季節がもう一度巡って来ようと、生命はもとの勢いを取り戻しません。枯れ始めた生命は、少しずつ少しずつ、あるいは急速に死に向かうしかないのです。かといって墓場とも違います。その前の場所です。お墓の控えの間とでも言うのでしょうか。墓場だったら、もっと静けさがあるような気がします。静けさと言って悪ければ、平和さでしょうか。前墓場状態は、その前の苦しみです。苦しみは死の静けさによって報われるしかありません。

とは言いながら、わたしのなかで何かが変わってきているのも事実です。仕事を終えて痴呆病棟を出たときの感じが、最初の頃とは微妙に違います。確かに、別の世界から別の世界への移行ですが、闇《やみ》の世界から光の世界への脱出では決してありません。いわば白黒の映画の世界から普通の色の世界への踏み出しです。

白黒の世界にも、それなりに蠢《うごめ》いている生命があります。それがいくらか見えるようになってきました。この感じは、これからも少しずつ変わっていく予感がします。

病院の玄関を下って右に折れると三枚川にぶつかります。幅十メートルくらいの川ですが両側は歩道になっていて、車の往来はありません。時々自転車が、チリンチリンとベルを鳴らして人を追い越して行くくらいです。

川の水深は時節によって違いますが、今は深いところで二メートルくらいでしょうか。

水は決して清流ではありません。でも町中を流れる川としてはきれいなほうでしょう。コンクリートで固められている両岸は、土砂が適当に堆積《たいせき》して草が生い茂っています。カルガモが卵を生んだのも、そんな草むらの中です。ひと月近くも前、親ガモを先頭に、ひよこ大の子ガモが八羽、パレードみたいにして泳いでいたのです。テレビではそんなカルガモ親子が都会の池にもいるとは知っていたものの、実際にこの目で見たのは初めてでした。子ガモの大きさも微妙に違っていて、性格も異なるのか、母親からなかなか離れないものから、列を乱して遠くに行こうとするものまでいろいろでした。

そのうち、八羽いた子ガモが七羽になり、六羽になり、今では四羽です。数が足りないとき、どこか別の場所に隠れているのではないかと、最初の頃はじっと付近を見回してみました。水の中にもぐっているのでもなく、草陰にひそんでいるのでもなく、やっぱり親鳥の周囲にいるだけの数が全部です。同じ病棟勤務の佐藤さんも、この川辺を通勤して来ます。彼女が「またカルガモの子供が減っていた。この間五羽だったのが、今朝は四羽」と報告したときは胸が痛みました。

そのときも当直明けだったので、帰りがけに見てみたのです。やはり四羽でした。母鳥の後に、以前よりは少しばかり距離をおいて子ガモが一列に泳いでいます。最後尾にいる子ガモは左へ右へと列を乱しがちで、それが最初の頃動きのよかったカモなのかもしれません。

不思議なのは、子供が半分に減っても、母鳥は少しも悲し気ではないことでした。初めから数を知らなかったのか、それとも半分になるのをはなから予想していたのか、それは分かりません。

でもそれ以降、四羽が三羽になることはありません。あれだけ大きくなれば、イタチが忍び寄って来ても、逃げられるのでしょう。

三枚川から丘の方に道を折れると、雑木林の緑が目に沁《し》みます。林の中腹には山桜もあって、四月の初めにはそこだけぽっかり穴が空いたようになります。そのあとが桐の花で、桜よりは下の方に生えていて、濃い紫色が雑木林にしては何とも高貴です。今は、緑一色、黄色に近い緑から青々とした緑まで、ちょっと見にも七、八種類の緑がありま す。どれが楠《くすのき》で、どれが椎《しい》で、どれが樫《かし》で、どれが椿《つばき》か、遠くからは判《わか》りません。見分けがつくのは、暗くて品のない緑色をした杉と、周囲とは形状の異なる竹林くらいなものです。

雑木林を右に見てのゆるい坂道は、わたしにとって自分の家と病院の渡り廊下みたいなものです。行きがけには、痴呆《ちほう》病棟で働くための助走路の役割をし、帰りがけには、身を粉にして無我夢中で働いた自分からプライベートな自分に戻る滑走路になってくれます。川と樹木を見ることで、白黒映画の世界が少しずつ天然色に変わっていくのです。

左側の丘陵は、病院に就職した当時は樹木が生い茂っていましたが、今は丸裸で、ブルドーザーやトラックが何台もかけずり回っています。ゴルフ場ができるという話や、住宅地用の造成だという噂《うわさ》もあって、はっきりしません。

痴呆病棟で生活するお年寄りたち、病院周辺の川や森のたたずまい、四季の移ろい。――それらが、自分を中心として、ゆっくりと回っているような気がするのです。

高校を卒業して看護大学に入学した頃は、まさか自分が痴呆老人の看護をするようになろうとは思ってもみませんでした。手術場のてきぱきとした看護婦が、漠然とした将来像だったような気がします。わたしたちが六期生で、入学したときには一期と二期の先輩たちが社会に巣立っていました。ほとんどが大きな病院に就職し、そこの幹部候補として迎え入れられたと、教務主任の教授は誇らしげに、わたしたちに披露しました。あなたたちは、看護のエリートなのです、そのつもりで四年間しっかり勉強しなければなりませんと、付け加えもしました。

四年間に、その看護のエリートという言葉を何度聞かされてきたか。エリートになるための勉強だと、どの教科の教授も口にしては、ハッパをかけました。わたしたちもいつの間にかその気になっていたのです。

ちょうど三年生になった頃でしょうか。非常勤で老人看護を教えに来た先生が、ぽつんと言ったのです。

「あなたたちはせっかく看護大学にはいったのですから、看護好きの看護婦になって下さい。大学を卒業するのですから、大学を出ていない看護婦よりも看護好きになって下さい」

年齢はもう五十歳を少し超えたくらいでしょうか。髪の毛を染め、前髪のところに少しだけ白髪《しらが》を残して、着ているワンピースも年齢よりは若々しいものでした。教室が静まったのを見計らうように、先生は続けました。

「わたくしは中学しか卒業していません。そんなわたくしが、あなたたちのような大学生を前に教壇に立つなんて、恐れ多いですが、これは今の現場の声だと思って、いいえ、これからあなたたちが接していく患者さんの願いだと思って聞いて下さい」

と先生が言い継いだときには、全員が口をつぐみ前を向いていました。「看護婦はまず、誰よりも患者の傍にいる人です。患者の傍にいなくては看護は成立しません。看という字はどう書きますか」

先生はそう問いかけてしばし言い止《や》みました。

みんな頭のなかで〈看〉という字を思い浮かべていました。看護大学に入学しながらそんな体験は初めてだったのではないでしょうか。少なくともわたしは初めてでした。

「手と目から成り立っていますね。手と目ですよ。その二つで患者さんを護《まも》るのが看護です。ところが、最近はそうでない看護婦が増えました。残念ながら、あなたたちの先輩にもそういう人がいます。看護計画ばかりたてて、手足を動かさないのです。ナーシンステーションに坐《すわ》ったきりで、暇そうにしています。患者さんの傍に行ったらどうと勧めても、情報収集は終わっていますからと、涼しい顔で答えます。患者さんと話すのが情報収集だと、わたくしは初めて知ってびっくりしました。唖然《あぜん》としていると、患者さんの傍に頻繁に行ってもプライバシーを侵害するだけですから、と弁解もされました。

あなたたちの先輩は、これまでもわたしたちの病院に看護実習で回ってきました。よその学校の学生と比べて、確かにレポートはしっかり書けています。誤字も少ない。看護計画がきちんとたてられ、問題点も把握されていますが、患者さんとどういう交流をしたかが、すっかり抜け落ちているのです。計画をたて問題点を明らかにするのが自分たちの仕事で、残りの実際の仕事は下々の看護婦がすると、まさか教えられてはいないでしょうが、ついそんな印象をいだいてしまうのです」

先生はそこで教壇から降りて、机の間の通路をゆっくり歩き始めました。わたしのすぐ近くを通ったのでよく覚えています。指輪もなく、マニキュアされていない爪《つめ》は短く切られ、時計は文字盤の大きい秒針つきでした。手は飾るためのものではなく、時計も脈をとりやすいものが選ばれていると思いました。

「あなたたちには指導者になっていただかねばなりません。それは確かです。しかし紙の上で計画をたてるだけのリーダーであれば、百害あって一利なしです。すべてを知りつくし、苦しみとやり甲斐《がい》を味わったうえで指導者にならないと、本人も不幸、指導される者も不幸になります。いえ、一番不幸になるのは患者さんです。

みなさんがこれから指導していく看護婦は、あなたたちの何倍も臨床経験があることを忘れてはいけません。病院で働きながら准看《じゅんかん》の学校に二年間、それからまた三年働きながら学んでやっと資格をとるのです。その人たちが合格している国家試験は、これからあなたたちが目指す国家試験と全く同じものなのです。格差があるわけではない。それなのに、あなたたちが指導者になろうとするのであれば、よほど勉強しなければならない。頭の勉強ではなく実地勉強をです。患者さんをどう遇していくかの勉強をです。

病院には高看ではなく准看の看護婦もいます。年齢もさまざまです。会社勤めをやめて看護学校にはいったり、看護助手から一念発起して学校に行き出した主婦もいるのです。そういうひとの看護体験は確かに短いかもしれませんが、人生経験はみなさんより何倍も長いのです。そういう看護婦から学ぶことはたくさんあります――」

そう言って先生は、またゆっくり教壇に戻りました。教室の中は水を打ったように静かでした。

「こういうことは、この大学の先生たちはなかなか言ってくれないと思います。わたくしが見るところ、看護学校の先生たちは看護嫌いが多過ぎます。看護嫌いの看護婦が学校の先生になっているのです。それも分からないではありません。看護の現場は矛盾だらけ、汗まみれ、あるいは糞尿《ふんにょう》まみれの仕事場です。それよりは、机の上だけの勉強ですむ教師のほうが性に合うのでしょうね。

もうひとつのタイプは、看護に愛想づかしをして教育現場に戻っていった看護婦です。理想に燃えて看護の仕事をやり始めるものの、事は思い通りに進まない。それよりは理想を追い続けられる学校の方がいい、そう思って偉い先生になった人たちです。片一方は看護嫌い、もう一方は現場嫌い。あなたたちも、そういう目をもって先生方を眺め直してみると、もっと奥深い勉強ができるはずです。そこから、現場の看護婦、病気で苦しむ患者から直接学ぶ態度もできてきます。

わたくしは陶器集めが好きで、学会で他の地方に行く機会があるときは、その近くにある焼物の町を訪れ、お皿を一枚、あるいは茶碗《ちゃわん》を一個という具合に買ってきます。ほんの数千円の品物ですが、使うたびにその土地を思い出します。もう亡《な》くなられた高名な陶芸家の残された言葉があるので、みなさんにも紹介しておきましょう」

先生はそう言って、黒板に大きく四つの漢字を書きました。

〈手考足思〉という言葉でした。

「手で考え、足で思う。陶芸家は土を手でこね、足でろくろを回しながら、形を造っていくのです。頭の中で考えた形には、ろくなものはないと言います。しかしこれは看護の精神そのものなのです。机の上ばかりでひねくりまわさない。何はともあれ、患者さんの傍に駆けつけ、手で触れ、そして見守るのです。机の前に坐って手も動かさず、考えるだけでは看護とは言えません」

そこまでが前置きで、第一回の講義の三分の一、痴呆症状とその問題点について、プリントを中心に話をしてくれたのです。そこで強調されたのは、痴呆といっても個人によって千差万別だということでした。その人の病前の性格、学歴、職業、家族の状況によって何十通り、何百通りの呆《ぼ》け方がある。あなた方がみんな看護学生といっても、それぞれ違うのと同じです。それぞれの特色に応じた看護が要求されるのです。――そんな言い方で、その日の講義は終わりました。

わたし自身は講義に感激し、久しぶりに真剣に聞いたという思いでいましたが、クラスメートのなかには、悪口を言う人もいました。非常勤講師のくせに生意気だ。看護学を勉強もしていないくせに学校の教師たちを批判する資格があるか、というのです。自分たちの面倒を親身になってみてくれている教授たちの悪口を、当の学校内で言うのは非常識きわまりないと怒る友人もいました。

確かに生意気で非常識でしょうが、あの先生の言ったことにはどこか大切なものが含まれている。それを単刀直入に口にしたので素直には受け入れられず、反発をくらったのだという気がしました。その証拠に、一週間後の二回目の授業のときには、全員が出席し、反発組も鳴りをひそめていたのです。

先生はスライドを百枚近く持って来ていました。痴呆病棟でのお年寄りの暮らしぶりと、看護婦の働きぶりを、余すところなく撮ったという印象でした。食事、入浴、歯磨き、身体《からだ》の運動、おむつ替え、排尿誘導、散歩、そして雛祭《ひなまつり》の行事など、人間の生活の隅々までよくもこんな風に援助できるものだと感心しました。〈手と目で護る〉看護、〈手考足思〉だと先生が言ったことは、全く本当だったのです。

痴呆のデイケア風景も紹介されました。幼稚園のバスのようにマイクロバスが自宅まで迎えに行き、バスの中で、もうリハビリが始まっています。手の運動をしたり、ストレッチをしたり、帰りのバスの中では唄《うた》も歌います。

それにしても日頃わたしたちの眼には、お年寄りの姿はあまりふれません。街中で見かけたとしても、それは元気なおばあちゃんたちです。ところがスライドに映っているお年寄りたちは、幼稚園の子供と同じで、見るからに幼いのです。声をかけてやらなければ一日中でもじっとしているような、手持ちぶさたの高齢者が五十人も六十人も集まっていました。ここに、紛れもない看護の現場があるという思いは、学生たちの誰もが感じとったはずです。

わたし自身は、お年寄りと一緒に暮らしたことはありません。父方の祖母は早く亡くなり、祖父が八十歳くらいまでひとり暮らしをし、高校生のとき老衰で他界しました。母方の祖父母はまだ二人とも七十代半ばで、年金暮らしをしています。盆と正月に遊びに行きますが、元気そのもので、老人だなと思ったことはありません。むしろ、小遣いをくれる頼りになる大人です。

「これらスライドに出てくる高齢者たちは、あなたたちのうちのおそらく三分の一の、将来の姿です。痴呆の割合は、年齢が進むにつれて上がります。まさか、みなさんは、自分は痴呆になんかならない、五十歳まで生きれば充分などと、思ってはいないでしょうね。みなさんのうち、五十前で亡くなるのはほんのひとりか二人です。あとは七十歳、八十歳、九十歳と生き続けるはずです」

その先生はスライドを映し終えて、明るい照明の下で言いました。「わたくしの病院で一昨年定年で退職した看護婦で、痴呆の症状が出、娘さんにひきとられ、半年で症状が進み、今はよその老人病棟に入院している人がいます。まだ六十三歳です。定年まで立派に勤め上げた人ですよ。アルツハイマー病というのは、容赦なく襲ってくるものです。いくら理解のある親思いの娘さんでも、進行した痴呆は手に余るようになります。そうなると、もうこのスライドに示したような専門病棟でみるしかないのです」

そこで先生は締め括《くく》るように背を伸ばし、わたしたちの顔を見回しました。前回の講義以上に、教室は静まり返っています。あれだけ陰口をきいていたクラスメートも、いまは真剣な顔で聞き入っています。

「これから先、痴呆の患者さんはどんどん増えていきます。こんなにお年寄りの多い国は他にありません。日本が世界に先駆けて、老人国に突入していくのです。これまでの歴史で、どの国も体験しなかった状況に、わたくしたちの国が立ち向かって行きます。人類史上初めての大きな実験と言えます」

そこで先生は少し悲しい顔をしました。「老人をかかえる経済的な負担も、国としては相当なものでしょう。それに、看護についても、まだまだ模索状態です。有効な薬物もないし、各個人の実情に合わせた看護や介護も確立されていません。みなさんが現場で働いてみたら、多くの矛盾を感じるでしょう。無力感を味わうでしょう。あるいは絶望を感じるかもしれません。

しかし、わたくし自身の感想を言わせてもらえれば、この老人問題にこそ、日本の進む道があるような気がします。本当に困難な事業ではありますが、今の時代こそ、日本が世界に先駆けてよその国にお手本を示す絶好の機会なのです。そして、この事業を成し遂げることで、日本という国が変わっていくのだと思います。よその国の真似《まね》ばかりしていた日本ですが、ここで本当の知恵を出して、歩むべき道を見出《みいだ》すチャンスでもあるのです。どうか、老いから眼をそむけないように。老いや痴呆に接する機会があったら、そこに何か、人の生きる道、いやこの国が生きる道のヒントが隠されていると思って下さい、間いいですね」

はい時間になりました、というように先生は一礼したのですが、期せずして教室内には拍手がおこっていました。先生がスライドを片づけている間も、何人かの学生がまわりを取り囲み、質問攻めにするので、傍にいたわたしがスライドをバインダーに入れてあげました。

クラスメートたちの質問はさまざまでした。看護婦と介護士の役割の違いはどうなのか、病状が改善して痴呆《ちほう》病棟から家庭に戻るケースはないのか、作業療法士はいないのか。普通なら授業が終わるとすぐ食堂に向かうのに、そのときは三十分くらい、先生を引き止めていたでしょうか。わたしは直接質問はしませんでしたが、スライドバインダーを手渡し、映写機を職員室まで運ぶことにしました。並んで廊下を歩くとき、先生はぽつりと口を開きました。

「先週は大学の先生の悪口を言ったけど、わたくしは年に数回、ここで学生さんと会うのを楽しみにしているの。今度はどんなことを話そうかと、一年間ずっと考え続けるの。そのためには、今年はどんな試みを病棟でしようかと工夫もしてみるのよ。新しい取り組みをして、その成果を学生さんに伝えたいと思ってね。はい、ありがとう」

映写機のはいったカバンを受け取ると、先生はにっこり笑って部屋の中にはいって行きました。

その後、講師の先生とは会っていません。四年生になって臨床実習に出、精神科も二週間回りましたが、それは大学病院の中の精神科で、痴呆病棟ではありませんでした。

一日だけ老人保健施設を見学に行ったことはありますが、あの先生がスライドで示したようなひどい痴呆の人はいませんでした。

卒業して就職したのは今の総合病院でした。四年制の看護大学卒を雇うのは初めてで、将来幹部になっていただきますと、総婦長に言われたとき、頭に蘇《よみがえ》ったのはあの先生の言葉でした。ちょうどその時期、新聞で高級官僚の汚職が騒がれている頃でもありました。上級職の試験に合格して大蔵省にはいると、二十七歳か八歳でもう地方の税務署長になり、永年勤続の四十歳、五十歳の管理職からでさえも頭を下げられるという話が載っていました。封建時代か明治時代なら通用するでしょうが、少なくとも今の社会では許されることではないと、わたしは思ったものです。

「幹部になるエリートコースなどとは無関係に、わたしは看護の臨床を学びたいのです」

総婦長にはそう答えたのを覚えています。〈手考足思〉、あの先生が黒板に大書した言葉を頭のなかに思い描いていました。

この病院でわたしが最初に配属になったのは内科です。外来を三ヵ月やり、そのあと病棟に移りました。脳炎、肺癌《はいがん》、糖尿病、肝硬変、潰瘍《かいよう》性大腸炎、直腸癌と、病気もさまざま、患者の年齢も十代の終わりから九十歳まで多種多様でした。本当に無我夢中、あの先生の教え通り、病棟内をかけずり回りました。四年制大学卒はお高くとまっているという陰口だけは叩《たた》かれたくなかったのです。臨床一年目ですから、わたし以外のすべての看護婦が教師でした。先輩のなかには、「最近の看護学ではどうなっているの？」と訊《き》く人もいました。別に皮肉を込めて訊いているのでないことは分かります。答えるときも、得々とした調子にならないように気をつけたつもりです。

　看護現場でやっていることが、大学で教えられたことと違うのも、わたしには当然に思えました。どちらが重みがあるかといえば、間違いなく現場なのです。全くもって、教科書通りに事が運べば、世の中で苦労する人間などいないはずです。

　二年目に、それまで半年がかりで建設中だった痴呆病棟が完成しました。痴呆老人ばかりではなく、痴呆が少ない高齢者も一緒に収容し、デイケアも外から受け入れるというものでした。それ以前、痴呆病棟というのは特に設けていなかったのです。新病棟での勤務希望者が募られたとき、わたしはさっそく総婦長に申し出ました。驚いたようでした。内科病棟で何か不満なことでもあったの？　と訊かれたくらいです。学生時代から老人看護には興味があったのですと答えました。その気持は本当に大切、でも、あと外科病棟や小児科、産婦人科病棟の経験を積んでからでも遅くはないのよ、と総婦長は言いました。もちろん、とわたしは答えました。いずれはそちらの病棟でも勉強させてもらうつもりです。その前にお年寄りに接しておくのは決して無駄ではないと思います。そんな風に答えたのです。それは本心でしたが、別の思いもありました。二年目で、あの先生が言ったような本当の下積みの看護、つまり最も看護が重要視される現場で看護を体験しておけば、もはや周囲から、お高くとまっているなどという陰口は出なくなるに違いない。――そんな計算も頭の隅にはあったのです。

大学時代の友人の多くは大学病院や公立病院に就職して、わたしのように民間病院に就職したのはほんのひと握りでした。まして痴呆病棟に勤めている者などいません。電話で話すとみんな驚いて、フレッシュ・ウーマンがそんなところで働くと燃え尽きてしまうのではと心配してくれます。

もう痴呆病棟に移って四ヵ月、仕事の内容も判《わか》り、当初の途惑いも少なくなりました。内科病棟とはひと味もふた味も違う勉強ができ、わたしは病棟を変わったことを後悔していません。

ホール

病棟の中で、ホールは患者さんの仕事場兼憩《いこ》いの場です。家庭の居間であると同時に、お百姓さんでいえば田んぼ、漁師でいえば海、サラリーマンでいえば会社でしょうか。四十人の患者さんが、ほとんど一日をそこで過ごします。

ホールには大きなテーブルが十個並べられています。透明ガラスですが、看護詰所からホール全体が見渡せ、反対側は窓が丸く外側に出張っています。色つきのパラフィン紙を切り抜いて、鯛《たい》や鯖《さば》、イカや蟹《かに》、水草などの形をつくって貼《は》りつけています。ホールがどことなく水槽《すいそう》のような雰囲気を呈しているのはそのためかもしれません。

詰所から見て左側は入口になり、隅の方はフロアリングの上に直接畳を置いた八畳間です。仕切りもなく、段差もわずかですから、患者さんはズックやスリッパを脱いで、坐《すわ》ったり、横になったりもできます。冬になると、そこに長方形の炬燵《こたつ》を置いて、六人ほど坐れるようにします。すべてが洋式の造りのなかで、一ヵ所だけ和風になっているのは、不思議と気持がなごみます。若いわたしですらそうですから、畳の生活ばかりだった患者さんたちはなおさらでしょう。

入口のドアの向こうは廊下とエレベーター、階段があり、横にまた小ホールが設けられ、そこがデイケアの活動場所です。デイケアも二十名近くが参加し、時々こちらの入院患者さんと一緒に行動します。

入口と反対側、詰所から見て右側は配膳室とトイレです。トイレは男女の区別がつきやすいように、女性が橙色《だいだいいろ》、男性が青というように、壁自体を色分けしています。初めは、浴場のように〈男〉〈女〉と染めぬいたのれんを掛けていたそうですが、本当に風《ふ》呂場《ろば》と間違えて着替える患者さんが出たので、取りはずされています。

そして大型のテレビが出窓寄りに置かれています。テレビはほとんどつけっ放しです。音量は、ホール内の会話に邪魔にならないくらいの大きさです。お年寄りにはNHKがいいのか民放がいいのか、きちんとした研究はないようですが、場面がどんどん変わる民放のほうが、ホールの中は活気づきます。それでも、本当にテレビが好きなのは三、四人です。一番熱心に見ているのは病棟で一番若い辻さんで、特に相撲が好きです。その時間帯だけはNHKにします。勝負がつくたびに、オーッと声を出して手を叩きます。その反対に人気がないのは野球やサッカーです。誰ひとり見ておらず、選手は虚《むな》しく画面の中で動き回っています。

ホールの目玉になっているのが、入口寄りに設置されている熱帯魚の水槽です。円筒形で高さは三メートル、直径は一メートル五十くらいあります。岩や水草が本物の海底そっくりに設置され、十数匹の魚が泳いでいます。小鯛くらいに大きいのから、メダカみたいに小さいのまでさまざまで、共食いがないのが不思議なくらいです。色も多様、黄色や橙、青、茶などがいて、絵具よりもきれいです。

患者さんたちも熱帯魚好きですが、それ以上に喜ぶのが、見舞いに来る家族で、この間なんか、月二回おやつのケーキを納めてもらうことになった菊本さんの息子さんが来て、仕事が忙しいはずなのに十分くらい眺めていました。「家内から聞いてはいたのですが、きれいなものですな」と言いつつ、父親と話すのはそっちのけで、あの色はいい、この形もいいとわたしに向かって言うのです。ケーキ職人だから色や形には人一倍興味があるのかなと思ったりもします。

熱帯魚の名前はまだほとんど知りません。リースの魚なので、週に一度業者が来て、掃除をしたり、魚の点検をします。そのときに名前を訊くのですが、覚えられません。そのうち、魚の形と名前の対照表を作って、貼っておこうと思っています。

観葉植物の鉢は置いていません。患者さんが葉っぱを食べてしまうからです。そういう異食症の患者さんは、どうしたわけか女性に多く、常時二人か三人はいます。その代表が津島さんです。詰所の前のカウンターに置いてある花瓶の花をとって食べたり、去年の暮は紐《ひも》を呑《の》み込んで大騒ぎでした。枕《まくら》カバーについていた紐をちぎって口に入れたのです。どこを探してもないので、やっぱり食べたのだろうということになりましたが、レントゲンにも写らないので確かめようがありません。下剤をかけてポータブルトイレに坐らせ、二日目に二十センチの紐が便と一緒に出てきました。ほっとしたのもつかの間、年が明けて腹痛を訴えるのでレントゲンを撮ってみると、丸い物が二個、お腹《なか》の中央に写っているのです。これにはびっくりして、放射線科の先生に頼んで、何なのか調べてもらいました。硬貨であるのは間違いなく、実物と写真の大きさから比較して五百円硬貨だと判明しました。病棟内ではお金など持たせないので、たぶん、お正月に家に外泊したときに口に入れたのに違いありません。お嫁さんが見えた際、確かめてみましたが、心当たりはないという返事でした。

下剤をかけてまたレントゲンを撮ってみました。硬貨は二枚とも、回盲部で止まっています。その後、便通異常もないので、便になる前の食物消化物は、二枚の五百円硬貨を乗り越えて大腸の方へ通過しているのでしょう。外科の先生も、手術して取り出す必要はなし、自然通過を待とうという結論です。今でも月に一度腹部レントゲンを撮りますが、二個の硬貨は時々ひねり具合を変えながら、頑として右側腹部から動きません。

ホールでの活動の開始は、すべて音楽で知らせます。例えば歯磨きは〈森の小人〉です。「森の木かげでどんじゃらほい。しゃんしゃん手びょうし、足びょうし」で、洗面所の前に並びます。

この歯磨きもほとんど職員が手伝ってやります。これも訓練のひとつですから、なるべく自分ひとりでできるようになるまで学習させる方針です。しかし根気がいります。歯ブラシにペーストをつけて、右手に持たせると、おいしそうにペロリと舐《な》めてしまう患者さんもいます。そうかと思うと、服の上からなすりつけて喜んだり、ときにはそのままポケットにしまい込みます。それを制止して、「口の中をきれいにするのですよ」と繰り返しながら、上下、前と奥を手早く磨き上げます。そしてまたうがいです。このときも気をつけないと、容器の中でなく、床にペッと吐き出されます。

しかし一番困るのは、口を開けてくれない患者さんで、七号室の園地さんなんかその代表です。若いとき歯など磨いたことがないのかと思い、娘さんに訊いたのですが、そんなことはないという返事でした。いつの間にか歯磨きを忘れたのか、他人から口の中まで掃除されたくないのか、いくら耳元で歯磨きですよと言っても、頑として口を開きません。仕方なく、食事の介助をするときに口の中を覗《のぞ》くことにしています。黄色くなっていますが、まだ上下とも合計十四、五本の歯があるので、大丈夫なのでしょう。

園地さんが口を開けてくれないのには、理由があるような気がします。主任さんの話では、もともと園地さんは一ヵ月の入院と言い含められていたらしいのです。ところが一ヵ月たっても二ヵ月たっても、園地さんを引き取る話は出ません。娘さんは面会のたびに、よろしくお願いしますと、わたしたちに頭を下げます。

園地さんは、そうやって入院が長引かされているのを怒っているのかもしれません。しかし家の事情を娘さんに聞くと、無理もありません。息子さんのお嫁さんが小さい子供二人を残して家出をし、その世話だけでも大変なうえに、園地さんが家に戻れば娘さんも共倒れするのは目に見えています。わたしたちとしては、根気よく園地さんの気持をほぐしていくしかないのです。

歯磨きのあとは、体温測定です。患者さんの健康状態は、おむつの中の便や、食べ残し具合、顔色などで常に判断していますが、やはり何より大切なのは体温です。全員がホールに揃《そろ》っているので、手分けして次々と計っていきます。今は電子体温計で、腋下《えきか》に一分間くらい挟んでおき、ピーッと音が鳴って取り出し、数字を読み取ればすみます。体温計を渡すだけですむのは十人くらいでしょうか。大部分は、もっと手がかかります。目が悪くて数字が読めない患者さんもいます。「音が鳴りました」とだけ知らせてくれる患者さんもいます。それだけでも大助かりです。うっかりしていると、脇《わき》下ではなく肌着の上から挟んだり、一分とじっとしていない人もいます。そのときは、こちらも一緒にウロウロついてまわるのです。体温計にかぶりつき、しゃぶろうとする患者さんには、問答無用で脇の下に入れ込みます。

しゃぶりつき、かぶりつきというのは、人間の本能かもしれません。血圧を測るときもそうです。その代表が松川さんです。腕に巻きつけるマンシェットにかぶりついたあとは、ジュウジュウと唾液《だえき》を出して、おいしそうにしゃぶります。そうなるとひっぱがすにもひと苦労です。

松川さんは、外の散歩のときよろけて、ブロック塀《べい》で左腕をすりむいたことがありました。消毒液を塗り、ガーゼを当てていましたが、それも口でしゃぶってほどいてしまうのです。喉《のど》に詰まらせたら危ないので、ガーゼははずしました。すると消毒液の上から、すり傷をペロペロなめるのです。消毒液を塗るわけにもいかなくなり、放置していたところ、三日目には傷も完治していました。消毒してガーゼを当てるよりもよっぽど経過が良いのです。犬や猫が傷をなめて治療するのも一理あります。

十時になるとラジオ体操です。カセットのテープをかけます。痴呆《ちほう》が進んでいる患者さんでも、見よう見真似《みまね》で手足を動かします。日本人かどうかの一番の見分け法は、ラジオ体操ができるかどうかだという話を聞いたことがありますが、本当かもしれません。立って身体《からだ》を動かすのが半分、残りは椅子《いす》に坐ったままです。立った患者さんも、跳躍はさせません。足踏みだけです。第一体操と第二体操をたっぷりやりますが、後半は患者さんのためというより、職員用です。特に鈴木さんや田中さん、渡辺さんなど、年配の看護助手さんは熱心です。患者さんそっちのけで、しっかり手足を動かし、終わる頃には息をはずませ、汗を拭《ふ》いています。

わたしは、ラジオ体操のたびに学生時代を思い出します。バレーボールの同好会にはいっていて、準備体操がこれでした。跳躍したり前屈したりしていると、大きな声を出し合い、コートの上を転がっていた頃がまざまざと蘇《よみがえ》ってきます。内科病棟にいる間はすっかりそれを忘れていたのですが――。

「やっぱり城野さんは若いわね」

あるとき音楽に合わせて思い切り身体を捻《ひね》っていると、後ろから田中さんに言われました。「前後左右、どちらにでも身体が曲がる。羨《うらや》ましい」

患者さんも、わたしが一生懸命身体を動かしているのを見て、「体操の先生のごたる」と言うのです。学生時代みたいに大袈裟《おおげさ》に体操していると何だか変に思われそうで、一時は手抜きの運動をしていました。しかし、それだと自分まで年寄りくさくなった気がするのです。思い直して、今ではホールの後方、目立たない所で身体を動かすようにしています。ナースシューズをはいた足で跳躍するとき、自分は痴呆病棟で働いているのだと胸の内で言いきかせています。講義を聞いていたときの自分を思い浮かべるのです。希望に燃えていたあの頃と同じように、〈手と目を使って〉元気で働いているか、〈手考足思〉を実行しているか、と自問自答します。

慢性の病気、治らない病気の患者を相手にしていると、看護婦は燃え尽きると言われます。わたしはまだ燃え尽きていません。少なくとも、ラジオ体操のとき高く跳び上がり、手足を大きく広げているうちは大丈夫だと思っています。

第二体操の最後になると、さすがに少しばかり息が上がっています。呼吸を整えながら前の方に出て、今日一日の挨拶《あいさつ》をします。

看護婦や看護助手、介護士の区別なく、職員交代で、何か季節に合った話をするのです。大勢の患者の前で改まって話すのは苦手という職員もいるので、頼まれれば代役を務めます。苦手という人たちは挨拶を深刻に考え過ぎます。今日一日を楽しく生きましょうと、気軽に呼びかければいいのです。

「鯉《こい》のぼりの季節になりました――」

わたしが話し始めるだけで、手を叩《たた》く患者さんがいます。しゃぶり魔の松川さんと、ぬいぐるみ人形を抱いている道慶さんです。テレビ好きの辻さんも、つられて「オーッ」と叫び拍手します。他の職員がしゃべる際はそんな反応はないので、どこが違うのか考えます。多分、唄《うた》のせいかもしれません。わたしが朝の挨拶のときに何か歌うので、患者さんたちは心待ちにしているような気もします。

わたしは挨拶を終え、大きな紙を白板に張り出します。黒いマジックで〈鯉のぼり〉の歌詞を書いたのは前の晩です。青い表紙の「なつかしの愛唱歌集」から抜き書きしました。

「みなさん、鯉のぼりの唄は歌えますね」

わたしが訊《き》くと、ハーイという声がしたり、拍手が起こります。わざわざ席を立って、白板の前まで来るのが永井さんです。紙おむつをあて、いつも赤いスリッパ探しをしているのに、唄のときだけは正確な大声で歌ってくれます。

いらかの波と　雲の波
かさなる波のなか空を
たちばなかおる　朝風に
高く泳ぐや　鯉のぼり

二番は紙に書いていないので、また一番の歌詞そのままに歌います。最初のときよりもみんなの声も大きくなり、調子もぴったり合ってきます。もちろん、職員も手で拍子をとって声を出します。終わると拍手です。

「看護婦さん、上手」

誰かが言います。

「上手なのは永井さんです。永井さんありがとう」

わたしが言うのにはお構いなく、永井さんはさっさと自分の椅子に戻ります。にこにこしているのは歌っているときだけです。

「さて、みなさん」

わたしは話を続けます。「ここから鯉のぼりは見えませんが、外に出ると、あちこちの家に立てられています。わたしが住んでいるアパートの近くの家には、長い棒が五本立てられました。二階の屋根よりも高い棒です。そのうち二本にはのぼりが立てられています。あとの三本にはそれぞれ、吹き流しと真鯉と緋《ひ》鯉、稚鯉がなびいています。全部で鯉が九匹です」

へえー、と感心したのは職員たちのほうです。実際わたしも、その光景にはびっくりしました。家屋自体は新しく、庭にまだ植木もない家でした。四月の中旬に突然五本の棒が立ち、翌日、病院からの帰りがけには、のぼりも鯉も勢揃いしていたのです。

「さあて、ここでみなさんに質問です」とわたしは問いかけます。「大きな鯉と小さな鯉とでは、風が吹いたとき、どちらが水平に泳ぐでしょうか」

わたしの朝の挨拶では、唄とクイズが恒例なのです。

手は十本ほど挙がりました。しかし、わけが分からずに挙手する患者さんもいるので、見きわめが大切です。腰曲がりの浦さんが珍しく手を挙げていたので指名しました。

「大きな鯉のほうがよく泳ぎます」

正解でした。わたし自身もその有様を目撃してアラッと思ったのです。

「そうですね。浦さんよくできました。大きな鯉のほうが口を大きく開けるので、風が中によくはいるのです」

　みんなで手を叩いてやります。すると浦さんがさらに言いました。

「昔の鯉のぼりは紙でできていました」

「そうですか」

　わたしには初耳でした。「紙だと、雨に濡《ぬ》れたとき平気なのですか?」

「油紙でしたよ」

　そうだそうだと他の患者さんたちも言い、年配の看護助手さんたちも頷《うなず》いています。

「知りませんでした。一度見たいものですね。ありがとうございました。それでは今日も一日、元気で過ごしましょう」

　一礼して詰所に戻ると、主任さんから声をかけられました。

「城野さん、楽しい挨拶だったわ。鯉のぼり上げてみましょうか。うちの営繕さんに言えば、一本くらい杉《すぎ》の棒に滑車をつけて立ててくれるわよ。問題は鯉のぼりと吹き流し」

　主任さんは乗り気になっています。

「患者さんの家のどこかに、もういらなくなったところがあるのではないですか。訊いてみます」

「訊いてみて。なければ事務長に頼んで買ってもらうわ。一匹一万円も出せば買えるでしょう。あの出窓から見えるところに上げるのよ。五月いっぱい楽しめる。どうして今まで気がつかなかったのかしら」

催し物好きな主任さんはもう心決めしたようでした。普段と違ったことをすれば、必ず仕事が増えます。それを嫌がる上司が多いなかで、主任さんは例外です。毎日が同じになるのを逆に毛嫌いしているようにすら見えます。

患者さんは、数人ずつの小集団に分かれてテーブルについています。その頃にはデイケアの患者さんたちもホールに合流するのです。

わたしたちはテーブル毎《ごと》の活動を見て回ります。隅に黙って坐《すわ》っている柴木さんの朝の仕事は縫い物です。針仕事を許されているのは彼女くらいなもので、他の患者さんたちは針に触れることさえも禁じられています。ポケットに入れたり、口に含み、呑《の》み込んだりすればそれこそ大事件になるからです。柴木さんが赤い布を出して、眼鏡もかけず、一心不乱でお地蔵さん用の帽子や前垂れを縫っている間、誰かが周囲を見張っておく必要があります。それも、痴呆がなく、しっかりした患者さんでないといけません。

そのうってつけの役が池辺さんです。柴木さんが口下手なのに比べて、池辺さんは快活です。柴木さんが八十五歳、池辺さんが八十二歳、自分が年下だと知って、柴木さんを姉さん扱いにし出したのは池辺さんのほうです。「あなたは眼鏡もかけないで、よくこんな針仕事ができますねぇ」と言って感心し、以来、柴木さんの真向かいに坐って、何かと手伝い、針の見張りをしてくれます。見張りといっても、柴木さんに持たせているのは、赤い糸と木綿針一本、鋏《はさみ》だけです。

「本当によく手が動きますね。このお地蔵さん、こんなに心がこもったものを着せられて、お地蔵さんも喜ばれるでしょう。そのお地蔵さん、どこにあるのですか」

柴木さんの細やかな手元を見ながら、池辺さんがしきりに感心します。

池辺さんは、デイケアに通い始めた当初、元気がありませんでした。それでなくても小柄な身体をすぼめるようにして、ぽつんとホールの隅に坐っていたのです。そのうち抗うつ薬が効いてきたのか、みんなの輪のなかにはいり、口数も多くなり、何よりも服装がきれいになりました。紫のワンピースに、ベージュのシューズ、ブラウンの毛糸の帽子をかぶってきたときは、女優さんがおばあちゃんになったように晴れやかな雰囲気でした。

「池辺さん」

わたしは横に坐って言葉をかけます。

「まあ、看護婦さん。何でしょうか」

耳も遠くなく、少し身体をずらしてこちらを向く仕草など、若さがまだ充満している感じです。わたしの声の調子で、何か頼み事があるのも覚《さと》ったようです。切れ長の目をもつ色白の顔をじっとわたしの方に向けます。今日は黒のレースのスカーフで髪をまとめ、それが薄紫のブラウスによく映っています。わたしは、鯉のぼりの話を持ち出します。

「ありますよ。大学に行っている孫の物をちゃんととってあります。もう使うことはないと分かっていますが、捨てるわけにもいきませんしね。明日でも持って参りましょう。看護婦さん、それはいい考えですよ」

池辺さんははっきりした口調で賛成してくれました。「お雛《ひな》さまのお祭のときも、どなたか、きれいな雛壇を持って来られましたね。古いものでしたが、最近の物よりよほど気品があって、わたしは好きでしたよ。うちの鯉のぼりは、そこまでの年代物でも値打ち物でもありませんが、傷《いた》んではいません。お雛祭で、わたしたち女性が楽しませてもらったので、今度は男の方たちに楽しんでいただかなくてはね」

わたしはすぐに主任さんに報告しました。

ホールから眺めると、確かに青空と本館の屋根、桜の木は見えますが、何かもうひとつ物足りなさがあります。そこに鯉が泳いでいるのを見るだけで、患者さんは若かった昔を思い出してくれるに違いありません。そして何より、病棟内に家庭的な雰囲気が溢《あふ》れてくるのです。

「お地蔵さんの頭巾《ずきん》と前垂れが出来上がったら、どうかわたしも一緒に連れて行ってもらえないでしょうか」

黙々と赤い布を縫っている柴木さんに、池辺さんが頼み込んでいます。「お地蔵さんが二十体もあるとなれば、さぞかし尊い所でしょう」

池辺さんが首を傾け、柴木さんに尋ねます。

「山ん中です。お寺さんでもありません」

柴木さんが朴訥《ぼくとつ》に答えます。「昔は打ち捨てられていたお地蔵さんでした。戦争中からずっとです。あの頃は、みんな食べるのに追われて、お地蔵さんを忘れとりました。このあたしもその張本人です。罪滅ぼしで、ずっと縫ってきたとです」

「そういうことなら、わたしも手伝って縫ってあげたいのですが、もう目が言うことをききません。お参りしとうございますね、そのお地蔵さまを」

そう言って、池辺さんは柴木さんの手元にじっと見入っています。柴木さんは返事をしません。

そのときわたしも、柴木さんが半年に一度、帽子と前垂れを替えるお地蔵さんを見てみたいと思ったのです。

病床日誌の病歴欄を読むと、柴木さんがここにはいってくるとき一番心配したのが、縫物ができるかどうかだったようです。自分に生命《いのち》がある限りは新しい布に替え続けると、どうやら誓いをたてていたふしがあります。針仕事など、普通でしたら許可になりませんが、特例が認められたのは、よほど柴木さんがそれに固執したからでしょう。

縫い方もそれは丁寧です。別段急ぐ必要もなく、午前中の仕事といえばそれしかないのですが、柴木さんはひと針ひと針、心をこめて縫っていきます。たぶんお地蔵さんの大きさもまちまちなのでしょう。帽子の大きさ、前垂れの大きさがみんな違うのです。手元にメモがあるわけでもなく、柴木さんはただ右手を広げて、何やら大きさを測り、赤い布を裁断します。帽子も前垂れも、もう十体分は出来上がっているでしょうか。きれいに畳んで、枕頭台《ちんとうだい》の一番下にしまっています。

柴木さんは、今自分が縫っているのは、右から何番目のどのお地蔵さんの分か、ちゃんと分かっているに違いありません。池辺さんがそれらのお地蔵さんを拝みに行きたいと言ってましたが、わたしだって同じです。真新しい帽子と前垂れをつけ、道端に二十体のお地蔵さんが並ぶ光景は壮観でしょう。

針と鋏の見張りは池辺さんに任せて、他の患者さんの様子もまんべんなく見て回ります。

患者さん全員が同じ活動をするには、痴呆《ちほう》の度合いも、興味のもち方も多様すぎます。おしなべてデイケアの患者さんのほうが痴呆の度合いが軽く、男性より女性のほうがいろんな活動に興味をもちます。男性はもともと、外で仕事をするように仕向けられていますから、七十歳、八十歳になって、テーブルの上で何かしなさいと言われても、おいそれとは手を動かしません。画用紙とクレヨンを渡されても、じっとしています。男同士、ぺちゃくちゃおしゃべりすることもありません。椅子《いす》にじっと坐って、隣のおばあちゃんがしているのを眺めているだけです。

特に、以前校長先生だった下野さんは、みんなが何かに取り組んでいるのを見回るのが好きなようです。わたしたちも下野さんに時々声をかけて、「これは上手でしょう」と言ったりします。下野さんは上機嫌で頷き、カレンダー作りのグループを後ろから覗《のぞ》き込みます。

病棟のカレンダーは、ほとんどが手作りです。日めくりが中心ですが、一ヵ月分のものもあります。絵の部分はクレヨン画にしたり、貼《は》り絵にしたり、折り紙を糊《のり》づけしたりしています。今作成中なのは六月のカレンダーです。雨蛙《あまがえる》や紫陽花《あじさい》、雨傘、てるてる坊主《ぼうず》など思い思いに絵を描き入れるのです。なかにはへのへのもへじの顔だけのものもありますが、「も」の字が左右逆になり、「ꝋ」になっていたりします。もう平仮名も忘れかけているのでしょう。一月に書道の練習をしていた際、「お年玉」というのがお手本の文句でしたが、二人ほど、玉が「王」になっていました。点が左右どちらであったかも、記憶から消えかけています。

ところが、数字だけはほとんどの患者さんが間違えません。「3」を「ε」と書く人はいません。それくらい、数字というのは生活に深く結びつき、脳の中にも深く刻み込まれているのでしょう。

カレンダー以外には、鯉《こい》のぼりの塗り絵があります。小さな鯉を二匹泳がせた線画をコピーにとり、真鯉と緋鯉に塗り分けさせるのです。出来上がったら、掲示板にすべて張り出すようにします。窓の外に棒が立てば、外に本物の鯉のぼり、ホールの中には色分けされたさまざまの鯉の絵があって、さぞかし賑《にぎ》やかになるはずです。

クレヨンを出したとき、見張っていなければならないのは収集癖のある加辺さんです。十数人に手渡ししていたクレヨンが、回収するときいつも足りないので不思議に思っていたら、犯人が判明しました。加辺さんの洋服のポケットに、クレヨンが五本はいっていたのです。

注意すると、「これは娘が持って来たものです」と答えます。念のため加辺さんの枕頭台の中も調べてみました。するとクレヨンが出るわ出るわ、全部で二十本も見つかりました。それでも、「娘がくれたもの」の一点張りなので、無理に取り上げ詰所預かりにしました。しかしその夜も翌日も、クレヨンを返してくれとは言わず、もう忘れてしまったのでしょう、それっきりになっています。もちろん、それ以後、塗り絵が終わる際に、加辺さんだけはそれとなく身体検査を欠かしません。

その加辺さんが三月に描いたチューリップの絵がありました。花のうちで、みんなが喜んで描くのは、菊でもバラでも朝顔でもなく、やはりチューリップです。どんなに痴呆が進んだ患者さんでも、何とかチューリップに見える絵を描きます。

ところがそのときの加辺さんのチューリップはちょっと変わっていました。一本の茎の絵に黄色い花はついているのですが、葉っぱは花の下から八の字形に二枚垂れ下がっているのです。「これが母の絵ですか。頭にどうなっているのでしょうか」と、面会に来た娘さんが悲しげな顔をしていました。

本当に頭の中がどうなっているのか、わたしたちだって首をひねりたくなることばかりです。見られるものなら、中を開けて見たい気もします。とはいえ、加辺さんの絵を眺めながら、花の下から葉っぱが垂れ下がるのも、それはそれでいい絵かもしれないと思ったものです。ダリとかマグリットとか、現実にない絵を描く画家がたくさんいます。象の足が竹馬のように長く伸びていたり、魚の尻尾《しっぽ》が葉巻になって火がついていたり、リンゴの絵なのに「これはリンゴではありません」とわざわざ文字を書き入れたり――。それに比べると加辺さんのチューリップは単純で可愛《かわい》いものだと思います。

二月に描いてもらったお雛さまも、傑作揃《ぞろ》いでした。顔の輪郭と襟元は線描きしてあるので、患者さんは眉《まゆ》・目・口・鼻を中に描き入れるだけでした。

出来上がった男雛と女雛を全部張り出したとき、それは壮観でした。

顔が百人百様なのです。輪郭は全く同じなのに、目と口が三つとも小さな丸になって真中に描き寄せられた顔や、眉と口が上と下に最大限に離され、その間を一本線の鼻が結び、目は左右にチョンチョンと点を打たれているもの、眉も目も左右で大きく違っている顔など、幼稚園の子供でもここまで多種多様には描けまいと思わせる作品ばかりでした。

たぶん、患者さんにとって、現実の人の顔もあんな具合に自由奔放に見えているのに違いありません。ダリやマグリットなどの前衛画家の眼と同じなのです。

確かに、自分の年齢や顔の皺《しわ》など、もう現実の事柄はどこかに吹き飛んでしまっている患者さんもいます。自分をまだ二十三歳だと思っている長富さんが、その好例です。本当は八十四歳で、腰も曲がり、紙おむつもしているのに、本気で独身だと信じています。いつも一緒に行動しているのが、五百円玉二個をお腹《なか》の中に入れたままの津島さんです。津島さんは八十九歳で、長富さんよりは腰もしゃんと伸び、紙おむつの必要はありません。二人が一緒にテーブルに坐り、ペチャクチャしゃべっている光景は、女子学生のようでもあるのです。長富さんはいつもにこにこして、男の患者さんばかり眺めています。気に入っているのは、やはり若い患者さんです。新しく入院してくる男の患者さんには特にやさしく、愛敬《あいきよう》を振りまきます。

二人に年齢を訊くと、顔を見合わせて、少しばかり途惑ってから、はっきりとした返事が口から出ます。長富さんは「二十三」、津島さんは「二十五」です。

「まだお嫁入り前ですね」

わたしが言うと、恥じらいながら頷《うなず》きます。「どんなお婿《むこ》さんが良いですか」

「そうですね」と、また二人で顔を見合わせます。

テーブルには二人並んで坐るのですが、その両側には必ず男の患者さんを従えているのです。長富さんは、テーブルの上の男の人の手に、さりげなく自分の手を重ねます。

先月でしたか、わたしが当直の晩、消灯後に巡回していると、長富さんのベッドに男の人が乗っているのです。長富さんは仰向けになり、自分でおむつをはずそうとし、男の患者さんのほうは、パジャマのズボンを脱ごうとしていました。介護助手の渡辺さんを呼んで、一緒になって二人を引き離しました。

男の患者さんはその後、持病の心臓弁膜症が悪化して内科病棟に転棟しました。あれは長富さんのほうが誘ったのだ、弁膜症が悪化したのもそのせいだと、職員の間ではもっぱらの噂《うわさ》でした。

わずか三十畳たらずのホールでは、このように毎日思いがけない出来事が繰り広げられるのです。

入浴

お風呂《ふろ》があるのは、火曜日と金曜日だけです。火曜日は男性患者が先、金曜日は女性が先になります。その日は日勤の職員が総出動するし、家族も五、六人手伝いに来てくれるので、お祭のような騒ぎです。

本来なら風呂は大抵の人が好きなのでしょうが、患者さんたちはおしなべて好みません。たぶん、自由気ままにはいるのではなく、職員から急《せ》かされるのでそうなってしまうのでしょう。わたしたちも、旅館のお風呂のように、時間制限もなく、好きなときに入浴させてあげたいのは山々です。しかしそうなると他の仕事が全くできなくなってしまいます。なるべく円滑に片づけようとして、患者さんを急がせてしまう点は反省しています。

昼御飯がすんで一時半になったら、男性患者に声をかけて、お風呂の準備ができたことを知らせます。この声掛けでさっと風呂に行ける患者さんはわずか、板東さんや吉岡さんくらいなものです。あとの患者さんたちは、ひとりひとり手を取って、風呂場まで連れて行きます。これが誘導係の仕事です。

誘導にも要領がいります。単純に、お風呂ですよと手を引いていっても駄目です。校長先生だった下野さんなど、他人から指図されるのが大嫌いな性格です。大半の男子患者を誘導していったあと、

「校長先生、急いで下さい。みんな集合しています」

と耳元でささやくのです。「よし分かった」という表情で、下野さんが頷けばしめたものです。下野さんは自分の発語はてんでばらばらですが、こちらの言うことはいくらか理解できます。風呂場まで来れば、みんな裸になっているので、状況を察知して服を脱ぎ始めるのです。

二号室の室伏さんも、風呂には興味を示さない患者さんですが、元は土建会社の社長さんをしていただけあって、少しばかりエッチでユーモアを解する心が残っています。

「はい室伏さん、お風呂ですよ」

と普通に言っても、

「いや今日はやめておこう」と答えが返ってくるだけです。ここでわたしや山口さんが声掛け役に抜擢《ばってき》されます。職員の中でわたしたちが一番若いからです。

「室伏さん、お風呂です。今日も若い子を揃えております。どうぞ」

と特別な声を出して誘います。

「おう、そうか」

室伏さんはおもむろに立ち上がるのです。

わたしたち二人が当直明けや休みでいないときは、三十代の井上さんがその担当になります。四十代前半の職員まではなんとか動くそうです。しかし五十代の鈴木さんや田中さん、四十代でも老《ふ》けて見える副主任が誘ってもさっぱり効果がないので、室伏さんの頭のなかではちゃんと老若《ろうにゃく》の区別がついているのでしょう。

風呂場まで行きつくと、そこには更衣係が待っていてバトンタッチです。

「あんたは風呂にはいらんのか」

室伏さんは不満気にわたしに訊《き》きます。

「城野看護婦さんも、室伏さんが裸になっていれば、すぐにはいっていきますよ」

待ち構えていた田中さんがにっこりしながら言い、もう室伏さんのシャツをはぎ取っています。

「おう、そうか」

と室伏さんも満更でもなさそうです。

「ついでにわたしも裸になってあげますよ」

田中さんが冗談をとばします。

周囲の男性は丸裸になり、湯舟のある方へと促されていますから、もう誰も抵抗する者はいません。そうするものだと頭には組み込まれているようです。

風呂場の床は、砥石《といし》になる石材を使っているので滑りません。湯舟の縁も、ちょうど船だ進水していくドックのような斜面になり、手摺《てす》りもついています。

湯舟の外で、短パンになって待ち構えているのが介護士の三田くんです。相撲部屋に入門してもいいくらいにはち切れんばかりの身体《からだ》をしていて、患者さんとは好対照です。実際に高校生のとき、三田くんは町で相撲のスカウトに声をかけられたそうです。その人は「あんたはいい尻《しり》をしている。一生懸命やれば関脇《せきわけ》まではいけるがな」と保証し、三田くんの尻を後ろから眺めては「どうかね、来る気はないか」と粘ったといいます。運動神経があるなしは問題ではなく、腰の骨格さえ申し分なければ、あとは稽古《けいこ》でどんなにでもなると説得されて、三田くんは三分の一くらいその気になりました。しかし結局、あとの三分の二が勝って介護専門学校に進んだところをみると、やはり年寄り好きだったのでしょう。看護士さんたちにも茶色の髪が多いなかで、三田くんは自然のままの髪ですから貴重な存在です。

湯舟は普通よりも浅くて、床に尻をつけてもお湯は肩までしかきません。身体が傾かないよう、湯舟の周囲の手摺りにつかまらせます。入浴介助は三田くんを入れて三人しかいないので、一度に湯舟に入れるのは六人くらいです。ひとりの職員が二人を見守っている勘定になります。

もともと入浴を嫌がっていた患者さんほど、いったんお湯につかると出たがりません。下野さんなど、ここでも手こずります。

「校長先生、急いで下さい」

例の要領で三田くんが呼びかけます。「生徒が待っています」

これが奏効して、下野さんは立ち上がるのです。

身体を自分で洗えるのは、やはり板東さんと吉岡さんくらいです。他の患者さんたちは、少しぐらい身体が洗えても、頭を洗うことはできません。入間さんなんか、お湯をかけられると、子供のようにワーンワーンと声を上げて泣きます。小さい頃、お父さんからお湯をかけられ、石けんでごしごし洗われた思い出があるのでしょうか。

洗い終えるとまた湯舟にはいってもらいます。よく身体を温めていないと、だだっ広い風呂場と脱衣場では風邪をひきやすいのです。湯舟の中に肩まで沈めるのにもひと苦労します。三田くんが湯舟の縁から手を伸ばして、相良《さがら》さんの肩を押さえつけています。相良さんは元近衛兵《このえへい》だったとかで、痩《や》せてはいますが百八十センチはある長身です。ちょっとかがんだくらいでは、お湯はへその付近までしかきません。

しかしあまり一方的に押さえつけると、大失敗します。先月でしたか、そうやって三田くんが相良さんの肩を押していると、お湯の上にぷかりと何かが浮かんだのです。初めは三田くんも何だか分からずじっと眺めていました。でもそのすぐあと、「看護婦さーん」と叫びました。近くにいた佐藤さんが見ると、水面にうんこがひとつ浮いているのです。佐藤さんは慌《あわ》てずに洗面器をつかみ、縁から身を乗り出して、黄色い浮遊物を掬《すく》いあげました。別なところにも浮いていないか湯面に眼をこらしましたが、大丈夫のようです。相良さんを立たせて、もう一度身体を洗い、シャワーをかけて更衣室の方に押し出しました。

「あれが五個も六個も浮かんでいたり、下痢便だったら、お湯を全部入れ換えなければならなかった」

佐藤さんはあとになって報告しました。患者さんの身体は、湯舟にはいる前にお尻を中心によく洗います。不潔になっていることが多いからです。でも、お湯の中で大便をされたらもうお手上げです。

その相良さんも今日は無事に身体を温め、湯舟から出て行きます。湯舟にはいるのは一度に六人として、次から次に入れていかなければ、男性患者十六人はそう簡単には片づきません。

湯舟から戻ってきた患者さんは、更衣係が身体を素早く拭《ふ》き上げ、ベンチに坐《すわ》らせます。バスタオルが敷いてあって、患者さんはようやくそこでひと息つくのです。

下着をつけるのには、それぞれに決まった順番があるので、ひとりひとり覚えておかなくてはいけません。例えば、元社長で好色の室伏さんは、まず上の肌着を身につけてからパンツです。パンツを先にすると不機嫌になり、看護婦にひと蹴《け》りくらわせます。とくに年配の職員だと、あっちに行けといわんばかりの蹴り方です。校長先生の下野さんも、うるさ型のひとりです。腰かけたままで足にパンツをはかせて、次は上の肌着です。これも両手を先に入れなければいけません。他の患者同様、すっぽりと頭からかぶせたとき、鬼のような真赤な顔で叱《しか》られました。失語症なので、言っている内容は文章になっていませんが、怒っているのは分かります。鈴木さんから教えられて、わたしは率直に謝り、まず両手、そのあと頭を入れる手順は絶対に間違えないようにしています。

なかには自分でさっさと下着に手をつける患者さんがいます。しかしこれが安心できません。パンツを頭からかぶろうとしてもがいたり、パンツをはいてステテコをはき、それも後ろ前だったりするのです。他人の下着を平気で身につけることもあります。

その点、家族が手伝いに来ていると助かります。アルコール痴呆《ちほう》の三須さんには奥さん、菊本さんにはお嫁さんがついているので、着替えは手慣れたものです。洗いたての肌着と衣服を一式、ゴムで縛って持参しています。それをほどいて次々と着せていきます。

男性患者を一時間ほどで入れ終えると、次は女性です。女性患者にも風呂嫌いはいます。風呂にはいらないくらい大目に見てもいいとは思うのですが、週に二回しか入浴日はなく、おむつや失禁で、患者さんの身体は汚れがちなのです。

太った見元さんなど、風呂は面倒臭いのか、呼んでも簡単には動きません。そういうときは、耳に口を寄せ「お風呂は、今ならタダです。三十分すると、お金をとられますよ」とささやくのです。もともとけちなのか節約家なのか、娘さんの話では一切無駄づかいをしない人だったらしいのですが、見元さんは我に返ったように背筋を伸ばします。そしてよいこらしょと重い腰を上げるのです。

しゃぶり魔の松川さんも、はいりたがらないので、まず抱いているキューピー人形を取り上げて、「お人形さん、風呂にはいりたがっていますよ――」と言いながら、おびき出します。人参を鼻づらにぶら下げられた馬と同じです。

自分のタオルを持っている患者さんは四分の一です。そんな患者さんは、更衣室でもちゃんとタオルで前を隠して、おしとやかさを失っていません。しかし残りの患者さんは、裸をさらすことにさして羞恥心《しゅうち》はないようです。永井さんなど、おむつをはずされて、せいせいした顔で湯舟の中にはいっていきます。

いったん湯舟にはいると、最初嫌がっていた人ほど出たがらないのは、男性と同じです。嫌がる人というのは、万事、自分の状態を変化させるのが嫌いなだけなのかもしれません。

特に松川さんは立ち上がる気配はありません。放置して、他の患者さんから身体を洗い始めます。背もたれのある小さな椅子《いす》に坐らせ、頭からお湯をかけ、シャンプーを少なめにして髪を洗うのです。

髪はほとんどの患者さんが短く刈ってもらっています。風呂で洗いやすいように、というのが理由ですし、ホールに月二回来てくれる理容師さんも、そのほうが短時間に多くの患者さんをさばけるからです。後ろを刈り上げ、耳にも髪がかからない程度に短くなっています。短いながらも、人によって少しは変化をつけてもよいのではと思うのですが、理容師さんはそこまで配慮しません。デパートに行くわけでも、よそに招かれるわけでもなく、日がな一日病棟で過ごす患者ばかりですから、囚人同様、同じ髪型でいいという考えなのでしょう。料金も男性の丸刈りは千円、短髪は千百円、女性は一律千四百円です。

病棟のお風呂が旅館の大浴場や銭湯と違うのは、患者さん同士、背中を洗いあう光景が全くないことです。男性もそうですし、女性患者もそうです。急《せ》かせてしまうわたしたちが悪いのかしらんとも思います。朝から晩までお湯が沸き、いつでも患者さんが連れ立って入浴できるのなら、背中流しの光景が見られるのかもしれません。

お風呂が業務になってしまい、その業務をわたしたちが患者さんに押しつける恰好《かっこう》になってしまっているのは、反省点です。

他の患者さんが次々と出ていくのに、松川さんは全身を真赤にしてまだ湯舟の中にはいっています。手摺りをしっかり握って放さないので、佐藤さんが指を一本一本開いていきます。すると松川さんは、佐藤さんの腕が届かないようにすっと湯舟の中央に移動します。

「ほらほら、もう上がらないと。おやつが貰《もら》えませんよ」

副主任も声をかけますが、松川さんは知らぬ顔です。枕《まくら》でもシーツでも人形でもしゃぶる癖というのは、根本に執念深さがあるのでしょう。スッポンや蛭《ひる》のようなしつこさです。湯舟の中で松川さんは頑として動きません。

「こうなったらお風呂の栓を抜きましょう」

副主任が宣言します。松川さんを残して全員が入浴し終えているので、あとはいつ栓を抜いてもいいのです。

「ほら松川さん、お湯がなくなりますよ。上がるなら今のうち」

佐藤さんが急きたてます。しかし松川さんは悠々たるもので、周囲が慌てているのを楽しむようにじっとしゃがんでいます。

そのうち湯面が少しずつ低くなっていきます。松川さんはそれに応じて身体を伸ばして、何とか湯の中に浸《つか》ろうとします。深さが三十センチほどになると、松川さんは湯舟の底に仰向けになりました。十センチから五センチになっても出ようとしません。お棺の中に入れられたように、身体をまっすぐにして寝ています。

「松川さん、いい加減にしなさい」

副主任と佐藤さんが裸足《はだし》で湯舟の中にはいっていき、松川さんの両腕をかかえて、立ち上がらせます。身体が冷えてきたのか、もう抵抗はありません。

「おやつは？」

身体を拭かれるとき、松川さんは訊きます。

「おやつはもうないかもね」

佐藤さんが答えます。「早くいかないと、今日はケーキですよ」

松川さんは裸のまま脱衣場をぬけ出そうとするので、引きとめて洋服を着せるのです。

ホールではもうみんながテーブルについています。目の前に苺《いちご》ケーキののった皿が配られています。

普通の日のおやつはプリンや丸ボーロ、もなか、ゼリー、黒糖まんじゅうなどですが、月二回は少し奮発してショートケーキを頼むのです。ケーキは菊本さんの家に前以《まえもっ》て注文するようにしています。デイケアの患者さんと合わせて、六十個くらいを特別に小さめに作ってもらうのです。お嫁さんが快く引き受けてくれ、その日の正午に届けてくれます。

「さあ、みなさん揃《そろ》いましたね。今日は五月五日、端午《たんご》の節句ですから、お祝いにケーキを頼みました。いつものように、菊本さんのお店で作られたケーキですよ。菊本さん、ありがとう」

主任さんが菊本さんの方を見ます。菊本さんはにこにこしたままです。もう自分が作ったケーキではありませんが、息子さん夫婦が跡を継いでいる店のケーキなのは分かっているはずです。持病の糖尿病は、日頃のカロリー制限で何とか抑えられています。スプーンを手にしてひと口食べるとき、何か考えているような、それでいて半分はおいしくてたまらないというような表情になります。

「おいしいですか」

わたしが訊くと、うんうんと顎《あご》を引きます。

「味はどうですか？　菊本さんが作っていた頃と同じですか」

この質問にも嬉《うれ》しそうな顔つきで頷くのです。実際、普段のおやつよりは値が張りますが、おいしさは三倍か四倍増しなので、時には職員の分も余計に持ってきてもらい、帰りがけのお茶の時間にみんなで食べるようにしています。

おやつの時間中、そばについていなければいけない患者さんが十人ほどいます。ひとりの職員が二人の患者を受け持ち、さらに周囲に眼を配りながら食べさせていきます。気がつくとケーキの上の苺がなくなっていたりしますが、隣の患者さんが手を伸ばして口におさめているのです。盗《と》られたほうの患者さんも、初めからないものと思っているのか、腹も立てません。わたしたちもそのままにしておきます。しかしスプーンなしの手づかみで食べたり、なかには、ケーキの下に敷いてある薄紙もムシャムシャ食べる患者さんもいるので、油断は禁物です。

ケーキのスポンジは喉《のど》に詰まりやすく、特に注意しておかねばなりません。むせたときの対処を考えつつ食べさせるのです。食事時間はわたしたちにとって、入浴に次ぐ戦場といっていいのかもしれません。

ひと通り食べ終わる頃になると、「ケーキを食べていません」「ケーキを貰っていません」と言う声が聞こえ出します。入れ歯の佐木さんと、その横にいるクレヨン収集の加辺さんです。

「本当にケーキは食べとらん」

佐木さんの口元には生クリームがついているので、食べていないはずはありません。

「いや、あんたは食べよった」

横槍《よこやり》を入れたのは、貰っていないと言っていた加辺さんです。「わたしゃ初めから貰っとらんばってん」

その加辺さんにしても、唇のへりが生クリームで白くなっています。

「あなたたち二人は、食べていましたよ」

テーブルの真向かいにいた見元さんが、はっきりと言います。見元さんは重度の糖尿病があるために、おやつはいつも半分です。プリンもまんじゅうもケーキも半分にしてからでないと渡しません。以前はおやつなしにしていたのですが、悲しそうな顔をしているので、先生の許可を得て半分だけ与えるようにしたのです。血糖値が少々高くても、もう八十一歳ですから大目にみてもいいのでしょう。見元さんは、その半分を惜しみ惜しみ食べ、みんなが食べる速度に合わせます。どうかすると、他の患者さんが食べ終わっても、まだ食べていることさえあります。そんな見元さんですから、同じテーブルの患者の食べる様子はじっと観察しているのです。

「いや食べとらん」

「わたしゃ、貰っとらん」

佐木さんと加辺さんは譲りません。本気でそう思っているので、いくら説明しても納得する可能性はありません。

「残念ですが、ケーキはまた来月ですよ。はい、紅茶がきました」

そう言って、新しい物に気をそらしてしまうのが一番です。紅茶を入れた湯呑《ゆの》みが目の前に出されると、佐木さんと加辺さんはさっと手を伸ばします。スティック状の砂糖を入れてやるのはわたしたちで、スプーンでかき混ぜるのは患者さんたちです。甘味のついた紅茶を二人はおいしそうに飲みます。

砂糖の入らない紅茶を、見元さんは仕方ないと諦《あきら》めている様子です。それでも両手で湯呑みを持って、茶道のようにして飲みます。あまりに行儀が良いので、お茶の免許でももっているのか、面会に来た息子さんに訊《き》いたことがあります。「ケチなおふくろです。習い事などお金がもったいなくて、一切していません。唯一《ゆいいつ》の例外が、公民館で、ボランティアの先生がただで教えていたお茶です」とそっけない返事が戻ってきました。紅茶も、お代わりが必要な患者には何杯でもさせます。二杯目になると、砂糖は控え目にします。

「もう一杯いかがですか」

と言われて、佐木さんも加辺さんも、満足気に頷《うなず》きます。二人に一袋のティーバッグですから最後のほうは色が薄くなってしまいます。それでも砂糖の甘味が好きなようです。

患者さんには、事あるごとに水分をとらせるようにしています。尿を漏らすのを自覚している患者さんは、特に水分を取りたがりません。腰の曲がった浦さんなんかその代表格で、笑ったり咳《せき》をしただけでも失禁してしまうと言い、笑うのも控え、咳もコホコホと小さくするように心がけているようです。食後のお茶も全部は飲もうとしません。失禁用にパットを使うように勧めてみましたが、まだ断り続けています。

水分不足で困るのは第一に便秘、第二にすぐ発熱することです。患者さんの九割以上が便秘で、何らかの下剤を常用しています。一錠だったり、四錠だったり、さまざまです。しかし何といっても、一番副作用が少なくお金のかからない便秘薬は水なのです。何かを口に入れたら水かお茶、薬を飲むときもたっぷりの水を与えます。

食べ終わったお皿は、職員がじっとしていても、何人かの患者さんが率先して集めてくれます。腰の曲がった浦さんや、デイケア通いの池辺さんなど、五枚十枚と皿を重ねてワゴンまで運び、テーブルもちゃんと台ふきできれいにします。

「ありがとう」

わたしは二人に声をかけ、出窓の外に眼をやります。

節句の日に間に合うように営繕係が作ってくれた一本の棒には、吹き流しと真鯉《まごい》、緋鯉が泳いでいます。池辺さんが、押入れにしまっていた鯉のぼりを持って来てくれたのです。

「本当にきれい」

「今日はいい風ですけんね」

池辺さんが外を眺めて答えます。「鯉のぼりも、十何年ぶりに泳がせてもらって、喜んどります」

池辺さんの声につられて、浦さんがやってきます。

「ほんに良か風、看護婦さんにはまた鯉のぼりの唄を歌ってもらわにゃならん」

曲がった腰を伸ばすようにして、浦さんが言い、窓の外をじっと見やります。

出窓の横に置いた掲示板にも、八十匹近い鯉のぼりの絵が貼りつけてあるのです。ひとり二匹ずつ塗り絵をした鯉のぼりです。緑もあれば黄色も赤もあり、半分しか色づけされていない鯉もあります。しかしそのどれもが、外の本物の鯉のぼりと同じ方向に、見事に泳いでいます。

観察室

現在、詰所脇《わき》の観察室には三人の患者さんがいます。一番奥に気管支喘息《ぜんそく》が悪化した花栗《はなぐり》さん、まん中が肺炎を起こしかけている瀬尾さん、手前が心臓ペースメーカーを入れている椎名《しいな》さんです。肺炎の瀬尾さんは熱のせいもあって大人しいのですが、手前の椎名さんと奥の花栗さんは、よく声をかけあっています。

「おーい、おるか」

と椎名さんが天井を見たまま叫びます。

「はい、おります」

律儀《りちぎ》に花栗さんが答えます。どうやら、二人ともつれあいが声をかけていると思い込んでいるようです。会話は「おーい」「はい」の繰り返しで、それ以上のやりとりにはなりません。

ペースメーカーでも、胸苦しいときがあり、そのたびに椎名さんは心細くなるのでしょう。実際の奥さんはもう五年も前に亡《な》くなっていて、呼んでも来るはずはないのです。

それも忘れてしまい、少し苦しくなると「おーい」です。

一方の花栗さんは、二年前にご主人を亡くしたあと急速に痴呆《ちほう》が進行した患者さんですから、椎名さんの声を夫のそれと取り違えてしまうのでしょう。「はい」と答えます。わたしたちも、二人がそうやって掛け合いをやっている間は安心しています。元気な証拠だからです。それに比べて中央の瀬尾さんは死んだように静かなので、却《かえ》って心配になります。

それでも四、五日前まで、瀬尾さんは熱があるのに動き回って大変でした。点滴を抜かれないよう、両腕を固定してやっと二本を終えられたのです。そのあともベッドから抜け出そうとするので、ベッド柵《さく》をつけたのですが、飛び越えてしまいました。

そして枕元《まくらもと》にあった酸素の流量計のネジをガサゴソ扱い始めたのです。もともとが左官屋さんなので、仕事場と勘違いしたのかもしれません。それを止《や》めさせて、またベッド柵の中に戻しました。しかし夜になって起き出して、今度は壁にかけてあった救急セットをはずし、中味をバラバラにしてしまったのです。もうこうなると注射で眠ってもらうしかなく、他の病棟から看護婦の応援を頼み、三人がかりで押さえつけ、安定剤の筋肉注射をしてやっと落ちつき、寝入ってくれました。

そのとき体力を使ってしまったのか、今はもう暴れることはありません。「おーい」と「はい」の間で、大人しく点滴を受けています。

観察室の三つのベッドが埋まっているときは、当直者は何となく気が重いのです。いつ急変が起きるやもしれず、治療の手順も複雑になるし、検査も毎日のようにあって、看護の手を取られてしまいます。観察室にひとりもいなければ、一般病室とホールの中だけに眼を配っていればいいのですから。

もうひとつ、観察室が満員だと困るのは、観察室を好む他の患者さんが使えなくなることです。観察室は詰所に続いているので、患者さんにしてみれば、終始母親に見守られているようで安心なのでしょう。

「しこみつえが、また斬《き》りつけてくる」

具合が悪いと、そう言って苦しみ出す芦辺《あしべ》さんはその代表格です。身体《からだ》を斬られるという妄想《もうそう》は中年の頃からあったようですが、独身の息子さんとの二人暮らしはちゃんとやれていました。その後物忘れがひどくなり、家事ができなくなって入院してきた患者さんです。痴呆になっても、妄想そのものは少しも変化していません。夜中に斬りつけるのが「しこみつえ」だと言われて、初めは仕込み杖《づえ》かと思っていましたが、よく聞くと人の名前でした。〈志古光枝〉という人間だそうです。旧《ふる》い友人でもなく、どんな人間なのか、芦辺さん自身も知りません。肩や足に斬りつけながら名を名乗るので分かるのだと言います。

「しこみつえがベッドの下に槍や刀を隠しとる。恐ろしくて眠れん」

夜中に起きて芦辺さんが詰所に来ます。わたしは部屋まで出向いてベッドの下を覗《のぞ》いてやるのです。

「何もないですよ。ベッドの下には」

懐中電灯の明かりの先には実際何もないのですが、芦辺さんは「槍がさっきまであった。わたしがいない間に、しこみつえがどこかに隠しとる」と譲りません。そういうときには観察室まで連れていき、空いたベッドに横にさせると、すぐに寝ついてくれます。ガラス戸越しに詰所の中が見えるのがいいようです。

いつも身体のどこかが悪いと訴える石蔵さんも、観察室好きの患者さんです。一般室にいると自分が病人らしくなくなるから、心細いのでしょう。観察室だと枕元に酸素吸入の弁はあるし、心電図のモニター、救急セットと、病院らしい小道具が揃っています。そんな中でゆっくり横たわると、自分がいかにも病人になった気がしてくるのです。石蔵さんはホールでの折り紙や塗り絵、唄《うた》、ラジオ体操も好みません。「自分は病人だからこんなことはせん」と言って、人形のようにじっとしているだけです。痴呆はさしてひどくなく、わたしたちの言うこともちゃんと理解してくれます。本人の訴えは、ひたすら「病気です、病気です、何とかして下さい」なのです。

確かにこの三十年というもの、石蔵さんは病気のオンパレードでした。四十八歳で乳《にゅう》癌《がん》、五十五歳で胃癌、六十六歳で大腸癌、それ以降の十年余は人工肛門《こうもん》をつけて生きてきた人です。自分が臭いので他人から嫌われているという思いはずっとあるようです。

「血液検査も尿検査も大きな異常はありません。胸のレントゲンも頭の写真も正常です」と、わたしたちは言うのですが、それでも納得なんかしてくれません。立っているだけで身体がだるい、椅子《いす》に坐《すわ》っていても気持が悪い、これは病気ですと言い張ります。

「それならベッドで横になって休んでおきなさい」と、看護婦が部屋まで連れ戻して寝かしつけます。ところが十分後にはまた起きてきて「寝ていても苦しいです。何とかして下さい」としがみつきます。

日勤の時間帯であれば、何人もの職員がいるのでその都度受け答えができますが、夜勤のときは、石蔵さんの相手をするだけで、もう他の仕事が何もできなくなります。それも、ちょうど夜の仕事が一段落して、さてこれから病床日誌の記入をしようかと思った頃に、すっと詰所の戸の前に石蔵さんが立つのです。白っぽいパジャマ姿が、疫病神《やくびょうがみ》に見えてしまうときだってあります。

「それじゃ、あまり飲み過ぎてはいけない薬をあげますから、そこの観察室で寝ていなさい」

腹立ちを抑えてプラシーボを一錠、おもむろに薬品棚から取り出します。ピンクのヒートシールに包まれて、ピンクがかった三角形の錠剤で見かけはいかにも高価に見える薬です。

「この薬は十日に一回しか使ってはいけないと先生から言われています。いいですね」念をおして、コップの水とともに服薬させるのです。「飲んだら、しばらく横になっていないと、薬は効きません」

そう言って観察室の空いたベッドに寝かしつけます。もともと眠いはずですし、横の詰所にわたしたちがいる安心感からか、三、四分もすればいびきを立て始めます。

当直になった職員は、何とかこのやり方で寝かしつけるのですが、プラシーボを何日か前に飲ませていると再度使えません。それでも観察室のベッドに横たわらせ、背中をさすっていると、眠ってくれます。可哀相《かわいそう》なのはプラシーボも使えない、観察室も空いていないときの当直です。詰所の前に亡霊のように石蔵さんが立ったとき、それこそ背筋が寒くなります。

「胸がどうかあります。どうにかして下さい」

手を胸元に当てて石蔵さんが言います。上体はもちろん、声までも震えていますが、チアノーゼが出ているわけでもなく、脈が乱れているわけでもありません。血圧も測ってやるのですが、それもいつも通り、やや低めの正常値です。体温計も腋下《えきか》にはさんでみます。案の定、平熱です。こんなときもう、わたしたちのしてやれることといえば、そんなに選択肢がありません。

「異常なし。部屋に戻って寝ていないと、本当に風邪をひきますよ」

これが第一の選択肢です。しかしこの促しは、「看護婦さん、やっぱりどうかあります。胸が苦しいです」という石蔵さんの返事で、押し問答になってしまいます。

そうなると第二の選択肢、無視という方法に頼らざるを得ません。詰所の中に入れて椅子に坐らせ、看護婦のほうは忙しく動き回って仕事をするか、看護記録をつけるかです。看護婦によっては詰所のドアを閉めたまま、知らん顔で仕事を続ける人もいるようです。そうすると三十分、長くて一時間後には石蔵さんのほうがしびれをきらして自分の部屋に帰っていきます。

わたしのやり方は前の二つと違って、石蔵さんが「胸が苦しい、苦しい」と言ってきたら、まず血圧と脈を測ります。そのあと、手に手をとって病室の巡回に出るのです。一号室から回廊を時計回りに、懐中電灯を部屋の天井の方に向けて、中にいる四人の寝ている状況を観察します。布団《ふとん》がずり落ちていればかけ直してやるし、ごそごそ起き出してトイレに行くのであれば、声をかけ、戻ってくるまで待つのです。そうやって四人部屋八室、二人部屋三室、一人部屋二室を全部巡回します。その間、石蔵さんに補助役を務めてもらうのです。起きている患者さんがいれば寝かしつけるのを手伝わせます。「もう寝る時間ですよ」とわたしが言うと、「もう寝らんといかんです」と石蔵さんが抑揚のない声で追加します。「あんたこそ、起きて何ばしよると?」と反発する患者さんはいません。悪いものを見てしまったという顔をして、目を閉じてくれます。

そうやって病棟を一巡するのに、三十分はかかります。それでも石蔵さんがまだぶつぶつ言っているときは、再度回廊を一緒に歩くのです。わたしのほうは巡回と思えば、二回でも三回でも苦になりません。しかし石蔵さんはたいてい二巡目には音を上げて、

「もう部屋に帰っていいですか」と訊《き》いてきます。

「いいですよ。疲れたら休むのが一番です」

待ってましたとばかり、石蔵さんをベッドまで連れて行き眠らせます。夜間の運動が功を奏すのか、起床時間までぐっすり眠ってくれます。

脳挫傷《ざしょう》で痴呆になった辻さんも、なかなか寝つかないで廊下を徘徊《はいかい》することがあります。そのときは、松川さんの枕許《まくらもと》にあるキューピー人形を借りてきて、辻さんに抱かせるのです。

「赤ちゃんをあやしてきてください」

頼まれた辻さんは廊下をゆっくり一周して戻って来ます。

「眠った」

といって、人形をさし出します。

「ありがとう。じゃあ辻さんもお寝んねの時間ですよ」

わたしに手を引かれて部屋に戻った辻さんは、一分もしないうちに寝入るのです。

花栗さんが息を引き取ったのは、翌々日でした。観察室にいる三人の患者さんのうち比較的状態が悪いのは、心臓ペースメーカーの椎名さんと肺炎の瀬尾さんだったので、本当に虚を突かれた思いです。

昼食後の口ゆすぎや歯磨きを終えて午後の活動に取りかかろうとした矢先に、瀬尾さんのおむつを替えていた田中さんが呼びに来たのです。喘息の発作です。すぐに酸素を流し、先生に電話しました。

静脈確保をして、緊急事態に備えていたアンプルを二本、側管から注射しておけという返事でした。出にくい腕の静脈を暖めて叩き、怒張させてから点滴用の針を刺したのです。そして花栗さん用の処置箱に入れてあったアンプルを注射器に取り、点滴のゴム管からゆっくり側注しました。もちろん、心電図計を取りつけるのも忘れません。

先生が見えたのは十分後です。花栗さんの苦しげな呼吸はいくらかおさまったような印象でしたが、胸を聴診し、チアノーゼの具合を見て首を振り、家族を呼ぶように言われました。

血圧は上が八〇〜七〇に下がり、そのあと測定不能になりました。胸は上下に動かなくなり、心電図の波形だけが時折、山型になるだけです。

お嫁さんが到着したのは、先生が臨終を告げた十五分後でした。お嫁さんは、まだ体温を保っている花栗さんに抱きついて泣きじゃくりました。

「容体が急変したのです。力及びませんでした」

先生が頭を下げ、お嫁さんも涙で濡《ぬ》れた顔で会釈《えしやく》を返しました。花栗さんが危なくなったのはこれが初めてではなく、三度ばかり危機を乗り越えていたのです。八十六歳《さい》でした。点滴をする前は苦悶《くもん》の表情でしたが、呼吸が小さくなるにつれて顔は和らぎ、最期《ご》は安らかな寝顔そのものの表情になりました。それがせめてもの救いです。

お嫁さんが涙を拭《ふ》いているところへ、長男さんが駆けつけ、ひと言「おふくろ、よう頑張ったな」と言い、何分も母親の顔を見下ろしていました。

先生が息子さん夫婦を別室に呼んで経過を説明している間に、わたしと田中さんで死後の処置に取りかかります。

隣のベッドの瀬尾さんも、花栗さんとやりとりをしていた椎名さんも静かでした。人が死ぬという事態は、痴呆の患者さんでも、どこかで感じとるのでしょう。

花栗さんのベッドの周囲のカーテンを引き、お湯をバケツに注ぎ、アロマオイルを少したらします。そこに浸したタオルで、花栗さんの全身を拭き上げるのです。ほのかないい香が肌に沁み込みます。腕についていた絆創膏《ばんそうこう》の跡は、ベンジンできれいに拭きとります。身体は既に冷たく、もたもたしていると筋肉が硬直してしまうので手際《てぎわ》良くしなければなりません。

わたしが死後の処置を嫌だと思わなくなったのは、内科病棟にいたとき、一緒に死後の処置をした定年前の准《じゅん》看護婦さんから「死後の処置がまわってくるのは偶然ではなく、縁があって選ばれたの。患者さんがわたしたちを指名したのよ」と教えられたからです。

背中の仙骨《せんこつ》部分に褥創《じょくそう》ができかけて、皮膚が破れていました。新しいガーゼを当て、テープでとめます。その他に傷はどこにもありません。お尻《しり》には綿花をしっかり詰めます。割り箸《ばし》で、直腸の中まで綿花を入れ込んでおかないと、内容物が出てしまいます。とくに花栗さんは直前まで口から食事を摂取していたからです。膣《ちつ》にも詰め物をし、念のためお尻の下にはおむつを敷きます。

鼻にも口にも綿花を詰めます。口は舌を指で押さえて、綿花を舌の奥に入れます。花栗さんは総入れ歯でしたが、観察室にはいったときに取り出していました。亡《な》くなったあと、それをまた口の中に戻す必要はありません。あの世では、入れ歯など必要でない食べ物が出るはずです。ただし、頬が痩《や》せて見えるので、口角の内側に少し綿花を含ませます。

要領がいるのは鼻で、割り箸を使って綿花を奥まで入れ、気道と食道を完全に塞《ふさ》ぎます。大切なのは鼻腔《びくう》内に綿花が残らないようにすることで、さもないと分泌《ぶんぴつ》物で綿花が膨らみ、小鼻が開いて容貌《ようぼう》が変わってしまうのです。

臨終の際に口が少し開いていたのがどうしても閉まりません。顎《あご》の下にタオルを丸めて押し当てました。

真新しいゆかたを着せ、両手を胸の上で組ませます。既にもう身体が硬くなりかけ、指を組ませにくいので、親指と親指の根元を木綿糸でくくりつけました。顎の下に当てたタオルをはずしても、もう開口することはありません。ゆかたの裾は足元が乱れないように、左前身頃を右の腿《もも》の下に巻き込み、その上から右前身頃をしっかりかぶせて着せます。もちろん紐《ひも》は縦結びで、結び切ります。この世との縁切りの意味を表わすためです。

本当に安らかな寝顔です。どこかやり残したところはないか確かめているうちに、胸が熱くなってきました。田中さんもじんときたのか、涙を拭いています。花栗さんの痴《ち》呆《ほう》はかなりひどく、職員の名前と顔も誰ひとり覚えられない程度でしたが、美容師をしていただけあって、身だしなみはきちんとしていました。お嫁さんもやはり美容師で、一ヵ月に一回は家に外泊させ、そのとき髪も切ってもらっていたのです。

「本当にお世話になりました」

振り向くと、そのお嫁さんが後ろに立っていました。「すみませんが、死に水をとらせて下さい」

気丈な声でお嫁さんが言います。田中さんがコップに水をつぎ、新しい綿花をトレイに入れて持って来ました。

綿花を水に浸してお嫁さんに渡します。

「お母さん、よう頑張ったね」

唇を湿らせていたお嫁さんが、そのまま絶句します。涙がぽたぽたと花栗さんの頬にかかりました。

「すみません」

お嫁さんは泣き笑いの顔をわたしたちの方に向けました。「いい母だったものですから」

わたしも頷《うなず》きながら、もらい泣きしそうになります。わたしの後ろで田中さんはそっと目尻を拭いています。

「お母さん、美容院はわたしとリエが立派に継いでいきます」

お嫁さんはそう言い、バッグから口紅を取り出し、花栗さんの唇に薄く紅を引きます。それから、義母の頬にかかった自分の涙を綿花でぬぐいました。濡れたその跡が妖《あや》しく光り、まるで花栗さんが本当に泣いていたような感じです。

「本館地下の霊安室にご遺体を運ばせてもらいます」

わたしは一礼し、顔の上に白布をかぶせました。

田中さんと二人でベッドを押し、エレベーターの前まで行きます。幸い、ホールに集まった患者さんたちは貼《は》り絵や塗り絵に取り組んでいて、誰もこちらに気づきません。

エレベーターで地下一階まで降ります。霊安室は、他の職員の手で祭壇の準備を終えていました。白布を敷いた台の上に、花栗さんの遺体を移動させます。もう遺体は、心棒がはいったように硬くなっています。ゆかたの襟を整え、顔の上の白布のずれを直します。祭壇の照明が、どこかお盆の灯明に似た光を放ち、白布がいやが上にも白く見えます。

しばらくすると、息子さんとお嫁さんが副主任に案内されてやって来ました。

「霊柩車《れいきゅうしゃ》はあと十分ほどで来ます。本当にお世話になりました」

息子さんが頭を下げ、

「家でお通夜《つや》をしようと思います。母が帰りたがっていた家ですから」

お嫁さんが言い添えました。泣いた目が真赤です。

「父が亡くなる前から、母の痴呆は始まっていました。それでも、店に出るのが好きで、母屋《おもや》の方にいなさいと言っても出てくるのです。店の床を掃いたりします。そんなことは店の若い子の仕事ですから大丈夫だと言っても、聞きません。若いお客さんは、店の中を年寄りがうろうろするのを嫌いますしね。呆《ぼ》けがいよいよひどくなって、とうとうここにお世話になることを決めたのです。初めはここを嫌がっていました。そのうち帰るとは言わなくなって、ただ月一回の外泊だけを楽しみにするようになってくれました。わたしが髪を洗い、カットするのですが、じっと鏡に見入っていましたからね。あれでも、昔は厳しかったのです」

お嫁さんは次から次に話します。

「お師匠さんは、お母さんだったのですか」

田中さんが訊きました。

「そうです。実際の技術は母から習ったようなものです」

お嫁さんが答えます。目をしょぼつかせた息子さんは、じっとわたしたちの会話に聞き入っていました。

車の後進する音がして、出てみると霊柩車でした。葬儀社の社員二人が手際良く台車を運び出し、花栗さんの遺体を移し替えます。合掌したあと、ひとりは肩と頭、もうひとりは腰と足というように、抱える箇所も心得たものです。

台車は脚を折れば、霊柩車の後部からそのまま中に納まる仕組みです。わたしと田中さんは動き出す霊柩車に向かって頭を下げます。花栗さん、さようなら、と心のなかで別れを告げます。

副主任や他の職員も、坂の上で待ち構えていました。一列に並んだ全員が、一斉にお辞儀をします。霊柩車はその前をゆっくり通り過ぎて行きます。

「本当にお世話になりました」

お嫁さんと息子さんはわたしたちに向かって深々と礼をすると、二人並んで坂を上って行きました。

排尿誘導

わたしたちの病棟で半年間試みた、排尿誘導の成果について報告します。

痴呆病棟には、痴呆が軽い状態から重度の痴呆まで、多様な患者さんが入院しています。それは他の科と同じです。内科でも外科でも、患者さんの病状は、初期の軽症から癌《がん》の末期の患者さんまで、さまざまです。しかし内科や外科が扱う病気と異なり、痴呆には有効な薬というのはありません。痴呆に対して医療が行うのは、治療ではなくケアだと言われています。そして、ケアを担《にな》っているのが看護と介護なのです。

痴呆病棟における看護の目標は何でしょうか。さまざまな面から目標を設定できるはずですが、まず中心に位置するのは、患者さんの自立ではないかと思います。日常の生活をなるべく他人の手を借りずに自分で行える、それが自立です。赤ん坊の自立と似ています。

自立のもとになっているのが日常の基本動作で、その代表が食事と排泄《はいせつ》です。日々の食事と排泄さえできていれば、どんなに痴呆がひどくても、周囲の手をとる度合いはぐっと減ります。これも赤ん坊と全く同じです。

食事と排泄を比較すると、やはり食欲に支えられているだけに、食事能力というのはなかなか低下しません。手づかみであろうとスプーンであろうと、とにかく食べ物を口に運ぶ行為はそう簡単には衰えないものです。わたしたちは、誤嚥《ごえん》に気をつけ、観察を怠らず、時々介助してやればすみます。他方、排泄には排泄欲などというものはありません。しかも食事のように一日三度と限定されているわけでもありません。四六時中、排泄は人の生活についてまわります。痴呆がさして進行していない患者さんでも、尿失禁や便失禁は起こりやすく、これがいたく本人の自尊心を傷つけます。坐《すわ》っていてお漏らしをし、椅子《いす》が濡れたのが見つかり、「汗が出てしまいました」と弁解したり、便のついたパンツを枕頭台《ちんとうだい》の奥深く隠したりするのもそのためです。

入院患者さんの大部分は、家でもおむつを使用していたり、入院前の病院で紙パンツをはかせられていたりしています。あるいは入院したときはおむつでなくても、環境の変化で混乱がおき、失禁が始まる場合もあります。その結果紙おむつを当てられたときの患者さんの屈辱は、おして知るべしです。

こういうおむつ攻めから患者さんを救い出すために、計画したのが排尿誘導でした。これまでわたしたちの病棟で実施した結果を報告し、若干の考察をつけ加えたいと思います。

対象は、痴呆病棟にこの半年間に入院になった五十二名の患者さんです。この中には、途中で退院あるいは転院になった患者さん、不幸にして不帰の転帰をたどった患者さんも含まれています。女性が三十人、男性が二十二人、平均年齢は女性が八十三歳、男性が七十八歳で、全体での平均は八十一歳になります。排尿誘導を行った期間は、最長が半年、最短が一週間です。

排尿誘導の方法は、まず患者さんを五つのグループに分けることから始めました。Aグループは全く失禁がない人たちです。Bグループは時々尿失禁をしますがおむつの必要がない人たち、Cグループは夜間のみおむつが必要、Dグループは一日中おむつをしているものの、痴呆もそう重篤《じゅうとく》でなく、排尿誘導が功を奏しそうな患者さんたち、そして最後のEグループが、おむつをしている期間も長く、痴呆も重篤な患者さんです。各各の人数は、Aが十人、Bが十二人、Cが十六人、Dが八人、Eが六人でした。

Aグループは排尿誘導の必要はありませんが、途中から容態が悪くなり、Bに下がることもあります。そうすると当然誘導を始めます。

誘導の仕方は、二時間に一度、職員が患者さんを誘ってトイレに連れて行きます。目標は、ひとつでも上のランクのグループにはいるようにすることです。例えば、おむつの長いEグループの患者さんでも、日中、トイレで排尿ができるようになれば、一日で使うおむつの数も減ってDグループに近くなります。また、Dグループの患者さんであれば、昼間くらいはおむつのはずせるCグループまで、レベルを上げるのが目標です。

職員の割り当ては、日勤や当直、休みなどの勤務体制があるため、グループ別に配置するのは困難です。全員ですべての患者をみます。但《ただ》し、全体の責任者には看護婦ひとり、看護助手を二人あて、新入院患者があると、その人たちがグループ分けの判定をし、進歩の度合いの評価もするようにしました。

記録は誘導をするたびにしますが、これも段階分けしました。誘導する前に患者さんのほうからおしっこをしたいと知らせてきたときは◎、誘導をして排尿ができたときは○、排尿がなかったときは△、誘導に応じなかったときは×です。

週一回、責任の看護婦と看護助手が評価表に気づいたことを書き入れ、月末には進歩の度合いを評価します。例えばいつもおむつのEグループの患者さんが少しでもおむつの使用量が減れば⁺Eとします。逆に昼間はおむつ不要だったCグループの患者さんが、おむつ使用を時々するようになれば、逆にレベルが下がったわけですから⁻Cです。もちろんその患者さんが夜もおむつがいらなくなれば、ランクがひとつ上がってBになります。また記号による評価の他に、記述式で感想もつけ加えるようにしました。「おしっこがしたくなったら、じっとこちらの目を見つめる」というような記述です。これは昼間もおむつをしているある患者さんについてのメモですが、これが他の介護者にも伝わり、職員間の伝達にも役立つのです。余談ですが、子育ての経験のある看護婦によると、そんなときの患者さんの目付きは赤ん坊に似ているそうです。おむつをした赤ん坊が母親の顔を真剣な顔で見つめるとき、たいていはおしっこかうんこをする前だといいます。

評価の区別として、月末と患者さんの退院、転院時には話し合いをもって、進歩の具合や、改善策について検討しました。転院の場合、この排尿誘導で発見した小さな観察を看護添書に書いておくと、転院先の介護者や看護者も助かります。例えば、食事の前に排尿の習慣がついていると分かった患者さんであれば、朝・昼・夕の三度だけトイレに誘導すれば、昼間ずっとおむつをしている必要はなくなります。たまにパンツを濡《ぬ》らすことがあっても、それだけのために一日中おむつをさせておくのは酷です。

こうした方法で排尿誘導した結果をスライドに示しています。

ごらんのように、図は縦軸に上から下へＡＢＣＤＥのランクづけです。初めからＡグループに属していて最後までＡだった患者さんは九人いて、それは除外しています。初めはＡでも、後にＢやＣにレベルが下がった患者さんは記入するようにしました。各ランクの中間には二段階を置いて、微妙な変化を表わすようにしています。例えばＢとＣの間に$^{-}$Ｂと$^{+}$Ｃがあって、$^{-}$Ｂのほうが$^{+}$Ｃよりはいくらかレベルが上ということです。

横軸はこの半年間の時間経過です。週単位になっていて、その線の長さだけ、わたしたちの病棟に入院したことを表わしています。男性は黒線、女性は赤線で、それらの線の最後に転帰を示しています。家庭への退院が◎、老人ホームへの退院が○、同じような痴呆病棟や一般病院への退院は△、死去が×です。

一見してこの図から分かるのは、全体として線がわずかながらも右上がりになっている事実です。なかには急激に上がっていく線もあれば、半年間全くの水平線になっているのもありますし、もちろん右下がりの線も少数ながら見えます。しかしこの右下がりも、あとになって盛り返して右上がりになる線もあります。そして右下がりになったままの線は、大部分転院か死亡という転帰になっています。つまり、骨折や肺炎などの身体的な疾患が加わると、この線は否応《いやおう》なく右下がりになるのです。そうした合併症がなくなると、患者さんは排尿誘導によって、失禁状態がまたもとの水準まで改善することが分かります。

排尿誘導開始時と終了時、あるいは現時点での状態を比べてみます。実際に誘導の対象となったのは四十三人です。改善を示しているのは四十三人中十八人で四十パーセント、不変が二十一人で五十パーセント、悪化が四人で十パーセントでした。

これを男性と女性に分けて集計してみると、男性の改善率は五十一パーセント、女性の改善率は三十六パーセントで、男性のほうが改善しやすくなっています。これは、スライドの図で赤線に比べ黒線のほうがわずかながら右上がりになっている度合いが大きいということからも、理解できるはずです。

もうひとつこの図から言えることは、冬よりも夏に近づいたほうが、改善しやすいという点です。この夏に向けての改善傾向に関しては、次の考察の項で述べたいと思います。

スライドありがとうございました。

以上、痴呆《ちほう》病棟における排尿誘導の実施結果を示しましたが、看護者の労力の割にはその成果が出ていないのではないか、改善率が低すぎるのではないかという批判があるかもしれません。確かに数字の上ではそうです。しかし半年間目標を設定して排尿誘導を試みたいま、尿失禁に限定されない成果が上がったのではないかという印象をもっています。その思いがけない効果について六つの側面から述べてみます。

まず、患者さんの排泄行為にわたしたちが関与することで、患者さんをより深く知るようになるという点です。通常の看護場面において、わたしたちが排泄にまで立ち入る機会はそう多くありません。寝たきりの患者さんにおむつを当てたり、替えたりという行為はもちろんあります。しかしそれらの行為というのは、あくまで機械的にしがちであり、看護者と患者の間の人間的な交流は不思議なくらい希薄です。

それに比べると、排尿誘導は決して機械的にはできません。あくまで人間と人間の触れ合いのうえにしか成立しないものです。そのうえ、排泄行為にはその患者さんの人となりがよく反映されます。トイレの戸の開け方、スカートのおろし方、下着の脱ぎ方、排尿のあとを紙でふく仕草、戸の閉め方など、ひとつひとつの動作に他のどんな行為よりも患者さんの個人史が出ます。いかに痴呆が進んでいても、最後まで保存されるのがそのような基本的な行動です。女学校まで出て、大きな商家のおかみさんであった患者さんでも、トイレの戸も開けっ放し、手を洗ったあとの水道の蛇口も締めない人がいます。かと思うと、字は仮名くらいしか書けなくても、手渡したちり紙を小さくたたんで前の方を拭《ふ》き、周囲を汚したら、余ったちり紙できれいにしようとする患者さんもいるのです。

わたしたちの病棟では、トイレ内にトイレットペーパーを置いていません。異食行為のある患者さんが二、三人いて、紙を食べたり紙を引き出して便器を詰まらせたりするので、いつも少しずつ紙を持たせるようにしています。排尿誘導をするときにその紙の残り具合を調べ、なくなっていればポケットの中に補充しておきます。

そういう風に、排尿誘導によってその患者さんを深く知るようになるのです。その理解が誘導行為そのものに影響を与えてもきます。例えば誘導のために声をかける行為ひとつとっても、その人に応じた促しが必要です。病棟に元校長先生だった男性患者がいますが、「トイレに行きますよ」と子供を引っ張って行くように言っては怒らせるだけです。「もうすぐ会議ですから、その前にトイレに行っておいて下さい」ともちかけ、納得したところで、あくまでも控え目に後ろからついていきます。そうかと思うと、声をかけるだけでさっと席を立ってくれる患者さんや、引きずっていかないと動かない人、「おやつを貰《もら》いに行きましょう」とだまして歩かせないといけない患者さんがいて、対応はまさしく十人十色です。

誘導されなくても自分ひとりでトイレは自由に行けると言い張っている患者さんも、何回かパンツを濡らすうちに、誘導に応じるようになります。頭ごなしに叱《しか》りつけるよりは、じっと待ち構えておく態度が大切なのは言うまでもありません。

その人の生活史をより深く理解できるというのが、まずは排尿誘導の利点の第一点、そしてその人個人に適した接し方が、他の看護面での接し方にも影響を及ぼし、きめ細かなケアが可能になるというのが、二番目の利点だと言えます。

利点の第三は、排尿誘導の余得とも見なせるもので、患者観察が濃厚になるという点です。手を引いて行くときに、看護者は知らないうちに患者さんの体温や顔色も感じ取っています。体温そのものは一日に二回、機械的に測定はしていますが、その間にも二時間おきに排尿誘導をするわけですから、発熱があれば迅速に対処が可能になります。そしてまた、おしっこの濃さや量もわたしたちの目で確かめることができるので、水分摂取が充分か不足しているかもすぐに分かります。その他にも下着の汚れ具合、腰部にできかかっている褥創《じょくそう》にも早めに気づくことがあります。

排尿と一緒に大便のほうもすませる患者さんもいます。そのときは便の点検も可能ですし、排便が朝あるのか夕方あるのか、習慣も把握できて、より一層おむつがはずせるようになるのです。もちろん、患者さんの排尿時間もおよそ見当がつくようになります。そのときは患者さんがどんなに嫌がっても、排尿時刻にはトイレまでなんとか誘導するのが大切です。

他方、患者さんが知らず知らずに送っているサインにも、敏感になります。椅子から立ち上がってうろうろしたり、詰所の前を行ったり来たりするのは、排尿したいからです。

そうしたサインを、誰に送っていいか分からない患者さんも当然います。そんなときは毎朝、「おしっこをしたくなったら、わたしに合図して下さい」と、前以《まえもっ》て優しく言っておくと効果的です。

排尿誘導のもたらす四番目の利点は、経済的な側面です。わたしたちの病棟では、紙おむつの代金は患者さんの家族が負担します。紙おむつは、パンツ型が一個百八十五円、テープ型が百四十五円、フラット型が八十五円、パット型が五十五円です。ひと月のおむつ代を合計すると、多い患者さんで三万円を超し、家族にとっては相当な出費になります。これが半分に減るだけでも、家族には大変感謝されます。自分の母親や父親、姑《しゅうとめ》や舅《しゅうと》が元気になっているかどうかは、面会に来た家族だけにしか分からないものですが、おむつ代というのは数字で表現されるので、客観的な評価になるのです。面会に来られない親族に、入院したてはおむつ代だけでも月二万円だったのが五千円に減りましたと報告ができるわけで、それだけわたしたちの活動が評価される結果になります。もちろん、紙パンツや紙おむつばかり使うのが能ではありません。ある患者さんの場合、どうしてもおむつを当てたがらず、失禁して、着ている洋服を汚してしまい、その洗濯代だけでも高額になっていました。初めの頃はお嫁さんが洗濯物を取りに来ていたのですが、あまりに頻繁なので、間に合わないときはクリーニングを業者出しにしていたのです。そこでお嫁さんを呼び、患者さんが以前身につけていた古着で簡単な服を作れないか頼んでみました。お嫁さんは古い着物をほどき、さっそくミシンで二十枚ほどの簡単服を縫って来てくれたのです。洋服が二十着あれば、一日二回失禁したとしても、慌《あわ》てることはありません。週一回お嫁さんが着替えを持って来て、汚れた分を持って帰ればいいのです。この患者さんは、今では排尿誘導しなくても自分でトイレに行くようになりました。お漏らししてもいい、いつも着替えがあるという安心感が、排泄《はいせつ》の自立をもたらしたと言えます。

排尿誘導の第五の利点は、こうした患者さんの自尊心の回復だと思います。これは患者さん自身にアンケートを取ったわけではないので、わたしたちの単なる思い込みかもしれません。しかし入院してくるときは、家族や前の病院の方針でおむつを始終当てられていた患者さんが、昼間はその必要がなくなったときなど、顔の表情までも明るくなるのです。もっと重症の痴呆の患者さん、例えばわたしたちの病棟には頭部外傷のために痴呆になった五十五歳男性の患者もいます。昼間紙おむつが不要になり、尿意がしてくると詰所の前に来て、指で前の方をさすのです。ちょうど三、四歳の幼児の仕草と同じですが、これでわたしたちも的確に排尿させることができます。紙おむつをしていないのは快適らしく、笑顔が増えました。それまでは、おむつをさせていると嫌がって自分ではずし、所構わず放尿していたのです。このように、排尿にはすべての行為が集約されています。それが自立すると、他の日常動作までが自《おの》ずと向上していくのです。

そして最後の六番目の利点は、わたしたち自身も予期しなかったことですが、病棟の職員の団結というか、まとまりが良くなったことです。目標を立て、週に一回の短い話し合い、あるいは月一回の評価のための話し合い、そしてまた日々の気づきを表に記入していくという作業が、職員間の交流を深めてくれたような気がします。話し合いも会を重ねる毎《ごと》に要領が良くなり、以前の井戸端会議的な焦点のない愚痴の言い合いから、解決点を見出《みいだ》すための意見の交換という形に変化してきました。これは、話し合いの司会役を全員で回り持ちにしたのが、成果につながったと思います。

以上、排尿誘導の実施によって生み出された利点を六つほど取り出して、考察してきました。利点とは逆のマイナス面としては、労力の大変さがあげられますが、これに対するわたしたち職員の不満は、最初の頃はあったにせよ、現時点では表だってみられません。わたし自身にしても、同じ働くのなら、目標のないその場限りの仕事よりも、少しばかり労力は増えても、秩序と見通しをもって働くほうがどれほどましかという思いがしています。

これで半年間の試みが終了したわけで、今後も排尿誘導は続けていくつもりです。先ほど言ったように、全体として見るとき、夏のほうが冬よりも改善度が高いという結果が出ています。この理由はおそらく、夏は発汗作用のために排尿回数が少なくなるのに対して、冬は回数が多いからだと思われます。かといって冬に限って水分摂取量を減らすのは不可能です。それでなくとも高齢者は脱水状態に陥りやすくなっています。失禁を恐れて水の摂取を控える傾向もあります。水分を夏でも冬でも充分にとらせないといけません。そうしますと、夏も冬も一律に二時間おきの誘導というのではいけないのではないかという気がします。特に女性の場合はそうで、冬場だけ一時間おきの誘導をやってみてはどうかと考えています。その成果は今年の後半からの実施で証明されるはずです。

また、男性と比べて女性のほうが改善率が悪いという傾向もあります。これも、女性の尿道が男性より短いという解剖学的な特徴によるものかもしれません。いずれにしても男性と女性を同じように排尿誘導していたのでは、男女ともに同じ成果を期待できません。女性にはより細やかな誘導が必要ではないかと思われます。女性全員に一時間おきの排尿を促すのは大変なので、何人かそれにふさわしい患者さんを選び出して、重点的に一時間おきの誘導をしてみるのもいいかもしれません。

しかし一時間おきにトイレに連れて行かれるのは、患者さんにとっても迷惑な話です。患者さんの一日のうちの排尿状態を注意して眺めてみると、患者さんによって特徴があります。朝と夕方だけに排尿が集中している人、食事前に反射的に排尿したくなる人、夕食後から就寝前にかけて何回も行く人、とさまざまです。こうした個人の排尿パターンを早期に把握して、個人に応じた重点的な排尿誘導をするのも解決法のひとつではないかと考えています。

さらにもうひとつ、身体的な合併症をおこして観察室や一般室のベッドに寝込んだとき、せっかくおむつがとれていた患者さんでも元の状態に戻ってしまうことは、先に述べた通りです。こうしたレベル低下を少しでも防止するため、あるいは合併症からの回復を容易にするために、観察室の中でもできれば排尿誘導を行い、ポータブルトイレを使わせる計画もたてています。一般内科や外科では、寝込んでいるからといっておむつなど絶対にしません。やはり患者さんは自分の力でトイレに行こうとします。痴呆があるなしにかかわらず、どんな患者さんでも、おむつを使用しているという事実が、そうでなくても薄れている自尊心を一層低下させ、回復への気力を削《そ》ぎ落としていくのではないでしょうか。

あくまでも個人の実情に合わせた細かい排尿誘導を試みることが、患者さんの理解と観察につながり、病棟生活をより活動的にし、おむつ代の出費をも低くし、かつ患者さんの尊厳の維持をもたらし、また一方で、わたしたち看護職員のチームワークにも良い影響を与えるようです。確かに排尿誘導に費やす労力は大変なものがあります。しかしそこから生まれる利点は、労力を補って余りあるというのが結論です。ご清聴ありがとうございました。

当直

四十人の入院患者に対して職員は十五人、週に一回は当直がまわってきます。誰と組むかで当直の疲れ方が違うことは、田中さんから聞かされて初めて知りました。

当直は看護婦ひとりに看護助手ひとりという組み合わせになります。誰と組むかで当苦手な人と一緒の当直がはいっていると、二週間も前から苦になるそうです。言われてみると分からないでもありません。途中で二時間ほどの仮眠を交代でとるとはいえ、十二時間以上も顔をつき合わせて働くのですから、よほど気が合わないと苦行の勤務になります。わたしなんか当直の相手が誰か知らないまま出勤すると言うと、田中さんはびっくりしていました。わたしは生来、こういう人間関係には鈍感すぎるのでしょう。

田中さんによると、一緒の当直で一番疲れるのが副主任だそうです。

「副主任は几帳面《きちようめん》な人だから、すべて任しておけば楽でしょうに」

わたしが首をかしげると、田中さんは激しく否定しました。

「そりゃ、自分だけ几帳面ならこちらに被害は及ばないけど、相棒にも几帳面さを要求するから大変。息が苦しくなる。発熱患者が出ると、すぐに当直医を呼ぶのよ。看護婦でもないわたしが言うのもおかしいけど、たった三十七度五分の軽熱で大騒ぎすることもないでしょう。氷枕《こおりまくら》と水分補給をして熱の具合を翌朝まで見ておけばいいのに、呼ばれる当直の先生も気の毒。眠たそうな顔で型通りの診察をして、あまり熱が高いようであれば解熱《げねつ》剤の座薬を入れるか、氷枕で経過をみるか指示を出すのが普通。副主任としてはそのお墨付きが大切なのね。いちおう当直医に診てもらったとなれば、急な変化が起こっても責任はかかってこないから。自分の当直の時には手落ちがないようにと、そればかりが頭にあるからピリピリしていてね。それがこちらにも伝わってくる。わたしだけじゃなくて、患者にもそのピリピリが分かるみたい」

田中さんはふうっと溜息《ためいき》をつきます。わたし自身は副主任と一緒に当直した経験はないので、軽く相槌《あいづち》をうつしかないのです。

「病棟の空気がピリピリしていると、患者さんのトイレに行く回数が増えるの。それも足早にトイレに行くから転びやすい。頭が痛い、胸が苦しいと詰所に訴えてくるやかまし屋の石蔵さんですら、当直が副主任だと回れ右して自分の部屋に戻ってしまう。それはそれで結構なんだけど、やっぱりどこかで無理をしたのか、トイレに行くのに間に合わず、廊下で大量におしっこをしたことがあったの。本人は気にして、わたしたちには知らせずにそのままベッドに寝ていたのね。

廊下のおしっこを見つけたのが隣の部屋の吉岡さん。あの人は頭がしっかりしているから、トイレに行く途中で気がついたのでしょうね。廊下に水が溢《あふ》れとる、天井から漏りよるかもしれん、と詰所に報告に来たのよ。

それからがもう大変、わたしが廊下の始末をして、副主任が犯人探し。その近くの病室の患者が怪しいと睨《にら》んで、まず吉岡さんのいる五号室全員の下着が濡《ぬ》れていないか調べ、次が六号室になって、ようやく、狸寝入《たぬきねい》りしている石蔵さんのベッドの下に、濡れたパンツが捨ててあるのが判《わか》った。石蔵さんがひどく怒られてね。わたしが着替えさせている間もぶるぶる震えていたわ。そんな大騒動のあとでも、巡回はきちんと一時間おきにするのだからこっちはもうへとへとなの。体力疲れより気疲れ。そのうえ仮眠もしにくいのよ。

本来、規則のうえでは、当直は起きていなければいけないことになっているでしょ。だから、副主任はそれをまともに守っているのね。自分はどうも眠くならなくてすむらしい。だから、わたしたちも当然そうだと思っているのよ。わたしはもうたまらないから、午前二時になったら、すみません、少し横にならせてもらいます、と言うの。言い出せない人もいるわ。我慢して詰所の椅子《いす》に坐《すわ》っていると、ついついうとうとしてしまう。副主任はそれには文句を言わないって。でもね、うとうとしているのに気づいたなら、ひと言、休んでもいいわよ、と言ってやればいいのにね」

田中さんの口調はますます滑らかになっていきます。若ければ少しくらい徹夜しても平気でしょうが、田中さんは五十歳、副主任だって四十代半ばですから、夜通し起きているのは大変な難行のはずです。

「あんな具合だから、子供さんもだんなさんも頭が痛いはずよ。高校生と中学生の息子がいるけど、二人ともシンナー吸って、副主任も警察から何度か呼び出しをくらったらしいわ。だんなさんは大手の下請会社に勤めていたけど、この不況で倒産して、今は失業中らしい。だから副主任、その反動でますます厳しくなるのかもしれないけど、もう少し万事いい加減にやらないとね」

そういう言い草は、わたしから見ると、田中さんの自己弁護にも聞こえてくるのです。田中さんは排尿誘導のときでも、しばしば手を抜いていました。トイレに行きたくないと拒む患者に説得を試みずに、そのまま放置し、表には誘導していたように書き込みをしていたのです。「田中さんには目を光らせておかないとだまされるからね」と、わたしに注意してくれたのは他ならぬ副主任でした。

田中さんは病院でも古株の看護助手で、情報通です。当直ではそういった情報を、わたしが欲しがらなくても披瀝《ひれき》してくれます。主任さんが毎年梅雨前に一週間ばかり休みをとるのは、四国八十八ヵ所巡りのためで、毎年病院の職員が四、五名同行する。誘われて断るとあとで仕返しが恐《こわ》いので、みんな我慢して参加する。幸いわたしはまだ誘われていないが、あなたは気に入られているようだから、来年あたりは覚悟しておいたがいい、と言うのです。そうかと思うと、誰と誰は健康食品の取り次ぎ、誰それは下着の販売の卸売りみたいなアルバイトをして、病院の給料くらいは稼いでいるとも、教えてくれます。

しかしたいていは悪い噂話《うわさばなし》ばかりです。噂話というのには、学生時代にさんざん悩まされました。ある友人がわたしのことを点取り虫だと言っていたと、別のクラスメートから聞かされ、その友人と疎遠《そえん》になったことがあります。卒業間際《まぎわ》にあるきっかけから誤解が解け、内心で恥ずかしく思ったのですが、もう歳月は戻ってきません。噂をわたしの耳に入れたクラスメート本人が、実は底意地の悪い人だったのです。信頼し合っている二人を引き離して悦に入る人間がいることを、そのとき思い知らされました。誉《ほ》める話には耳を傾けてもいいが、悪口話は半分差し引いて聞かねばならないと肝に銘じています。

その日の当直は、消灯時間の直前、七号室の新垣さんが血相を変えて詰所にはいってきたことで幕が切って落とされました。

「息子が書類を用意しとるごたる」

「何の書類ですか」

わたしは訊《き》きました。

「あたしをどっかよそにやろうとする書類ですたい」

新垣さんはわたしをじっと見据えて答えます。

「よそって、他の病院のことですか」

「病院とは限らん。養老院のこともあるし、うば捨て山のような所かもしれん」

「そんな話は聞いていません。他の病院に移るなら移るで、前以《まえもつ》て話があるはずです。それにもう今の時代、うば捨て山なんかありませんよ。新垣さんがここを気に入ってくれているなら、ずっといてもいいのですよ」

「あたしは気に入っとる」

「それなら大丈夫です。息子さんにはわたしたちからよく説明します」

「とにかく、書類に備えて、明日息子の嫁がぼた餅《もち》ば持ってくると思うけ、看護婦さんからようく説明しといてもらえんじゃろか」

「見えたら言います」

そう答えると、新垣さんは意外にすんなりと納得して帰ってくれました。

「お嫁さんから電話があったかな。そんな申し送りはなかったようだけど」

田中さんが首をかしげます。

「新垣さん、勘が鋭いからお告げがあったのではないですか」

「お告げ？」

田中さんはあきれたようにわたしを見ます。若いのに本気でお告げなんか信じているのか、とでもいいたげな顔です。

「前にも一度、息子が今夜来る、あたしは絶対帰らんので追い返してくれ、と朝方言ってきたのです。また老人の妄想《もうそう》だと思って気にもとめていなかったら、夕食前に本当に息子さんがやって来たのです。母親を迎えに来たのではなくて、何か敷地の件で書類に判こが必要だったようです。新垣さんはああ見えても、自分の実印なんか息子さんに渡していませんから、大切なことはいちいち了承してもらわないといけないのです。書類の中味がどのくらい分かっているのかは知りませんが、ベッドの上で老眼鏡をかけ、じっと読んでいました。その息子さんは判こをもらうと、詰所にも愛想を言って帰って行きました」

「じゃ、息子さんが来るのをテレパシーか何かで感づいたというわけね」

田中さんが唸《うな》ったとき、病室の方で大きな物音がしました。職業柄、音には敏感で、何をさし置いてもすぐ現場に駆けつけるのが習い性になっています。

二号室あたりだと見当をつけて走ります。明かりをつけて中を覗《のぞ》くと、三号室の相良さんがベッドの傍で倒れ、頭から血を流しています。田中さんに新しいタオルをすぐ持ってくるように言い、ベッド脇《わき》に掛けてあった相良さんのタオルで額をおさえつけました。頭からの出血は派手なのでびっくりしがちですが、傷はたいてい小さいものです。

「押された、押された」

助け起こされた相良さんは、うわ言のように言います。

「誰に押されたの」

「分からん」

三号室のあとの三人はこの騒ぎでもいびきをかいて眠っているので、相良さんを押し倒すはずはありません。たぶん、相良さんがトイレに行こうとして、寝ぼけて転び、ベッドの柵《さく》で額を打ったのだと思います。

「トイレは行かなくていいのですか」

訊くと、思い出したように立ち上がりました。田中さんが持ってきた新しいタオルで血を拭《ぬぐ》い、出血部位を確かめます。右眉《まゆ》のすぐ上で、傷の幅は三センチ、気になるのは深さです。ちょうど骨の出っ張っている所なのでざっくり切れています。田中さんと二人でトイレまで連れていき、排尿させたあと、観察室のベッドに寝かせました。縫合したほうが治りが早いと判断して、当直室に電話を入れました。その日は、大学から当直にだけ来ている若い先生でした。縫合は一回しか経験がないと尻込《しりご》みするのを、詰所まで来てもらいました。

局所麻酔下で三針縫う間、相良さんはじっとしていました。

「さすが近衛《このえ》兵《へい》ね、相良さん。痛くなかった?」

田中さんが訊くと、「痛くなか」とひと言つぶやいたきりです。当直の先生は抗生物質の三日間の投薬と、翌日の頭部CTの検査を指示しました。額に当てたガーゼをはがさないか心配だったので、相良さんはそのまま観察室に寝かせることに決めました。

十一時に田中さんが巡回しに行ったのですが、すぐに「城野さん、ちょっと」と叫ぶ声がしました。六号室でした。

自分は二十三歳だと思っている長富さんのベッドに、もうひとり男性が乗っています。室伏さんです。長富さんは夜間はめている紙おむつを半ばはずし、室伏さんはパジャマを下におろして陰部が丸見えです。

「はい、もうデートは終わり」

わたしは試合終了を宣言するように言います。「室伏さんは自分の部屋に戻りなさい」下手に扱うと室伏さんは怒り出すので、それ以上は叱責《しっせき》しません。田中さんがパジャマのズボンを上げさせ、ベッドからおろしてやります。わたしは長富さんのおむつを点検します。濡れてはいません。きちんと折り畳み、その上からピンクのパジャマをはかせます。その間、長富さんは目を閉じて寝たふりです。

誘ったのは長富さんのほうに違いありません。わたしの当直では初めてですが、十日ほど前にも、脳挫傷《ざしょう》の辻さんをベッドに引き込んでいたという報告を副主任がしていました。いかにも汚らしいという口調で、「あの人が選ぶのはいつも自分より年下の男性。病院をどこだと思っているのかしら」と副主任は眉を吊《つ》り上げました。

「二人とも注意しておいたほうがいいかしら」

田中さんから訊かれ、困りました。注意しても、その忠告をずっと覚えていてくれるかは疑問です。その証拠に、以前の行為をまた繰り返したのです。

「室伏さんは、むこうが誘ったと言っていたわ。どんなときに誘うのかしらね。わたしが部屋を覗きに行ったとき、長富さんのベッドだけ、いやに布団《ふとん》が盛り上がり過ぎていたの。何だろうと思ってはねのけると、下に二人がいて、びっくりした」

そのときの田中さんの驚きは、叫び声に表われていました。「でも、城野さんの〈デート〉は終わり〉は良かった。これからみんなもその手を使ったがいいわね」

田中さんは妙に感心します。

この出来事は看護記録に細大漏らさず書いておきます。今後も同じ行為が繰り返されたとき、どう対応するのか、昼間のカンファレンスで話し合う必要があるからです。病棟カンファレンスは毎日やっています。お昼を食べたあとの一時四十分から二時までの二十分間です。毎日何かと問題は出るので、その都度全員で意見を出し合うのです。長富さんの場合、四人部屋の入口寄りにベッドがあるので問題が起こりやすいのかもしれません。室伏さんを二号室から一号室に移し、長富さんも六号室から八号室に移して距離が最も離れるようにしておけば、二人が一緒にベッドにはいるような機会はなくなるはずだと、記録に書き添えます。あとは日勤の職員たちが、自分のときはこうだった、こんな風に注意したと知恵を出し合い、対処法が決まるはずです。

病棟での話し合いがうまく奏効した最近の例は、残飯あさり事件です。食事をした直後でも、「食べとらん」と言い張る佐木さんが、配膳車の食べ残しの御飯をあっという間に口に入れたことがありました。慌《あわ》てて呑《の》み込んだせいで喉《のど》に詰まらせ、主任さんが口から御飯をかき出していなければ、窒息していたかもしれません。

この事件以来、佐木さんは配膳車から一番遠いテーブルに坐らせるようにしています。食べたあとのトレイも自分で持って行かせず、職員が運びます。佐木さんは足が丈夫ではなく、ゆっくりとしか歩けないので、配膳車の方に行きかければすぐに制することができるというわけです。配膳車のほうも、トレイをなるべく奥に押し込み、スクリーンをおろすようにしました。この対処法を考えてからは、佐木さんの残飯呑み込みはなくなりました。

病棟の中で起こるどんな小さな出来事も、放置せずに何か工夫をしていくことが大切だとつくづく思います。三人寄れば文殊《もんじゅ》の知恵です。

十二時少し過ぎて、当直主任が痴呆《ちほう》病棟まで回って来ます。

「今のところ静かですが、さっき一悶着《もんちゃく》ありました」

わたしが長富さんと室伏さんの一件を口にすると、当直主任はまさかという顔をします。

「その女の患者さん、いくつなの」

「八十四です」

「それでおむつもしているのでしょう」

「ええ、でも自分では二十三歳と信じていますから」

わたしも苦笑しながら答えます。

「じゃ、おむつは何だと思っているのかしら」

「ペチコートかガードルのつもりでいるのじゃありませんか」

「へえ、ガードルね」

開いた口が塞《ふさ》がらないといった表情で、当直主任は頷《うなず》きます。「大変ね。本当にご苦労さま」

これまで痴呆病棟に勤務したことのない当直主任は、何か別世界にでも来たかのような驚きの表情を残して帰って行きました。

一時になって田中さんに仮眠にはいってもらいました。何も異変が起こらなければ、当直主任の巡回後をねらって、一時から三時までが看護助手、三時から五時までは看護婦という具合に、仮眠をとることになっています。生真面目《きまじめ》な副主任だけがそれをよしとしないだけです。

田中さんは詰所横の休憩室に行き、明かりを消したかと思うと間もなくいびきをたて始めました。簡易ベッドの寝心地は良くないとはいえ、眠たいばかりの身体《からだ》は、横になるともう睡魔には勝てないのです。

壁時計が一時半をさしたのを確かめて、わたしはひとり巡回に出ます。テーブルについているだけでは、いくら日誌に記事を書こうとしても、こっくりこっくり舟を漕《こ》ぎ始めるからです。

一号室は静かです。ケーキ屋だった菊本さんも、入浴のときお湯をかけられて泣く入間さんも、手前のベッドで眠っています。二号室の室伏さんは、長富さんに挑もうとして体力を使ったのか今は眠っています。その向こうではシベリア帰りの板東さんがうつ伏せ寝をしています。寝るのはいつもうつ伏せなので、シベリア抑留以来の習慣なのか、いつかは尋ねてみたい気がします。

三号室の元近衛兵の相良さんは、逆に気をつけの姿勢で眠ります。寝相が良く、近衛兵というのは寝姿までも訓練されたのかと思うほどです。いびきもかかないので、本当に生きているのか、近くまで行って確かめたこともあります。アルコール痴呆の三須さんと、脳挫傷の辻さんは逆にいびきが凄《すご》く、ベッド向かい合わせで合唱よろしく競い合っています。あとの二人が意にも介せず眠っていられるのが不思議なくらいです。

四号室はなく、五号室も三人は眠り、窓際の吉岡さんだけがポータブルトイレに腰かけていました。夜中にトイレまで行くうちに尿を漏らしたことがあるので、トイレをベッド脇に置いていたのです。

「吉岡さん、大丈夫ですね」

声をかけると、吉岡さんはにっこり頷きます。少し耳が遠いだけで、頭もしっかりしており、病棟の男性患者のうちでは頼りになる患者さんです。

「看護婦さんもご苦労さん。ほんにもったいなか」

「どうしてですか」

声を潜めてわたしは訊《き》きます。

「こん便器はあしたの朝、あんたたちが洗うとやろ。申し訳なか」

「いいんです。それが仕事ですから」

「すまんこつ」

吉岡さんは腰かけたまま頭を下げます。痴呆が最初に削りとっていく言葉は、この「ありがとう」ではないでしょうか。逆に「ありがとう」と口をついて出る間は、痴呆はあっても軽いと言えます。

それだけに、痴呆病棟で耳にする感謝の言葉は千鈞《せんきん》の重みがあるのです。

吉岡さんには子供がなく、長く連れ添った奥さんにも死なれ、ひとり身になってから入院してきています。痴呆病棟にいるといっても、痴呆は表向きで、もう八十三歳という高齢なので、痴呆に備えて入院しているといった印象があります。吉岡さん自身もそれはよく承知していて、この病棟で最期《さいご》を迎えられれば本望と思っているようです。若い頃から力仕事をしてきたらしく、両手の指はグローブみたいに太く、節くれだっています。食べ終わった食器を片づけてくれたり、ふらつく患者には手を貸し、患者同士がもめていると、いの一番に詰所に知らせてくれるのも吉岡さんです。

普段は静かにホールのテーブルに坐《すわ》り、にこやかな表情で他の患者さんたちを眺め、話しかけられれば相手をしてやります。呆《ぼ》けのない頭と五感で、同じ年代の痴呆患者に四六時中接しているのは、いったいどんな気持なのでしょう。訊いてみたい気がしますが、尋ねても吉岡さんは笑って答えないでしょう。

そんな吉岡さんが一番嬉《うれ》しそうな顔をするのが、おやつの時間に月に一回出てくる回転焼です。白あんが好きなのか、自分でそれを希望します。一個受け取ると、すぐに口に頬ばらずに、まず半分に割ってその片方をゆっくり口にします。

「こっちの半分は家内のです。白あんこがえらく好きだったもんで」

職員のひとりが訊いたとき、吉岡さんが答えたそうです。それだったら、もっと回転焼をおやつに出す回数を増やしたらどうかと意見を出しましたが、普通のお菓子や饅頭《まんじゅう》と違って調達しにくい理由から、今でも月に一回しか出せません。吉岡さんはそのたびに半分に割り、まるで半分ずつ幻の奥さんと分け合って食べるようにするのです。どんな奥さんだったろうと、その光景を見ていると想像してしまいます。

六号室から女性部屋です。室伏さんをひき込んでいた長富さんも、今は歯のない口を開けて眠っています。その向こうの石蔵さんは、今夜は珍しく頭が痛いとか胸苦しいとか言って来ませんでした。寝顔までも眉間《みけん》に皺《しわ》を寄せているのは、いかにも石蔵さんです。夢の中でも身体の不調に苦しみ、職員に訴えているのかもしれません。隣の柴木さんは、いつ見てもすやすやと良く眠り、寝顔もお地蔵様そっくりです。枕頭台《ちんとうだい》の中に貯《た》めているお地蔵さん用の前垂れと帽子は、もうかなりの数になっており、今週で枚数が揃《そろ》うそうです。今月中旬あたり、梅雨の晴れ間に、元気な患者さんを連れて、ハイキングついでにお地蔵さん詣《もう》でを計画しています。介護士の三田くんが引率責任兼マイクロバスの運転手なので、わたしを絶対に付添いの員数に入れておくよう伝えています。

七号室の手前のベッドは芦辺さんです。数日前まで、〈しこみつえ〉が出て来て恐《こわ》いと言い、観察室に寝ていましたが、このところは大丈夫のようです。

窓際《まどぎわ》のベッドに上体を起こして坐っているのは新垣さんで、何かぶつぶつ唱えています。わたしが部屋の中にはいって来たのには気づいていません。

「あんたがな――」

新垣さんが暗がりに向かって話しかけています。「あたしんとこから持ち出そうとしとるのは分かっとる。ばってん、よう考えてみなっせ。もともとはあんたのものかどうか。あんたのおじいさんが保証人倒れで屋敷を手放したのが、そもそもの因縁の始まり。こんこつは人の力ではどげんもならんこつ」

まるで目の前の人に説教を垂れている口調です。もちろん暗がりには誰ひとりいません。わたしは背中が冷たくなるのをこらえて近づきます。

「看護婦さん」

突然、新垣さんが背を向けたまま言います。「そこにおる人を連れ出してくれんじゃろか」

一瞬わたしは迷いました。新垣さんが正座しているベッドと窓の間には暗闇《くらやみ》があるだけです。

「誰もいないですよ。新垣さん」

わたしは懐中電灯を窓のところに当てました。

「そこにおる。あ、自分で出て行きよる」

新垣さんはぐるっと頭を巡らせて、入口の方を見ました。わたしも何か白い物を見た錯覚さえして、恐くなります。

「さあ、もう寝ましょうね」

自分を奮い立たせるようにして言い、新垣さんの身体を横にします。

わたしがすぐに部屋を出て行かなかったのは、やっぱり恐ろしい気持があったからです。向かいの道慶さんのベッドを照らして、寝ているかどうか確かめました。いつも抱いている人形は、枕頭台に立てかけてあります。布製の人形はもう道慶さんの唾液《だえき》であちこちが汚れ、黄色い染《し》みだらけです。日中抱き締められていた責め苦からやっと解放されたような表情で、パッチリと目を見開いています。

廊下には誰もいませんでした。

病院というのは死人とは切っても切り離せない場所ですから、何かと迷信じみた噂《うわさ》が立ちます。誰かが、霊安室のちょうど真上の廊下で白いものを見たと言い出すと、次にそこを通った看護婦も同じ物を見てしまいがちです。地下の診療録倉庫は昼でも暗く、階段を降りるときに後ろから身体を引っ張られるような気がしたと、職員のひとりが言うと、別なひとりも同様の体験をしたと報告します。三人目が、病院を建築する際、ちょうどそのあたりに古い墓が見つかり、甕《かめ》棺がいくつも掘り出されたことを聞きつけます。そうなるともう話の筋は出来上がって、倉庫に降りるとき、誰もが背中に力を感じてしまうのです。

わたしも自身はそんなのは錯覚だと思っていますが、先月の当直の夜、患者さんの部屋にはいり、カーテンが微《かす》かに揺れているのを見たときはさすがにびっくりしました。近寄ってみると窓が二センチくらい開いていて、風がはいっていたのですが——。

八号室の四人もよく眠っています。懐中電灯を天井に向け、余光でひとりひとりの寝姿を確かめます。腰曲がりの浦さんはやはり側臥位《そくがい》です。永井さんも、まるでどこかのお姫さまのように、赤いパジャマの襟を見せて眠っています。顔の皺がなければ、本当にお姫さまのような安らかな寝顔です。もっとも、パジャマの下におむつをした、だぶだぶの腰は、布団に隠れて見えません。佐木さんは入れ歯をちゃんとコップの水の中に入れています。ポータブルトイレの中はまだ空で、いつかのように入れ歯とうんこを混ぜる心配は今のところありません。糖尿病の見元さんは、相変わらずの大いびきです。睡眠時無呼吸症候群があるため、そのいびきが次第に小さくなって聞こえなくなります。巡回時初めてそれに気がついた鈴木さんはびっくりし、じっと胸を見ていたそうです。すると見元さんが息をしなくなったので、二度びっくり。ひと呼吸ふた呼吸待っても胸は動かず、鈴木さんは無我夢中で見元さんの身体を揺すったと言います。

しばらくして、まるで三途《さんず》の川から立ち戻ったように見元さんはフゥーッと息をつき、再びいびきを始めました。鈴木さんはその場を立ち去ることができずに、二度目に呼吸停止が来たとき、今度は自分も一緒にどのくらい息を止められるかと、見元さんの胸を凝視していました。そして自分がこれ以上息止めができなくなった頃、見元さんもたまりかねたように息を吹き返しました。この時の観察がきっかけで、痴呆と糖尿病に加えて、三番目の診断名がついたのです。やせるのが一番の治療法ですから、カロリー制限で今は六十キロに体重は減りました。しかし喉元の脂肪分はまだ充分に残っているようで、少しは軽くなったものの、無呼吸症状は続いています。

九号室の四人は、今のところ静かに寝ています。サーモンしか食べてくれない高倉さんと、キューピー人形を抱いて寝ている松川さんが右側のベッドです。同じ人形好きでも、道慶さんが背中におんぶしたがるのは服を着た西洋風のぬいぐるみ人形で、松川さんは裸のキューピーさんです。四、五日前、松川さんの口からピンク色の変な物が出ているので、取り出してみるとキューピー人形の足でした。舐《な》め回しているうちに関節がはずれて、口の中にはいっていたのです。そのうち気道に落とし込まないか心配ですが、人形を取り上げるわけにもいかず、常に気をつけておくしかありません。

左側のベッドは、収集癖のある加辺さんと、まだ五百円硬貨が二枚腹におさまっている津島さんです。腹部のレントゲン写真はひと月に一度撮ってはみるのですが、硬貨はまだ回盲部から動いていません。

痴呆老人の異食症というのはこれといった防止策がなく、どこの病院でも苦労しているのが現状です。この春、地方の看護学会に参加したとき、高齢者看護の部会ばかりを聞いていました。そのときのフロアーからの追加発言が記憶に残っています。訪問看護をしていた九十三歳の女性が、老衰のため自宅で亡《な》くなったそうです。その患者さんを火葬したところ、棺の中から黄金色の金属が出てきました。お棺の中にはもちろん何も入れていません。息子さんは大学の先生で、工学部の同僚の先生にその金属塊を持って行き、鑑定を頼みました。X線分析で調べてみると、金属塊は銅と亜鉛の合金で、五円硬貨十三枚分に相当するとの結果がでました。そのお年寄りは、床につく前、道を歩いていても、何か落ちていると口に入れるようになっていたそうです。おそらく、家の中ででも、五円硬貨を見つけたら呑《の》み込んでいたのかもしれません。でも何故《なぜ》、穴の開いた五円玉だけ選んだのかは謎《なぞ》です。

発言した中年の看護婦さんは、多分その患者さんは〈三途の川の渡し賃〉を集めていたのではないかと、つけ加えました。穴あきの五円玉は他の硬貨と比べて昔のお金に似ています。わたしは知らなかったのですが、〈三途の川の渡し賃〉は六文だそうです。とすれば、その患者さんは一文銭と五円玉を間違えて呑み込み、口に入れた枚数も忘れてしまい、とうとう十三枚になったのかもしれません。

そのやりとりを聞きながら津島さんを思い出し、ひょっとしたら津島さんも、なるべく大きい硬貨を〈三途の川の渡し賃〉として集めたのではないかと思いました。すると何かしらいじらしくなって、涙が出てきてとまりませんでした。

二人部屋三つは埋まっていますが、個室二つは空いたままです。短期滞在で、一週間か十日、急に入院してくる患者さんのために余裕をもたせています。差額ベッド料を二千円とるので、長期間入院となる場合、家族は二の足をふみます。

ひと通りの巡回を終えてホールに戻ってきたとき、わたしはいつも熱帯魚の水槽《すいそう》の前に立ちます。懐中電灯で水槽の中を照らして、魚がどうしているか眺めるのです。熱帯魚の写真と名前を書いた札は、水槽の上の方、患者さんが手を伸ばしても届かないくらいの高さにぶら下げてもらいました。今では全部の名前が判《わか》ります。患者さんもわたしたちが教えるので、何人かは覚えてくれました。

わたしが一番好きなのは、橙色《だいだいいろ》をした体長五センチくらいのカクレクマノミです。頭と腹の中央、尾のつけ根の三ヵ所に白い垂直の縞《しま》がはいり、背びれや胸びれと尾の縁が黒くなっています。一番の特徴は、余り泳がないことです。目の覚めるようなコバルト色をしたルリスズメダイ、白に黒の縞がはいってバーテンダーのようなタテジマヤッコ、ちり取りみたいな形のサザナミヤッコが勢いよく泳ぎ回っているなかで、カクレクマノミだけは、水槽の上の方や岩陰で、足でも怪我《けが》をしたかのようにぷかぷか宙ぶらりんになっているだけです。水平に泳ぐのでもなく、身体《からだ》を斜めにしたままひょこひょこと動いたりもします。電気仕掛けのおもちゃに似ています。それも電池の切れかけのおもちゃです。

身体の具合が悪いのではないかと思って、水槽の手入れをしに来た熱帯魚屋さんに訊いてみました。こんなもんです、という答えでした。本当はイソギンチャクの中に生息しているのだそうですが、イソギンチャクがいないので居場所が分からず、途惑っているのかもしれません。

そのカクレクマノミは岩の上に腹を寄せ、動きません。他の魚たちも岩陰にはいったり、水草の間に身体を入れたりして、ただエラと胸びれだけを動かしています。

一日二回餌《えさ》をやるのも職員の役目なので、みんな初めは嫌がっていましたが、この頃は誰も文句を言いません。患者さんの食事に合わせて、朝と夕方に餌をやります。そして昼飯時に、残り餌を小さな網で掬《すく》い、水位の減った分だけ真水を補給すればいいだけです。あとは毎週水曜日に業者が点検に来ます。魚もいい看護を受けて元気そのものです、と誉《ほ》めてくれます。

カクレクマノミの橙色と白を眺めていると、竜宮城を覗《のぞ》き込んでいるような気持になります。疲れも吹きとんでしまうのです。

懐中電灯の明かりを消して詰所にはいりかけたとき、後ろから「お早うございます」と呼びかけられました。

ついさっきまで眠っていた八号室の佐木さんです。首に、トイレの手ふき用のタオルを巻いています。

「もう洗濯してきました」

「今は夜中ですよ」

わたしは何かただならぬものを感じます。「どこで洗濯したのですか」

「あっち」

佐木さんはトイレの方を指さします。わたしが八号室を覗いたとき、もしかしたら狸寝入《たぬきねい》りしていたのかもしれません。

トイレに行ってみると、白いパンティが便器の中にはいったままです。

「これは佐木さんのでしょう？」

パジャマの下には何もはいていません。パジャマの前の方も濡《ぬ》れたままです。尿失禁をして、パンティだけを脱ぎ、便器をたらいと間違え、洗ったつもりになったのでしょう。

先月も夕方、トイレからなかなか出て来ないので行ってみると、便器を手のひらでピカピカに磨いているのです。水を流し、下にたまった水で自分の手も洗っていました。よほど洗濯好きだったのかもしれません。

「これは便器で、洗濯する所ではありません」

注意したものの、佐木さんは理解した様子はありません。

便器からパンティを取り出し、手洗いのところで洗い直します。佐木さんを詰所まで連れ戻しておき、リネン庫に行って佐木さん用の棚から新しいパンティとパジャマを取ってきます。

「もうおしっこには行きませんか」

下半身を裸にしたところで訊《き》くと、佐木さんは「行く」と答えます。誰も見ていないので、下半身裸のままトイレに連れて行きました。カーテンの向こうで排尿をさせ、ちり紙を渡します。佐木さんはちり紙の節約家で、何枚もちり紙は使いません。五、六枚渡したうちの一枚だけをとって八ツ折にし、陰部をチョコチョコとふくのです。若い頃からの躾《しつけ》なのでしょう。余ったちり紙はパジャマの上衣《うわぎ》のポケットにしまい込みます。

尿で濡らした下半身だけでもシャワーで洗ってやろうと思いましたが、今日は入浴日です。熱いタオルで清拭《せいしき》だけをして、新しいパンティとパジャマを着せました。

「まだ朝ではないでしょう。眠っておいて下さい」

佐木さんをベッドに横にさせて詰所まで戻ってきたとき、もう三時近くになっていました。

休憩室にいる田中さんのいびきはまだ続いています。寝入って二時間強しかたっていないので、今が一番眠りの深い時間帯です。そんなときに起こされるのは、本当につらいのです。

「田中さん、時間です」

静かに耳元で言い、肩を揺すると、いびきが止《や》みます。

「あらごめん」

わたしの顔を見て、自分がどこにいるか分かったようで、田中さんは上体を起こします。それを見届けて、わたしは洗顔石けんで顔を洗い、化粧水を手早く顔にはたき込みます。

「何かあった？」

田中さんから訊かれましたが、

「特に何も」

と答えます。佐木さんの便器の中での洗濯について報告すれば、眠気がどこかに行ってしまいそうです。

田中さんが寝ていた簡易ベッドには、まだ体温が残っています。わたしが起きるのは五時で、二時間の眠りです。田中さんに起こさせるのは気の毒なので、目覚ましを五時に合わせます。白衣のまま、ブラジャーのホックだけはゆるめて眠ります。

この仮眠の仕方も、職員によってさまざまです。山口さんはTシャツに着替え、井上さんはシーツを汚さないようにバスタオル二枚を敷きます。枕《まくら》を持参するのが伊藤さんで、冷え症の渡辺さんは冬の間アンカを持って来ていました。

仮眠の二時間は、本当にあっという間に過ぎてしまいます。

すぐに寝つき、こんな風に眠っていると寝過ごしてしまう、それではいけないと思っているうちに目が覚めるのです。念のため時計を見ると、果たして五時十分前なのです。目覚ましのスイッチを切って、起き上がります。

眠気覚ましのために洗顔はしますが、もう化粧はしません。髪を整え、キャップをかぶって詰所にはいると、田中さんはちょうど、おむつ替えから戻って来たところでした。「ああ、大変だったわ」開口一番、嘆息します。「巡回していると、芦辺さんが起きていて、包布の糸を抜いていたの。自分では縫い物をしているつもりなのね。端と端を合わせてね。注意してもやめそうもないので、よく縫えたわねと誉めてやったら、その包布をきちんとたたんでね、やっと横になってくれた。

そうかと思うと、一号室の入間さん、シーツにくるまって蓑虫《みのむし》みたいにしているの。おしっこをして、パジャマもシーツも濡れまくっていてね。ひきはがすのに大変だった。あの人はおとなしいから助かったけど。身体を拭《ふ》いてやるとき、おむつははずしてはいけないでしょうと、軽く尻を叩《たた》いたの。そしたら泣くのよ。お風呂《ふろ》で頭を洗うとき泣くのと同じ。

やっと着替えさせて、ぐるっと回って九号室に行くと、何か変な臭《にお》いがしてさ。加辺さんのベッドの近くなの。加辺さんはもう目を開けていて、わたしが近づくと、そこにいいものがありますと言って、枕頭台《ちんとうだい》の上を指さすのよ。レースのカーディガンを丸めてあって、開くとその中にうんこが二個、まるで焼き芋みたいにして置かれていた。下痢便でなかったからよかったものの、自分のうんこを何だと思っているのかしら。いっぺんで目が覚めた」

田中さんは消毒液で手を洗いながら報告します。

本当に、当直は尿や糞便《ふんべん》との戦いなのです。

やっと戦いが一段落すると窓の外が白み始め、当直のしめくくりである採血が始まります。毎日二、三名で、その日はアルコール痴呆《ちほう》の三須さんと脳挫傷《ざしょう》の辻さんだけでした。三須さんは注射嫌いで看護婦泣かせなのですが、わたしのときは不思議と素直に応じてくれます。

「三須さん、年に一回の採血ですよ。嫌でしょうが、身体に悪いところがないかどうか、年に一回、調べなければならないのです」

と、年に一回を強調するのです。本当のところ、三須さんは毎月検査をされているのですが、前のことは忘れているので、年一回と言われると、おおそうかと頭の中で納得します。

「去年の採血だと、どこも悪くなくて、まだまだ四十歳代の元気さでした。今年はどうでしょうか。はい右手を出して、そうそう」

まだ眠りから覚めきっていませんから、三須さんも半ば目を閉じたまま、右腕を出すのです。そこに駆血帯を巻き、注射針を刺します。

「はい、終わりましたよ。あとはまた一年後ですからね」

採血痕《あと》にアルコール綿花を当て、絆創膏《ばんそうこう》で固定すると、三須さんは満足そうに腕を引っ込めます。

隣の辻さんはもう目を覚ましてキョロキョロしています。自分も注射されるのではないかと、気が気ではないのでしょう。

「辻さん、注射ですからね」

と言って腕を出させます。「チクッと少し痛いですけど、動くと刺さって余計痛いですよ」

針が血管にはいってしまえば、腕はピクリとも動かしません。三本の採血管に素早く血液を吸引します。

「よくできました。終わりです」

採血した管は常温で保存し、朝一番で検査室に運ぶのです。

六時半からの一時間は、また田中さんと二人で戦場のような忙しさです。パジャマから日中の服に着替えさせ、女性は髪を整え、洗面と歯磨きです。歯なしの患者さんには、きちんと入れ歯を装着させます。すべて自分でできるのは七、八人くらいで、残り三十人は介助が必要です。蒸しタオルを配布し、田中さんと二人で、全員をようやくきれいにさせると、もう七時半です。

そこへ早出番の出勤者二人が合流して、朝の服薬を開始します。誤薬がないように二回確認します。かといって、ひとりにかかりっきりになっていると、おやつと間違えて他人の薬をさっと口に放り込む患者さんもいます。日頃は動作が鈍いのに、こういう時は目にもとまらぬ速さで手を伸ばし、薬袋を破り、中味を飲み込むのです。油断も隙《すき》もあったものではありません。

ひと通り服薬をさせ終えたところで、石蔵さんの薬だけが余っているのに気がつきました。

石蔵さんは着替えをしていったんホールに出て来ていましたが、ひとりで部屋に戻ったのでしょう。六号室をのぞくと、案の定、ベッドに横になっていました。

「石蔵さん、お薬の時間ですよ」

身体のどこそこが悪いと、いつも看護婦に訴える患者ですから、わたしの言い方も優しくはありません。「ちゃんと薬を飲まないと、また病気が出ます」

「あの薬はきかん」

石蔵さんは首を振ります。わたしは思わず石蔵さんの腕をつかんで引っ張り起こしました。いつもはさまざまに薬を要求する石蔵さんが、戦術を変えたなと思ったからです。〈あなたの病気に効く薬なんてない〉そんな風に怒鳴ってやりたいのが本心でした。石蔵さんをベッドから起こして立たせ、部屋の外に連れ出します。乳癌《にゅうがん》で右の乳房を剔出《てきしゅつ》され、胃癌で胃を、大腸癌で人工肛門《こうもん》になっている石蔵さんの身体は、まるで鶴《つる》のように痩《や》せています。

ホールのテーブルに坐《すわ》らせ、薬を口に含ませると、湯呑《ゆの》みの水を素直に受け取り、ちゃんと飲んでくれました。

「お薬をきちんと飲まないで、頭が痛い、胸が苦しいと言っても、看護婦さんたちは知りませんからね」

厭味《いやみ》のひとつも言ってやりたくなります。

八時からは朝食、九時からは申し送りです。

「城野さんは当直だったの？」

わたしがメモ用紙を広げて話し出そうとすると、案の定、副主任が言います。

「はい、そうです」

「とても当直明けには見えないわねぇ」

これもいつもと同じです。毎回言われると悪意があるのではと勘繰りたくなります。

特に疲れた頭のときはそうです。

「はいはい、どうせ城野さんは当直しても肌がすべすべ、そこへいくと年増《としま》のわたしは煤《すす》けた顔になっていると言うのでしょう」

田中さんがわざとむくれてみせます。

「別に、そういう意味で言ったわけではないけど」

副主任は真顔で弁解します。

「雑談はそのくらいにして」

主任さんが目配せします。

申し送りが終わって帰り仕度をしていると、ホールの入口に女の人が立っています。見たことのある顔でした。患者さんの家族に違いなく、わたしは鍵《かぎ》を開けに行きました。

「新垣ですけど」

そう言われて、ようやく思い出したのです。同時に七号室の新垣さんが前の晩に口にした言葉も蘇《よみがえ》りました。

──息子が書類を用意しとるごたる。あたしをどこか他の所に移す書類たい。あした嫁がぼた餅《もち》ば持ってくる。

そんなことをわざわざ新垣さんは詰所に言いに来たのです。

「書類か何かを持って来られたのですか」

わたしは訊いてしまいました。

「いいえ、ぼた餅を持って来たのです。母の好物ですから」

お嫁さんは風呂敷包みを見せます。

「本人が電話をしたのでしょうか」

わたしは訊かずにはおれません。

「いいえ。いけなかったでしょうか」

お嫁さんは一瞬困った表情をしました。見かけは大柄で押しが強そうですが、どこか人の良さを感じさせるお嫁さんです。

「いえ、夕べわたしは当直だったのですが、新垣さんが明日お嫁さんがぼた餅を持って来るはずだと言われたものですから」

わたしは口の中がどことなく渇くのを覚えます。

「母がそう言いましたか。とにかく勘の鋭い人ですからね。予感がしたのでしょう」

さして驚いた風でもなく、お嫁さんは答えます。

「夜中もベッドの上に正座して、暗い中で誰かを説教しているようでした。もちろんわたしには姿形は見えないのですが」

「何て言っていましたか」

今度はお嫁さんのほうが真顔になります。

「誰かが新垣さんの家の物を持ち出そうとしているのを、とがめている様子でした」

「やっぱりそうですか」

お嫁さんは深々と頷《うなず》きます。

「家でもそういうことはあったのですか」

「親類に家の屋根から落ちた人がいるのです。遺産相続のことで争いになりかけたときで、その人は死んでしまったそうですが、やっぱり出るのでしょうね」

「出るって、何が？」

わたしもびっくりして尋ねます。お嫁さんの目がすっと青味を帯びたような気がしました。

「この世に思いを残したので、やっぱり母のところに訴えに来るのでしょう。でも、家ならともかく病院にまで来るとは、よほど恨みが濃いのでしょうね」

お嫁さんはわたしの当惑をよそに、ひとりで頷きました。「それはそうと、看護婦さんたちにもぼた餅、持って来たので一緒に食べて下さい」

「すみません」

わたしはお嫁さんを詰所の方に連れて行き、中にいた主任さんに面会の旨《むね》を告げました。

これから先、当直の巡回のとき、七号室の新垣さんの部屋をのぞくのは恐《こわ》いなと思いながら、病棟を出たのです。

地蔵まいり

定員二十三名のマイクロバスに、患者さんが十名、職員が三名乗り込み、運転手は介護士の三田くんです。

デイケアに来ている池辺さんがどうしてもお地蔵さんを見たいというので、特別に参加を許可されました。年齢は他の入院患者さんと変わらないのに、服装はまるでファッション雑誌から抜け出してきたように都会的です。といっても、八十代の女性ファッション雑誌があるのかどうか知りませんが。ネット代わりに頭にかぶった黒のスカーフには、小さな紫色のビーズがちりばめてあります。藤色《ふじいろ》地のワンピースは赤と青の水玉模様、ストッキングは白の網目で、黒のやはりメッシュのシューズによく似合っています。もともと色が白く、切れ長の目なので、赤い口紅をさしても少しも派手さを感じさせません。黒と紫のビーズのハンドバッグを膝《ひざ》の上に置き、それとなく他の患者さんの動きに眼をやっています。参加を許してもらったからには、職員の手助けでもしてやろうという意気込みが感じられます。特に今日の主役は、お地蔵さんの帽子と前垂れを縫い上げた柴木さんなので、その横に坐って介添え役を買って出ています。

　参加する患者さんを選ぶのに、まず最初に希望を募りました。柴木さんが赤い布で縫い物をしているのは、みんな知っています。それが出来上がったので、奉納ついでにお地蔵さんまいりをします、行きたい人は手を挙げて下さい、と主任さんが言ったのです。

　手を挙げたのは三人だけでした。女性ではサーモン好きの高倉さんと糖尿病の見元さん、そして男性は吉岡さんのみです。柴木さんとデイケアの池辺さんを加えても五人なので、あと五人は個人的に誘ってみました。あまり痴呆がひどくなく、ちょっとした山道も歩け、車酔いもしないというのが条件です。腰の曲がった浦さんは、どんな場所なのか気にしていましたが、柴木さんも登れるくらいの道だと聞いて、「行ってみましょうかの」と腰を上げてくれました。いつもキューピー人形を抱いている松川さんと神かりの新垣さんが加わることになり、男性では脳挫傷の辻さんと、ケーキ屋さんの菊本さんもリストに上げられました。二人とも自分たちがどこに連れられていくのかは、あまり分かっている風ではなく、おとなしくて手こずらせないという観点から、半ば一方的に選別したようなものです。

　十人が揃《そろ》ったあとで名前が出たのが、石蔵さんです。いつも身体《からだ》の症状を訴えてくる心気症の患者さんは、外の世界に眼を向けさせると、それだけ症状への関心が減ってきます。いわば内にのみ向いた注意を外に向ける点で、身体を動かさせるのは有効なのです。お地蔵さんなんて興味ないと拒んでいた石蔵さんも、わたしが「とにかく行ってみましょう。お地蔵さんにお願いすれば、病気も良くなります」と誘うと、承知してくれました。

患者さんが十人になろうと十一人であろうと座席には余裕があるので変わりはなかったのです。

しかし石蔵さんはとうとう参加できませんでした。先日の当直明けでわたしが帰ったあと、胸苦しいと訴え、副主任は指示されていた頓《とん》用の内服薬をのませたようです。すると午前中は訴えが少なくなり、午後も他の患者さんと同じようにテーブルについていたといいます。夕食後に頓用の薬を三錠のませ、さらにそのあと、副主任が指示されていた筋肉注射を一本施行しました。

十一時の巡回のときも静かに眠っていたそうで、呼吸停止がきているのは午前一時の巡回の際も判《わか》らなかったと言います。結局三時に副主任が石蔵さんが冷たくなっていることに気がついたのです。

当直医の診断は急性心不全でした。家族もすぐ駆けつけ、苦しまないで眠るように死んだのを不幸中の幸いだと感謝していたそうです。乳癌と胃癌、そして大腸癌と三つの癌にも負けず、人工肛門で十年間も過ごして力尽きたのですから、石蔵さんも本望だったかもしれません。

石蔵さんの死は、当直明けの翌々日、日勤で病院に行った朝、知りました。ほとんど一時間おきに詰所に来ては身体の不調を訴え、みんなにうんざりされていた彼女ですが、それがぴたっとなくなると、何だか張り合いがなくなります。面倒臭さと入れ違いに寂しさがやってきたのです。

わたしが石蔵さんを地蔵まいりに連れて行きたかったのは、池辺さんの元気な様子を見せたい気持もありました。石蔵さんは確か七十九歳、池辺さんはそれより年上で八十二歳です。胸が苦しい、頭が痛い、胃が重たいと言い続け、ひっきりなしに薬や注射を要求するのと、少しばかり腰が曲がっても、化粧と身だしなみを忘れずに、笑顔を絶やさない生き方とどちらがいいのか、実際に見本を目《ま》のあたりにして石蔵さんに考えてもらいたかったのです。もちろん、過度に自分の身体にこだわる心気症という病気が、その程度のことで治るとは思っていません。不調を訴え続ける行為そのものに、他人とのつながりを求める切ない望みがあることも知っています。「お早うございます」という朝の挨拶《あいさつ》の代わりに、「頭が痛い、何とかしてくれ」と言うのです。しかしそれを朝から晩まで言われれば、家族もお手上げになります。病院でも嫌われ者になってしまいます。検査にも出ない、薬もない不調感なのですから。

八十歳の人間の身体というのは、何かしら故障をかかえているものです。八十年間走り続けたトラックと同じで、どこかにガタがきています。まして、石蔵さんは三種類の癌を患《わずら》っていたのですから、傷《いた》み具合も並大抵のものではないはずです。むしろまだトラックが動いていること自体、奇蹟《きせき》なのかもしれません。本来ならその奇蹟を感謝すべきなのでしょうが、心気症になってしまうと、故障した自分の身体を呪《のろ》うだけです。身体はまるで牢獄《ろうごく》となり、足枷《あしかせ》になります。魂の動きを妨げる重しなのです。

本来、その病気自体は大した障害ではないはずです。立派な身体を百点満点とすれば、五十点、六十点の身体と言えます。動けるし、話せるし、食べられる身体だからです。ところが当の患者にしてみれば、欠けた四十点、五十点が恨めしい。どうして百点くれないのかと、天に向かって、いや周囲に向かって恨み節を吐き続けます。あたかも、自分は百点満点の身体でいる権利があると主張しているかのようです。一種の好訴魔です。訴える力だけはエネルギーに満ち満ちています。そんな力があるのであれば、別の方面に使えばいいのにと、つい思ってしまうくらいです。

おそらく、石蔵さんのような心気症の患者は、一の身体の変調が五にも六にも感じられるのでしょう。別なタイプの人たちが、五の苦痛を一か二にしか感じないのと正反対です。

石蔵さんが重度の痴呆症状をもっていれば、もう少し楽になっていたかもしれません。痴呆が、主観的な身体の苦痛をも目減りさせてくれるからです。

痴呆はその意味で麻薬のようなものだと思うことがあります。衰えていく身体の苦しみを遠ざけ、垂れた皮膚や刻まれた皺《しわ》、曲がった腰を霧の中に包み込んでくれるのです。自分を二十三歳だと信じている長富さんなんか、その良い例です。猫が鏡に映った自分の姿を自分と思わないように、長富さんを鏡の前に立たせても、あれは自分ではないと言い張るのです。

でもできることなら、痴呆はなるべく最後の瞬間まで来て欲しくないと、池辺さんを見て思います。老いにも美しさがあるという事実を、池辺さんが教えてくれています。若さそれ自体が美しいというのは嘘《うそ》です。十代でも老人のようにやつれた女性もいれば、三十代、四十代の女性で、もはや美しさを追求することを切り捨てた人もいます。だらしなく太り、化粧も服装もおざなりで、いつも何かを口に入れ、大声で話しまくる女性は、わたしの周囲にも例があります。

そういう女性と比べると、池辺さんは控え目な身のこなしを保ち、服装は若々しく清《せい》楚《そ》で、何に対しても好奇心を失いません。

あるとき池辺さんが熱帯魚の水槽《すいそう》をじっと見つめているので、話しかけたことがあります。

「看護婦さん、熱帯魚って本当にきれいですね。持って生まれた色なのに、どれひとつとして嫌らしいのがない。サザナミヤッコの青と緑、ハシナガチョウチョウウオの橙《だいだい》と銀色、何とも言えませんね」

池辺さんは首を傾け、しきりに感心します。そのときの池辺さんの服装は、瑠璃色《るりいろ》をした薄地のワンピースで、水槽の中のスズメダイと同じ色でした。

お地蔵さんへの道順は、三田くんが柴木さんの家族に訊《き》いて地図に赤線を入れていました。柴木さんの家はそこから歩いて三、四十分くらいの農家らしく、ちょうどマイクロバスが着く頃に、お嫁さんが山道の下で待っていてくれるそうです。箱ティッシュや紙パンツ、下着や衣服の替え、ナイロン袋、タオル、濡《ぬ》れタオルもひとまとめにして用意しています。喉《のど》に詰まりにくい駄菓子、紙コップ、水筒もバスケットの中に入れています。

看護助手の鈴木さんと井上さん、そしてわたしの三人で、十人の患者の担当は決めておきました。わたしは後方の席に陣取り、横の窓際《まどぎわ》の席に太った見元さんを坐《すわ》らせ、通路を挟んだ右側の座席に辻さんと菊本さんを坐らせました。菊本さんと辻さんは、普段はテーブルでも並んだことはないのですが、今日はどちらも神妙にして窓の外を見やっています。時々、辻さんが手を叩《たた》くのは、景色が気に入り、乗り心地がいいからでしょう。松川さんは窓の外は見ずに人形を抱きかかえています。キューピー人形の手をしゃぶらないのも、車が動いていてどこか落ちつかないからでしょう。腰曲がりの浦さんは一人だけの座席につかせています。鈴木さんは新垣さんの横に坐り、この間のぼた餅《もち》がおいしかった話をしています。神がかり的な新垣さんも、普通の話題になるときちんと応対できるのです。

一番前の席には看護助手の井上さんに坐ってもらっています。この四月に内科から痴《ち》呆《ほう》病棟に移ってきたばかりで、一種のハイキングだと聞き、行ってみたいと希望したのです。お年寄りの世話にはまだ慣れていないので、主任さんは渋ったのですが、患者さんと馴染《なじ》みになるには絶好の機会だと思い、わたしから頼んでみました。内科勤務だと、マイクロバスに乗っての外出など、想像もつかない行事です。

井上さんの後ろの席に吉岡さんが背筋を伸ばして坐っています。白いYシャツにグレーのズボン、靴はスポーツシューズです。グレーの布製の帽子をかぶった姿は、病棟にいるときよりぐっと紳士的です。

その後ろがサーモン好きの高倉さんです。ご主人が地蔵まいりの話を聞いて自分も参加したいと申し出られましたが、家族の付添いが高倉さんだけとはいかないので、今回は断りました。次回からは家族同伴にすべきだと主任さんも考えているようです。そのほうが患者さんも喜び、家族自身も楽しめますが、人数が増えて、マイクロバスはもうひとつ大きいものにしなければなりません。ご主人によると、高倉さんは外出が好きで、退職後は夫婦で方々へ旅行したそうです。痴呆症状が出てからも、ご主人の運転で日帰りの旅行や一泊の温泉場巡りなどをしたといいます。痴呆がひどくなるとそれも難しくなり、近所の公園や河川敷に車で連れ出すくらいになったそうですが、窓の外を一心に眺めている高倉さんを見ていると、病棟の中よりも表情がはつらつとしています。

池辺さんはさっそく柴木さんから、お地蔵さんの帽子を一枚一枚見せてもらっています。

二十年間にわたって、年に二回、帽子と前垂れを着せ替え続けるのは大変な根気です。お見舞いに見えた柴木さんの家のお嫁さんが、ぽつりと言いました。

「おばあちゃんのあとは、わたしがしなければならないでしょうね。石の地蔵さんは何百年かたっても、顔が少しなだらかになったくらいで、元気そのもの。寿命では人間はかないません」

大柄な柴木さんと違ってお嫁さんは小柄ですが、陽焼けした顔には深い皺があり、いかにも働き者といった様子がうかがわれました。

車は高速道路の下をくぐってバイパスにはいり、日曜大工用のスーパーから左に折れ、山手の方に向かいます。

小さな川に沿って、遠賀《おんが》焼の窯元《かまもと》が七つか八つ点在しています。茶と黄を主体にした素朴な陶器はわたしも好きで、小鉢と大皿を持っています。でもこの付近まで足を運ぶのは初めてです。

田んぼに植えられた稲もだいぶ伸びています。水を張った田が白く光り、その中に幾筋も緑の線ができています。

道は曲がりくねりながら山麓《さんろく》に近づいていきます。目印は神社の鳥居だったらしく、三田くんが車を停めて方向を確認します。

「この道をまっすぐだそうですよ」

柴木さんから聞いて、池辺さんが三田くんに知らせました。

神社の近くには三軒しか家がなく、どことなくさびれた境内です。参道には杉《すぎ》の枝が散らかったまま放置されています。この地域全体が過疎《かそ》になりかけているのかもしれません。村の鎮守さえこの有様ですから山道にあるお地蔵さんなんか、お参りする人などなかったのも当然です。

神社を行き過ぎると山塊がそこだけ後退し、前方に畑が広がっていました。農家がかなりの距離をおいて散らばっています。山に向かって右折する道は舗装されてはいるものの、向こうから車が来れば離合が難しいくらいの狭さです。

山の連なりは三、四百メートルの高さでしょうか、しかし長い屏風《びょうぶ》のように前に立ちはだかり、正面だけに山の切れ込みがあり、道はそこを通って山越えしているようです。

山肌が近づくと舗装が途絶え砂利道になりました。

行き止まりのところにバンが停まっていて、中から出て来たのが柴木さんのお嫁さんでした。麦藁《むぎわら》帽子をかぶっています。草むらのどのあたりに駐車したら良いのか、マイクロバスを誘導してくれました。

「はーい、みなさん着きましたよ——」

三田くんが叫びます。

井上さんに先に降りてもらい、ひとりずつ手を添えて下車させます。

柴木さんのお嫁さんも降り口のところで待ち構えて、柴木さんに手をさし伸べます。

「わざわざ来てくださって、すみません。待たれたのではありませんか」

わたしはお嫁さんに礼を言います。

「そげなことはありません。こげんみなさんで来て下さって、お地蔵さんも喜びなさるでしょう」

お嫁さんは患者さんを眺めて目を細めます。

「この近くですか、お地蔵さんは」

「ゆっくり歩いて二十分くらいです」

「それじゃその前に、おトイレ時間をとります」

ポータブルトイレはマイクロバスの中に入れてあるので、車中で使用させればいいのです。まず辻さんのズボンをおろして坐らせます。病棟を出る前にもトイレには連れていったはずなのに、勢いよく出ます。菊本さんはしなくてもいいと、かぶりを振りました。

「私らはその辺でする」

吉岡さんが答え、灌木《かんぼく》の向こうを指さしました。そんなときわざわざポータブルトイレを使う必要はありません。

女性軍でおしっこをしたのは高倉さん、松川さん、見元さんの三人だけでした。

「大変ですね」

排尿後、持参のおしぼりで手を拭《ふ》かせているのを見て、柴木さんのお嫁さんが言います。

「ある意味では幼稚園の遠足より、手が要ります」

鈴木さんがやれやれという顔で答えます。

いよいよ出発ですが、その前に点呼をとります。体調が悪くないか、声と顔色で確認するためにも、ひとりひとりの顔を見るのは大切です。不思議なことに、みんな生き生きとした顔つきになっています。周囲の緑のせいで表情が映えているのか、野外に出て気持が引き締まったのか分かりませんが、浦さんでさえも曲がった腰がいくらか伸びたような姿勢になり、手には、絣《かすり》地で作った信玄袋を下げています。

「ゆっくり歩きますから、慌《あわ》てなくていいですよ」

歩くのは二列縦隊です。最前列は柴木さんとお嫁さん。その後が三田くんと肥った見元さん。いざとなったら三田くんが見元さんをおんぶしてもいいのです。その後ろで池辺さんが高倉さんを誘導しています。高倉さんは自分よりも年下の池辺さんにすっかり頼りきって、ひと言ひと言頷《うなず》きながら足を運びます。吉岡さんには辻さんを任せました。鈴木さんが浦さんを世話し、井上さんが松川さんの手を引いています。一番しんがりがわたしで、菊本さんと新垣さんの担当です。

少し坂が急になったとき、菊本さんが気遣うようにして新垣さんに手をかしてやりました。痴呆患者とは思えないエスコートぶりです。ケーキ作りをしていた菊本さんは、病棟でも女性に対して思いやりがあります。いやらしい優しさではなく、弱い者を手助けしてやろうという気持が仕草に出ているのです。

「ここは古い道で、江戸時代の地図にも載っているそうです」

途中で小休止したとき、柴木さんのお嫁さんが言いました。「長崎から小倉に抜ける長崎街道というのがあったそうですが、その近道がこの山越えの道だったと聞いています」

とすれば、片側にまっすぐそびえ立つ杉並木も、あるいは二百年か三百年の樹齢なのかもしれません。日陰にはいると、首筋がひんやりします。

「山辺の道とか言って、昔の道を保存する会がこの近くの高校のクラブにあって、時々草刈りなどもしてくれます」

そうでもしなければ、この程度の道なら両側から雑草がおおいかぶさり、数年で人も通えぬようになるはずです。

わたしたちが話しているのを尻目《しりめ》に、柴木さんは自分でどんどん歩き始めます。お地蔵さんの近くまで来ていながら、こんなところで休んでおられない気持なのでしょう。わたしたちも慌てて後を追います。もう二列縦隊もごちゃ混ぜです。

落伍者《らくご》と転倒者を出さないように気を配りながら五、六分歩くと、前方の緑の間に赤い色が見えました。ちょうど杉並木とは反対側の路肩に、お地蔵さんが二、三メートルおきに並んでいます。背丈の違う石像で、そのどれもが帽子と前垂れをつけています。周辺の草が刈られているのは、わたしたちが来るのを見込んで、お嫁さんがしてくれたのでしょう。

「これですか。すごいな」

三田くんが声をあげます。「ちょっと待って下さい。着替える前のお地蔵さんを写真に撮りますから」

三田くんは位置選びをしてから、お地蔵さん全部が視野にはいるようにシャッターを切ります。

鈴木さんが風呂敷《ふろしき》包《づつ》みを柴木さんに渡します。中にお地蔵さんの衣裳《いしょう》が入っているのです。

「品の良いお地蔵さまばかり」

池辺さんが来て良かったといった表情で、傍の吉岡さんに同意を求めます。

お地蔵さんは立っているのも坐っているのもあり、それぞれ表情も違います。一度に作られたのではなく、時代を経て、最後にこの数になったのでしょう。

「全部で二十体です。作られた年代はいろいろで、宝暦という文字がはいっているのもあります。一番新しいのは大正時代。山向こうの大きなお百姓さんが、疫痢《えきり》で息子さんを亡《な》くしたとき作らせたと聞いています。これがそうです」

お嫁さんが示したお地蔵さんはひと際小さく、童顔です。

「よく盗まれませんね」

鈴木さんが感心します。

「これだけ古いと、どこか他の場所に移しても似合わないのでしょう。それに、お地蔵さんですから、盗んだら罰《ばち》が当たります」

「いや、赤い着物が盗難防止です」

横合いから三田くんが言います。「こんな立派な手作りのものを着せられていると、いくら泥棒でも盗《と》るのは恐《こわ》くなります」

「あんた、えらく泥棒の気持が分かるわね」

鈴木さんに冷やかされ、三田くんは頭をかいています。

柴木さんは、もうお地蔵さんが身につけていたものをはずしにかかっていました。

柴木さんのお嫁さんは、道端の草むらの中から大小のポリバケツの容器と大きなやかんを取り出します。前以《まえもつ》てそこに運んでいたのです。ひとりで運ぶのは大変だったに違いありません。

「お地蔵さんが裸になったら、水で洗ってやります」

お嫁さんは真新しいタワシも手にしています。

「毎年二回、これだけの数を二人で洗っていたのですか」

わたしは驚いて訊《き》きました。

「いえ、当初は母がひとりでお世話していました。バケツと風呂敷包みを持って、小一時間の道のりを歩いて行くのです。水はここを少し下った所に湧《わ》き水があるので、そこから運びます」

「ひとりですると、一日がかりでしょう?」

井上さんが尋ねます。

「朝早くまだ暗いうちから出かけて、昼頃には戻って来ていました。母にとっては楽しみだったようですね。今年もここに来られて喜んでいますよ」

お嫁さんは裸になったお地蔵さんに杓《ひしやく》で水をかけ、タワシでこすり始めます。馴《な》れた手つきです。柴木さんはそのあとを手ぬぐいで拭き上げますが、途中で池辺さんがとって代わります。洋服や靴が汚れるのも構わないといった調子です。

柴木さんは風呂敷の一番上に置いていた前垂れを取り、お地蔵さんに着せます。いろいろな大きさのお地蔵さんなのに、柴木さんの頭にはその寸法がきちんと記憶されています。

「取りはずした帽子などはどうするのですか」

三田くんがお嫁さんに訊いています。

「ここで焼きます。どこかにひとまとめにしておいて下さい」

お地蔵さん洗いや着せ替えは他の人に任せて、わたしは患者さんの監視役です。どの患者さんも何かしら作業を手伝っています。脳挫傷《ざしょう》の辻さんも、三田くんから古い帽子を渡されて、道のまん中にきちんと置きます。菊本さんは、三田くんと一緒に前垂れはずしです。

一番大変な仕事はやはりお地蔵さん洗いで、井上さんが水をかけ、お嫁さんがタワシでこすったあと、鈴木さんがやかんの水で洗い流します。なくなった水は、三田くんが汲《く》みに行かされ、途中までお嫁さんがついて行きました。

池辺さんと吉岡さんが、仲良くお地蔵さんの身体《からだ》を拭き上げています。吉岡さんは自分でハンカチ代わりにタオルを持ってきていたようで、池辺さんが使ったタオルをバケツで洗って絞り、手渡しします。見事な連携プレーです。

柴木さんが帽子をかぶせるのを手伝っているのが、高倉さんと浦さんです。眺めていると、浦さんには悪いですが、お地蔵さんには、腰の曲がったおばあちゃんがよく似合うと妙に感心してしまいます。

見元さんと新垣さんは美しくなったお地蔵さんの周囲の草を抜き、人形を抱いた松川さんだけがぼんやりと道端に突っ立っています。じっとしていてくれるだけでも大助かりです。

「水が冷たかった」

三田くんが額に汗を光らせながら戻って来ます。「あれは飲めますよね」

お嫁さんに確かめます。

「飲めるはずです。このあたりの農家にはまだ井戸水のところもあります。うちも井戸を残しています」

半年間の汚れをきれいな清水で洗い流してもらい、お地蔵さんたちも気持良さそうです。

「でも、こんな仕事をひとりでやっていたなんて、柴木さんは本当に偉い」

わたしは柴木さんの耳元で思わず言ってしまいます。

「こん近くにうちの畑があってな。嫁入ってすぐの頃じゃったろか。こん道は偶然通っていて、お地蔵さんがあるのに気がついた。草むらの中に隠れておってのう。草ば刈ると、ひとつふたつどころか、次から次にいろんなお地蔵さんが出てきて、たまげた。それからたい、畑に出るたび、ここまで登って来て、下草ば刈るようになったのは」

柴木さんは時間をかけて、わたしに説明します。

「その頃は、帽子も前垂れも着せていなかったのですか」

また右耳に口を近づけて訊きます。

「こげなものを縫い始めたのは、姑さんが死なっしゃってから。姑さんが元気な頃には、隠れて下草を刈るくらいがやっと」

本当はもっと言いたいことがあるのでしょうが、ぐっとわたしに眼を据えただけで柴木さんは口をつぐみました。

柴木さんもこの村に嫁に来て以来、何年間もそれなりの苦労をしたのでしょう。そんなとき路傍《みちばた》で見つけたお地蔵さんにひきつけられたのかもしれません。二十体ものお地蔵さんが村人に見捨てられ、草の中に首まで隠れていたのであれば、なおさらです。柴木さんは畑に出るたび、暇を盗んでは草を刈り、お地蔵さんについた苔《こけ》を洗い流してやったのです。

帽子や前垂れを縫うのは、姑の手前はばかられたのに違いありません。そんな時間があるなら、畑作りに精を出すか、雑巾《ぞうきん》でも縫ったがましだと嫌味を言われるのがおちですから。

ようやく姑さんが亡くなり、思い通りのことをしても誰も文句を言う者がいなくなり

ました。その頃には、お地蔵さんのそれぞれの大きさも頭のなかにちゃんとはいってい
たのです。

柴木さんのそんな生き方は、老齢になってからの身の処し方にも表われているような
気がします。耳が遠くなり、足腰も弱く、物忘れが出てきて、このままでは家族に迷惑
をかけるだけだと考えたのです。痴呆《ちほう》病棟に入院するとしても、柴木さんの唯一《ゆいいつ》の心残
りはお地蔵さんでした。自分がいなくなると、帽子も前垂れも古くなり、ただのぼろ布
になっていくだけです。しかし、病棟の中でも縫い物ができると聞いて、心底ほっとし
たようです。もう思い残すことはない。うば捨て山に自ら登るつもりで、柴木さんは病
院にやって来たのでしょう。

もう自分は台所に立てないと思ったのは、ゆで卵を焦《こ》がし、近くにあったプラスチッ
クのまな板を熱でくにゃりと曲げさせたからだといいます。冷蔵庫に入れていた卵が古
くなったので、ゆで卵にするつもりで鍋《なべ》に水を入れ、ガスコンロの上に置いたそうです。
その間に庭先に出て、畑の草を抜いていたのです。三十分するうちに、ゆで卵のことは
すっかり忘れてしまい、畑のひと区画の草取りを全部すませて、家の中に戻ったのは一
時間半後でした。焦げ臭いと思っても、柴木さんはすぐにはゆで卵のことは思い出しま
せんでした。台所に行って見て、仰天しました。

鍋の中の水はすっかりなくなり、鍋は真赤に焼けて、煙が出ていました。柴木さんは

すぐコンロのスイッチを切りました。鍋の中の卵は真黒焦げです。近くに立てかけてあったまな板も変形しています。すぐに窓を開け放し、換気扇もまわしたあと、板張りにへたり込みました。あと三十分、家の中に戻るのが遅ければ火事になっていたかもしれません。

夕方帰って来たお嫁さんは何も言わなかったそうです。鍋は柴木さんが金だわしで磨いていくらか黒焦げが目立たなくなっていましたが、プラスチックのまな板の歪《ゆが》みは隠しようがありません。

そのとき柴木さんは、自分がうば捨て山に行く時期が来たのを覚《さと》ったのです。お姑さんが床についておむつを要したのは死ぬ前のわずか二年くらいだったといいますが、柴木さんは同じ苦労を嫁にはかけられないと思ったのでしょう。もちろん病院行きには息子さんもお嫁さんも反対しました。村の評判もあるのです。早々に母親を老人病院に叩《たた》き込んだという噂《うわさ》がたっては、残された息子夫婦も立つ瀬がありません。柴木さんはそのあたりにもうまく予防線を張り、持病であるヘルニアの長期療養のためだと周りに言って回ったそうです。地蔵まいりの打ち合わせをしたとき、お嫁さんがそんな風に話してくれました。

柴木さんは黙々と帽子をかぶせ、前垂れを着せています。寸法が違って帽子をかぶり直させることはありません。布を見た瞬間、これはどのお地蔵さんのものかが判別できるのです。

お嫁さんが道のまん中で、今日までお地蔵さんが付けていた古い布を燃やし始めました。他の枯草と一緒なので、よく燃えます。わたしは患者さんが火に近づかないように見張ります。

「菩薩《ぼさつ》さまが、いま昇って行かっしゃった」

火の近くにいた新垣さんがぽつんと言いました。

「見えたのね？」

わたしは驚かずに訊き返します。

「菩薩さまはじっとそこに立って見ておられた。あたしに気がつくと指を唇に当てられたので、黙っておった。全部のお地蔵さんが赤い帽子と着物を着たのを見届けて、その煙に乗って行かっしゃった。有難いお姿じゃった」

いつかわたしの夜勤のときに言ったような真面目《まじめ》な顔で、新垣さんは話します。火の始末をしていた柴木さんのお嫁さんが、半信半疑の表情でわたしを見ます。

「新垣さんには霊感があるのです」

わたしは教えてやります。二十体のお地蔵さんが、真新しい帽子と前垂れをまとっている光景は、菩薩さまならずとも見とれてしまいます。

脳挫傷の辻さんも感激したのか、盛んに手を叩いています。

「はい、それじゃ全員集合して記念写真を撮りまァす」

三田くんがインスタントカメラを取り出しました。「みんなその辺に集まって下さい」お地蔵さんを背景にして、まん中に柴木さんとお嫁さん、その横に池辺さんや吉岡さん、浦さんなど、患者さんを並ばせ、わたしたち付添いは両端に立ちます。

「パノラマですから充分はいります」

道の奥まで下がって三田くんが手を上げ、シャッターを押します。二枚目はお嫁さんと三田くんが入れ替わりました。

出来上がりが楽しみです。写真をホールに貼《は》り出せば、職員も患者さんも、面会に来た家族も、次からは行ってみたいと手を挙げるに違いありません。

記念撮影が終わると、みんなで回れ右をして、手を合わせました。

そのあとも三田くんは一体一体のお地蔵さんを写真に撮ってまわります。

「城野さん、ここに立って下さい」

わたしを呼んで、小さなお地蔵さんの前に行かせようとします。亡くなった子供の供《く》養《よう》に建てられた可《か》愛《わい》いお地蔵さんです。わたしは柴木さんを手招きして一緒に並びました。

「はいチーズ」

三田くんが言っても、柴木さんは笑いません。

「あたしが死んだら、この横に地蔵さんば建ててもらおうと思っとる」

撮り終えると柴木さんがぼそっと言いました。「この地蔵さんよりも小さか地蔵さんでよか。もう注文もし終わっとる。誰に頼んだかは息子にも嫁にも言うとらん」

子供のお地蔵さんの近くに空いている場所があります。柴木さんはそこを指さし、初めて表情をゆるめました。

「看護婦さんも、誰にも言うちゃならんよ」

柴木さんはわたしに念をおし、歩き出します。しばらく行ってから名残りを惜しむように、もう一度お地蔵さんの方を振り返ります。

「今までは神社でもお寺でも、ちょこっと拝むだけだったけど、こんなに良い気持で手を合わせたのは初めて」

井上さんが晴れ晴れした顔を向けます。

「わたしは、お地蔵さんの世話をしていて、腰の痛みば忘れた。やっぱ、ご利益《りやく》でしょう」

浦さんの足取りはいつもより軽やかです。

「お地蔵さんが近くにあるなら、毎日でもおまいりしたか」

池辺さんが答えています。

「お母さん、良かったですね。お地蔵さんも喜んだうえに、みんなにも喜んでもらって」

マイクロバスまで戻ったときお嫁さんに言われ、柴木さんは何か考えるように口元を引き締めました。

「一番嬉《うれ》しかとはあたし。ほんに皆さんも看護婦さんたちも、ありがとうございました」

全員を見渡して柴木さんは頭を下げます。

わたしたちが、お嫁さんから突然の申し出を受けたのはそのときです。家にみんなで立ち寄ってくれないかという願いでした。全く予定に入れていない行動です。鈴木さんと井上さんに相談し、帰棟が遅れる旨《むね》を、携帯電話で病院に知らせればいいのではないかという結論に達しました。

三田くんの携帯電話で病棟を呼び出します。出たのは主任さんです。二つ返事でした。せっかくの外出だし、危険な場所に出向くわけでもないのだから、少々遅れても構わない。昼御飯はとっておくという返事でした。主任さんがいなくて副主任が出ていれば、杓子定規《しゃくしじょうぎ》の返事が戻ってきたかもしれません。

ポリバケツややかんをお嫁さんのバンに積み込み、その車のあとについてマイクロバスを走らせます。畑の中の道を十分も走らないうちに農家に着きました。後ろに竹藪《たけやぶ》の山があり、母屋《おもや》と納屋《なや》の前はかなり広い庭になっていて、マイクロバスはそこに悠々と停められました。

家から出て来たのは柴木さんの息子さんで、わたしも見覚えがあります。わたしたちに挨拶《あいさつ》し、患者さんたちがバスから降りるのを手伝ってくれました。

庭に面した縁側は広くて、中の座敷も丸見えです。こんながらんとした家に夫婦二人暮らしというのは、いかにももったいない気がします。

柴木さんが息子さんにござを出すように言いつけています。確かに、患者さんたち全員縁側に坐《すわ》らせるのは大変です。

休憩をする前に患者さんたちを、トイレに連れていかなければなりません。粗末なトイレなら納屋の横にもあると教えられ、わたしは男性三人を促してみます。吉岡さんは大丈夫だと言うので、辻さんと菊本さんを両手で引っ張っていって、まず菊本さんのズボンをおろしてやります。

「まだまだ」と声でブレーキをかけ、用意万端になったところで、「はい、いいですよ」とスタートです。よほど尿意をこらえていたのか、菊本さんは長々と排尿します。

「じゃ、向こうに行って待っていて下さい」

わたしが言いかけたところにちょうど吉岡さんが来て、菊本さんを連れて行ってくれます。残ったのは辻さんです。山裾《やますそ》で排尿したばかりですが、ここでもよく出ました。

「家の中のトイレが混んでいるので、わたしはここでさせてもらいます」

そう言って、ひょいと隣の戸を開けて中にはいったのは池辺さんです。まるで少女のような身のこなしです。

「昔は田舎はどこもこんな便所でした」

用をすませて出てきた池辺さんが言います。「家の外にあって、夜は行くのがそりゃ恐《こわ》かった」

池辺さんとわたしで辻さんの手を取り、庭の方に向かいます。もう患者さんたちは靴を脱いでござの上に坐っています。車座のまん中に大きなお盆があって、おにぎりが四十個ばかり並んでいます。

「お昼をここで取って下さいって」

鈴木さんが半ば困った顔をしています。「せっかくだからお招《よ》ばれしましょうか」

問題は病棟で準備しているはずの昼食です。再び病院に電話しました。主任さんを呼び出してもらって、事情を説明します。

「構わないわ。でも、昼の薬がある患者さんがいるわね」

「います。糖尿病の見元さんや松川さん、新垣さんです」

お昼までに帰るつもりでいたので、薬は持参していません。

「仕方ない。服薬は戻ってからでいい。どう、みんな元気にしている？」

主任さんが訊《き》きます。

「全員ござの上に坐って、ピクニック気分です」

「そのなかで一番はしゃいでいるのがあなたでしょう?」

主任さんはからかって電話を切りました。

柴木さんのお嫁さんは、お皿にキュウリの漬物も盛って来ています。

「ひとり二個ずつよそっておきます」

お嫁さんは小皿におにぎりと漬物をのせ、割り箸《ばし》と紙お手ふきまで添えて、ひとりひとりの前に置きます。これだけの量を用意するには、朝早くから大忙しだったに違いありません。

柴木さんの息子さんも大きなやかんをぶら下げて来て、茶碗《ちゃわん》に注いで回ります。そんな様子を柴木さんはじっと坐って眺めているだけです。

「さあどうぞ」

行き渡ったところで、息子さんが言いました。「いつも母がお世話になっております」と頭を下げます。「こんなところまで来てもろうて、母も喜んどります。遠慮なく食べて下さい」

もともと口下手な息子さんなのでしょう、最後の文句を震える声で言い終えると、ほっとしたように腰をおろしました。

「いただきます」

一番大声で答えたのは三田くんです。ひと口頬ばって、「おいしい」を連発します。かしわと油揚げ、しいたけのはいった混ぜ御飯のおにぎりで、三個でも四個でもお腹の中にはいりそうです。キュウリは短時間の糠漬け《ぬかづ》で、見事な緑色です。

わたしは患者さんの食べ具合に眼を走らせます。松川さんと辻さん、菊本さんは手づかみで食べています。見元さんは病棟では糖尿食ですが、おにぎり二個くらいならそう目くじらを立てることもないはずです。歯のない松川さんもキュウリを歯ぐきで食い切っています。

「このあたり、水がいいのでしょうね」

番茶を飲んで、井上さんがお嫁さんに訊きます。

「この水は裏の井戸から汲《く》み上げました」

「道理で、お茶の味が違います」

「井戸はいいですよ」

息子さんが言います。

「昔は井戸が冷蔵庫代わりでしたし、貯蔵庫の役もしとりました。裏の山で取れた筍《たけのこ》など、ゆがいたあと、井戸の中に吊《つ》るして、一年中食べられたそうです」

息子さんは柴木さんの耳の傍に口を寄せ、「そげんじゃろ、筍ば井戸ん中に吊るしとったね」と念を押します。

柴木さんはうんうんと頷《うなず》きます。

「筍は茹《ゆ》でただけで一年持つのですか」

わたしも声を大きくして訊きます。

「いや、塩水に漬けたのを樽《たる》ごと、井戸ん中に吊るしとかにゃいかん」

柴木さんは答えます。

「食べるときは塩抜きするとです。何ヵ月たっても味はひとつも変わらんです」

やっと思い出したように息子さんが補足します。

ほとんどの患者さんがおにぎり二つをたいらげ、辻さんは三つ食べ、普段はサーモンしか食べない高倉さんまでが、何事もなかったかのように二個目を食べ終えます。

お嫁さんから勧められて三田くんは五個も食べ尽くし、腹をさすっています。わたしは三個目もはいりそうでしたが、お茶を飲みながらキュウリの糠漬けを食べているうちに腹八分くらいになってしまいました。鈴木さんと井上さんも二個どまりです。

松川さんが指についた御飯粒をきれいになめ、ござの上にこぼれたのを一粒一粒拾って口に入れます。お嫁さんが汚いからと止めるのですが、松川さんはそ知らぬ顔です。

「お宅の糠漬けは良い味ですね」

池辺さんがお嫁さんを誉《ほ》めます。

「いえ床《とこ》が古いだけで。母がお嫁に来たときにはもうあったそうですから、何十年にもなります。もしかしたら百年くらい経《た》っているかもしれません」

「それなら、わたしの家のよりも古いです」

池辺さんが脱帽します。

タオルを水で濡《ぬ》らして、辻さんや松川さんの口元と手を拭《ふ》いてやります。松川さんが抱えていたキューピー人形に御飯粒がついています。ござの上のものを拾った松川さんも、人形の口元の御飯粒には気がつかなかったようです。

「ほんに、おいしゅうございました」

浦さんが曲がった腰をさらに屈《かが》めて、柴木さんのお嫁さんに礼を言っています。

おにぎりは五個余っていて、お嫁さんはそれを一度引き、新たに包み直してお土産として持たせてくれたのです。

柴木さんはその日家で一泊することになっていたので、マイクロバスの前で別れました。明日、お嫁さんが病院まで送って来てくれるそうです。

「あんたたち、ほんにご苦労さんやったの」

柴木さんはわたしたちがバスに乗り込むとき、労《ねぎら》ってくれました。

柴木さんと息子さん夫婦が、庭の前に立って手を振っています。わたしたちもみんな手を振ります。クラクションを小さく一回、庭を出ていく際に三田くんが鳴らしました。

オランダ

　昨日、先生が市民会館で話された講演を聞きに行きました。〈オランダにおける安楽死の現状〉という演題そのものにも興味があったし、公的な場で先生がどんな話し方をされるか、胸をわくわくさせながら、ひと言も聞き漏らすまいと、ノート持参で出かけました。
　五、六百人はいるホールは、立ち見が出るほどの盛況でした。たいていの人が演題にひかれて来ていたようです。安楽死については先進国であるオランダで、実際何が行われているか聞いておきたいという気持なのでしょう。参加者は医療従事者や福祉関係者、それにお年寄りの姿も目立ちました。みんな熱心に聞き入っていました。聴衆の気をそらせない先生の話しぶりも素敵だったし、内容も充実していて、重い宿題をもらったような気がします。
　先生の講演で、〈積極的安楽死〉と〈医師の幇助《ほうじょ》による自殺〉という言葉を初めて知りました。これまで安楽死というのは、どちらかというとあくまでも患者さんの意志で行われるとばかり思っていました。実情はそうではないのですね。安楽死といっても、患者さんの意志に基づくのが〈自発的《ボランタリ》〉で、そうでないのが〈非自発的《アンボランタリ》〉、また、治療を中断して死に至らしめるのが〈受動的《パッシヴ》〉、医師の手で致死量の薬剤を投与するのが〈積極的《アクティヴ》〉というように、さまざまに分類されるのも驚きでした。他方、医師が手助けする自殺については、以前米国で自殺用の機械を考案した医師がいて裁判沙汰《ざた》になりましたが、あくまで例外的なものとばかり思っていました。ところが、オランダでは例外でなく、日常の医療行為としてそれが実施されているのですね。

先生が使われたデータは、オランダ政府の要請で作成された〈安楽死に関する医療研究のための委員会報告〉に基づいているとのことでした。つまり公的な資料であり、誰でも入手可能なものです。それなのに、そんな大切な問題がどうして日本では爪《つめ》の先ほども論じられないのか、本当に不思議です。ヨーロッパの隅の小さな国の出来事くらいに、政府もマスコミも考えているのでしょう。オランダといえば、江戸時代は蘭学《らんがく》として知識を取り入れた国です。現在でも長崎にオランダを売り物にした観光施設を作るくらい、商売の面では熱心なのに、肝腎《かんじん》のこういう問題については少しも注意を払いません。その意味でも、先生のお話は本当にためになりました。

オランダは安楽死法を制定したのではなく、ただ安楽死を容認したこと、そしてそれが間もなく三十年になるということも初耳でした。それだけの歴史があれば、これは一時の思いつきではなく、人類が行っている壮大な実験です。その結果ですから、他の国国も対岸の火事としてではなく、他山の石として、真剣に学びとる必要があるのではないでしょうか。

公的な資料は一九九〇年と一九九五年に出されたそうで、先生はその二つの年度における数字をスライドで示しました。

現在オランダでは〈安楽死〉という用語をあまり使わず、〈生命終結行為《ライフ・ターミネーティング》〉という表現をするのですね。安楽死という漠然とした言葉よりは、より一層実際の行為を定義していて、妙な言い方ですが〈良心的〉です。その対象となるのは、重篤《じゅうとく》な障害をもった新生児、長期の昏睡《こんすい》患者、そして重篤な痴呆患者です。この最後の痴呆患者に対しては、〈生命終結行為〉の代わりに〈生命短縮行為《ライフ・ショートニング》〉という用語を当てています。何故《なぜ》なら、先生の説明によると、積極的に生命を終結させるのではなく、患者の要請にもよらずに生命《いのち》を縮めるからだというのです。まさに言葉が内実を表わしていて、見事な命名だと思いました。具体的にどういう行為を指すかと言えば、次の三つに分かれます。

ひとつは狭い意味の〈生命終結行為〉で、致死的な薬を患者に与えて死に至らしめる行為です。先生は、これが許されているのは二つの状況だと説明してくれました。第一は、その患者が重症痴呆になったときは死なせてもらってもいいという了解を書面で書いていたか、あるいはそういう意志をもっていたことを周囲の人たちから確認でき、さらに重症痴呆に別な重篤な病気が加わったときです。第二は、書面も周囲の証言もないものの、その患者が人間の尊厳を損なうほどに痴呆が進行している場合です。従来の言い方をすると、これこそが〈非自発的積極的安楽死《アンボランタリ・アクティヴ》〉です。この第一の場合と第二の場合では、状況が相当違うように思うのですが、それでもひとくくりにされているのに、わたしは少し違和感を覚えました。

ふたつめは、治療の副産物として生命を縮める方法です。先生の説明では充分には分からなかったのですが、ある症状に対して強力に治療すれば、その結果として生命を縮めるかもしれないと判《わか》っていながら、そのまま強行してしまう方法だと、わたしなりに理解しました。これでよかったのでしょうか。

三つめは、治療中止です。これはよく理解できます。そして治療中止と対極にある行為として、延命のための治療があるのだという先生の解説もよく分かりました。痴呆患者の場合、この延命治療が容認されるのは、患者の意志がそうであり、治療に耐えられ、治療の効果が期待でき、患者にとって利益になる、という四点が条件となります。考えてみると、治療中止と延命治療は対極に位置するのではなく、コインの裏表のようなものです。臨床の場で延命治療を断念することは、治療中止に直結してきます。別々の概念とは言えません。

具体的な例を取り上げて先生は説明しました。生命維持治療の代表が鼻腔《びくう》栄養や胃瘻《いろう》栄養です。オランダはこれに対して、厳しい見方をしています。こうした人工的な栄養は、死の過程を引き延ばすだけであり、患者をベッド上のロボットと化し、治癒《ちゆ》はもはや望むべくもなく、痴呆患者をさらに悲惨な状況に陥《おとしい》れるのみだと断定するのです。

先生の話を聞いているうちに、わたしの頭のなかではいろんな考えが渦巻き始めていました。他の聴衆も同じことだったと思います。これまでの医療の概念が、根底から覆《くつがえ》される感じがしたのです。

先生は、〈殺すこと《キリング》〉と〈死なせること《レッティング・ダイ》〉の違いにも触れました。治療中止は〈殺すこと〉ではなく、〈死なせること〉なのだとも強調されました。しかしそれは言葉のあやで、わたしにはどちらも同じに思えてなりません。

そんな聴衆の途惑いはあらかじめ計算ずみなのか、先生は再びスライドに戻って、オランダの委員会が報告した数字をひとつひとつ説明していきます。

まず医師の幇助による自殺です。これは当然患者の同意によるもので、一九九〇年に九千四百人、九五年にも一万百人です。次が医師による安楽死で、患者の依頼によるものが、一九九〇年に二千三百人、九五年に三千二百人です。患者の依頼なしでの安楽死も一九九〇年に千人、九五年にも九百人います。三番目がモルヒネ注射による生命終結です。患者の同意で行ったものが、一九九〇年に三千百五十九人、九五年に二千四十六人、逆に患者の同意なしでの実施が、一九九〇年に四千九百四十一人、九五年に千八百八十九人になっています。

これを合計すると、〈生命終結〉や〈生命短縮〉による死が一九九〇年に二万八百人、九五年には一万八千百三十五人に行われたことになります。オランダの人口は日本の約八分の一ということですから、日本にあてはめると、年間約十五万人がこうした人為的な方法によって死出の旅路に発《た》っている勘定になります。またオランダの全医師の半数が、患者の安楽死に関わった経験をもつそうです。先生の口から示されたそれらの数字に、会場から溜息《ためいき》が漏れたのも当然です。

しかしこの数字にはまだ延命治療の中止は含まれていないと、先生はつけ加えました。治療中断による死亡が、一九九〇年には二万二千五百例、九五年には二万七千四百例あったといいます。そしてこれらの症例の六割において、患者自身の同意はとられていません。

もちろんこうした積極的な安楽死と消極的な安楽死は、医師の最後の判断によってなされます。オランダにおける年間死亡例の約四割が、実にこの範疇《はんちゅう》にはいるのです。文字通りオランダでは、死の匙《さじ》加減は治療者にゆだねられていると言えます。

この傾向は最近でも変わらず、いわゆる最も過激な安楽死、つまり患者の意志によらず、医師が生命終結させる〈非自発的積極的安楽死〉は、年間およそ六千例だそうです。この日本に直すと、年間五万人に相当します。なんと交通事故による死者の五倍です。この事実に、聴衆は唖然《あぜん》としていました。

そのあと先生は安楽死の対象となる病気の一覧表を示しました。各種の癌《がん》、心臓病、肺疾患、脳卒中、神経病、精神病、重篤な児童の病気、未熟児、二分脊椎《せきつい》、ダウン症などです。重い病気を背負った新生児は、生まれ出てもそのまま食事を与えられず、脱水か餓死で〈安楽死〉させられるのです。

死者の四割が医師の手によってつくられていると聞いて、会場の皆さんは戦慄《せんりつ》を覚えるかもしれません。――先生は聴衆に向かって身を乗り出しました。四割という数字は、これだけで驚くべき高さに見えるが、実態はそれ以上なのだと考えざるをえない、と先生は語気を強めました。

というのも、患者の依頼による安楽死であったときでさえも、七割の医師は死亡診断書にその旨《むね》を明記しないし、診療録にも記載しないというデータがあるからです。まして患者の同意のない安楽死ともなると、医師は内密にしたがるでしょうし、実際の安楽死の数字はもっともっと高いものであると想像がつきます。

オランダで広く実施されている安楽死が、どのようなものであるのか、そのあと先生は実際の具体例を示して説明しました。全部で五例ありましたが、そのどれもが、わたしには衝撃でした。

第一例はダウン症だと判った新生児です。ミルクを全部吐くので、家庭医は大学病院で診てもらうように紹介状を書きました。そこで十二指腸狭窄《きょうさく》という診断がついたのです。これは手術で治る病気です。ところが赤ん坊の両親と小児外科医は手術をしないことで意見が一致しました。これを聞いてびっくりしたのは家庭医のほうで、すぐに児童権利保護委員会に申し立てをしたのです。ところが委員会が介入する前に、赤ん坊は栄養失調で亡《な》くなってしまいました。家庭医は小児外科医の行為が殺人にあたるとして裁判所に訴えたのですが、裁判所は即座に無罪の判決を下しました。逆に小児外科医や赤ん坊の両親から激しく批判されたのは家庭医のほうで、何故ならば、患者の秘密を第三者に暴露してしまったからだというのです。

先生の話では、オランダの大学病院の麻酔科のなかには、ダウン症の子供が心臓病にかかって手術が必要になったとき、麻酔を拒否するチームが少なからずあるということです。子供の両親は仕方なく、麻酔をしてくれる病院を探して回らねばなりません。わたしは聞いていて、本当にそんなことがあるのかと慄然としました。

第二例は妊娠三十二週で生まれた未熟児で、頭蓋《とうがい》内出血を起こしていました。貯留した血液をドレナージで抜かなければ死は確実です。しかし両親はその処置を断りました。未熟児は生まれて三十日目に、小児科医の手でモルヒネを注射され、短い生を終えたということです。

三例目は、二分脊椎と水頭症をもった三歳の男児です。これも、両親がドレナージを認めないので水頭症は悪化するばかりでした。その子供が腹痛を訴えたので、両親は安楽死を依頼する目的で、総合病院に入院させました。しかし患者を担当した看護婦が、安楽死に反対の意見を述べました。両親がどうしてもと言い張るのなら、自分がその患者を養子にしても構わないと思い、自分の夫と相談のうえ、その両親に申し出たのです。しかし両親はこれも拒絶します。結局は両親の主張と小児科医の意見が一致し、子供は点滴の中に致死剤を入れられて死途につきました。

わたしが耳を疑ったのは、そのあとの病院のやり方です。わたしにとって担当看護婦の行動は、賞讃《しょうさん》されこそすれ、批判される点は何もないと思うのですが、病院当局はその看護婦を呼んで、警告を発したのです。夫に対して患者の秘密を漏らしてしまったのは、看護婦として失格だというのです。その程度の秘密保持と生命の問題と、医療にとってどちらが大切なのか、わたしは反論したくなります。

第四例は、知的障害をもつ六歳の女児でした。彼女が偶然小児糖尿病を発症してしまったのです。インスリンの注射が不可欠なので、治療開始にあたって家庭医は両親に許可を求めました。ところがここでも両親はインスリン治療を拒否したのです。このあと何十年にもわたり、死ぬまでインスリン注射をしながら生きていかせるのは忍びない、というのが理由だったようです。家庭医もそうなると治療を開始できません。半年後、その患者は亡くなります。何ともやりきれない話です。

最後が老人の例でした。七十二歳の未亡人で、心筋梗塞《こうそく》の既往をもつ患者です。うっ血性心不全の治療として強心剤と利尿剤、それに抗血液凝固剤を服用していました。それらの三種の薬のおかげで、何とか日常のひとり暮らしができていたのです。買物にも行けるし、アパートの階段も二階まで、途中に休みを入れれば息切れもせずに上れました。

あるときそれまで彼女を治療していた家庭医が不慮の事故で亡くなり、代わりに若い医師が後任として担当になりました。ところがその医師が彼女に対して、そんなに苦しんでまで生きなくてもいいのでは、と助言をしたのです。彼女は、はたと思い至りました。そしてそれまで毎日欠かさずに飲んでいた薬をやめたのです。三日後に彼女は心不全で亡くなったということです。

生々しい実例を前にして、会場のあちこちに嘆息が広がりました。日本の実情とは確かに違います。しかし何かひとつボタンを掛け違うと日本も同じ状況になるのかもしれないと、大半の人が思ったはずです。

こうした考え方の背景にはキリスト教がある、と先生は続けました。神だけが無限で、人間の生命は所詮《しょせん》「有限」だとする思想です。その「有限」さのドライな割り切り方に、永劫《えいごう》の魂を信じる仏教徒の日本人は恐れおののくのではないか、と先生は補足しました。

真理はどちらの考え方に宿っているのだろうか。

先生は問いを発し、会場を深い沈黙に陥れたのです。

先生はその問いには答えず、困惑したわたしたちに対して、さらにいくつかの疑問を投げかけました。

ひとつは、安楽死が前提としている〈限定された生命予後〉という概念でした。生命が〈限定〉されていれば安楽死も容認されるというのです。しかし、この〈限定〉が数週間をさすのか、あるいは数ヵ月をいうのか、それとも数年を意味するのかは不明です。それぞれの置かれた立場によって、柔軟に解釈されるようになっていると考えていいのかもしれません。

もうひとつは同意能力の問題です。オランダにおける安楽死は、同意があってもなくても医師が決定できますが、それでも同意が優先されるのが当然でしょう。ところが痴《ち》呆《ほう》患者は果たして尊重されるべきものなのかどうか、先生は問いかけます。具体例で示した赤ん坊や幼い子供と同じように、その意志は考慮しなくていいのではないか。家族や医師が代わって決定してもいいのではないか——。少なくともオランダではそうだと、先生は言うのです。

三つめに先生が口にした言葉も、わたしの耳にははっきり残っています。現代社会では患者は消費者、つまり医療という商品を消費する〈医療消費者〉だというのです。それに対して医師や看護婦はサービス提供者です。そういう関係においては、サービスする側は消費者が望むものを提供しなければなりません。つまり消費者が自殺を希望したとき、サービス提供者は当然その希望に沿うべく振る舞わなければならない。――そんな時代に我々は立ち至っているのだ、と先生に呼びかけました。

会場は静まり返っていました。わたしは思わず腕時計を見ていました。一時間の講演ですから、残り時間はもう何分もありません。わたしは先生がどんな具合に話を閉じるのか、固唾《かたず》をのんで見守ったのです。

先生の最後の発言も刺激的でした。つまりありきたりの結論ではなく、大変挑発的だったのです。

現代は、従来の生命倫理の枠組《わくぐ》みが崩壊する危機に瀕《ひん》しているというのです。その枠組みとは何か。それは「人の命はすべて平等である」という命題です。年齢、性別、障害の有無、財産、人種、民族などによって人命は優劣をつけられないという見解です。しかし実際は、これが限りなく破られているのだと先生は指摘します。その理由の第一として先生は臓器移植をあげました。従来の死の判定ではまだ〈生きて〉いて、現代の脳死基準ではもう〈生きてはいない〉人間から心臓を取り出し、それをもっと予後の良い人間に与えるのが心臓移植です。第二が、今まで長々と述べてきた積極的な安楽死です。回復見込みのない昏睡《こんすい》患者から人工呼吸器をはずし、重度痴呆患者の鼻腔栄養を中止し、末期癌の患者に大量モルヒネを与え、先天異常をもって生まれた新生児にミルクをやらずに餓死させる行為がそれです。

それらの医療行為のどこに、〈人の命はすべて平等〉という原則が貫かれているのだろうか、と先生は声を大にしました。もともと仏教では、動植物の生命と人間の命にさしたる区別をつけない。ましてや人の命にも軽重がないと考える。しかしそんな思想は政治的なスローガンと同じく、絵に画いた餅《もち》だ。欺瞞《ぎまん》だ。実際には、動植物の命を踏みにじって人間の命が成り立っている。二枚舌を使うくらいならばいっそのこと、そんなスローガンはおろしてしまい、人の命には軽重がある、動物の命よりも人間の命のほうが価値があるのと全く同様に、人間の内部でも命の価値には差があると、考え直したらどうか。そのほうが現状に適合する。我々はただその現状から眼をそむけているだけだ、と先生は言い、まとめにはいりました。現在、国民医療費の総額は三十兆円で、その三分の一を七十歳以上の高齢者で使い切っている。しかも、死ぬ間際《まぎわ》の医療費が一番高くつく。世間ではQ・O・Lといって〈生活の質〉ばかりを取沙汰《ざた》しているが、同じように大切なのはQ・O・D、〈死の質《クオリティ・オブ・デス》〉ではないのか。九十歳の高齢者が肺炎にかかると、炭酸ガスが脳にたまって、本人は苦しくも何ともない。その肺炎を若者と同様に積極的に治療すべきだろうか。今は、いかに長生きするかより、どのように周囲に迷惑をかけずに粛々と死ぬかが問われている——それが先生の結びの言葉でした。

聴衆はしばらく拍手をするのさえ忘れていました。そのあと司会者が聴衆に質問を促し、我に返ったように、会場のあちこちで手が挙がったのです。そのなかでわたしが記憶している質問がいくつかあります。先生の話と同じように、それらの質問も頭のなかに刻み込まれて、もう一生忘れることがないと思うのです。

前の方に坐《すわ》っていた内科医だという、三十代半ばの男性の質問はこうでした。安楽死に対する患者の意志というのは、痴呆がない場合でも本当に信頼に足るものだろうか、というのです。例えば、「殺して下さい」「死にたいです」と患者はよく口にするけれども、額面通りに受け取ると大変な間違いをしでかすのではないか、という質問でした。

先生は全面的に同意する旨の回答をしました。「死ねたらいい」という科白《せりふ》は、はやり言葉と同じであり、当てにならない。「死にたい」と言うときは、背後にうつ病が隠されているかもしれない。「死にそうです」と訴えるのは心気症の可能性もあるというのです。

しかしオランダのように安楽死容認の歴史が長くなれば、国民の意識にその実態が浸透しているので、理性的な判断がより濃厚に加わるのではないか、という返答でした。つまり、患者はそんなにたやすく「死にたい」と口にしなくなるというのです。

元新聞記者だという七十歳くらいの男性の質問は、さらに社会的なものでした。

安楽死という言葉の裏には〈尊厳死〉の考え方があるはずで、尊厳死の概念がもち出されたのは一九二〇年のドイツだそうです。その考え方がナチスの台頭とともに大手を振ってひとり歩きを始め、第二次大戦開始前に、ドイツで二十七万五千人が、尊厳死に処せられたといいます。その対象となったのが、オランダで安楽死の対象になっているのと大差ない、いわゆる身体的・社会的弱者でした。オランダにおける安楽死の考え方は、ナチスの尊厳死と本質的には同じではないのか、とその元新聞記者は先生に意見を求めました。

あなたの懸念《けねん》はいわゆる〈なしくずし論理《スリッパリ・スロープ》〉への警戒感に相当する、と指摘したうえで、先生は、一部そうであるが、大部分は違うと答えました。ナチスの尊厳死では本人の意向は全く考慮されていなかったが、オランダでは患者の意志が勘案される。もちろんスライドにもあったように同意のない積極的安楽死は存在する。しかし医師に報告の義務があって社会的に透明性は保たれているし、何よりも社会の眼にさらされている。すべてが秘密裡《り》に処理されていたナチスの尊厳死と同列に論じることはできないというのです。質問した男性はまだ何か言い足りなさそうでしたが、司会者が次の質問者を指したので、諦《あきら》めたように見えました。

次に立ち上がったのは中年の女性でした。マイクを渡されてしゃべり出した当初は声が上ずっていましたが、そのうちしっかりした口調に変わりました。自分は障害児をもつ親なのだと、その人は言います。どんな障害児かは口にしなかったものの、話の内容からどうやらダウン症の子供のような印象を受けました。

障害をもって生まれてきた子供が水頭症や肺炎、脳内出血、あるいは糖尿病を合併したとき、オランダのように治療をされずに消極的な安楽死の方法がとられるようになれば、実際に障害児と共に生きている人たちの立場はどうなるのでしょうか。――それがその母親の質問の要点でした。

オランダでなくても現在の日本でも、とそのお母さんはマイクをしっかり握って続けました。「あんな子供がよく生きているわね」「よくもあんな子供を可愛《かわい》がれるわね」「あんな子、社会のお荷物ね」といった声が、親子で街を歩いていると、どこからか浴びせられるというのです。日本でさえその有様ですから、オランダであれば、障害児を眼にした一般市民が、「あんなの、早いとこ注射で眠らせたらいい」と排斥するに決まっています――。そのお母さんはそこで少し涙声になり、そんな社会が来るなんて、悲しくてなりません、と訴えたあと、深呼吸をして続けたのです。

障害をもつ人や病人が健常者からサービスを受けるばかりで、健常者の足を引っ張るのだと考えるのは間違いです。わたしも、初めて生んだ子供が先天性の障害児だと判《わか》ったときには、一緒に死のうかとも考えました。育児の過程でも、この子がいなかったらどんなに楽かと思ったものです。しかし、この子が不自由な言葉でわたしを呼び、曇りひとつない笑いを向けるようになったとき、ケアされているのは自分だと気づきました。夫もそう言いました。そしてこの気持は、この子の妹や弟にもひき継がれています。弱い立場の人たちに優しい眼を向ける長女や次男を眺めて、長男のおかげだとしみじみ思うのです。わたしたちが障害者や病人に対して施しているだけのものを、わたしたちもその人たちから施されているのです——。

お母さんのそんな発言を、先生は全身で聞き入り、時々小さく頷《うなず》いていました。このお母さんは先生に対して何か質問したわけではなかったので、先生は「おっしゃることはよく理解できます」と、答えたのみでした。

わたしも、本当にお母さんの言う通りだろうと思います。安楽死とは違いますが、最近流行し始めている遺伝子診断だって同じ危険性をもっています。遺伝的な疾患を胎児、いやそれどころか受精卵の段階で診断しておいて、クロと出れば出産を断念するのです。そうすれば先天的な疾患をもつ赤ん坊はこの世に生まれてきません。しかしそれが主流になると、〈幸いにも〉そうした診断を受けずに生まれ、育った子供はどういう扱いを世の中から受けるでしょうか、火を見るよりも明らかです。「この世の中にどうしてあのような人間がまだいるのだ?」と、冷たい視線が注がれるに決まっています。

そして、そういう人たちをケアすることによって、わたしたち自身もケアされる機会も、永久に失われてしまうのです。

そんな社会、わたしは考えてみるだけで嫌な気分になります。そんな社会になんか住むのは、こちらから断りたいくらいです。

それに、神様は、社会が「劣性」と決めつける遺伝子を、意味もなく自然界に送り出したのでしょうか。社会の傲慢《ごうまん》は必ずいつか手痛いしっぺ返しをくうのではないか。わたしはそんな風に思いました。

次に質問に立ったのは七十歳は過ぎたと思われる男性でした。わたしの斜め前に坐っていたので、耳に補聴器をつけているのが見えました。これは質問ではなく感想だと前置きをして、次のように言ったのです。

老人に対する安楽死がその国の財政を救うのだという風潮があると、無言の心理的圧力が老人に加わるのではないか。元気なときに安楽死を希望する旨《むね》の書面をきちんと書いておかないと、周囲から暗に非難されるのではないか。そういう状況は、別の意味での楢山節考《ならやまぶしこう》ではないだろうか――。つまり、すべての老人が、痴呆や重病になったとき、安楽死を望む書状によって処分されるようになるのではないか。書状をしたためておかなかった老人は、国家の財政を食いつぶす厄介者として、社会から白眼視されるのではないだろうか、とそのお年寄りは発言したのです。

そうだ、そうだ、と相槌《あいづち》を打つように周囲がざわめいたのは、その人の発言がどこかこの問題の核心をついていたからでしょう。

ざわめきがおさまって、その老紳士はまた発言を続けました。幸い日本にはまだ年寄りをいたわる風潮が残っている。しかしオランダのようになると、働かないで生きている年寄りは「役立たず」として扱われてしまう。私のように現役を退いて、四つもの病院にかかっている老人は、社会に迷惑をかけているのではないかと肩身が狭くなる。それにさっき話があったように、本人の同意がなくても安楽死が行われるようであれば、年寄りはおちおち病院に入院もできない。いつ殺されるか分からないから、入院しても、打たれる注射、飲まされる薬に対していつもびくびくしていなければならない。そんな社会が本当に文化的な先進国といえるのか。

そのお年寄りはそう言って着席しました。これも質問ではなかったので、司会者は特に先生に発言を促しませんでした。

最後の質問、と司会者が念をおして、運よく当てられたのは六十歳くらいの小柄な男性でした。自分はクリスチャンですが、と断り、穏やかな口調で続けたのです。

「生まれたばかりの赤ん坊や、まだ幼い子供たちは別として、八十年も九十年も生きたお年寄りが、その先までいつまでも生き続けるのは、果たして神の意志でしょうか。まして重篤《じゆうとく》な痴呆や末期癌《がん》、植物状態にある患者が、まだ生きさせてくれと神に頼む権利があるでしょうか」

それまでの流れが変わったように会場は静かになり、先生の反応に注目しました。

私はクリスチャンではありませんが、と先生は前置きして、自分も子供の安楽死と老齢者のそれとは区別するべきだと思っているし、あなたの言われた〈神〉を〈社会〉に置き換えて考えることもできる、と答えました。

さらにまた先ほどの質問にもあった遺伝子診断に関連して言えば、遺伝子には良い遺伝子も悪い遺伝子もないというのが、最先端の遺伝学者の見解でもある。さまざまな遺伝子が存在することこそが、〈良い〉遺伝子の状態なのであり、その多様性を狭めることはすべからく〈悪い〉のである。これこそ神の摂理ではないか。

先生は諭すように言い添えたのです。

予定時間は大幅に超過していました。司会者は質疑応答の終了を告げ、一段と大きな拍手が最後に起こりました。これまで安楽死というと、何かおとぎの国の話のような気がしていたのに、先生の講演でそうではなく、非常に身近な問題であることを知らされたのです。そういう感謝のこもった拍手だったと思います。

会場を出てからも、わたしの頭の中ではいろいろな考えが錯綜《さくそう》していました。それだけ先生の講演の内容が新鮮で強烈だった証拠でしょう。

バス停に立っている間、やはり同じように先生の講演を聞いた人たちがあれこれ話をしていました。講演の内容は難しかったが、ためになった、オランダのようになったらおしまいよね、という意見が大半でした。

バスに揺られながら、わたしはオランダ方式になれば、医療の現場も大きく変わらざるを得ないだろうなと思ったのです。例えばわたしたち看護婦の仕事ひとつとっても、高齢で安楽死の対象になっている患者が病棟にいた場合、観察がおろそかになる可能性があります。心不全があって心電図のモニターをつけている患者がいても、どうせいずれ安楽死になるのだと思えば、少々の波形の乱れが起こっても大騒ぎしないでしょう。呼吸に異常をきたしても、すぐに酸素を吸入させ、主治医を呼び寄せることもないかもしれません。

看護婦としての手技も鈍くなるような気がします。注射ひとつするにしても、安楽死の対象患者と思えば、消毒もおろそかになり、細心の注意を払わないかもしれません。傷口の手当て、褥創《じょくそう》の予防もおざなりにされるでしょう。まして、その患者にどういう既往があり、こういう処置は回避すべきだという、患者に関する記憶そのものも薄れていくはずです。つまり、看護行為全般に関して、何か麻痺《まひ》するのです。どうせ安楽死させられる患者だと分かれば、ベッドサイドに坐って、その患者と世間話をすることもなくなるでしょう。その人を知れば知るほど、安楽死による突然の別れが辛《つら》くなります。辛くならないためには、気持を通わせず、機械的に接するのが一番です。そしてそんなロボットのような看護をしているうちに、何かが麻痺して磨滅していきます。

バスの窓の外には曇り空が広がっていました。今にも雨が降り出しそうです。灰色の空に重なって、わたしが受け持っている病棟の患者さんひとりひとりの顔が浮かんできます。ほとんどが人生のゴール近くまで行きついたお年寄りばかりです。腰曲がりの浦さん八十三歳、赤パジャマの永井さん七十九歳、元近衛兵《このえへい》の相良さん八十七歳、五百円玉を呑《の》み込んでいる異食症の津島さん八十九歳、頭を洗ってもらうときに泣く入間さん九十歳、男好きで自分は二十三歳だと思っている長富さん八十四歳。――みんな大なり小なり痴呆があり、合併症もありますが、安楽死に相当するような人たちではありません。痴呆のない満洲《まんしゅう》帰りの吉岡さんや、耳が遠いだけのシベリア帰りの板東さんなんか、身体《からだ》は壮年みたいに頑丈です。あの人たちが、自然の死ではなく、人工的な死によってこの世を去らねばならないとしたら、何というむごたらしさだろうと思います。

講演の中で、先生は自分の考えを織り込みながら、医師側の視点からオランダの実情と問題点をなるべく客観的に伝えようとしました。会場からの質問に対しても、自分の考えを押しつけず、判断するのはあくまでもあなた方自身である、というように突き放す態度をとられました。でも人間として先生が臨床の場で安楽死をどう思い、どう対処されておられるのか、具体的にもっともっと訊《き》いてみたい気がするのです。

七夕

六月の下旬から降り始めた雨は一週間続いて、七月になってようやく晴れ間を見せました。雨の日は患者さんを外に連れ出すこともできないので、七夕の飾りつけの準備に時間を費やしていました。色とりどりの色紙で、西瓜《すいか》やぶどうを切り抜いたりしたのです。

笹《ささ》は二メートルもある高いのを、三田くんが三枚川の岸辺から切ってきてくれました。七月一日から飾りつけをして、三日にはようやくホール全体が七夕祭の雰囲気になりました。

おやつの時間には菊本さんのお店からケーキが届き、デイケアの患者さんも加わって、全員で七夕を祝います。祝うといっても、七夕の唄《うた》を歌うくらいで、わたしがまた歌係にさせられました。歌詞は紙に書いて白板に掲げています。

笹の葉さらさら　軒端《のきば》に揺れる

お星さまきらきら　金銀砂子

一番だけまずわたしが歌い、また同じ歌詞を繰り返します。オルガンなどありませんから、手で適当にリズムをとりながら声を出します。職員も一緒です。要領がつかめて、患者さんたちも次第に調子に乗ってきます。

五色の短冊《たんざく》　私が書いた
お星さまきらきら　空から見てる

二番も二回歌いました。みんなで手を叩《たた》き合い、そのあと、いよいよショートケーキを食べる時間です。モンブランとチーズケーキ、ストロベリーケーキ、チョコレートケーキと四種類ありますが、好みに合わせているわけではないので、自分の前に置かれたケーキを食べるしかありません。吉岡さんの横に坐った池辺さんは、チョコレートケーキを自分のストロベリーケーキと交換してやっています。この頃、何かにつけて池辺さんは吉岡さんの世話をやいているようですが、はたから見ていて嫌らしさは少しもありません。いつか室伏さんが、おむつをした長富さんの上に乗りかかっていたのとは大違いです。

その室伏さんは、この前のわたしの当直の朝、南の方に向かって手を合わせていました。何を祈っているのか尋ねると、息子に罰《ばち》が当たるように仏様に頼んでいるのだそうです。

「息子が老人ホームを見学に行こうと言うのでついてきたら、こげな所に押し込めてしまった。ほんに罰当たり息子」

室伏さんはまた合掌します。

前の晩の消灯後、看護助手の渡辺さんが巡回していたら、室伏さんがまだ起きていて、「酒はないだろうか」と訊いたそうです。ないと答えると寂しそうな顔をしました。渡辺さんはしばらく相手をしてやろうと思い、ぼそぼそと話をしたのです。話の成り行きで、「室伏社長には隠し子があるのでしょう?」と耳元で尋ねたといいます。

「うん、二人」

というのが室伏さんの返事だったそうです。真偽のほどは今もって判《わか》りません。

室伏さんの書いた七夕の短冊は、橙色《だいだいいろ》の色紙に〈花札〉とだけ記しています。花札をしたいのでしょうか。病棟に花札の備えつけはありません。考えてみると、将棋やトランプもなく、オセロだって置いていません。そういうゲームの類《たぐい》は、痴呆《ちほう》患者にはできないものと、わたしたちのほうで頭から決めてかかっているようです。

〈いいだんなさま〉と書いたのは長富さんです。自分が二十三歳だと思っているので、相手募集でしょう。吉岡さんは〈みんなで楽しく過ごしませう〉と乱れのない筆致で書いてくれました。わざわざ白い紙を選んだのも、万事控え目な吉岡さんらしくはありません。元校長の下野さんは筆ペンを手に持って、しばらく考えていました。失語症があるので、書字もすんなりとは出てこないのかもしれません。それでも何分かして二枚書いてくれました。紫色の短冊に〈いっけいに働きます〉、緑の短冊に〈一生ていに働きます、働きます〉。おそらく言いたいことは「一生懸命に働きます」、ということだったのでしょう。とても上手な字とは言えませんが、語句は下詰まりながらもちゃんと短冊におさまっています。

〈ちどりまんじゅうだべたい〉は、ケーキを貰《もら》っていないと騒ぎたてる加辺さんの短冊です。〈病気のよくなりますやうに〉〈はやくよくなるやうに〉と書いたのは、糖尿病の見元さんです。「はやく」という箇所を漢字で書こうとして、字画が分からず、途中から平仮名で代用しています。しこみつえから斬《き》られて足が悪いという芦辺さんも、〈足が歩けますやうに〉と、赤い短冊に書いています。

もちろん長寿を祈願している患者さんもいます。佐木さんが〈長生きしますやうに〉と書き、元近衛兵の相良さんも〈イツマデモナガイキスルヨウニ〉と書いています。佐木さんが八十四歳、相良さんは八十七歳で、痴呆以外の合併症はないので、願いは叶《かな》うはずです。佐木さんが他の患者さんの食べ残しまで口に入れようとするのも、長生きしたい意志のせいでしょう。

ところが、長生きをしたくない患者さんも少なからずいて、びっくりさせられます。サーモン好きの高倉さんは〈早く母の所へ行きたい〉、園地さんは〈一日も早くむかいにきて下さいおねがいします〉、神がかり的な新垣さんも〈ごくらくに行きたい〉と書いています。入浴の際、頭からお湯をかぶらされて泣く入間さんまでも、〈七日様　死す様　いツもお願いいたします〉と書いているのです。「七日様」は「七夕様」の間違いでしょう。「いツも」のところも初めは「いツま」と書いて間違いに気づき、訂正しています。「も」と「ま」は発音も似ていて、形も上半分はそっくりなので区別が難しいのに違いありません。

〈もう大熱です。早く召して下さい〉と書いたのは、人形抱きの松川さんです。キリスト教信者なのを初めて知りました。いつも人形を手放さないのは、キリストを抱いたマリア様の像を真似《まね》しているのかと思いましたが、考え過ぎかもしれません。「もう大熱」は「もう大変」の心づもりでしょう。

脳挫傷《ざしよう》の辻さんは文字など書けないかと思っていましたが、〈ステーキ〉とだけ、片仮名で書いてくれました。病棟で肉のステーキが出ることは稀《まれ》です。外泊のとき、出迎えの奥さんに伝えて、家で焼いてもらうしかありません。アルコール性痴呆の三須さんも、〈死ぬまで元気いた〉と書いてくれました。「元気いた」は「元気でいたい」のつもりでしょう。〈よめよ、あめの日もかぜの日もきてくれてありがとう〉というのは菊本さんの短冊です。本当にあのお嫁さんは週に二回は顔を出すので、わたしたちも感心します。近くまで配達に来ましたからと、いつもにこやかにはいってきて、菊本さんと二言三言話をして帰って行きます。

この間地蔵まいりをした柴木さんは、小さな字で〈家族みんなが幸せに暮らせますように〉と書きました。やはりお地蔵さんの頭巾《ずきん》と同じ赤い色紙を選んで、右端に寄せるようにちまちまと書いています。

このところ娘さんの面会が途絶えている園地さんは、もう一枚の短冊にも、震える手で〈私の行く所がほしい〉と書きました。この病棟にさえ自分の居場所はないと思っているのでしょうか。その横には、道慶さんが〈家に早くかへりたい〉と書きつけた短冊が下がっています。

色とりどりの短冊の飾りつけを眺めていると、笹の葉が白っぽく乾きかけているのは、みんなの願いを叶えるのに力を使い果たしたからのように思えてきます。

〈早くお迎えに来て欲しい〉と書いた患者さんも、それが本心ではないのをわたしたちはよく知っています。本当のところ、〈死ぬまで元気でいたい〉と書いた三須さんの短冊が、最もみんなの気持を代表しているのではないかと思います。死にたいのなら、おいしそうにケーキを食べるはずがありません。

ちょうど面会に来ていた佐木さんの娘さんが、短冊の中から母親の作品を見つけてわたしに近寄りました。

「母はまだ生きたいのでしょうか」

と小さい声で訊くのです。佐木さんは堂々たる書体で〈長生きしますやうに〉と書いていました。

「食欲が旺盛《おうせい》なのもそのためでしょう」

と答えるしかありません。

「もう八十四ですけどね」

娘さんは少しばかりあきれ顔をします。この娘さん、口は悪いですが、頻繁に見舞いに来ます。きっと内心では母親に長生きしてもらいたいのです。それでも短冊にあからさまにそう書かれると、途惑うのでしょう。

長生きといえば、元建築士の多賀さんの奥さんには職員が驚かされたことがあります。多賀さんは九十二歳の高齢で、痴呆がひどく、今度の短冊にも何か書いてもらおうかと思ったのですが、マジックペンを持たせると字か図形か判らぬ模様を描いたので、飾るのは諦《あきら》めました。その多賀さんは食事のあとなど、すうっと意識がなくなるときがあるのです。脳の血液循環が悪くなるのだと思いますが、慌《あわ》てて観察室のベッドに寝かせて血圧などを測っていると、意識が戻ってきます。

多賀さんは前の奥さんに死なれて、時々面会に来るのは七十歳くらいの二度目の奥さんです。和服を着て、元気な人です。そしてわたしたちに、「主人はどうですか。少しずつ弱っていますか」と訊くのです。

「今朝も意識をなくしかけましたが、すぐに元気になりました」

と答えると、奥さんはがっかりした顔をします。

あるとき、多賀さんが肺炎を起こしかけ、家族に連絡した際もその奥さんがタクシーで駆けつけました。内科の方に転棟させる旨《むね》を伝えると、奥さんは「そのままでいいです。もしものときの覚悟はできていますし」と言います。転棟は諦め、観察室で抗生物質など投与しているうちに熱は下がり、最後には回復しましたが、多賀さんが元気になるにつれて、奥さんのほうはげんなりした様子でした。

熱でうなされていたとき、多賀さんはしきりに、「キク、キク」と人の名を呼んでいました。てっきり奥さんの名前だろうと思ったのですが、主任さんはそうではないと首を振りました。病床日誌で確かめると、奥さんの名前はトシ子です。前の奥さんの名は記録にないので確認できませんが、多分、多賀さんは意識もうろうの状態で前妻を求めていたのでしょう。二度目の奥さんの態度を見ていると、その辺の事情が分かるような気がします。

その多賀さんも、田中さんの介助で、チーズケーキをきれいに食べ尽くしています。満足した様子で背筋を伸ばし、次は何が出てくるのかという心待ち顔です。

「それでは、今度はみなさんが自由に好きな唄を歌う番です」

わたしは声を張り上げて誘います。誰かが歌い出すまで、自分で何か歌うつもりでした。

「あんた、何か歌いなさいよ」

前のテーブルに腰かけていた加辺さんが、横に立っている娘さんに言いました。「あんた島倉千代子が好きじゃったろが」

「いやよ」

五十代半ばの娘さんは当惑して口ごもります。「お母さんのほうが上手でしょうが。ほら守実《もりざね》ががら」

加辺さんは大真面目《おおまじめ》な顔になり、何かを思い出すように眼を中空に据えます。

「お母さんはその唄は村一番と言われとったろうが」

娘さんが脇腹《わきばら》をつつきます。

「そんならちょっと歌ってみようかの」

思いがけないほどはっきりした口調で加辺さんは答えました。

「守実ががらというのは民謡ですか」

わたしは娘さんに訊きます。

「大分の山の中の民謡です。母が育った村の民謡で、わたしたちは小さいときからよく聞かされました」

娘さんの答えです。そんな民謡、今まで聞いたことはありませんが、民謡歌手でも知らない唄なのでしょう。わたしは手を叩いて、みんなの気をひきました。

「これから加辺さんが、古里の民謡を歌ってくれます。題名は守実がらがら。みなさん拍手で迎えて下さい」

一斉に拍手が起こり、それがやまないうちに加辺さんが歌い出します。

山の向こうにゃ何がある
あねさの生まれた村がある
村にはがらがら音のする
人食いおろちが住んどった
ホーイホッ　守実がらがら　ホーイホッ

陽気な節回しの歌で、背中におんぶした子供をあやす子守唄のようでもあります。加辺さんは大きく息を吸い、よどみなく声を張り上げます。

雲の行く手にゃ何がある
あねさが育った村がある
村にはがらがら舌を出す
真赤なおろちが住んどった
ホーイホッ　守実ががら　ホーイホッ

最後のはやしの部分が何とも奇妙で、普通の民謡とはいささか趣きが違います。背中の赤ん坊を脅すような響きも感じられるのです。加辺さんが調子をこめて歌うのを、娘さんは手で拍子を取りながら聞いています。

山の向こうにゃ何がある
あねさが出て来た村がある
村にはがらがら首を振る
子食いのおろちが住んどった
ホーイホッ　守実ががら　ホーイホッ

風の吹く日にゃ思い出せ
あねさが帰った村のこと
村でにがらがら泣きながら
子守おろちが呼んどった
ホーイホッ　守実がらがら　ホーイホッ
ホーイホッ　守実がらがら　ホーイホッ

加辺さんは口をすぼめて最後の掛け声を長く引き伸ばし、歌い終えました。みんな手を叩きます。単調な調べのなかに、どこか悲しげで不気味なところもある不思議な民謡です。少なくとも、民謡大会などで歌ってもあまり映えそうもありません。素人《しろうと》がひっそり歌うところに良さが出そうです。

「やっぱり子守唄ですか」

わたしは加辺さんに訊《き》きます。

「うん」

加辺さんは頷《うなず》いたきりです。

「母のいた村では、昔は十歳を過ぎると子守奉公に出されたそうです。嫁入り前の年齢になると村に戻ってきます」

娘さんが補足します。「たぶん、人減らしを兼ねての出稼ぎなんでしょう。母の頃には、もうその風習はなくなっていたはずですが、山奥ですから唄だけは残ったとです」

「守実というのが村の名前ですね」

「そうです。今はその村も近くに高速道路ができて、家が増えました。でも、この唄の歌える人はもう何人もいないでしょうね。娘のわたしでさえも歌えませんから」

「加辺さんは最後の歌い手なのですね」

主任さんが、加辺さんの顔を覗《のぞ》き込みながら言います。しかし加辺さんは答えません。あと何年かして加辺さんが亡《な》くなると、この唄も、歌われた世界も、永遠にこの世から消え去ってしまうのです。

いつか、もう一度機会をつくり、この耳でしっかりメロディーと歌詞を記憶してみたいと、わたしは思っています。そうやって覚えたあと、その守実という村を、いやもう今では町になっているかもしれませんが、訪ねてみたい気もします。

「城野さん、今夜は何か用事がある？」

七夕会を終えてひと休みしているとき、主任さんから訊かれました。特別な用事などあるはずがありません。

「七夕ですから、きっとデートですよ」

わたしが返事をする前に、田中さんがチャチャを入れます。

「残念でした。帰って食事して寝るだけです」

本当は就寝前にテレビを少し見て、文庫本を読むのです。

「だったら、今夜残ってくれないかしら。当直の佐藤さん、子供さんが熱を出して出勤が遅れるらしいの。城野さんがいてくれると、患者さんも喜ぶ。その代わり、超勤分は別の日に早退していいわ」

星が見えるくらいに晴れたら、屋上に患者さんを連れ出して、天の川を眺め、星まつりをしようと提案したのは、他ならぬ主任さんです。当直の二人の他にも、看護助手も二人居残るように勤務表を組んでいたのです。

「城野さんがいると、わたしたちも心強い」

鈴木さんまでが言います。これでわたしの超過勤務は決まったも同然です。

夕食が終わった頃から、屋上にござと折り畳み椅子《いす》を並べだしました。風もなく、花火をするとしたら絶好の天気です。もうあたりは暗くなりかけていて、屋上用の照明をつけておきました。

幸い発熱者もいません。全員エレベーターで屋上に上がりました。足腰の達者な患者さんはござの上に坐《すわ》らせ、膝《ひざ》の曲げにくい患者さんは車椅子を使います。勢揃《せいぞろ》いしたところで、屋上の明かりを消します。

改めて空を見上げるのも、本当に久しぶりです。南東の方角にギョウザの形の月が出ていて、天の川もその反対側にかすかに見えています。

「はいみなさん、これから城野さんが天の川にちなむ話をしてくれます」

突然、主任さんがわたしを指名しました。何の打ち合わせもなかったので、慌てたのはわたしです。天の川であれば、織姫と牽牛《けんぎゅう》の話しかありません。

患者さんの前に立つと、もうみんなが手を叩《たた》き始めます。耳が遠いので一番前に腰を下ろしている板東さんまでが、喜んで拍手しています。もうあとにはひけません。

むかしむかし、川に沿って広い農場がありました。畑や田んぼ、山に囲まれて、そこには大きな農家が建っていました。牛や馬、豚や山羊、にわとりも飼われていました。母屋《おもや》にはご主人一家が住み、その周囲の小屋には使用人たちが住んでいたのです。そのなかに、機織《はたお》りの上手な娘さんと、牛飼いの上手な青年がいました。

娘は十八、青年は十九歳でした。

もちろん口から出まかせの話です。その先どんな展開になるか分かりません。患者さんたちの顔と星空を交互に眺めながら、ゆっくりしゃべっていくうちに話の筋は思いつくような気がしました。

あるとき畑に牛を連れていく途中で、青年は家の中から機織りの音が聞こえてくるのに気づきました。牛を木につないで、そっと窓からのぞくと、美しい娘さんが一心に機を織っていたのです。色が白くて、髪が長く、本当にきれいな横顔でした。見とれていると、木につながれた牛がモオーッと鳴きました。その声で娘さんは窓の方を見、青年と眼が合ったのです。

ここまでくると、患者さんだけでなく職員までもがじっと耳を傾けています。主任さんはござの後ろの方に坐り、笑顔をわたしに向けています。

周囲がさらに暗くなり、今は天の川もはっきりと眼にはいります。

青年は畑に出かける前、昼休み、そして帰りがけにも、機織り小屋に立ち寄るようになりました。いきおい、畑で働く時間はだんだん少なくなっていきました。そんな青年の行いを主人の耳に入れたのは、機織り頭のおばさんでした。青年は、主人に呼ばれて、川向こうの畑で働くように命じられました。寝起きも川向こうの小屋でしなければなりません。そして、こちら岸に戻って来るのは一年に一回だけに制限されてしまいました。

その青年の悲しみといったらありませんでした。

わたしはそこでひと息入れ、患者さんの反応を確かめます。少し難聴の板東さんも、わたしの声は耳にはいるようで、にこにこしながら聞いています。孫娘のような年ごろのわたしから昔話をされるなど、自分でも不思議な感じがするのでしょう。横の椅子に坐っている大きな身体《からだ》の見元さんも、さてどうなるのかと話の続きを待っている印象です。キューピー人形を抱いた松川さんまでが、話の筋が分かるのか、人形の足をしゃぶるのを忘れてわたしの顔を見ています。

泣きやまない青年に、家の主人はやさしく言いかけたのです。「その代わり、お前たち二人は、このまま年を取らないようにしてやる。いつまでも二人は若いままだ。これならよかろう」

青年はびっくりしました。それができるなら、年に一回だけしか会えないのも我慢できるかもしれない、と思ったのです。

いよいよ川向こうの畑に移る日の朝、青年は機織り小屋に行き、娘さんに別れの言葉をかけました。「二人が一生懸命働けば、ちょうど一年後に再び会うことができる。ぼくはそれを楽しみにして、働くからね」と告げたのです。娘さんは青年をじっと見つめて、こっくりと頷きました。そのとき青年は、二人が年を取らないということは、口にしなかったのです。

それ以来、青年と娘さんは、川の両側に別れて暮らすことになりました。毎年七月七日になると、その川に舟が浮かべられ、青年は舟に乗って、機織り小屋に行くのです。二人の出会いはこうして、何千年も続いているのですが、年齢はいまもって十八と十九なのです。その青年の名前は牽牛星、またの名が彦星《ひこぼし》、娘さんの名は織姫星、そして、二人を一年間隔てている川が天の川なのです。

ほらみなさん、空を眺めて下さい。天の川が斜めに流れているのが見えるでしょう。その中程に、舟が一艘《そう》浮かんでいます。そしてこちら岸に立って、手を振っているのが織姫星です。

わたしはそう言って、天の川の方を仰ぎ見、見えない舟に向かって小さく手をあげました。背後で拍手がしましたが、振り向かずになおも天の川に手を振り続けます。すると全く唐突に胸の中が熱くなってきて涙が出そうになったのです。

織姫星は年に一度しか彦星に会えない。しかし必ず会える日はめぐり来ると思えばこそ、別れている間もずっと待っていられる。

わたしにも待っている人がいる。相手にはわたしの気持は伝わっていないかもしれないが、待っているうちに、いつかはきっと通じる――。わたしは、こみ上げる気持を抑えて振り返り、患者さんと向かい合いました。

「さてみなさん、ここで質問です」

努めて明るい声で言います。「あの彦星と織姫星のように、一年に一回しか会えない代わりに、いつまでも青年のままでいられるのがいいか。それとも一緒になってやっぱりわたしたちと同じように年取ったがいいのか。皆さんの考えはどちらでしょう?」

話し終えたあとで思いついた問いかけでした。

十秒もたたないうちに五、六本の手が挙がりました。前の方にいた佐木さんに答えてもらいます。

「そりゃ、ずっと若かほうがよか。長生きできるじゃろ」

短冊《たんざく》に〈長生きしたい〉と書きつけた佐木さんらしい答えです。

「一緒になっても、すぐ死ぬわけでもなかでっしょ」

浦さんが発言します。「寿命の分だけは生きられるとなら、好いた者同士一緒になったほうがよかに決まっとる」

そげんそげん、と後ろにいた何人かが同意します。

「しかし、長生きはしたかもんな」

手を挙げたままで、室伏さんがぼそっと言います。「誰も早死にしたか者はおらん」

この意見には芦辺さんが大きく頷きます。

「なるほど、意見が分かれましたね」

わたしは何か言いたそうにしている吉岡さんに眼をつけ、指名します。

「ずっと若かばかりで年取らんちいうのも、きつか話です。ましてや千年も二千年も生き続けて、たった年一回しか会えんのは、こりゃもう地獄と同じように、私には思えます」

吉岡さんが控え目に答えました。

「なるほど、いろんな考えがありますね。来年も彦星と織姫星に会えることを願い、わたしたちも長生きしましょう。これで終わり」

お辞儀をして、進行係の主任さんにバトンタッチします。

「彦星と織姫星に、城野さんが話してくれたような伝説があるとは知りませんでした。本当にありがとうございました」

主任さんはわたしが口から出まかせにしゃべったことを知りながら、誉《ほ》めてくれました。

実のところ、お年寄りに向かってわたしなんかが昔話をするなんて、おこがましいのです。いい加減な作り話にみんなが耳を傾けてくれたことに、感謝したいのはわたしなのです。

屋上は暑くも寒くもなく、患者さんたちも心地良さそうでした。頭上を見やると、プラネタリウムの中にいるように、星がすぐ近くまで迫ってきています。

「さあ次は、いよいよ花火大会です」

主任さんの合図で、藤田さんが筒型の花火をさし出します。田中さんがピストル型の点火器に花火の先端を近づけます。

小さな筒から、火の玉が音をたてて飛び出します。ひとつ、ふたつ、みっつ、とみんなで数え始めます。十メートルくらい飛ぶのもあれば、五メートルあたりで消えるのもあります。やっつ、で終わりです。消えた花火は、水を張ったバケツに捨てます。

二本目は吉岡さんが花火を持たされ、同じ要領で筒を斜めに構えます。火の玉が噴き出すと同時に、またみんなで、ひとぉつ、ふたぁつ、みっつ、と大合唱です。やっぱり全部で八発でした。吉岡さんはにこにこ顔で席に戻りました。

誘導もしないのに前に出てきたのは脳挫《ざ》傷《しょう》の辻さんです。手を叩きながら自分もやりたいという表情です。花火は男性のほうが興味をもつのかもしれません。もう八連発はないので、細い筒型の花火を渡します。先端をみんなのいる方に向けるので、「あっち向き、あっち向き」と非難の声が上がります。すると辻さんはどう思ったのか、火のついていない花火をみんなの頭の上でぐるぐる回し始めます。

わたしが辻さんの身体を逆の方に向け直します。右腕も支えて、聖火台の前の走者のように、斜め前に突き出させます。そこへ田中さんが点火です。シュルシュルと音がし、火花のシャワーが噴き出します。あたりが明るくなり、辻さんも歯を見せて笑います。ところが、十秒もすると勢いをなくし、パタッと消えてしまいました。辻さんは筒の中味を出そうとして回転させますが、もう火薬は残っていません。別な一本を持たせてやります。

アルコール痴呆《ちほう》の三須さんもござの上から立ち上がります。

二人一緒に点火です。棒の先にソーセージのように火薬が塗られています。今度は向かい合わせて、くっつけた先端に一度に火をつけます。

「きれいか」

真赤な色の花火に、みんなが歓声を上げます。赤い色は途中で金色に変わりました。金色が二十秒ほど続いて、そのあと赤に戻り、しばらくして消えました。小さい割になかなか豪華な花火です。辻さんも三須さんも満足したように次の人に代わります。後ろに控えていた元近衛兵《このえへい》の相良さんと菊本さんが、紐《ひも》のついた花火を受け取ります。腕を水平に伸ばして、垂れ下がったところに点火です。横の方に火花が散る変わり種で、はじけるたびにパッパッと音がします。これも美しい花火です。

「きれいか」

前の方にいた松川さんが目を細めます。

同時に火をつけたのに、菊本さんのほうが先に終了してしまいます。菊本さんは気にかける風もなく、相良さんの花火を最後まで見つめていました。

一本一本火をつけるのは大変とみて、用意したろうそくを田中さんがびんに立てかけ、それをバケツの中に入れて持って来ました。バケツの中に花火を突っ込んで火をつければいいのです。

「面白かのう」

そう言って、持っていた花火をぐるぐる回し始めたのは室伏さんです。餓鬼大将の頃を思い出してか、自分に火の粉が降りかかるのも構わず、腕を回します。その向かい側に立っていた元校長の下野さんは、危ないことは駄目だというように室伏さんの方を睨《にら》みつけ、自分は精一杯腕を伸ばした姿勢を保っているのです。回る花火と静止した花火を喜んだのは長富さんで、次は自分の番と思ったのか、室伏さんの後に並びます。

「あたしゃ、線香花火が良か」

と注文をつけたのは、腰の曲がった浦さんでした。少し大きめの線香花火が、束にしてまとめられていました。浦さんと高倉さんに一本ずつ渡します。浦さんはしっかりした手つきですが、高倉さんの手元は震えるので、田中さんが助けてやります。

浦さんの曲がった腰は、線香花火を手に持つにはもってこいです。じっと突っ立っている高倉さんの姿勢では風情《ふぜい》がありません。シャッシャッと音をたて、金色の線と雪の結晶のような火花が散ります。「こりゃ大したもん」と、浦さんは目を細めます。

高倉さんの花火も先端が丸くなり、浦さんのと同様、金色の光をまき散らします。光るたびに、浦さんと高倉さんの顔も黄金色に照らし出されます。

高倉さんの火の玉は手の震えで、燃え切らないまま落下しましたが、浦さんのほうは丸い火玉から雪の結晶を吐き続けます。浦さんの顔はまるで少女のようです。高倉さんまでが、火の消えた花火を手にして、浦さんの花火に見とれています。

「ほら高倉さん、終わりましたよ」

高倉さんが消えた芯《しん》をいつまでも握りしめているので、主任さんが注意します。

「美しかですね。昔よりも線香花火の勢いが良かね」

目をきらきら光らせて浦さんが言います。

「もう一本どうですか」

「いや、他の人たちにもしてもらわにゃ、ほら、あなたしませんか」

浦さんは柴木さんをござから立たせます。

今度は柴木さんと吉岡さんです。吉岡さんは柴木さんの花火を取って火をつけてやってから、そっと手渡します。それからおもむろに自分の花火に点火します。無口な柴木さんに、これも無口な吉岡さんが気を遣っているところは、どこか小学生の男の子と女の子のようです。二つの花火は黄金色の線を見事に吐き出し始めます。しかし間もなく、柴木さんのほうの花火が先端の玉を落下させます。吉岡さんは慌《あわ》てずに、自分の花火をそっと柴木さんに持たせます。玉は落ちずに、じりじりと燃えながら、光を吐き続けます。小さくなった赤い玉はまだ消えません。断続的にパッパッと光が散ります。まだ燃え尽きてはいないぞ、と主張しているかのようです。やがて光る間隔が長くなり、ちょうど死ぬ間際《まぎわ》の呼吸のように、光の線が間遠になり、縮んだ玉は赤黒くなって、ぽとりと落ちました。

「これは長かったですね」

吉岡さんが柴木さんを誉めてやります。柴木さんは満足気に一礼してまたござの上に戻りました。

「はい最後は打ち上げ花火ですよー」

患者さん全員が線香花火をし終えたとき、主任さんが言いました。ロケット花火を五本最後に残していたのです。

「はい点火係は城野さん」

主任さんは勝手に命令しますが、わたしはロケット花火なんか扱ったことはありません。

「病院の方に向けてもいいのですか」

おずおずと訊《き》きます。屋上からは、ちょうど下の方に内科病棟の屋根が見えます。藤田さんが牛乳びんを用意していました。これなら、ロケットが水平に飛ぶ心配はなさそうです。

みんなから離れた所に牛乳びんを置き、病院の方に少し傾くように花火を入れます。振り返ると、頭を低くして近づき、点火器で導火線に火をつけ、一目散に走り出します。失敗かなと思うまだロケットは飛んでいません。導火線のあたりが光っているだけです。

ったとき、ブルンと音を立て、花火が飛び上がり、火を噴きながら病院の方に飛んで行き、中空で爆発しました。

「成功!」

みんなが手を叩《たた》きます。辻さんが立ち上がって喜んでいます。

「次からは辻さんが点火係」

わたしは辻さんの手を引っ張って牛乳びんに近寄り、点火器も辻さんに持たせます。ピストルの引金を引かせて、いよいよ点火です。一発目はほぼ垂直に上がり、遥《はる》か上方で大きな音とともにはじけました。

残り三本も辻さんが点火役でしたが、火をつけたあとの逃げ足は、最後には辻さんのほうが速くなっていました。

おてもやん

前の晩よく眠れずに追加の睡眠薬を飲ませたと報告のあった佐木さんが、うんうん唸《うな》り出したのは朝の申し送りが終わったあとでした。

八号室に行くと、佐木さんはベッドの上で苦しんでいます。

「腹がふくれとる」

佐木さんは腹を撫《な》でながら訴えます。「三月に襲われて、あやまちの子ができた」

わたしは耳を疑って、もう一度訊き返しました。

「間違いなか、おろしてくれ」

はっきりした声で答えます。

「分かりました。その前によく診察しないといけません」

こんな場合一番心配なのは、腸管が閉塞《へいそく》してしまうイレウスです。特に佐木さんのようにイレウスの既往がある患者さんはなおさらです。聴診器を腹部に当てると、やや高めの腸雑音がしていて、イレウスではなく、単なる便秘のようです。詰所に戻り、病床日誌で排便状態を確認します。下剤は飲んでいますが、三日間排便はありません。便秘四日目には適宜浣腸《かんちょう》の指示が出ています。

「じゃ、おろしますよ」

わたしは八号室に戻って佐木さんに伝えます。

「あんた、おろせるとか」

「大丈夫です」

わたしは大真面目《おおまじめ》に答え、佐木さんの腰の下におむつをあてがいます。

「佐木さん、向こうむいて下さい。そしてお尻《しり》も出してくださいね」

「何ね、麻酔はかけんとね」

「麻酔はかけなくてよさそうですよ」そう言いながら、浣腸の先端を肛門《こうもん》に押し込みます。「いいですか、このままじっとしておくのですよ。すぐ終わりますから、気持が悪くなっても動いてはいけません」

おむつカバーでぴったり覆《おお》ったあと、佐木さんの気をそらすためにいろいろ話しかけます。今日は午後から小学生たちが訪問してくる予定です。病棟ができて間もなく、近くの三枚川小学校との交流が始まりました。小学校には、地域のお年寄りを訪問するボランティアのクラブがあるようです。

四月でしたか、先生に連れられて五人の小学生がやって来ました。四十人分の手紙を用意してきており、それぞれが患者さんの前で自分の手紙を読み上げました。残りの手紙は患者さんたちに分配しました。

佐木さんがもらったのは二年生の男の子が書いた手紙でした。わたしが読んできかせると、佐木さんは涙を流したのです。別にたいした内容でもなく、『おばあちゃんへ、ぼくは二ねん一くみの××といいます。ぼくのけってんは、友だちがつくれないこと、それからさんすうはすきですが、たいいくがにがてです。ぼくもがんばってたいいくをすきになりますから、おばあちゃんもがんばってください。さようなら』というような文面でした。便箋《びんせん》の下方に、自分の似顔絵なのか、眼鏡をかけた子供の顔の絵が描かれていました。佐木さんには子供が三人いて、孫やひ孫もいるはずですが、面会に来るのは長女だけで、小さな子供さんが病院に姿を見せたことはありません。そんな孫やひ孫を手紙の主の小学生と重ねて考えたのでしょう。

手紙には各自返事を書くようにしましたが、字がちゃんと書ける患者さんと書けない患者さんがいます。佐木さんもひどくためらっていました。結局、何人かは職員が代筆し、佐木さんもそのひとりでした。『お手紙ありがとう。たいいくがにがてなら、ラジオたいそうがいいです。しっかりべんきょうして、りっぱな人になってください。おばあちゃんも元気でがんばります。こんどは、あいに来てください。佐木タエ』という文面でした。ラジオ体操を勧めたのは佐木さん自身です。自分ではあまりラジオ体操をしないくせにと、わたしは苦笑したものです。

そのあと、今度は学芸会への招待状が届いたのです。まさか患者さん全部を行かせるわけにはいかず、おむつなしで、失禁の心配のない患者さんを五名選び、職員も二名付き添って行きました。その人選から佐木さんは漏れてしまったのですが、少々変な言動をする患者さんでも、連れて行ってやったほうが良かったかもしれません。子供好きな患者であれば、にこにこ顔になり、奇妙な言動は影をひそめるものです。付き添った井上さんによると、学芸会は唄《うた》も踊りも劇もあって、それは面白かったそうです。日頃からテレビで演芸ものを見慣れているせいか、子供たちは舞台の上でも伸び伸びしていたとびっくりしていました。そのときの患者代表は吉岡さんで、帰り際、先生たちにきちんとお礼を述べたとも聞きました。

元校長の下野さんは居残り組でした。学芸会を見せるのは酷ではないかと、主任さんが最終判断をしたのです。確かに下野さんは、子供たちが病棟にはいってくると目の色が変わります。近寄って、何かと世話をやこうとするのですが、残念ながら言葉が出ません。恐《こわ》いけれどもじっと我慢している子供の前で、下野さんは精一杯の笑顔を見せるのです。この前わたしが当直をした夜、下野さんが起きてホールに出、何やら椅子《いす》を並べていました。わたしはすぐピンときて、鈴木さんを呼び、下野さんを真中にして椅子に坐《すわ》りました。「はい先生、撮影は終わりました。締めの挨拶《あいさつ》、お願いします」と下野さんに言ったのです。下野さんは起立してモゴモゴと口ごもり、最後に「……た」と結び、満足気に部屋に帰って行きました。

「さあ佐木さん、もう我慢しなくていいです。思い切り力を入れて、お腹《なか》のものを出して下さい」

やがて便の臭《にお》いがし始めます。おむつをはずしてみましたが、少量の粘稠便《ねんちゅうべん》しか出ていません。

「まだですよ」

わたしは言いながら、プラスチック手袋をはめて、肛門に人差指をさし込み摘便を試みます。指先に硬便が触れました。

「赤ちゃんが出かかっていますよ。はい力んで」

左手で下腹部をマッサージしていると便が下がってきました。それをかき出し、もう一度力ませます。すると、腸に溜《た》まっていた便がどっと噴き出します。部屋一杯に臭いが広がりますが、他の患者さんはホールに誘導したあとなので実害は出ません。

未消化物はありません。三、四日分の量です。

「すっきりしたごつはある」

「ちゃんと出ましたよ」

「そうかすまんな」

「後始末をちゃんとしないと駄目ですからね」

佐木さんのお尻をきれいに拭《ふ》き上げて、シャワーに誘います。

「いや、風呂《ふろ》にははいらん」

「お風呂ではなくて、シャワーです。汚れた身体《からだ》をきれいにしましょう」

「そうかのう。下《しも》の方が汚れているじゃろな」

その気になって佐木さんはやっと立ち上がります。

「子供おろしたあとは、風呂にはいっちゃいかん」

浴室の前で佐木さんが言います。「シャワーなら良かろ」

温水シャワーを佐木さんの身体にかけてやります。なめし皮のようにたるんではいますが、白くてきれいな肌です。便のついた下半身には石けんをつけて入念に洗います。

「これですっきりした。ほんに世話をかけたのう」

新しい下着と服を着せていると、佐木さんが言いました。

「間もなく小学校の生徒さんたちが来ますよ。いつか手紙をもらったでしょう」

「そうじゃったかの」

佐木さんは首を捻《ひね》ります。手紙のやりとりは忘れてしまっているようです。

佐木さんのベッドの周囲に脱臭スプレーをかけ、窓とドアを開けます。

ホールには患者さんが勢揃《せいぞろ》いしていました。排尿誘導も終わって準備万端整っているといった感じです。

「来たわよ」

窓から坂道を眺めていた井上さんが叫びます。小学生たちはいつも学校から歩いて来るのです。子供の足で三十分はかかるのですが、遠足も兼ねているのでしょう。

四十歳くらいの太った女の先生を先頭に、十人ほどがきょろきょろあたりを見回しながらついて来ます。背の高さからして同じ学年ではなく、四、五、六年生といったところでしょうか。遠足のつもりといっても、目的地は病院なので、子供たちの顔はどこか緊張しています。ガラス越しに眼が合ったとき手を振ると、女の子が立ち止まり、手を挙げます。つられて何人かが手を振り、やっと子供らしい笑顔になりました。

「さあもうすぐやって来ますよ」

主任さんが言い残して、下の玄関口まで階段を降りて行きます。わたしたちは入口で迎える準備です。並んで待ちます。

エレベーターから子供たちがぞろぞろ降りて来ます。乗り切れなかった男の子たちは、階段のところから息せき切って姿を現しました。みんな持参のスリッパをはいています。マンガの絵柄がついた可愛《かわい》らしいスリッパです。

「こんにちは。よく来たわね」

ドアを開けて迎え入れると、テーブルについた患者さんたちが一斉に手を叩《たた》きます。嬉《うれ》しくてもう涙を流している患者さんもいます。さっきまで浣腸騒ぎで大変だった佐木さんも、泣きながら拍手です。

子供たちはみんなで十人、ちょうど男女五人ずつです。花の活《い》けてあるテーブルを背にして、十人が並び、一番背の高い男の子が挨拶《あいさつ》をしました。

「おじいちゃん、おばあちゃん、こんにちは。ぼくたちは三枚川小学校の生徒です。ぼくは六年二組の鶴崎《つるさき》守です」

何回も練習したのに違いありません。大きな声ですらすらと言い終えました。それだけで患者さんはさらに喜び、拍手します。まるで有名なテレビタレントがやって来たような感激ぶりです。

「去年、おじいちゃん、おばあちゃんからいただいたチューリップの球根は、学校の花壇で立派に咲きました。今日は、そのお礼で来ました。おじいちゃん、おばあちゃん、どうかこれからもお元気で長生きして下さい」

語尾を高らかに言って、守くんはぴょこんと頭を下げます。盛んな拍手で、佐木さんは涙をぬぐい、その横で浦さんも涙ぐんでいます。デイケアの患者さんの中には池辺さんもいて、身を乗り出して子供たちの顔に見入っています。

「わたしは六年一組の菊田由花です」

守くんの横にいた長い髪の女の子が一歩前に出て、ポシェットから紙を取り出します。

「わたしはおじいちゃん、おばあちゃんたちに手紙を書いたので、読みます」

はっきりした可愛い声です。患者さんの眼は由花ちゃんが広げた便箋に一斉に注がれます。

「わたしが、おじいちゃんやおばあちゃんのいる病院に初めて来たのは、五年生のときでした。病院はあまり好きではありませんでした。どきどきしながら、坂道をあがってきて建物の中にはいったとき、口の中がからからになっていました。先生のうしろについて広い部屋にはいりました。広いのでここは病院ではないなと思いました。そして、おじいちゃんやおばあちゃんがたくさんおられるのでびっくりしました。こんなに多くのおじいちゃん、おばあちゃんを見たのは初めてでした。わたしには八十八歳になるひいおばあちゃんがいます。わたしのお母さんのおばあちゃんで、鹿児島に住んでいますが、会うのは一年に一回しかありません。わたしが行くと喜んで、名前をききます。教えてやるとそうかそうかと言いますが、次の年に行くと忘れています。それでもわたしはひいおばあちゃんが好きです。

おじいちゃん、おばあちゃん、昨年はチューリップの球根、ありがとうございました。十一月に植えて、二月に芽が出て、四月に咲きはじめ、わたしたちが六年生になったとき花が散りました。みんなでチューリップの絵をかきました。

おじいちゃん、おばあちゃん、これからも病気をしないで、長生きしてください。おわり」

由花ちゃんもぴょこんとお辞儀をし、一歩あとに下がります。先生は少し離れた場所に立っていて、にこにこ顔のままです。すべて生徒たちに任せきっている様子がうかがわれます。

「ぼくは五年生の藤高省吾《しょうご》です」

三番目の生徒が大きな声を張り上げます。どんぐり目をしていて、ひょうきんな感じがします。

「ぼくの家は、お父さんとお母さん、妹の四人です。お父さんが行って来いというので来ました。おわり」

患者さんはもう泣く代わりに、頬がゆるみっ放しになり、笑う人さえいます。そうやって生徒のひとりひとりが、自分のクラスと名前を言い、好きな食べ物や得意な学科などをしゃべってくれます。

十人目の女の子はフランス人形のように愛くるしく、頬がほんのりとピンク色です。

「四年二組のアガタレイです」

と、鈴を振るような声で言いました。「アガタは福岡県の県で、レイはうるわしいと書きます」

わたしは頭のなかで漢字を思い浮かべ、いい名前だなと思います。みんなも感心して頷《うなず》きます。一度聞いたら忘れない名前です。

「わたしはこれからも、五年生、六年生になってもここに来たいと思います。そして大きくなったら看護婦さんになります」

わたしたちも大喜びで手を叩きました。

ひと通り自己紹介が終わったので、また最初の六年生、守くんが出てきて、手紙の束を主任さんに渡します。五十通はあるので、入院患者さんのひとりひとり、余ったのはデイケアの患者さんに配付できそうです。

「それではわたしたちの演奏と唄を聞いて下さい」

由花ちゃんが言いました。

十人はそれぞれソプラノ・リコーダーを持って来ていて、合奏が始まります。

最初の曲は〈チューリップ〉です。

ところどころ何人かの音程がはずれますが、全体としてはなかなかの出来で、練習のほどがうかがわれます。二回目の演奏になると男の子だけが演奏し、女の子が歌います。三回目は逆に男の子が歌うのです。患者さんたちも手拍子で加わりました。

二曲目は〈うみ〉です。海は広いな大きいな、月が昇るし日が沈む——。これは演奏だけです。

三曲目は〈雨ふり〉で、演奏も次第に上手になっていきます。雨雨降れ降れ、母さんが蛇の目でお迎え嬉しいな。ピッチピッチチャップチャップランランラン。これも男の子と女の子で交互に歌ってくれました。

四曲目も期待しましたが、レパートリーはその三曲だけのようでした。手を叩いていると、主任さんが声をかけました。

「城野さん、みんなでチューリップを歌いましょうか」

チューリップの唄なら、歌詞も紙に書いたのがあります。田中さんが気を利《き》かせて、白板に掲げました。

「それでは、小学生の皆さんの伴奏で、チューリップを歌います。昨年、わたしたちが贈った球根が育って、小学校の花壇に咲いたそうです。いろんな色のチューリップが咲いている様子を思い浮かべて、大きな声で歌いましょう」

わたしは守くんと相談してまず最初の四小節だけ演奏してもらい、そのあとまた最初の小節に戻って歌い出すようにしました。

咲いた咲いた　チューリップの花が
並んだ並んだ　赤白黄色
どの花みてもきれいだな

歌っていると辻さんが席を立って、わたしの横で手を叩きます。もうワンコーラス歌ってもよさそうです。守くんも心得顔で、指揮者のように他の演奏者に合図を出します。今度は下野さんまでが前に出てきました。言葉が出ないのに、何とか口真似《くちまね》だけはして、嬉しそうな表情です。

とうとう四回目も同じ文句を繰り返すはめになり、演奏を終えました。

下野さんが、よくやったというように一番端の麗ちゃんの頭を撫《な》でてやっています。

「みなさん、本当にありがとうございました。今度はおじいちゃん、おばあちゃんの代表で、池辺のおばあちゃんが、踊りをみせます」

主任さんがデイケア担当の藤田さんに目配せをしました。テーブルの上にラジカセが用意されていて、藤田さんがスイッチを押します。流れてきたのは、民謡の〈おてもやん〉です。

次の瞬間、ホールの中にいた全員が啞然《あぜん》となりました。

水槽《すいそう》の陰から小柄な娘さんが飛び出して来たからです。手ぬぐいをかぶり、久留米絣《くるめがすり》を着て、白足袋をはいています。

それが池辺さんだと分かって、わたしたちは二度びっくりです。真白のお化粧をして、ピンクの頰紅をさし、真赤な唇で手ぬぐいの端をくわえて、顔の半分は隠れていますが、切れ長の目と細い身体つきは、やはり池辺さんです。みんながチューリップの唄《うた》に夢中になっている間に、デイケア室で着替えをしたのでしょう。それにしても池辺さんの身のこなしが、こんなにも機敏だったとは信じられません。

おてもやん
あんたこの頃
嫁入りしたではないかいな

軽快な音楽に合わせて、池辺さんは踊ります。腰を少しかがめ、白足袋の足を後ろに跳ね上げるところなどは、十六、七の娘らしい初々《ういうい》しさです。池辺さんは確か八十二歳ですから、六十五歳も若返っての踊りです。手ぬぐいで半分隠した顔をかしげて横を向き、またうつむけて恥ずかしそうにします。

嫁入りしたこつぁ
したばってん
御亭どんがぐじゃっぺだるけん
まあだ盃《さかずき》ぁせんだった

池辺さんはくるりと右に回り、また左に回って、喜びと恥じらいを表現します。久留米絣の下からのぞく緋色《ひいろ》の腰巻が鮮やかです。折り畳み椅子《いす》に坐《すわ》っている小学生の十人も半ば呆気《あっけ》にとられた表情で、目の前の可愛らしい踊りに見入っています。一番びっくりしているのは引率の先生です。それまではすべてを生徒に任せて、出しゃばらないようにしていたのですが、今は生徒たちのすぐ後ろに立って食い入るように眺めています。

村役　とび役　肝入りどん
あん人たちのおらすけんで
あとはどうなと　きゃあなろたい
川端まっつぁん　きゃあめぐろ

踊りの動きはすばしっこいのに、池辺さんの息はちっとも上がっていません。手馴《てな》れた動きからして、いかにも場数を踏んでいる感じがします。

春日《かすが》ぼうぶらどんたちゃ
尻《しり》ひっぱって　花盛り　花盛り

ちーちく　ちーちく　ひばりの子
げんぱくなすびの　いがいがどん
ひとつ山越え　もひとつ山越え
あの山越えて
わたしゃ　あんたに惚《ほ》れとるばい
惚れとるばってん言われんたい
おいおい彼岸も近まれば
若もん衆も寄らんすけん
熊本《くまんどん》の夜じょもん詣《みや》りに
ゆるゆる話もきゃあしゅうたい
男ぶりには惚れんばな
煙草《たばこ》入《い》れの銀金具が
それがそもそも因縁たい
アカチャカベッチャカ　チャカチャカチャ

それまで姉さんかぶりをしていた手ぬぐいを、はらりと取ります。白いおしろいに頬紅が美しい顔があらわになります。左足と右足を交互に外に跳ねて、人差指で頬を突いて考える仕草が何とも可憐《かれん》です。

カセットの音楽が終わると同時に、池辺さんはちょこんと頭を下げ、さっと引き上げて行きます。入口のドアは藤田さんが開けていて、池辺さんはそのままデイケアの部屋に消えました。

大変な拍手です。なかなか鳴り止《や》みません。藤田さんが呼びに行き、池辺さんはほんの短時間、入口でカーテンコールをしました。

「生徒さんたちの演奏と、池辺さんの踊り、本当に楽しいものでした」

主任さんが拍手を鎮《しず》めながら言います。

池辺さんが洋服に着替えて戻って来たのは、生徒たちがひとりずつテーブルについて、患者さんと話をしているときでした。わたしは池辺さんに改めて拍手をし、椅子を勧めます。

「素敵でしたよ」

「お粗末でした」

池辺さんはあくまでも控え目です。隣の席から、吉岡さんが感心した面持で話しかけました。

「おてもやんの実物の踊りは、五十年ぶりですよ」

「あなたは熊本の出身でしたか」

池辺さんが尋ねます。

「いえ出身はこちらですが、満洲《まんしゅう》にいたとき、熊本出身の兵隊が三人いて、踊ってくれました」

吉岡さんは記憶をたぐるような目付きになります。「私は軍医の当番兵でしたが、病院全体がソ連軍に収容され、あっちこっち移動させられました。病人も医者も看護婦も兵隊もみんな一緒くたにです。薬もなければ、食べ物もない。重症の患者は死んで行きました。そんななかで、演芸会はよく開いたものです。歌って踊るのには金も物もいりませんから。やる気さえあればいいのですよ。不思議なもので、唄や踊りを見聞きしていると、痛さやひもじさも忘れるものです」

同じテーブルの向かい側、わたしの横には麗ちゃんも坐っていて、じっと吉岡さんの話に聞き入っています。キューピー人形をあやしている松川さんだけが、目を宙に向け、口の中で何かぶつぶつ唱えています。

「踊りで一番評判の良かったのが、八木節とおてもやんです。八木節は本当に名人級の兵隊がいて、最後のほうには八木節研究会ができて、何人も弟子が集まりました。しかしやっぱり男の踊りですから、華やかさではおてもやんにかないません。こっちのほうは、踊りなんかしたことのないズブの素人《しろうと》集団でしたが、小さい頃から見ていたのでし

ゃん坊から口紅と着物を借りて、派手にめかし込んで舞台に上がると、もうやんやの喝采《かっさい》でした。演芸会に女性が出るのは禁止されていたのです。風紀上の問題からでしょうかね。ですから女装が大人気でした。

三人の兵隊は身体《からだ》の大きさも三人三様で、踊りも自己流でばらばら。それでも、故郷の踊りです。それぞれに味がありました。ソ連の将校も何人か来て見ていましたが、少しは分かるのでしょうね、笑っていました」

吉岡さんは池辺さんの方を向いてにこりとします。「妙なもんですな。今までそのことは一回も思い出したことはなかったとですよ。あなたの踊りば見て、ふーっと昔のことが頭に浮かんだとです」

「わたしのは、ほんのにわか仕込みですから――」

「いいえ、あれだけ激しい動きをして平気でしょう。年季がはいっている証拠です」

わたしが言うと、池辺さんは否定はしません。

「稽古《けいこ》というても、ときどき頼まれて踊るくらいです。老人大学とか町内会とか。おだてられると、どこにでも出かけます」

池辺さんが目を輝かせて答えます。「こんな年寄りが十七、八の娘役をするところが面白かとでしょう」

念を押すように池辺さんは麗ちゃんの方を見ます。

「麗ちゃんは小学四年だから十歳？」

わたしの問いに麗ちゃんはこっくり頷《うなず》きます。「ここにいるおばあちゃんやおじいさんたちは、いくつと思う」

訊《き》かれても、麗ちゃんは当惑したように首をかしげるだけです。

「吉岡さんも池辺さんも、松川さんも唐鎌さんも、みんな八十歳以上」

わたしはひとりひとりを示しながら言ったのですが、自分自身、八十歳の歳月の長さは実感できないことに思い至りました。まして麗ちゃんにとって、八十歳など木星か土星の表面を想像するようなものでしょう。雲があったり輪があったりするのは知っていますが、あくまでも頭のなかでの理解なのです。

しかしただひとつはっきりしているのは、わたしにしても麗ちゃんにしても、寿命がある限りにおいて、吉岡さんや池辺さんの年齢まで行きつくことです。これだけはテコでも動かない事実であり、変えようのない運命です。死なない限り、七十歳、八十歳、九十歳になっていく――。

しかしこのひとつの運命も、いろいろの形があります。八十二歳でもおてもやんを踊る池辺さん、いつもの静かで分別豊かな吉岡さん、キューピー人形を抱いて放さない松川さん、言葉がままならない元校長先生の下野さん、いつも居眠りしている唐鎌さんなど、どの患者さんもひとりとして同じではありません。

わたしは夏祭の夜店に出ているカルメラ焼きを連想します。斜めになった板に針がたくさん打ってあり、パチンコ台のようにいくつもの通り路《みち》ができています。通路の終点には、大小のカルメラが並んでいます。針金の管の中にビー玉を落とすと、玉は針にはじかれながら板をジグザグに下り、最後にカルメラに到達するのです。ビー玉を投げ入れた時点では、カルメラ二個に当たるか、小さなカルメラに行き着くのか、全く予測がつきません。

「わたしもキューピーちゃんを持っている」

麗ちゃんが唐突に言います。人形の足をしゃぶり出した松川さんにびっくりしたようです。

松川さんは見つめられて、ますます得意気です。キューピーさんの足をなめたあとで、自分の手のひらをなめ、それを何回も繰り返します。

松川さんの横に坐った下野さんは、麗ちゃんに話しかけようとするのですが、「アアー、ウウー」としか発声できず、語尾だけがようやく「です」と結ばれます。麗ちゃんに理解できるはずはなく、きょとんとして、わたしに助けを求めます。

「麗ちゃんに何か訊きたいのでしょうが、看護婦さんにも分からないのよ」

そう答えるしかありません。下野さんはそれでも自分の好意だけは伝えようとして、麗ちゃんに笑いかけます。

「あなたは、看護婦さんになりたいのね」

助け舟を出すように、池辺さんが麗ちゃんに話しかけます。「小さいのにもう決めているなんて、偉いねぇ」

それまで当惑気味だった麗ちゃんの顔がほころびます。

「おばあちゃんの孫も、看護学校に行っているのよ」

池辺さんの話はわたしには初耳でした。確かめると、五、六年前にできた医療短大の看護科です。

「わたしはね、いつもその孫に、この看護婦さんのことを話してやっているのよ」

池辺さんは急にわたしのほうを指さします。「唄も上手だし、テキパキとしていてね。何よりわたしが感心するのは、あなたの笑顔よね。いつも明るくて、あなたがいるときといないときで、そりゃあ違うのよ」

池辺さんが真顔で言うのです。「本当に看護婦さんのお手本」

「そんなことはありません。まだまだ新米です」

わたしは必死で否定します。麗ちゃんの手前、誉《ほ》められると照れくさいこと限りなしです。

「でもね、麗ちゃん。看護婦さんのなかには、お年寄りの世話を嫌う人がいるけど、わたしは好き。どうして好きなのか考えるのだけど――」

わたしが言うのを麗ちゃんは真剣な眼で聞いています。「ここには時間がたくさん詰まっているような気がするの。麗ちゃんは十歳でしょう。わたしは麗ちゃんの二倍と少し。でも、患者さんたちはみんな七十歳とか八十歳。九十二歳もいる。そうすると、ここには入院患者さんが四十人いるでしょう。平均七十五歳としても、七十五かけの四十で——」

わたしは頭のなかで掛け算を始めます。

「ちょうど三千です」

答えたのは麗ちゃんです。

「わあ、どうしてそんなに計算が早いの？」

「そろばんを習っています」

「ますます偉いわ、麗ちゃんは」

計算に弱いわたしは脱帽です。「三千年。そうすると、今がちょうど西暦二千年で、日本の歴史よりも古い。縦に並べた時間を横にするとね。だからここに来ると気が落ちつくの。他で嫌なことがあっても、三千年の長い時間のなかで考えれば、小さなことに思えて、腹も立たないし、くよくよもしなくなる。麗ちゃんも、いつか看護婦さんの言っている意味が分かるわ」

麗ちゃんは頷いてくれました。

時間が来たのか、先生が合図をして、小さな訪問者たちが立ち上がります。

「それじゃ麗ちゃん、またね」

麗ちゃんと握手をしていると、下野さんも近づいてきて手を握り、麗ちゃんはとうとうテーブルをひとまわりして、ひとりずつ握手をすることになりました。キューピー人形を抱いていた松川さんも、にこにこしながら麗ちゃんの手を握りしめ、なかなか放しません。うとうとしていた唐鎌さんも握手するときは、ぱっちり目を開きました。吉岡さんともお別れを言い、最後に池辺さんの手を握ったとき、もう麗ちゃんは涙をこらえきれず、ひと粒ふた粒涙をおとしてしまいました。

「本当にありがと。また来てね」

池辺さんが麗ちゃんに礼を言います。

再び一列に並んだ子供たちのなかには、麗ちゃんと同じように涙を拭《ふ》いている子もいれば、目を赤くしている子もいます。

「みなさん、お世話になりました。ありがとうございました」

最後の挨拶《あいさつ》をしたのは引率の先生でした。患者さんと職員に頭を下げ、子供たちを促します。誰からともなく拍手が起こって、子供たちは手を振ります。サーモン好きの高倉さんも、五百円硬貨を腸に入れたままの津島さんも泣いています。子供たちと話し込んでいたわけではないのですが、訪問自体が嬉《うれ》しかったのでしょう。

主任さんと藤田さん、わたしの三人で階下まで降り、子供たちを見送ります。二階の出窓を見上げると、七、八人の患者さんが子供たちに向かって手を振っていました。

「何か、天使が来たような感じね」

きびすを返しながら主任さんが言います。「日頃、老人ばかり目にしているから、子供が別の生き物に思えてしまう」

「ほんとに、病棟で見る子供たちは違いますね。学校で見る子供って、何ていうことはないですけど」

まだ中学生の娘がいる藤田さんも、相槌《あいづち》をうちます。

天使たちが一陣の風のように吹き抜けて行った――。わたしはホールの水槽《すいそう》を眺めながら、麗ちゃんがまた来年も来てくれるだろうかとぼんやり考えていました。

その日の夜、佐木さんが亡《な》くなったことは、翌日出勤してから知りました。便秘でふくれた腹部を、赤ちゃんができたのだと錯覚はしていたものの、浣腸《かんちょう》で事なきをえたあと、小学生たちとの交流会にも出席していたのです。

「夕食後に発熱したので、香月先生の部屋に電話を入れたのよ」

当直だった安田さんが疲れきった顔で言います。「香月先生、まだおられたから」

「イレウスではないですよね」

わたしは前の日の朝のことが気になって訊きます。

「腹部症状はなかった。悪寒《おかん》が出かかっていたので、先生は座薬を入れるように指示された。就寝前に熱を計ってみると三十七度台になっていて、汗で濡《ぬ》れたパジャマを着替えさせたの。そのあとひょっこり先生が来て、ちょっと見てくるからと言って、佐木さんの病室に行かれた。診察にはつかないでいいと言われたので、他の部屋のおむつ替えをしていたの。先生は心配ないようだとわたしに言って帰られた。それが九時少し前」

安田さんは右目の下に血管腫《しゅ》の痣《あざ》があって、気持が動転しているときは、痣の赤味が増します。

「十一時に巡回したとき、佐木さんの寝顔が変だと思ったの。血の気がなくて、ぽかんと口を開いていた」

「行ってみると、もう呼吸が止まっていました」

横から補足したのは、一緒に当直していた看護助手の山口さんです。

わたしは安田さんの赤い痣をぼんやり眺めます。佐木さんは確か八十四歳、何が起こってもおかしくない年齢です。しかしその日まで元気に言葉を交わしたのが最後になるとは、やはり衝撃です。

わたしは佐木さんのいた八号室に行き、きれいに持物が片づけられたベッドと枕頭台《ちんとうだい》をうつろに眺めます。まだそこに、お尻《しり》を丸出しにして横たわっていた佐木さんの姿がありありと浮かんできます。

〈長生きしますやうに〉と七夕の短冊《たんざく》に書いたのも佐木さんでした。わたしが彦星と織姫の作り話をしたときも、「年に一回会って、いつまでも若いほうがいい」と答えていました。

八号室を出てホールに戻ります。患者さんたちは佐木さんがいなくなったのなど、もう忘れてしまったかのようにいつもの表情でテーブルについています。

わたしたち職員も、亡くなった患者さんを思い出すのはしばらくの間だけなのです。八号室の同じベッドに新しい入院患者がはいってくれば、佐木さんの面影も急速に薄れていくはずです。

死んだ患者を忘れるのは看護婦の職業病かもしれません。とくに死と隣合わせの痴呆《ちほう》病棟に勤務していると、その病いも重症です。

わたしは今年になってから別れた三人の患者さんの顔を思い浮かべてみます。まだ記憶が薄れていないことに、少しほっとするのです。観察室にいた気管支喘息《ぜんそく》の花栗さん、乳癌《がん》、胃癌、大腸癌と三つの癌手術を受けたあとも何かと身体の症状を訴えていた石蔵さん、そして今度の佐木さんです。

しかしこの三人も、来年になり、再来年になると、わたしの記憶のなかから消えていくような気がします。

ワイン

居間の網戸からはいって台所の窓に抜けていく風を感じながら書いています。いつも当直明けの日は、十時少し前に帰って来て、五、六時間、ぐっすり眠るのです。きちんとパジャマに着替え、布団《ふとん》を敷き、部屋を暗くしておきます。そうすると、前の晩に不充分なままに終わっていた眠気が襲ってきて、横になると同時にもう前後不覚になってしまうのです。

その代わり、目が覚めたときは、一瞬、場所と時間を疑います。一番恐れるのが、看護詰所の簡易ベッドで寝過ごしてはいないかということです。その次が、病院に遅刻しているのではないかという恐怖で、さっと枕許《まくらもと》を見回します。派手な色の目覚まし時計が置いてなければ、出勤の必要はなく、いつまでも寝ていられるしるしなのです。

そうやって自分の眠りが何の制約も受けていないのだと分かると、眠気の波のままに意識を任せます。眠りたければ眠り続けるし、眠りたくなければ起きるのです。

今日起きたのは四時頃でした。なんと六時間以上も眠っていたことになり、当直での睡眠不足の分をきちんと補った計算になります。脳のどこかで収支決算をしているみたいです。

起きたとたん、お好み焼きを食べたくなりました。昼御飯ぬきで眠っていたのですから、空腹なのは当然です。買物に行くのも何だか面倒くさく、冷蔵庫の中をざっと見渡します。キャベツさえあれば、あとは冷蔵庫の中の残り物を切り刻んでしまえばいいのです。エビのむき身とイカのリングを取り出して解凍し、豪華なエビイカお好み焼きです。

簡単に作れて、飽きがこなく、しかも安価で栄養満点ですから、お好み焼きを発明した人は、サンドイッチの発明者と同じように、歴史に名を留めてもよいと思います。出来上がったものは、お好み焼屋で食べるのよりも味が良く、大満足です。専門店のタレは凝っていますが、わたしのは醬油《しょうゆ》だけのこともあれば、普通のウスターソースを使うときもあります。気分次第なのです。それでも自己流のお好み焼きのほうが口に合います。

ひとりで食べていると、先日先生からご馳走《ちそう》になった料理のことが思い出されます。大変な違いでした。

あの日は日曜日がちょうど休みになっていたので、午後から買物に出かけました。夏物の洋服かハンドバッグでも買おうと思ってデパートに行ってみたのですが、気に入ったのはなく、外で食事をすませようか家に帰って食事を作ろうか迷いつつ、本屋に立ち寄りました。看護学と家庭医学の棚をひと通り見たあと、女流作家のエッセーのコーナーで評判の本を見つけました。痴呆の母親を最後の最後まで在宅で介護した作家の体験記です。わたし自身、毎日そうした高齢者を相手にしていますから、在宅で痴呆老人をみることの大変さはよく理解しているつもりです。ズブの素人《しろうと》がどうやって介護の仕方を学び、どのように対処していったか、また他の家族構成員の援助はどうだったのか、巡回入浴車のサービスや訪問ヘルパーなどの支援はどの程度受けたのか、知りたいと思ったのです。

しかし値段が税抜きで二千五百円なので、買うかどうか決めかねていました。わたしにとっては真新しいテーマの本ではありません。しかも三百頁足らずの本です。必要な箇所だけ立ち読みすれば充分です。そう決断し、がつがつ食いつくようにして頁《ページ》をめくり始めたとき、先生から声をかけられました。

スーツ姿だったので先生とは判らず、一秒くらい反応が遅れました。

先生は学会出張の帰りとかで、小さな旅行カバンを手にしていました。わたしが慌《あわ》てて書棚に戻した本を眼にして、「相変わらず勉強しているね」と言ったのです。わたしは恥ずかしくなりました。本当に勉強の意志があるなら、二千五百円くらいけちけちしないで買っていたはずです。立ち読みですませようとしているところに、わたしの正体が現れています。

「夕食はまだだろう。よかったら一緒に食べようか」

どぎまぎしているわたしを見下ろして先生は言いました。わたしは反射的に腕時計を見ていました。他に何の約束があるわけでも、アパートに帰る用事があるのでもなかったのですが、ついそんな仕草をとっていたのです。たぶん先生と二人きりで食事をすることに抵抗があったのだと思います。本屋で話をしているのを誰かに見られただけでも、翌日にはもう大きな噂《うわさ》になっているはずですから、さし向かいの食事となれば、おして知るべしなのです。

「はい」

でもわたしは、消え入るような声でそう答えていました。

先生はその場でカバンから携帯電話を取り出し、予約を入れました。書店から出るとき、あの本は買わなくていいのかと訊《き》かれ、わたしは面白くないからいいのですと答えました。まだ面白いか面白くないか判断できるほどまでは読み進めていなかったのですが、そんな返事になってしまいました。

「ほう、どんなところが面白くないのだい」

先生は訊きました。もしかすると先生はもうその本を読んでいるのかもしれないと、わたしは思いました。

「よく分からないのですけど――」

わたしは必死で頭の中を整理しながら答えたのです。

痴呆になった家族を介護した体験記というのは、数えあげると何十冊もあるはずです。それぞれに血のにじむ苦労があって、読みごたえ充分です。しかしそれは所詮《しょせん》、たかだかひとりのお年寄りの介護です。それをもってして、痴呆はこうだ、介護はこうだと声高に主張したところで、大きな象の身体の一部を、目を閉じて撫《な》でまくっているのと変わりません。それに比べると、わたしたちが毎日接しているお年寄りは四十人、時々見ているデイケアの患者さんも入れると六十人近くなります。同じ痴呆といっても、そのひとりひとりが違うのです。学生時代、新生児室での実習もありましたが、赤ん坊だってそれぞれ顔も違うし、性格も異なります。まして、七十年、八十年と生き抜いてきた高齢者というのは、いくら痴呆が加わっても、いや痴呆という異質な力が加わるからこそ、ますます千差万別になってきます。素人の介護者による体験記というのは、自分が見てきたお年寄りこそがすべてであるという論調になりがちです。そこにどうしても違和感を覚えてしまいます。

そんな風にわたしは答えました。

先生は黙って聞いているだけでした。自分なりにいい返事ができたと思ったのに、先生が何も言わないので、内心で気落ちしました。

タクシーに乗り込む際、何の学会でしたかと先生に訊いたのも、気まずさを紛らわすためです。学会ではなく、終末期医療についての研究会だと、先生は答えました。「ターミナル・ケアについてですね」と問い返すと、先生は首を振り、ターミナルではなく、エンド・オブ・ライフ・ケアだと、思いがけず厳しい表情になりました。

わたしは頭の中で、その二つがどう違うのか、ぼんやり考えていました。ターミナルというのは終着駅で、行きつく先という感じがします。それに対して、エンド・オブ・ライフは文字通り〈生命の終結〉であって、もっと鋭い表現です。その印象を先生に問い直すと、「そうだ」とそっけない答えが返ってきました。そしてまた先生は何か考えるように黙り込んだのです。

タクシーは街中からはずれて坂を登り始めます。先生が予約を入れたビューホテルは、丘陵の中腹に最近できた建物で、横に長く、ちょうど白鳥が翼を広げたような形をしています。その中にある和・洋・中のレストランは味も良いうえに眺めが素晴らしいという評判でした。

タクシーを降りる際、ワインもいける口だねと訊かれ、そんなに強くはないのですが飲めますと、小さな声で答えました。先生はそのとき初めて満足気に笑顔を見せました。

二階のレストランには、もう先生は何度か足を運んでいるようで、中年のウエイターはいそいそと荷物を預かり、予約席に案内してくれました。

高い天井から豪華なシャンデリアが二つ下がっていました。照明は薄暗く、テーブルに二本ローソクが置かれています。炎は低く、視線を遮りません。小さな銀色の花器に、カーネーションがさされていました。窓からは、街と、深く入り込んだ湾、その向こうの半島とを結ぶ赤い橋、さらに外海という風景が一望に見渡せます。まだ太陽は西の方にあって、景色全体が薄く赤味を帯びかけていました。

ウエイターがメニューを持ってきて、わたしと先生にそれぞれ手渡し、アペリティフはどうかと訊きました。先生は当然という顔で、この店の特製のキールで、女性用のがあったろう、自分はいつものキールでいいと答えました。わたしはキールがどんなお酒かは知らないまま、飲めば分かると思い、メニューに眼を走らせたのです。前菜や主菜、デザートなどに分かれ、フランス語の下に日本語の訳がついていますが、説明が長いだけでどんな料理なのかは判然としません。しかも値段さえ書いていないのです。

魚でも肉でも嫌いなものはないねと確かめられ、ないと答えました。カエルやカタツムリが出てきたらどうしようかと一瞬迷いましたが、一生に一度くらい食べてみるのも悪くないと度胸を決めたのです。じゃあ、ぼくが適当に選ぼうと言って、先生はじっとメニューに見入ります。その間にウエイターがアペリティフを運んできました。どちらも細長いグラスにはいっていますが、色合いは微妙に異なります。

「それでは、日頃の仕事ご苦労さん」

先生はグラスを突き出しました。わたしはまた小さな声で「いただきます」と答えて応じ、二つのグラスがきれいな音をたてるのをはっきり耳にしました。本当に良い音で、グラスにはいっている琥珀色《こはくいろ》の液体にうってつけでした。ひと口飲むと、さわやかさのなかにかすかにピーチの味が感じられました。細かい泡が立ちのぼるのは炭酸がはいっているのでしょうか。

シャンパンに桃のリキュールを混ぜたもので、夏向きのアペリティフだと先生は説明してくれました。アルコールは、最初のひと口だけで血管の隅々まで駆け巡りました。それまで浮き足立っていた身体《からだ》が、どっかりと椅子《いす》の上に居坐《いすわ》ったような気持になったのです。

わたしは先生がウエイターを呼んで注文するのをぼんやり眺めます。薄暗いなかで先生の色白の横顔が浮かびあがり、形の良い唇から訛《なま》りのない日本語が漏れます。わたしは何だか外国映画のシーンを見ているような気がして、うっとりしていました。

「オードブルに伊勢《いせ》えびのサラダ、メインディッシュに鴨《かも》肉を頼んだが、いいね」と先生はこちらを向いて念をおします。鴨と聞いて少しびっくりしたのですが、わたしははいと答え、慌ててひと口アペリティフを味わいます。ここはフランスワインを揃《そろ》えているのでも有名なんだ、それもボルドーではなくてブルゴーニュが多い、飲んでみる価値はある、と先生は別のウエイターからワインリストを受け取りながら言いました。

そのウエイターは三十代くらいで、分厚いリストを開いて指さし、決してわたしの耳には残らないような銘柄を口にします。ウエイターではなくソムリエなのでしょう。先生がブルゴーニュの白を飲んでみたいと言うので、討議のうえで銘柄が決められ、次に年代が決定されたのです。その間、五分以上議論は続いたでしょうか。ビールでも日本酒でもウィスキーでも、どの銘柄かを決めるのには、三十秒もあれば充分です。わたしは内心でびっくりし、半ばおかしみを感じつつ、先生とソムリエの真剣なやりとりを眺めていました。

「いつもきみには世話になっている。ぼくにとっては何よりの勉強だ」

先生からまた改めて礼を言われ、わたしはオロオロと恐縮するばかりです。

新たに痴呆病棟の担当も兼ねるようになったので、時々レクチャーをしてくれと、先生から依頼されたのは今年の一月です。レクチャーでしたら主任や副主任がおられます、そのほうが役に立つのではないでしょうかと、わたしは辞退しました。新米看護婦が医師にレクチャーをすること自体恐れ多いのに、そのうえ上司をさしおいては、どんな陰口を叩《たた》かれるか火を見るより明らかです。

主任とは週一回の打ち合わせで情報がとれている。自分が欲しいのは、そういう管理職からみた病棟運営のあり方ではなく、日常の看護行為の実際なのだ、と先生は言いました。それには、大学を出たばかりでまだ新鮮な感覚を保持しているきみが最適なのだ。

もちろん、きみがぼくのところでレクチャーしているなど、誰にも知らせない。ただ、患者のことで質問があるので、ぼくのところに来るという口実にすればいい。三十分もあればすむことだ、と先生はつけ加えました。

わたしの気持は大きく揺れました。担当医に病棟のことを知ってもらうのは、何の不都合もありません。それどころか内科にいたとき、病棟の具体的なことが、医師には充分伝わっていない事実を痛感させられました。内科では伝わらなくても大きな不利益にはなりませんが、痴呆病棟ではそうもいきません。薬の投与などより、日々の看護と介護こそが重要だからです。月に二回それを担当医にフィードバックするのは、患者さんにとってもわたしたち職員にとっても、良いことだと思ったのです。

しかし、レクチャーというのは心理的に抵抗がありますとわたしが言うと、それではヒアリングではどうだろうかと先生は提案しました。わたしが一方的にしゃべるのを先生がヒアリングする――それならやっていけそうな気がしました。

ヒアリングは、まず先生からわたしに電話がかかってきて、わたしは病床日誌を持って先生の部屋に行きます。病床日誌は単なる口実で、どの患者さんのでもいいのです。そしてソファーに坐り、先生を前にしてしゃべるという〈ヒアリング〉が始まりました。

大体三十分間、もっぱらわたしが話すのみで、先生は稀《まれ》に質問をするだけです。全く質問がなく、始めから終わりまでわたしがしゃべりづめのときもありました。話し終えて病棟に戻っても、みんなから変な顔をされることはありません。先生から主任さんに、わたしを特別教育しているのだと告げていたのが良かったようです。

考えてみると、先生は病棟の担当医として、いわば船長のような役割を果たしています。入院患者の選択も、先生がまず外来で診察をしたうえでなされるのです。入院中の医学的な治療は四十人全員が先生の管轄《かんかつ》下にあるし、不幸にして死の転帰を辿《たど》ったときも、真夜中で当直医が対処する場合を除いて、みんな先生の手をわずらわせているのです。いわば乗客の乗船から下船まで先生が関与し、わたしたち職員は船内で働く船員のようなものです。

その下働きの船員の日常業務を、船長である先生が知り尽くすのは、益はあっても害などあるはずがないのです。それにまた、わたしのほうでも、自分たちの看護行為の逐一を報告することで、いい加減なことはやれなくなりました。いつのまにか、問題意識をもって仕事をするようになったのです。

先生が時々与えて下さる指摘もわたしには貴重でした。この前の学会でした排尿誘導の研究発表も、先生の助言があったからまとまったようなものです。患者さんの尿失禁のなかには、トイレの場所が分からない事態も含まれていると、わたしは発表の中で考察しました。すると先生はさっそく院長にかけあって、トイレのドアをアコーデオンカーテンにし、便器がいつもホールから見えるように改装してくれました。もちろん用を足すときはカーテンを閉めますが、その他のときは開けておきます。通路からもホールからもひとつの便器は丸見えですが、患者さんにはそこがトイレだとすぐ判《わか》ります。さらに入口に、大きな文字でトイレと書いた看板を掲げました。その文字を何色にするかの選択でも、先生は助言を出し、高齢者の眼につきやすい赤・青・緑を使いました。おむつをする患者さんが減ったのも、排尿誘導に加えて、こうした環境の改善が大きな要因になっています。

「お礼を言わなければならないのは、わたしのほうです」

改まった気持で頭を下げました。もっと感謝の気持を述べたかったのですが、アペリティフのまわった頭からは言葉が出てきません。

「終末期医療の研究会では、何が問題になったのですか」

その代わり、先生への質問が苦しまぎれに口をついて出ていました。

先生は頷《うなず》き、説明することはたくさんあるとでも言いたげに、姿勢を正しました。話し出そうとしたところに、ソムリエが冷やしたワインを持って来ました。先生はこちらが先といった顔をし、ボトルのラベルに眼を注ぎます。

ソムリエがおごそかに栓を抜きます。グラスに注ぐ彼の手つきも真剣で、試飲する先生の顔つきも真剣そのものでした。先生がグラスを揺らしてワインの香りをかぎ、色を見つめ、口に含んで飲み下すまで、わたしは先生の表情をそっと見守っていたのです。

ブルゴーニュの白で、ピュリニー・モンラッシェ、九三年ものだと、先生はあとで教えてくれました。わたしは耳を澄ませて二度訊き直したので、今でも記憶しています。たぶん死ぬまで忘れないと思います。ワインそのものの香りと味はいつか忘れてもです。いいワインだ。先生はソムリエに鋭い眼を向けて言い、そのあとわたしに向き直りました。

「ヒポクラテスの誓いは知っているね」

看護婦にとってのナイチンゲール誓詞と同じで、医師にとっては経典のようなものでしょうと、わたしは答えました。

確かにそういう存在だが、医師が全員その誓いを端から端まで読んでいるとは限らない。また聞きで、ところどころをかじっているに過ぎない。その証拠に誤解も生じていて、その例が終末期医療に対する解釈だと、先生は言いました。

患者を病いの悩みから解放し、病気が猛威をふるうのを抑止するのが、医業の目的だとヒポクラテスは述べている。これは常識でもあって、ほとんどの医師が心得ている。しかし不幸にして患者が病気に打ち負かされたとき、治療にはもう手を染めない、とヒポクラテスはそのあとの文章で書いていて、これが大いに誤解を生んだ——。

先生はそこでひと息入れ、運ばれてきた伊勢えびのサラダをわたしに勧めたのです。真二つにされたえびの甲羅の中で、むき身が添え物と一緒にドレッシングされていました。見かけも味も淡白で、フランス料理というより、懐石風です。食べたあと、ピュリニーの白ワインがすんなりと喉《のど》にはいります。

そんなヒポクラテスの言葉は、死にゆく人間にはもうかかずらうなという風に曲解されてきた――。先生は続けました。ひと頃、問題にされたのが、きみも知っての通り、DNR、ドゥ・ノット・リサシテイト、つまり蘇生《そせい》術を施さずという考え方だ。治療しても無益だと判断した医師が、診療録にDNRと記入すれば、その患者が危篤《きとく》に陥ったときでも心肺蘇生術は施されない。これが今度の研究会でも討議された。

DNRはもちろん、患者が前以《まえもつ》てその意志を主治医に告げていなくてもなされるのですね、とわたしは疑問を口にしました。

当然、と先生は断言し、患者の意志とは無関係に、その容態を見極めてからの医師の判断だとつけ加えました。ああそれは問題だなと、わたしはアルコールのまわった頭で考えたのです。

確かに、その医師の判断と、患者の自己決定権の無視が、当然のことながら取沙汰《とりざた》されてくる。先生はわたしの疑念を察知したかのように、話を続けました。

前菜を食べ終わり、ほどなく肉の載った皿が香ばしい匂《にお》いを漂わせながら運ばれて来ました。

治療が無益かどうかの判断には、医師個人の価値判断が混入するので、決定の根拠にはなし難いという反対意見は根強い。先生はわたしが鴨肉にナイフを入れるのを見届けてから再び口を開きます。しかし、純粋に生理学的な判断、つまり二プラス二は四だというような判断は、ロボットが主治医ならいざ知らず、医療の世界ではありえない。また、同様に、患者の自己決定権こそ最優先だという考え方も、これまた筋が通らない。先生はまるでわたしが反論者であるかのように、口元を引き締めて語気を強めました。

例えば、単なる風邪なのに、患者が抗生物質の注射を要求したとする。いわば患者の自己決定だが、これに主治医が応じる必要はない。また風邪ゆえの頭痛なのに、患者が頭部のCTスキャンを要求する権利もない。しかしなかには、抗生剤の注射をし、さらにCTスキャンの検査をしてやれば患者が安心する、と判断を下す医師がいるかもしれない。ましてやその結果、抗生物質が細菌感染への移行を予防し、また予期せぬ脳腫瘍《しゅよう》がCT像で見つかる可能性もあるとなれば、なおさらだ。この判断には当然、このような医師側の価値観がはいってくる。純粋無垢《むく》の生理的判断などというのは実際的には存在しないのだ、と先生は言い切りました。

わたしは先生の話に耳を傾け、鴨肉を口に入れます。甘味のあるオレンジソースが肉の味を引き立てています。

気がつくと、窓の外はもう暗くなり、街の灯がきらめき、入江を跨《また》ぐ橋が金色にライトアップされていました。レストランも半分の席が客で埋まりかけていました。先生は話を中断し、ワインをわたしに注いでから、窓の外に視線を移します。

　街の眺めは昼より夜のほうがいいね。ごみごみしたところが闇《やみ》に消されて——。先生は微笑を浮かべ、橋の下をゆっくり動いていく船の明かりを指しました。

　城野くんは、夜の船には乗ったことあるかい。いえありません。ぼくは一度、夜にあの橋をくぐったことがある。大阪行きのフェリーが九時に出航するんだ。海から見る夜景もきれいだね。両側が光の階段になっていて、まん中を海風に吹かれながら通過していく。音は船のエンジンの音と波音だけ。そのうちはっと気がつくと、頭上にあの橋が現れてね。——先生もワインの酔いが影響しているのか、口元がゆるみます。

　さっきの話に戻るが、と先生は続けました。終末期医療で問題になるのがインフォームド・コンセントとの関連だ。さっき言ったDNRにしても、あらかじめ患者にはその旨《むね》を説明して、本人の自己決定権を正しく行使できるようにしておくべきだと、法律家は主張する。しかし、これもまた現実の医療の場にはそぐわない。死の床についている患者に対して、もしものときは蘇生術を施しても生理的にもう無益だから何もしない、と言いきれる主治医がどれだけいるか。

　死の床につく前に、蘇生は不必要だと医師に告げていた患者はいい。しかしそうではなく、全面的に医師に治療をゆだねていた患者は、DNRを口にされて、途惑い、混乱してしまう。それだけではなく、何よりもそれまでの信頼関係が断ち切られてしまう。

その不安定な心理状態のなかでなされる自己決定権というのが、果たして正しいと言えるのか、大いに問題だ。

今の世の中は、インフォームド・コンセントばやりだ。情報と説明は、あればあるほど良いという風潮に染まり過ぎている。しかし物事をはっきりさせて、選択の幅を広げることが、自由度を広げることには直結しないのだ。選択がないウヤムヤの状態のほうが、実際は自由だという場合だってある。

先生は言い、熱を帯びた話をさますかのようにグラスのワインを静かに味わいました。

とにかく、法律家とその尻馬《しりうま》に乗る医療理論家は、患者の自己決定権を金科玉条のように振りかざす。何が何でも自己決定権だと言い張ると、うちの病院の痴呆《ちほう》患者にも、自己決定権があることになってしまう。おむつをつけ、食事をすませた十分後にまた食事を要求したり、キューピー人形の足をしゃぶっているような患者に、果たして自己決定できるだろうか。仮にできたとしても、それは正当に行使されたと言えるのか。城野くん、きみはどう思う？

わたしを直視する先生の顔から、酔いの赤味がすっと引いていきました。

夕食後、詰所に来て「御飯食べとらん」と訴え続けた佐木さんを思い出します。「さっき食べたでしょう」となだめても、「いや食べとらん、自分たちばかり食べて、こりゃ一体どういうことな」と怒るばかりでした。知らぬ顔を決め込んでいると、佐木さんは諦《あきら》め、ぶつぶつ言いながら部屋に帰っていくのが常でした。あんな佐木さんでも亡《な》くなってしまうと、寂しいものです。もうすぐ佐木さんが文句を言いにやってくる頃だと覚悟しながら詰所にいて、いつまでも来ないので不思議に思い、やっと亡くなった事実に思い至るのです。

しゃぶり魔の松川さんは、小学生が訪れた際も、あまり感激した様子はありませんでした。自分が赤ん坊になったつもりでいたので、子供たちの演奏にも気持が動かないのでしょう。松川さんのそんな姿を見て、目を丸くしていたのは麗ちゃんのほうでした。

そうした佐木さんや松川さんの自己決定権というのは何だろう。食べた食事を食べていないと主張し、人形の足をしゃぶるのが自己決定による行動と言えるのかもしれませんが、それはもう決定というような大それた判断ではなく、惰性による行動なのかもしれません。つまり脳はそこではいわば半分眠った状態にあり、脳から下の身体《からだ》だけが動いているとも考えられます。

自己決定権というのは本当に難しい問題です。わたしたちが接している患者さんたちのすべてが、本当の意味での自己決定権を行使しているのかどうか、心もとない気がします。

わたしはそう答えるのがやっとでした。

そうだろう。しかし人権という観点に立つと、どうしても自己決定権の概念ははずせない。——先生はわたしを見据えて言いました。

先生のほうは皿の上の料理をほんのひと口だけ残し、わたしが終わるのをじっと待っているようです。味はどうかねと訊《き》かれ、ようやく我に返って、とってもおいしいですと答えました。

本当に生まれて初めて口にするおいしさだったのですが、頭が話の方に偏《かたよ》ってしまい、口が留守になっていたのです。

わたしは先生の真似《まね》をして皿の上のソースをパンにつけ、皿を磨き上げるようにして全部を食べてしまいました。

メインディッシュのあとは、ウエイターがチーズを載せたワゴンを運んで来ました。大きさも形も色も違ったチーズが六、七種類はあり、どれが好きかと訊かれても、わたしが知っているのはカマンベールくらいなものです。ワインをブルゴーニュ中心に集めているので、チーズもブルゴーニュ産のを取り寄せている。これがフランス一臭いチーズだと、先生はトレイの上のひとつを示しました。

わたしはとてもその臭いのには手が出ずに、カマンベールと、もうひとつお義理で、ウエイターが勧めたシャンベルタンとかいうチーズをほんの少し切り分けてもらいました。

先生が取ったのは、そのフランスで一番臭いチーズを含めて四種類でした。しかもわたしの皿の上の小さなかけらと違って、どれもこぶしの三分の一くらいのかたまりです。それをワインと一緒に実においしそうに食べるので、その食欲と細身の体格の組み合わせを不思議な思いで眺めていました。わたしが先生のように、栄養満点のチーズをぺろりとたいらげてしまえば、すぐに二、三キロは太ってしまいます。それに比べて先生は百八十センチはある長身でいながら、体重は七十五キロを超えたことはない、バスケットボールをしていた学生時代と全く同じだと言ったことがあります。それでいて、菊本さんの家族が詰所にケーキを差し入れしたときなど、ちょうど回診にみえた先生にケーキを勧めるのですが、いつもおいしそうに食べるのです。あと一、二個ははいるのだがな、と言いたそうな顔でです。

わたしが口に入れたシャンベルタンというチーズはほんのひとつまみの大きさでしたが、それでも言うに言われぬ匂いが口から鼻にかけて広がり、早々と呑《の》み込むのが精一杯でした。そのあと水で口直しをして、やっと気分が落ち着いたのです。

その一部始終を先生は鋭い眼で眺めていました。チーズの味も分からないのかと言いたげな視線でした。

ばつの悪さを笑顔でとり繕っているうち、頭の隅にあった疑問が、思わず口をついて出ていました。

二ヵ月前、先生はオランダの積極的な安楽死について講演しましたが、今度の終末期医療とも関係してくるのですね、と訊いたのです。積極的な安楽死では、事前に患者の要求がなくても、主治医の判断で安楽死の道を辿《たど》らせることが可能です。終末期医療というのも、患者の自己決定権を考慮しないで、死に至る治療を医師が選択できます。結局は同じではないかという気がします。

先生はわたしの質問の真意を摑《つか》み出すようにじっと聞き入り、おもむろに口を開きました。

実際は同じだ。——男性にしては赤味を帯びた先生の薄い唇が短く動いて、そんな返事が漏れ出ました。

積極的安楽死というのは一連の処置を死の側から眺めている。それに対して終末期医療というのは、ケアという生の側から生命をみつめているに過ぎない。いわば、死に至る処置も一種のケア、あるいは治療として考えようというのが終末期医療なのかもしれない。先生はそうつけ加えたのです。

先生自身はそういう動きや考え方に対してどう思われるのですか、とわたしは尋ねました。この前の講演でもそうでしたが、先生は問題点を指摘するだけで、自分は果たしてその立場にくみするのか明確にしなかったからです。

日本の医療では、そもそもそうしたテーマで議論することさえ異端視されるのが現状なのだ。研究会に出席するだけでも、何か悪魔の会議に出ているかのように思われてしまう。先生は少し苛立《いらだ》ったように、頰の筋肉をかみしめました。

九年ばかり前、関東の私立大学付属病院で、末期癌《がん》患者に塩化カリウムを注射して安楽死させた事件があったね。先生はわたしに知っているかどうか訊きました。判決が出たのはわたしが大学生のときでしたから、大方は知っていました。

そう、判決は事件から四年後にあって、若い担当医が懲役二年、執行猶予《ゆうよ》二年の有罪判決を受けた。しかし、最後の処置を強く迫った患者の長男や、被告の指導医、被告に塩化カリウム注射後の保管場所を教えた看護婦は何の責任も問われなかった。つまりその若い被告医師だけが人身御供《ひとみごくう》にされたわけだ。あの一審判決は双方とも受け入れたために、それで確定してしまった。それ以来、医療現場にはどういう風潮がはびこったと思う?

先生からじっと見つめられ、わたしは力なく首を振るだけでした。

死に行く患者には関わりたくないという風潮が蔓延《まんえん》してしまった。先生は吐き出すように言いました。誰だって殺人者にはなりたくないからね。それどころか、無駄と分かり切っている治療でも徹底的にやり尽くすという傾向が出てきた。これなら誰からも文句を言われる筋合いはないから、いわば過剰な安全運転だ。

つまり、積極的安楽死ないし、終末期医療の考え方とは逆方向の流れができてしまった。現在でもそれは変わらない。いや、治療をすればするほど病院は儲《もう》かるので、医療側からこの流れを変える意見は今後も出ないだろう。

先生は自嘲気味に言い、グラスに残っていたワインをぐっと飲み干しました。そしてウエイターを呼び、デザートのアイスクリームを注文したのです。

アメリカに自殺を幇助《ほうじょ》している病理学者がいるのは知っているね。医師免許は持っていないが、今まで五十人を死なせて、そのうち何件かは家族が裁判所に訴えたが、起訴されなかった。

その事件は何度も新聞で取り上げられたのでわたしも知っていました。犠牲者、いや手助けしてもらった自殺者が五十人もいたとは意外でしたが。

それだけではない、と先生は続けました。オレゴン州では、この種の自殺幇助の禁止は違憲だとの判決を下した。憲法に規定されている自由権とその手続き条項が、ないがしろにされるという理由からだ。もっともこの判決はまだ他の州には広まっていないがね。

先生は言いやみ、ウエイターが運んで来た円柱形のアイスクリームに眼をやりました。

それはわたしが今まで見たこともないアイスクリームでした。直径は十五センチ、高さも二十センチ程あり、三種類の色が積み重なっていました。一番下からバニラ、まん中がストロベリー、最上層がチョコレートだと、ウエイターが説明してくれました。しかしわたしはこれをどうやって食べるのか内心で首をひねっていたのです。どのくらいにしましょうかとウエイターに訊かれても、わけが分からずぼんやりしていたのもそのためでした。

「四分の一くらいは食べられるはずだよ」

先生は笑いながらウエイターに指示を出します。

「かしこまりました」

ウエイターは縦にナイフを二回入れ、三層のアイスクリームを扇形に切り出して皿にのせてくれました。そして先生はといえば、わたしの一・五倍はある角度でナイフを切り下げさせました。

「食べるときは、立てなくて倒していい」

わたしがアイスクリームの柱を倒さないように、スプーンを入れるのを見て、先生は笑います。確かに立てたままだと不安定です。横倒しにしてスプーンで削りとります。何とも言えないおいしさです。しかも三種の味を交互に味わえるのです。

しばらくの間、会話も忘れて食べるのに熱中しました。

「誰も終末期医療に関わろうとしない、あるいは逆に過剰医療に突っ走ってしまう。これが日本の現状だ。その結果、却《かえ》って生命の質の低下が起こり、医療費はうなぎのぼりに上がっていく」

先生はアイスクリームのかたまりを三分の一ばかり味わったあと、真剣な表情に戻り、話を続けました。

「こういうややこしい問題には首を突っ込みたくないというのが、医療従事者の本音だろう。妙なもんでね、先端の技術はいち早く採用して、さらに磨きをかけるくせに、物の形に表われないものに対しては見向きもしないのだ。外国でようやく事が解決されたときに、おもむろに取り入れはするがね。それもつけ焼刃だから内実が伴わない。自分の頭で考えたものではないから当然のことだ。実に情ない、残念だ」

残念だ、情ないという激しい言葉が先生の口から三回漏れました。

また沈黙がきて、わたしたちはそれぞれ黙々とアイスクリームを口に運んだのです。

「こういうことを考え続けるのは、新しい治療法を考え出すのと同じくらい大切なんだ」

先生は顔を上げて言います。「何しろ、医学の根本問題だからね。医学の根本問題ということは、生命の基本問題だよ」

先生はわたしに相槌《あいづち》を求めますが、気迫に押されて曖昧《あいまい》に頷《うなず》くしかありません。

実際にわたしも、人の生命は延命によって却って悲惨になる場合もあるような気がします。また医療というのは人間の命を長引かせるだけが目的ではなく、人生をより良くするのが目的であると思うのです。ただその漠然とした考えと、安楽死や終末期医療の現実とが、歯車みたいに密にかみ合わないのです。

頭の中を整理しているうちに、アイスクリームは全部たいらげてしまいました。

「もっと頼もうか」

「いえ、ご馳走《ちそう》さまでした」

わたしは慌《あわ》てて辞退しました。ゲップが出そうなくらいの満腹です。

ウエイターが皿を下げ、コーヒーを運んで来ます。

そのコーヒーを飲みながら、わたしはまだ先生の本心を訊いていないようなもやもやしたものを感じていました。先生が真剣に日本の現状を嘆くのは理解できたのですが、オランダやアメリカのオレゴン州のようになることを望んでいるのか、あるいはそれは行き過ぎと思うのか、まだわたしには先生の立場が分からなかったのです。

「今度の研究会では、〈人間性の度合い〉ということも問題になった」

先生はぽつんと言いました。

「人間性の度合い？」

「ああ、ディグリー・オブ・パーソンフッド。人間が生きている状態にさまざまな段階があるという考え方だ。例えば、重篤《じゅうとく》な痴呆患者や植物状態にある患者は、その度合いが低いとみなす――」

「そんな考え方は危険ではないでしょうか」

わたしは思わず反論していました。

「しかしね、もうそれは実際にはこの日本でも、誰もが認めていることなんだよ」

先生は静かにわたしを制しました。「堕胎がそうだ。胎児もれっきとした人間なのに、二ヵ月や三ヵ月で平気で人工中絶される。なかには七ヵ月、八ヵ月で命を断たれる場合だってある。遺伝子診断では、受精卵の段階で、悪いのはポイと捨てられる。これなど立派な、〈人間性の度合い〉判断だ」

先生の簡潔な説明に、わたしは反論を探すことができずにいました。そんな途惑いをわたしの顔に見たのか、先生は慰めるように続けました。

「こうした論議が日頃から活発に行われないのには理由がある。第一に、死の問題そのものが、みんなにとって不愉快なんだ。考え始めると気が重くなって、理性よりも感情が優《まさ》ってくる。いきおい感情論になる。第二に、問題が複雑だから、誰も首を突っ込みたがらない。いつまでも議論を先送りしてしまう」

先生が少し寂しい表情でコーヒーを味わうのを眺め、わたしは先生の気持を理解できたような気がしました。安楽死に対する先生の立場は今ひとつ分からない部分があるが、少なくとも先生は、病人が回避し続けている問題に真剣に取り組んでいると確信したのです。

「夜景がきれいだね」

先生は窓の外を見やります。「何の変哲もない街だけど、夜の眺めは実にいい」

こちら側の街の灯と対岸の明かりが向かい合い、暗い海を金色のアーチが跨《また》いでいます。よく見ると、海の中でも小さい光の点が左右に動いていくのです。

こんな素敵な場所に連れて来てもらい、先生と二人っきりでフランス料理とワインをいただいた幸せが、改めて胸の内に湧《わ》きあがってきました。

夜景を眺めているうちに、先刻までの難しい質問も忘れてしまい、わたしはもう一度、味わった料理を初めから終わりまで頭のなかで反芻《はんすう》していました。伊勢《いせ》えびの前菜から鴨《かも》肉のメインディッシュ、そしてブルゴーニュの白ワイン、シャンベルタンという香り高いチーズ、そして円柱形のアイスクリーム。それらのひとつひとつと、先生が話してくれたことのすべてを、一生忘れまいとわたしは思い定めていたのです。

「本当にご馳走さまでした」

感謝すると、先生は笑顔を向け、レクチャーの御礼だよ、これからもよろしく頼むと言いました。

先生と連れ立ってレストランを出る時、また明日からも先生の傍で頑張って働こうという気概が満ちてきたのです。

この手紙は、先生に御礼の気持を伝えるために書き始めたのですが、ここまで書いてくると、もう投函《とうかん》する必要はないような気がしてきました。もしかするとわたしは、自分自身の心の中に、先生との初めての食事をこうして文字に書き残しておきたかったのかもしれません。

お茶会

痴呆《ちほう》患者の看護や介護も、本来なら痴呆の種類に応じたきめこまかさが要求されるのでしょうが、わたしたちの病棟ではまだそこまでの工夫はなされていません。例えば記憶がぶつ切りにされて、人間存在そのものが脅かされるアルツハイマー型痴呆では、大部屋でみんな賑《にぎ》やかにわいわいがやがやしているのが安心感を生み出すと言われています。反対に脳血管性痴呆になると、状況把握が低下しているために、賑々しい環境は途惑いを増強させるだけです。昔馴《な》じみの静かな空間で、ゆったりした一対一の関係を築き上げるのが大切なようです。

しかしわたしたちの病棟には、いろいろな型の痴呆と痴呆の少ない患者さんが四十人雑居し、どうしても十把ひとからげの看護になってしまうのです。

それでも毎日の日課と時折のイベントを組み合わせて、患者さんの不安をやわらげ、痴呆が進行しないように工夫しています。日課はカレンダー作り、ナプキン畳み、部屋掃除が主です。

掃除のほうはあまり痴呆がひどいと不可能です。まして男性の患者は、痴呆がなくても掃除はさまになりません。かといって細々とした日課にも大して興味を抱かず、お互いに話をするでもなく、ぽつねんとテーブルについていることが多いのです。男性というのは、元来が群れをつくるようにはできていないのだなと痛感します。

そこへいくと女性は何人か寄り集まり、洗いたてのおしぼりや胸当てを、一生懸命折り畳みます。一枚折るとすぐ二枚目に取りかかり、やり尽くしてしまうまで止《や》めないのです。何か広がっているものがあれば折り畳む習慣が、七十年八十年と生きてきた間に脳の奥深い処《ところ》に刻み込まれたとしか思えません。女のさがみたいなものを感じます。

カレンダー作りは簡単なので、男性も面倒臭がりながらも参加してくれます。翌月の日めくりを四種類作るのです。一枚の薄紙に数字と曜日を書き入れるだけで、色も体裁も自由です。誰が何日を受け持つかはこちらで指示を出しますから、患者さんはクレヨンを手にして8と書いたり28と書いたりして、脇《わき》に火や木と書き添えます。毎週一回、半月がかりで仕上げます。出来上がったものは順番に重ねて綴《と》じ、ホールに二ヵ所、脱衣室と廊下に掛けます。縦長の数字もあれば小さすぎる数字もあり、色も紫あり橙色《だいだいいろ》ありで、一見前衛絵画風の日めくりになります。こういう作業も、男性はそそくさとやり終えるのですが、女性はじっくり取り組む傾向があります。

例えば新しく入院してきた八十五歳の知念さんは、言葉を忘れて何を言うにも「カアカア」としか発音しません。

カラス婆《ばあ》さんと渾名《あだな》がつけられたくらいですが、「カアカア」と叫びながらもおしぼりはきちんと折り畳み、日めくり作成も上手です。

稀《まれ》には男性にも、そういう細《こま》かな仕事を嫌わない患者さんがいます。これも新入院の馬渡さんで八十四歳、相当ひどい痴呆症にもかかわらず、女性患者と同様、熱心にカレンダー作りに取り組み、クレヨンで彩色もします。不思議なのは、元ケーキ屋さんの菊本さんを自分の弟と思って、いつも世話をやくことです。テーブルでは自分の横に坐《すわ》らせ、数字の書き方や色つけ具合を教えてやっています。それまでクレヨンを握ろうとしなかった菊本さんも、馬渡さんの指導でとうとう最後まで仕上げるようになりました。

箒《ほうき》を持たせておけばご機嫌なのが、クレヨンを集めたがる加辺さんです。一時間でも二時間でもホールの中を掃いて回ります。しかし右のチリを左にやり、左にやったチリを右に動かすだけで、見張りつつ指示を出さないと、いつまでたっても終わりません。

もうひとり、これも六号室に先月はいった七十五歳の葛原《くずはら》さんは、若い頃から被害妄《もう》想《そう》があったようで、痴呆が加わっていよいよ家族の手に負えなくなって入院になったようです。ちょっと眼を離すと洋服を脱いで全裸になります。裸になったままトイレの窓枠《わく》に手を伸ばして、ちょうど磔刑《たっけい》にされたキリストを裏返しにした恰好《かっこう》でじっとしているのです。訊《き》けば「ヤクザがそうせんと殺すと言いよります」と答えるので、幻聴じみたものが耳に入ってくるのでしょう。

仕方なく、上下つなぎで背中に鍵《かぎ》のついたロンパースを着せ、自分では服を脱げないようにしました。しかしその服装では自由に排尿もできず、新たに手間がかかるようになりました。観察を兼ね、ヤクザは来ないと安心させるために、葛原さんを詰所の入口に坐らせていたところ、当直の安田さんが不思議なことに気がついたのです。詰所にかかってきた電話に葛原さんがさっと手を伸ばし、受話器に向かって「どちら様でしょうか。はい、しばらくお待ち下さい。看護婦さんと代わります」と答えたのです。びっくりしたのは安田さんもですが、電話をかけてきた当直主任はそれ以上に仰天したといいます。「いったい今のは誰？」と安田さんに訊いたそうです。

それ以来、詰所の電話の傍に葛原さんを坐らせています。効果はてきめんで、葛原さんはそこを滅多なことでは動かなくなり、もちろん全裸になることもなくなりました。電話にちゃんと出て、「看護婦はいま席をはずしております。どちら様でしょうか」と言ってくれるのです。弟さんが見舞いに来たとき問いただすと、若い時から仕事は何ひとつ勤まらなかったのですが、弟さん経営の中華料理店の電話番だけは三十年以上にわたってずっとやってくれたと言っていました。

こんな風に、何かの拍子に患者の得意な行動が見つかると、介護もしやすくなります。

この日は、午前中にお茶会をする予定にしていましたが、配電盤の調子が悪くなってホールの片隅で配線工事が始まり、急遽《きゅうきょ》午後から行うように変更しました。

電気屋さんは二人来ていました。柱の横に脚立《きゃたつ》を置き、天井の一部をはずしてそこから天井裏にはいって、電線を取り替えたりするのです。日頃は目にしない人間がホールに現れたのですから、患者さんたちは大喜びでした。お風呂《ふろ》で頭を洗ってやると必ず泣く気弱な入間さんも、近くのテーブルに坐って眺めていました。そのうち「ガンバレ、フレーフレー」と言い始めたのです。「イイゾー」とも叫んで自分だけ手を叩《たた》きます。

どうやら電気工事をサーカスか何かと間違えているようです。隣にいた松川さんもせっせとシーネをはめた右手の包帯をなめ、テーブルを叩き始めます。松川さんは二日前に廊下でよろけて、右手中指を骨折していました。人形を抱いていたので変な手のつき方をしたのでしょう。中指はギプスをはめ、手首にもシーネを当てて固定しているのですが、人形が持てなくなったためか、その包帯をいつもなめて唾液《だえき》でびしょびしょにさせてしまいます。そのうえ、感激したり、腹が立ったりすると、ギプスとシーネのはまった右手でドンドンとテーブルを叩くのです。

入間さんの応援と松川さんのテーブル叩きには、電気屋さんも苦笑いです。しかしそれが工事の完成を早めたようで、二人はてきぱきと仕事をし、そそくさと脚立を片づけて帰って行きました。

午後のお茶会は、ホールの一角に置いた畳の上で始まりました。裏千家の免状を持つ主任さんが着物姿になって、座をとりしきります。わたしも和服を着てみないかと主任さんに言われたのですが、ゆかたしか持っていないので辞退しました。代わりに、若い頃お茶のてほどきを受けた佐藤さんが、少し派手目の着物を身につけ、主任さんの手伝いをします。

畳のコーナーの壁には紅白の幕を二方に張って、野点《のだて》の雰囲気を出しました。中央に電気コンロを置き、そこで茶釜《ちゃがま》の湯を沸かしました。患者さんは五人をひと組にして、畳の上に招き入れる手はずを整えます。痴呆のない患者さん、軽度痴呆、中程度、重症という具合に、同じレベルの患者さんをひとまとめにします。正座が無理な患者さんは、一番近いテーブルに着席させて、そこに茶碗《ちゃわん》を運ぶことにしました。わたしがそのリストを作って、呼び出し係になりました。グループ毎《ごと》にテーブルに坐らせて、主任さんの準備が整うのを待ちます。

午後のホールは、普段は何かと騒がしいのに、全員の注意が畳の上に集中しているせいか、どことなくしんとしています。

最初のグループは、他の患者さんたちに模範を示してやらなければなりません。デイケアの通所者からは池辺さんともう一人、入院患者からは吉岡さんと柴木さん、板東さんの三人を選びました。池辺さんと吉岡さんはホールではいつも近くに坐り、仲の良いカップルなので、お茶会でも二人並べてみました。お地蔵さんに帽子と前垂れを持っていった柴木さんは、その後もお嫁さんから赤い布を持ってきてもらい、少しずつ縫い続けています。相変わらず寸法などは測らずに、思いのままに布に鋏《はさみ》を入れて、針を走らせるのです。

板東さんは痴呆はほとんどないのですが、耳が遠いので、他の患者さんとの交流はあまりなく、どちらかというと一匹狼《おおかみ》の存在です。もともと長男一家と同居していたのですが、嫁が金を盗《と》ったと思い込み、刃傷沙汰《にんじょうざた》になり、仲裁にはいった息子さんからバットで腕を叩かれて骨折し、整形外科に入院となったのです。骨折が癒《い》えて家に退院してみると、息子一家は家財道具を持ち出し、姿を消していました。ひとりで生活する自信のなかった板東さんは、一時避難をするかたちで、この病棟に入院してきました。入院後も、誰もいなくなった家のことは心配になるらしく、時々ひとりで外出しては、雨戸を開けたりして風通しなどはしています。

板東さんの家は病院から歩いても三十分くらいで、わたしも近くまで行ったことがあります。まだ新築同然の大きな家で、道路より少し高台に建ち、周囲の半分くらいは瓦《かわら》のついた塀《へい》で囲まれています。庭木が少なく、それもまだ幹の小さいのが伸び放題になっていました。板東さんにそれとなく訊くと、あの辺一帯は全部板東さんの土地で、千坪以上はあるそうです。

あるとき板東さんが、看護助手の井上さんに相談をもちかけたといいます。あの家には十部屋あるので、あなたたち一家にただで貸してあげてもいい、その代わり、一日一食だけ作り、家の掃除をしてくれるのが条件だったそうです。ご主人と離婚した井上さんは、年金暮らしの母親と幼稚園に行っている娘さんとの三人暮らしなので、あの大邸宅に住むのは魅力を感じたそうですが、また何かを盗んだと疑われて板東さんに追い回され、包丁で三人皆殺しになってはかなわないと、板東さんの申し出はやんわり断ったと笑っていました。

板東さんを見ていると、話しぶりは穏やかですが、時々おやっと思うのです。耳の遠い人の特徴でしょうか、ややもすると他人を疑いがちです。いつもやりとりをしている患者さんとは大して問題は起こさないのですが、ホールのテーブルで離れた場所に坐っている人や、同じ二号室でもあまり付き合いのない患者さんに対して、疑心暗鬼になりやすい面があります。特に二号室にいる元社長の室伏さんは好色で、長富さんの上に乗りかかるような人ですから、板東さんは嫌っているようです。面と向かって室伏さんに食ってかかることはありませんが、長富さんが室伏さんを誘いに部屋に入ってくると、怒鳴って追い返します。そのときの表情は、普段のにこにこ顔ではなくて鬼瓦みたいな形相になっています。自分を二十三歳だと思っているものの、実際は八十四歳の長富さんは、板東さんから肩を押されて転倒したこともあります。悲鳴で駆けつけた三田くんが間にはいり、幸い骨折などはなくて事なきを得ましたが、そのときも板東さんは長富さんが何か盗みにはいったと信じ込んでいたようです。

自分の身辺でうろうろするが、自分とは気持をあまり通わさない人間。そういう存在を板東さんは疑います。思うに、板東さんと同居していた長男のお嫁さんも、似たような状況にあったのかもしれません。身のまわりの世話はするのですが、板東さんが難聴のせいもあって、親しく話をする機会なんてなかったのでしょう。耳が遠くなくても、頑固一徹の板東さんと日々口をきけるお嫁さんなんて、今どきいないのが普通でしょう。そんな近いようで疎遠《そえん》な間柄は、板東さんの奥さんが元気だった頃は問題になりませんでした。奥さんが緩衝材と通訳の役目を果たしていたはずです。しかし奥さんが病気で入院し、亡《な》くなってしまうと、板東さんとお嫁さんはじかに接しなければなりません。板東さんが声をかけ、お嫁さんが返事をしても、耳には届きません。生返事だと特にそうです。板東さんはお嫁さんを怪しい奴《やつ》だと思い始めます。怪しい奴ですが、食事の用意、洗濯、部屋の掃除などで自分の周囲をうろうろします。

そんなとき、自分がどこかに置き忘れた、あるいは隠し忘れたお金があった場合、真先に疑われたのがお嫁さんだったのです。お嫁さんは心当たりがないので、初めは否定しますが、何度も言われると、はなから相手にしなくなります。そうやって板東さんはいよいよ疑いの念を強くしていったのに違いありません。

今年の初めでしたか、一時期、目の不自由な患者さんが入院していました。そのときわたしが思ったのは、同じ感覚器官でも目と耳では全く性格が違うということでした。見ると聞くですから、役目が異なるのは当然ですが、そうではなく、もともとの性質が違うのです。

ひとことで言えば、目は疑い深く、耳は慎み深いのです。その目の不自由な患者さんは、静かに話しかけるとすぐに心を開いてくれ、手はかかりますが、こちらの気持もまっすぐ伝わっていく印象がありました。ちょうど同じ頃ですが、ショートステイで、全く耳が聞こえない患者さんが入院してきました。もちろん目は見えます。ところがこの患者さんの場合、何事も曲解してしまうのです。看護婦が他の患者さんの世話をしているのを見て、自分だけ相手にされていないと腹を立てます。わたしたちが詰所で話をしているのを眺めて、自分の悪口を言っていたと怒ります。

初めはその患者さんの生来の性格かと思っていたのですが、その後も耳の不自由な患者さんを世話していると、おしなべて物事を悪い方に解釈する傾向があるのに気づかされました。板東さんのように、ある程度耳が聞こえていても、やはりその傾向がみられるのです。

どうやら目は、本来疑い深くできているようです。目は唯一《ゆいいつ》脳が頭蓋《とうがい》骨の外に飛び出している箇所だと、大学時代に習った記憶がありますが、目の役目は何よりも危険の察知だったに違いありません。身の危険をいち早くとらえるために、わざわざ脳が外に出たと考えればいいわけです。そのため、小さな変化でも危険だと感知する傾向が、初めから備わっているわけです。前方の樹々《きぎ》の葉が揺れるのを見たとき、目はまず敵がこちらを窺《うかが》っていると結論するのです。一陣の風が吹き渡ったのだとは決して考えません。

これに対して耳のほうは、もちろん目と同じく警戒の役目を担《にな》ってはいますが、目ほどにはびくびくしていません。それよりも、仲間の声を聞きつけたり、求愛の鳴き声を聞き分けることに重きがおかれているのです。いうなれば、目は生まれつき疑い深く設定されているのに対して、耳は親しさを感知するようになっているのです。

この感覚器官の性質の違いが、そのまま人間の行動にも反映されます。板東さんも多分その犠牲者であり、耳が充分に聞こえていれば、目の猜疑《さいぎ》心もずい分薄らいでいたはずです。

板東さんは家に帰ったとき、隣町に住む娘さんとは時々会っていたようで、近々退院する予定にしています。娘さんの末息子が結婚していて大阪の方に行っていたのですが、会社が倒産したそうです。こちらに帰って来るために家探しをしていたところに、板東さんと同居の話が持ち上がったのです。板東さんにしてみれば、ひとり暮らしはとても自信がなく、孫一家にとっては大きな屋敷にただ同然で住めるのですから、願ってもないことなのです。

退院してもデイケアにだけは来ると、板東さんは言っています。他の患者さんと打ちとけた様子はなかったのですが、この病棟や催しを気に入ってくれたのかもしれません。

デイケアに参加する下準備として、お茶会では池辺さんのグループに入れたのです。吉岡さんは、板東さんが気を許していた数少ない患者さんのひとりです。二人が戦争の話をしていたのを何回か見ました。板東さんの耳が遠いので、吉岡さんがメモ紙に地図を描き、板東さんが一生懸命説明していました。吉岡さんが手描きしたのは中国とシベリアの地図でした。吉岡さんに尋ねると、板東さんが兵士として過ごしたのはシベリアで、極寒での重労働に毎日狩り出されたそうです。それに比べると私のほうはだいぶましだったかもしれませんと、吉岡さんは苦笑しました。吉岡さんは終戦まで満洲《まんしゅう》にいたそうです。陸軍病院で将校の当番兵をしていたと言います。わたしたち職員をどことなく優しい目で見てくれ、ことあるごとに労《ねぎら》ってくれるのも、そんな病院体験からきているのかもしれません。

今、畳の上に五人が正座していて、ちょうど池辺さんの番が終わりました。池辺さんはお茶などやったことはないと言っていましたが、招待されて場数は踏んでいるのでしょう。ちゃんと茶碗の縁を人差指と親指の先でぬぐい、その指を懐紙で拭《ぬぐ》います。そのあと茶碗を一回半向こう側に回して、畳の上にさし出します。次の番が吉岡さんで、本当に嬉《うれ》しそうです。お茶席など、生まれて初めて、病院の中でこんな経験をするとは思いもよらなかったと言っていました。隣の池辺さんの所作にならって、茶碗を右手に取り、手前に一回半回し、両手で持って実においしそうに飲みます。飲み終えると茶碗を置き、「結構でした」と頭を下げます。心底感激している様子がうかがわれ、何かを思い出すように顔を上向けにしてまばたきします。

板東さんもやはりお茶席は初めてなのでしょう。池辺さんの番のときから、じっと主任さんの手元を眺めていました。なつめから茶杓《ちゃしゃく》でお茶を取り出して茶碗に入れ、茶釜からお湯を注ぎ、茶せんでかき混ぜる所作を食い入るように見つめています。いよいよ自分の番になると、佐藤さんが運んできた茶碗を恥ずかしそうに手に取り、池辺さんがやってみせたように茶碗を回して、三回に分けて飲み干しました。最後に音が出るまですすったのも、偶然でしょうが見事に作法にかなっていました。

あとの二人に順番が回っている間、池辺さんたちは小さな饅頭《まんじゅう》に手を伸ばしています。本来なら茶菓子を先に出したかったのですが、終わった患者さんが手持ち不沙汰になるので、あとさきになってしまいました。

菓子は、ちょうど患者さんの家族から草木饅頭を貰《もら》っていたので代用しました。白あんの小さな饅頭ですから、二つずつ小皿にのせれば立派な茶菓子になります。吉岡さんも板東さんも、実に満足そうな顔をして食べています。もしかしたら板東さんにとって、入院中の最も良い思い出はこのお茶会になるのかもしれません。

不思議なことに、テーブルに坐《すわ》って待っている他の患者さんたちも、徘徊《はいかい》せず、大声を出しません。じっと茶事に見入っているのです。普段何か行事をするとき、一緒の行動からはみ出す患者が四、五人はいるのですが、今日は例外です。

それにはテープで流している琴の演奏が影響しているのかもしれません。やはり佐藤さんの発案で、「荒城の月」「さくらさくら」「越天楽《えてんらく》」「早春賦《ふ》」などのはいったカセットを用意したのです。

おむつをつけた永井さんと腰曲がりの浦さん、脳挫傷《ざしょう》の辻さんと元近衛《このえ》兵の相良さんの四人を、糖尿病の見元さんと一緒の組にしました。見元さんは中年の頃まで趣味でお茶をやっていたと病床日誌に記載してあります。本人に確かめたら、もう忘れたと首を振っていましたが、背筋を伸ばして正座している姿は、流石《さすが》に堂々としています。和服でも着ていれば、一幅の絵になるほどです。まず、隣の永井さんに「お先に」と断りを言い、上体を傾けて茶碗を引き寄せ、「お点前《てまえ》ちょうだいします」と主任さんに頭を下げます。茶碗を左の手のひらにのせ、いとおしむようにゆっくり回したあと、おもむろに口にもっていきます。その仕草のどこにも、入院患者らしさはありません。主任さんと見元さんとの間には、看護婦と患者の関係ではなく、主人と客という一対一の雰囲気です。

飲み終えた見元さんは茶碗の絵柄も吟味して、「結構なお点前でした」と頭を下げ、主任さんも会釈《えしゃく》を返します。思わず拍手をしたくなるような無言のやりとりです。

永井さんもおむつをはめたままでじっと番を待っています。本来なら、隣の見元さんの前に置かれた饅頭に手を伸ばすのですが、今は主任さんがさし出した茶碗《ちゃわん》をしずしずと手に取り、三度に分けて飲み干します。茶碗の縁を指先で拭うのも、見元さんの動きをちゃんと見ていたからでしょう。

浦さんは腰が曲がっているので、子供のような背丈に見えますが、茶碗を落としもせずに立派に飲み干し、畳に額をつけるようにお辞儀をしました。その次が一番心配していた辻さんです。いつも落ちつかず、手を叩《たた》いてばかりいるのですが、今は上背のある相良さんと浦さんの間に挟まれて神妙にしています。佐藤さんが茶碗を傍まで運んで行き、どうぞと促します。辻さんはそれを両手で受け取り、口にもっていきひと息でごくんごくんと飲み干しました。そのあとちゃんと茶碗を前に置いて、茶菓子が出るのを待っています。

相良さんは、まるで軍隊の整列のようにぴんと背を張り、まっすぐ前を向いています。緊張しているのか禿頭《はげあたま》から額にかけて、赤く上気しています。佐藤さんが茶碗を置くと、相良さんはハッと答えて右手をさし伸べます。飲む姿はとても八十七歳とは思えません。いつか風呂《ふろ》の中でうんこをした人とも思えません。二十歳の青年のように初々《ういうい》しい姿勢です。飲み終えると、両手をついて上体を折り曲げます。「ごちそうさまです」というのも、どこか青年将校のような動作です。

自分も早く畳に上がりたいと、先刻から落ちつかないのが元校長の下野さんです。園地さんや津島さん、新垣さん、加辺さんと一緒にしましたが、自分たちの番になると、まるで子供を引率するように、あとの四人を畳の上に坐らせました。下野さんも何度か経験があるのでしょう。堂に入った手つきです。自分が飲み終えたあとも、しきりに残りの四人を気にし、ひとり終える毎《ごと》に自分から「ハッ」と言って頷《うなず》きます。全員が済んで退出するときはほっとした表情になり、「良カッタ、良カッタ」と不自由な言葉で喜んでいました。

結局、誰ひとり茶碗をひっくり返したり、途中で失禁したり、他人の饅頭を横取りする患者さんは出ませんでした。それどころか、全部で二時間近くかかったのですが、おごそかで優雅な雰囲気は最後まで保たれたのです。今までいろんな催し物をしましたが、こんなことは初めてでした。

たぶん、患者さんは七十年、八十年を生き抜いてきて、茶の湯がどういう状況で行われるか学習しているのでしょう。その成果は脳の奥深い処《ところ》にしまい込まれ、多少の痴呆《ちほう》が加わっても破壊されないのに違いありません。それにもうひとつ、茶の湯では、ひとりひとりが主人公になります。畳の上に坐ったときから、もう患者さんは劇の主人公と同じです。それも普通の劇とは違って、静かな精神的な劇、つまり一人舞台です。その不思議な緊張感が、患者さんに厳粛さを強いたのかもしれません。いや強いるのではなく、おごそかさを引き出したとも考えられます。

「本当に気持良いお茶会だったわ」

終わったとき主任さんが言いました。「やっているうちに、前に坐っているのが患者さんとは思われなくなってきたもの――」

言葉を探すように、主任さんは詰所の中で額の汗を拭《ふ》きました。「そうね、普通にお招きしたお客様と同じになってきた。おそらく、わたしたちの日常の看護や介護の仕事も、そんな気持でしないといけないのよね。頭から患者さん扱いするのではなく、一期《ご》一会《え》のお客様、友人として接するということ、いい経験をさせてもらっちゃった」

一期一会、お招きした客人。主任さんが言ったその言葉は今でも耳に残っています。考えてみれば実にその通りです。旅先で人と巡り会ったり、あるいは仕事上で人と出会ったりするのと同じように、わたしたちは病棟で患者さんと出会うのです。まさしく一期一会に他なりません。それも頭ごなしに扱う患者さんではなく、招待する客人として接するのです。患者と思ってしまうと、もうそれ以上の何者でもない単色の人間になってしまいます。人であれば、色でたとえるなら赤黄青黒白という風に、ありとあらゆる色合いがあってしかるべきです。まして七十年八十年九十年を生きてくれば、さらにまた多様な色に染まっているはずなのです。

茶の湯という単純な場面ですら、入院患者もデイケアの患者も、十人十色の反応を示しました。ましてや、日常の生活ではその何十倍何百倍の多様な反応が出てくるに違いありません。

その日は、夕食のときでもまだお茶席の粛々とした雰囲気が尾を引き、静かなものだったそうです。

松川さんに急変が起こったのは、先生も知っての通り、消灯後です。就前薬を飲んだあと、いつものように、ベッドで、キューピー人形の手をしゃぶりながら目を閉じていたといいます。呼吸がおかしいのに気がついたのは十一時の巡回の際で、看護助手の山口さんが懐中電灯の光を天井にあてながら九号室にはいると、松川さんがいつもとは違う呼吸をしていました。すぐに安田さんを呼び、彼女が当直室に電話を入れたのです。その日、当直の先生は大学から見えている若い先生でした。酸素吸入や、呼吸中枢《ちゅうすう》を刺激する薬を注射したにもかかわらず、心停止が一時間後にきてしまいました。

お茶会が松川さんの最後を飾る行事になってしまったのですが、駆けつけた娘さん夫婦は、そのことを聞いて心から感謝していたといいます。まさか痴呆病棟でお茶会が開かれ、本式の抹茶《まっちゃ》を飲ませてもらうなど、娘さんたちには思いもよらぬことだったのでしょう。

いつも肌身から離さぬキューピー人形を、松川さんは膝《ひざ》の上に置き、両手で茶碗を持って抹茶をすすっていました。饅頭を食べ終えるまで、人形の手足をしゃぶることもなかったのです。

夢見ているような松川さんの目が、畳の上に正座している間、若い頃の光を取り戻したような感じがありました。

母は嫁入り前まではお茶を習っていたはずです、と娘さんは言っていたそうです。嫁入った先の店がすぐつぶれて、それ以降は生活に追われ、茶の湯どころの騒ぎではなかったといいます。

もしかしたらあの松川さんの目は、嫁入り前の実家の豊かな暮らしを思い出していたのかもしれません。いやきっとそうです。だとすれば、もっともっと長生きしてもらい、何度もお茶の席に並んでほしかったと思うのです。

孫

板東さんが退院していったのは七月の終わりで、八月からはさっそくデイケアに週五日顔を出していました。病院と家とどちらが良いか、耳元に口を寄せて訊《き》くと、「そりゃあ、やっぱりわが家が良か」と答えたものです。

お盆は一週間デイケアも休みでした。ところがお盆明けに顔を見せた板東さんには、退院した頃の元気が消えていました。

お孫さん一家が転居してきたので、息子さんや娘さんたちもお盆には寄り集まったに違いなく、それを板東さんに確かめました。

「いや、来んじゃった」

板東さんは首を振ります。「孫たちは、仏壇にも手を合わせんじゃった。あいつらはなーもせん」

寂し気な返事です。

お孫さんは、板東さんの娘さんの末っ子で二十六歳、そのお嫁さんが二十三歳、そして五歳になる女の子が同居しているそうです。板東さんの話を聞くと、同居というよりも間貸しなのかもしれません。

孫一家が引越して来てしばらくは、食事も一緒にしていたそうです。しかしお嫁さんが作る料理はトンカツや唐揚げ、それでないときもスーパーで買って来たハンバーグやコロッケばかりだといいます。板東さんが好きな焼き魚や煮魚、野菜の煮物などは、いくら待っても食卓に並びません。そのうえお孫さんの帰りを待っての夕食なので八時過ぎになり、病院で六時の夕食に慣れていた板東さんは待ち切れません。帰って来たお孫さんはまずビールを飲み、お嫁さんと二人でビールの大瓶を六本あけるといいます。板東さんと話をするでもなく、食べたあとテレビゲームをしている子供を放置して、毎日が宴会です。

毎日ビールを半ダース飲むなんて景気がいいですね、よくお金が続きますね、とわたしは尋ねました。

わしが注意したので、この頃はアルミの樽《たる》にはいった大きなやつに変えて、それを毎日一本あけよる、と板東さんは淡々と答えます。怒りはもう通り越して、あきれ果てたという表情です。

嫁のほうは腹の中に二番目の子供ができとるというのに、そげなこつは一切お構いなし。そりゃ、家賃も払わんでよかし、ガス代も電気代も水道代も何もかもこちら持ち、加えておかず代として月々三万円を手渡すので、ビールを腹一杯飲む金はできたのかもしれん、と板東さんの話は続きます。

孫夫婦が移って来る際も、引越し代として二十万円渡し、さらに引越しの当日は孫からせがまれて、手伝いの友人たちに寿司《すし》を二万円分ふるまって、労をねぎらったそうです。

それなのに、と板東さんは口をとがらせます。運送屋の領収書が置いてあったのを見ると、かかった金は十四万をちょっと超えた金額じゃった。孫が五万円くらい懐《ふところ》に入れた計算になるが、そげなこつはひとつもわしには言わん。

盆過ぎに、二泊三日で山鹿温泉につかりに行ったが、このときも前以《まえもつ》て宿代二万四千円ばかりを嫁にやり、振り込むように頼んどった。ところが宿屋に着くと、そんな金は振り込まれとらんち言う。せっかく昔家内とよく行った宿に来たとが、気分が壊れて台無しになってしもうた。二泊を一泊に切り上げて帰り、孫の嫁に問いただすと、振り込むのば忘れておりましたと言う。忘れとったのじゃなく、どうせこっちがその金のことを忘れるち思っとったのに違いなか。ともかく二万四千円返せと催促すると、やっと一週間して、わしの前にお金ば突き出した。すみませんでしたのひと言もなくて、犬に餌《えさ》をやるような手つきじゃった。

板東さんの顔が次第に紅潮し始めました。

あの孫夫婦は本当に油断ならぬ、と板東さんは口元を歪《ゆが》めます。どうも留守の間にわしの部屋の中にはいっていろんなものを見よるようにある。印鑑やら証書やら、貯金通帳やら、大切なもんが箪笥《たんす》の中にはいっぱいはいっとる。それで、この病院に来るときには、部屋の戸を釘《くぎ》で打ちつけることにした。あいつらが釘を抜けばすぐ分かる。戸はドアではなく、襖《ふすま》に違いありません。そこに釘を打つなんて、板東さんの気持は相当追いつめられています。お孫さん夫婦が本当に部屋に進入して来ているかどうかはさして重要ではなく、そう確信せざるを得なくなっているところが問題なのです。板東さんの性質として、身辺でうろうろしながら、よそよそしい態度をとる者はみんな怪しい人物になります。新しく来たお嫁さんはちょうどその図式にぴったり当てはまります。ましてや旅館の前払い料金を着服した前歴があれば、板東さんの信用を回復するのはもう無理でしょう。

ああいう連中と一緒に住むくらいなら、ひとり暮らしのほうがよっぽど良かった。――板東さんは吐き出すように言いました。だいたい、あの孫は中学生のときからシンナーを吸い、スーパーで万引をしたりして親を悩ませよった。中学を出て印刷工場に勤めよったが長続きせず、あちこち職を変え、最後はトラックの運転手になった。これは性に合っていたのか今までずっと続いているが、あんな風に毎晩ビールば飲んで、よう事故ば起こさんのが不思議なくらい。やっぱり小さかときの盗み癖は大人になっても直らん。わしは一緒に住んでみてそう思う。わが孫ばってん、仕方なか。自分の子供、孫ち言うても、畑の作物と同じで、全部できがいいとは限らん。丸々と太って傷のなかナスビもあれば、ひねくれて縮こまったナスビもできる。

腐れナスビには腐れ虫がつくように、あの嫁も、わしから見ればあれで人の親かと思うことばっかりしよる。亭主を送り出し、娘を保育園に行かせたあとは、わしも病院に行って家の中はひとりになるはず。暇なはずなのに庭の草一本抜かん。病院から帰ってみると、脇《わき》に食い物を置いて食べながらテレビを見ている。お帰りなさいのひと言も口にせん。

板東さんは、話にならないといった表情で首を振ります。誰にも話す人がいなくて、今までよほど我慢をしていたのでしょう。堰《せき》を切ったようにしゃべるのです。

ガス代や電気代、水道代は銀行引き落としにしてもらっていたが、この前、断りの手続きをした。今度からは全部孫夫婦に払わせる。家賃と思えば安かはず。それでも文句を言うなら、出て行ってもらうしかなか。

板東さんはやっぱり、他の人とは住めないのだとわたしは思いました。奥さんが生きていたときは、他の人と板東さんのつなぎ役になってくれていたのです。人を信じず、人に頼らず、人も許さずの性格ですから、荒野に一本立っている古木のようなものです。雨風にも雷にも耐えるのでしょうが、他の樹木とのやりとりは一切ありません。奥さんはそんな木にとまる鳥の役目をして、他の森の木のいろいろな情報を運んできてやっていたのです。

板東さんが八十二歳、孫のお嫁さんが二十三歳、その差は六十歳もあります。小さい時から一緒に住んでいれば別ですが、急に共同生活を始めても、気持が通じ合うようになるには何十年もかかるような気がします。まして血のつながりもなく、ああいう性格の板東さんです。

一緒に住み始めた動機も、平たく言えば損得勘定から出ています。板東さんは、ひとり暮らしは不便なので誰か若い者がいてくれたほうが助かると思い、お孫さん夫婦のほうは、家賃も払わないで大邸宅に住める絶好の機会だと思ったはずです。お互いが損得勘定で接近していますから、その間に心の通じ合いがあるはずはないのが当然かもしれません。つまり双方とも、打算ではない〈ありがたい〉の感情が抜け落ちているのです。

病棟で患者さんと接するにつれ、家庭で高齢者と住むのは大変なことだとつくづく思うようになりました。違った世代がひとつ屋根の下で暮らすのは、太古の昔から人類がやってきたことではないか、何で現代人だけができにくいのか、そんなはずはない、努力が足りないだけだという反論が出るかもしれません。しかしひと昔前とは取り巻く環境も、当事者たちの心理状態も、大きく変化しているのです。

第一に、現代の高齢者は六十歳や七十歳ではなく、八十歳、九十歳なのです。平均寿命が延びているとはいえ、頭脳の質は変化がありません。つまり、昔であれば頭脳が衰える前に身体《からだ》が衰えるので、ひからびた脳が露顕することはなかったのです。ところが今は身体が頑丈に持ちこたえるので、脳は衰え果てる最後まで舞台に立っていなければなりません。寿命が延びたというのは、脳の寿命とは関係ありません。脳だけは取り残されたまま、お年寄りは生き続けなければなりません。

第二に、ひと昔ふた昔であったなら、子供と両親そして祖父母は、三世代ひっくるめて同時代人であったと言えます。同じ環境と教育、価値観で育てられ、見るもの聞くものも三世代で大した違いはありませんでした。ところが現代では、取り巻く環境の変化、価値観の変化にはめまぐるしいものがあります。現代の十歳の違いは、以前の二十歳、三十歳の違いに相当するのかもしれません。そうすると、仮に板東さんとお嫁さんの年齢差が六十歳としても、実際は百年か百五十年の差があると考えられなくもないのです。明治の人どころか、江戸時代の人と同居生活をしていることになります。生活習慣や食べ物の好みが一から十まで異なるのは当然です。

そして第三に、世の中から高齢者の存在が隠されてしまっていて、わたしたち若い世代は小さい頃からお年寄りの姿を目にする機会がないまま育っています。板東さんのお孫さん夫婦もきっとそうでしょう。わたしと年ごろが同じですから、よく分かるのです。

わたし自身、看護婦になるまで、というよりも痴呆《ちほう》病棟に配属されるまで、高齢者のことなど眼中にありませんでした。例えば街のアーケードの向こうからお年寄りが歩いて来ていたとしても、わたしの目には見えなかったはずです。いないも同然の存在でした。今は違います。デパートでもスーパーでも、バス停でも、お年寄りが眼にはいります。誰と一緒か、どんな服装をしているのか、どんなものを買っているのか、どこか身体の不自由なところはないのか、ついつい観察してしまうのです。

七月に小学生たちが病棟にやって来て交流会を開きましたが、子供たちにとってはちょうど動物園に行くようにして、お年寄りのいる場所を訪れるしか、接触の機会はないのです。その意味で、患者さんたちは水槽《すいそう》の中の熱帯魚と同じですが、それでも、こうやって人の眼に触れる機会が残されているだけでも幸運と言えるのかもしれません。あの訪問が計画されなければ、水槽の周囲に幕を張っているのと同じになってしまいます。

板東さんとお孫さん一家の同居解消は時間の問題でしょう。またひとりになったとき、板東さんがどうするか、じっと見守っていくつもりです。

デイケアに通っている池辺さんからも、よく家庭の話を聞かされます。あんな若々しい小粋《こいき》なお年寄りでも、息子のお嫁さんの行動には悩まされているそうです。ピアノの先生をしているとかで、帰って来ても靴は脱ぎっ放し、バッグは置きっ放し、洋服は散らかしっ放しで、あとでひとつひとつ池辺さんが片づけてまわるのです。お嫁さんに掃除を任せていると、部屋の隅には髪の毛が残ったまま、トイレも隅の方にハエの死骸《しがい》がころがったまま、風呂場《ふろば》も浴槽の壁はぬるぬるしたままなので、池辺さんがこっそりやり直さなければなりません。以前は池辺さんもお嫁さんに注意をしていたそうですが、「散らかっていても命が縮むわけではないですから、気にしないで下さい」と反論され、それ以後はもう言う気力もなくしたようです。

お孫さんは看護学校に通っていて、池辺さんがわたしにいろんな話をしてくれるのもそのせいでしょう。この頃、日曜日になると、そのお孫さんが池辺さんを病院まで車で送ってきて、吉岡さんを連れ出し、夕方四時半頃にまた連れて戻ります。たいていは昼食後からなので、池辺さんと吉岡さんのデートは、実質二時間ほどです。

最初この話を池辺さんから切り出されたときは、例のないことなので驚きました。池辺さんが、日曜日に吉岡さんを自分の家に招待したいが、いいだろうかと訊くのです。もちろん吉岡さんの承諾は得ているということでした。

主任さんに話すと、それは患者さんたちの自由よ、とあっさり言われました。あの二人は痴呆もないし、吉岡さんは身寄りもない。それを池辺さんが家に招いてご馳走《ちそう》しようというのでしょう、問題などありません、池辺さんの家族も認めたうえでのことでしょう、というのが主任さんの意見でした。

その旨《むね》を池辺さんに伝えると、さっそく次の日曜日にお孫さんが池辺さんを車に乗せて吉岡さんを迎えに来ました。ちょうどわたしが日勤だったので応対したのですが、池辺さんに似て小柄なお孫さんです。入口の扉の向こうで待っていて、池辺さんだけがはいって来て吉岡さんを誘いました。吉岡さんは申し訳なさそうな顔をして、わたしの方に、行って来ますという仕草をしました。

扉の向こうで、池辺さんはお孫さんに吉岡さんを紹介していました。お孫さんは可愛《かわい》い笑顔で吉岡さんにちょこんと頭を下げ、二人を労《いたわ》りながらエレベーターに乗ったのです。その様子ひとつからでも、池辺さんはお孫さんから大事にされているなという印象を受けました。

池辺さんがご主人を亡《な》くされたのは三十七歳のときです。もともと病弱な身体をおして会社勤めをしていたそうですが、子供四人と池辺さんがあとに残されました。財産があるわけでもなく、池辺さんはすぐに働き口を探さねばなりませんでした。幸い割烹《かっぽう》旅館が雇ってくれました。調理場の皿洗いです。そこで四年働きました。妹夫婦の子供三人を引き取ったのもその頃だそうです。妹さんは婦人科の癌《がん》、そのご主人は心臓発作で亡くなり、三人の子が親なしになってしまったのです。八人が六畳二間と台所のあるアパートに住みました。一番上が中学二年、一番下が小学一年のときで、家の中に全員が集合するのは、寝るときと食事のときだったといいます。その他の時間は、なるべく外にいないと、家の中は満員電車のように混雑してしまうのです。

割烹旅館の皿洗いをしている間、池辺さんは自分のものは何ひとつ買ったことはないといいます。着物も洋服も、足袋も下駄《げた》も、すべて仲居さんか店の女将《おかみ》さんのお下がりでした。上の男の子二人が新聞配達をして、家計の手助けをし、中学生と小学上級の娘二人が家事の手伝いをしてくれて、八人が何とか食べていけるだけの収入はありました。しかし池辺さんが悩んだのは、帰りが十時くらいになってしまうことです。宴会でもあれば、お皿が山のように調理場に戻ってきて、それを洗い終えるまでは帰れないのです。昼間の仕事に変わろうと思い、面接に行ったのは土建屋さんでした。

「誰が働くとな？」と、社長さんは訊《き》いたそうです。池辺さんは身長が百四十センチくらいで太ってもいません。余りに小柄なので、土建屋の社長さんも使いものにならないと思ったのでしょう。それでも池辺さんは何とか雇ってもらえました。土木工事なら仕事は夕方に終わります。賃金は割烹旅館よりは少ないのですが、夜に縫い物をしていくらか稼げます。若い頃裁縫を習っていたのが役立ちました。

しかし初めの頃は、工事現場での仕事は骨が折れ、家に帰って食事の仕度をすませると、もう何もしたくなかったそうです。もっこ棒の両端にわらで編んだもっこをぶら下げ、土を運ぶというのが初心者の作業でした。もっこ棒が肩に食い込み、バランスを取って歩かないと、もっこが揺れて土がこぼれます。何百メートルか先まで運んで土をあける時も、いちいちもっこを下ろしては非能率的です。両手をもっこの紐《ひも》に添えて、ひょいとひっくり返すのがコツです。身体は小さいけれども決してねを上げず、ずる休みもしない池辺さんを、現場監督も次第に見直してくれるようになりました。セメントと砂をこねる仕事があれば、それとなくそちらに振り当ててくれたそうです。若い頃お年寄り向けのファッション雑誌から抜け出して来たような今の池辺さんが、そんな力仕事をしていたとはとても信じられません。

「土木の仕事は七、八年しました。しかし五十に手の届くようになるともう身体が言うことをきかんようになって、漬物屋に雇ってもらいました。大根や白菜、ナスなど、洗うのも運ぶのも昔とった杵柄《きねづか》ですから、店の主人には重宝がられました。その頃には、上の息子や娘がもう中学を出て集団就職したり、近くの美容院に住み込みではいったりして、子供たちもひとりずつ減っていったとです。就職した子は、それぞれ毎月何ぼかお金を送って来て、わたしはそれを小さい子供たちのために貯《た》めておきました。それで、どの子にも遠足や修学旅行を欠席させたことはありません」

本当に楽になったのは五十半ばを過ぎてからだと、池辺さんは話してくれました。漬物屋で稼いだお金を、自分の物を購入するのに使えるようになったのです。お茶やお花、そして民謡も習いに行けるようになりました。

中学卒の息子さんが短大卒の布団《ふとん》屋の娘をお嫁さんにして、家を新築したのは、池辺さんが六十歳になる少し前です。息子さん夫婦が同居を言い出してくれたので、池辺さんは二十年以上も住んだ六畳二間のアパートを出ました。自分の子供四人と妹さんの子三人を育て上げた古いアパートです。家主さんはもう八十歳近くなっていたそうですが、引越しする際、部屋の修理代は一切取りませんでした。それどころか、池辺さんを前にして、こう言ったそうです。

「あんたが小さな子供ばかり七人も連れてはいって来たときは、どうなることかと心配した。まるで幼稚園のようじゃったが、あんたは一回も家賃を滞納せんかった。他の夫婦者が、何のかんのと理屈をこねて支払いを渋るのとは正反対じゃった。あんたが、もし家賃を払えんとか、米が足らんと言うてくれれば、手助けしてやらにゃいかんと家内とも話し合っとったが、あんたはそんな素振りも見せんじゃった。それどころか、七人の子供を見事に育て上げた。上の学校こそ行かせるのは無理じゃったごたるばってん、誰ひとりとしてどまぐれんかった。下の子供は兄ちゃんや姉ちゃんを見習って、まっすぐ育って行った。ほんとに私たちは、こう言ったら何やけど、二十年間いいものを見せてもらったと思っとる」

大家さんはそう言ってくれたそうです。池辺さんにしてみれば、二十年間生きていくのに必死で、大家さんとはろくろく話もしたことはなかったのですが、そういう眼で見てくれていたのだと、今さらながら胸が熱くなったといいます。

自分の子供は当然として、甥御《おいご》さんや姪御《めいご》さんからも、おばちゃんは私たちをよく育ててくれたね、と感謝の電話がかかってくるそうです。それぞれ名古屋や大阪に住んで所帯を持っているのですが、毎年盆暮にはお小遣いも送ってきます。

「生活が苦しかったとき、甥や姪は里子に出すか施設に預けようと考えたときもありましたが、そうせんで良かったとつくづく思います」

池辺さんの言ですが、池辺さんから育てられた人たちの感謝の気持は、そのままお孫さんにも伝わっているのでしょう。池辺さんを車で送って来たお孫さんの態度を見ていると、それがよく分かります。ひとつには、看護学生として祖母を労るのが身についているのでしょうが、それだけではないはずです。父親からおばあちゃんの偉さを聞かされて育ち、自分もまた祖母と毎日接して、尊敬の念が自然と湧《わ》き出ているのに違いありません。

板東さんのお孫さんと会ったことはありませんが、聞いた限りでは、池辺さんのお孫さんとは大変な差です。どうしてこうも大きな違いが生じるのか、不思議な気がします。やっぱり、親と子、そしてまたその子へと伝承されていく気持の流れがいったんぎくしゃくしてくると、なかなか元に戻らないのかもしれません。

初めて池辺さんの家に招《よ》ばれた吉岡さんは、やはり池辺さんとお孫さんに送られて五時少し前に帰って来ました。

池辺さんの家がどんなだったかは、吉岡さんが話してくれました。病院から車で二十分くらいの、池を囲んで住宅地が建ち並んだ所というので、経塚池《きょうづか》のことでしょう。あ

います。

吉岡さんは池辺さんの家について、「小さいけれどカレンダーの写真のような見晴らしの良い所じゃった」と言っていました。居間の外にベランダがあって、その向こうは芝生になり、さらに池を挟んで、対岸にきれいな住宅が見えているそうです。

池辺さんと吉岡さんはベランダに出されたテーブルに坐《すわ》って、お孫さんが用意してくれた紅茶とケーキをご馳走になったのです。ベランダは藤棚《ふじだな》になっていて、池を渡って吹いて来る風が心地良くて、暑さもそれほど感じません。

「死んだ家内の話をしました」

二人で話が弾んだでしょう？　とわたしが訊いたとき、吉岡さんはぼそっと答えました。

「死んだ家内には、とうとうひとつもいい思いをさせず、苦労ばかりかけましたから、ずっと心残りです」

たぶん、池辺さんの前でもそうしたのでしょう、吉岡さんはしんみりして目をしばたきました。

吉岡さんの話を池辺さんは、時々間《あい》の手を入れるだけでじっと聞いていたそうです。

「私ばかり話をして、気がついたらもう三時間も経《た》ってしもうとった。そこでこりゃいかんと暇乞《いとまご》いしてきた。帰りも車で送ってもらって、ほんに悪かことばした」

　吉岡さんは恐縮してみせましたが、晴れ晴れとした表情でした。病棟では吉岡さんはもっぱら他の患者さんたちの世話役、話の聞き役です。わたしたちのほうでも、吉岡さんは手のかからない患者さんと考えて放任しがちです。じっくり話をする機会もつくらないまま、今まできたような気がします。吉岡さんにとっては願ってもない息抜きを、池辺さんの家でしてきたのでしょう。

　その後も池辺さんと吉岡さんは、お孫さんの車で日曜日、月に一、二回は出かけるようになりました。行先は池辺さんの家だったり、できたばかりの行者の森公園だったりで、公園では日陰のベンチに坐って一、二時間四方山《よもやま》話をするのだそうです。その間お孫さんは離れた所で読書しているのだといいます。

「驚いたのなんのって」

　月曜日のデイケアに来たとき、池辺さんがわたしに報告しました。「吉岡さんとわたしは隣合わせの小学校に通っとったのです。吉岡さんは満の八十三歳でわたしが八十二歳ですが、わたしのほうは早生まれなので、学年は一緒になります。不思議なもんです。今はその二つの小学校は合併してひとつになっとりますが、昔は別々で、隣同士でした。先生のこつばいろいろ思い出しとるうちに、馬鈴薯《ばれいしょ》という渾名《あだな》のついた教頭先生が出てきたとです。本当の名前は知りません。尋常高等小学校の六年間に、吉岡さんの学校からわたしたちの学校に転任して来たのです。何年の時かは忘れましたが、詰襟の服を着て、いが栗頭《ぐりあたま》でした。頭の様子がじゃがいもに似ているのでそんな渾名がついたのですが、じゃがいもと言わずに馬鈴薯と呼んでいたのは、馬のように顔が長いくせに、女性のようなかん高い声だったからです。その渾名の由来も、吉岡さんは覚えていて、先生にはすまんことばしたと、今になって二人で反省しました。

転勤と一緒に渾名まで移動してくるとは、やっぱり、お互い子供たちが、二つの小学校の間で、行き来していたのでしょうね」

池辺さんは頰を染めて報告し、微笑しました。

わたしは、吉岡さんと池辺さんが公園の木陰のベンチに坐りながら、ぽつりぽつりと昔話をする光景を、まるでこの眼で目撃したかのように、思い描くことができます。

二人は芝生の向こうの木々、またその奥の池を眺めて、一分も二分も口をきかないことがあります。そしてどちらからか、沈黙が紡《つむ》ぎ出したような静かな声で話し始めるのです。思い出話であったり、いたわりの言葉であったりします。吉岡さんは、池辺さんが夫に先立たれたあとの四十五年間の頑張りを、反対に池辺さんは、吉岡さんの最後の八年間の奥さんに対する献身的な看病を、ねぎらうのです。

「いえ、たいしたことではありません。そうなったからそうしたまでです」

二人とも同じように答えているに違いありません。そしてまた長い沈黙のあと、昔話に戻り、「隣同士の小学校に通っていた者が、こうやって出会うのも、不思議なものです」と頷《うなず》き合うのでしょう。

子供の頃にはやった遊びにも話題はとぶはずです。あるいはまた吉岡さんが満洲《まんしゅう》の収容所で苦労した話をし、池辺さんは空襲のたびに防空壕《ごう》に逃げ込んだ話をしているのかもしれません。

二人は手を握り合うことも、面と向かって見つめ合うこともありません。ただ二人並んで、同じ方向をじっと見つめるだけです。中学生の恋人同士、いやもしかしたら小学生の恋人同士の語らいのように無垢《むく》な雰囲気が、二人を包み込んでいます。

「送り迎え、本当に大変ですね」

わたしは、池辺さんを車で送って来たお孫さんに、そっと言ったことがあります。

「いいえ、ちっとも苦になりません」

小柄で色白なお孫さんは、目を見開いて答えてくれました。表情の動きはすばしっこいのに、態度はどことなくおっとりしていて、そんなところも池辺さんに似ています。

「おばあちゃんがボーイフレンドと坐っているのが遠くから見える所に、わたしも腰かけて本を読んでいるのです。時々顔を上げて、二人を眺めます。おばあちゃんの嬉《うれ》しそうな気持が、遠目にも分かります。おばあちゃんが喜ぶことは、何でもしてやるつもりです」

お孫さんはきっぱりと言いました。

「うちの孫娘は糠《ぬか》漬《づ》けが好きで——」

いつか池辺さんから聞きました。あのお孫さんと糠漬けというのはなかなか結びつきにくいのですが、お孫さんの友人たちも池辺さんの漬物を楽しみにしているそうです。

「今頃は夕方漬けて、寝る前に取り出し、冷蔵庫で冷やしてから、朝、孫に持たせます。ナスビなんかほんにいい色、キュウリも緑がきれい」

そんな自画自賛も、池辺さんなら少しも嫌味になりません。

病院食に遠慮してか、池辺さんが糠漬けを持って来たことはありません。吉岡さんは食べさせてもらったはずで、味がどうだったか訊いてみました。

「私はもともと漬物の類は好まんほうだけど、ありゃおいしかった。歯ごたえがあって、お茶がひきたって、なんかこう、あの人の人柄が出とる」

吉岡さんは真面目《まじめ》な顔をして答えましたが、わたしは思わず「ごちそうさま」と口にしていました。まるでおのろけに近い返事だったからです。

急変

二号室の多賀さんが風邪をこじらせて肺炎になり、観察室に移ったのが一週間前です。点滴で抗生物質を投与し、尿量を測定するために膀胱《ぼうこう》に留置カテーテルを入れていました。

「城野さん、多賀さんがちょっと変です」

看護助手の山口さんが言ってきたのは、十一時頃でした。観察室にいる多賀さんの体位交換をする際、痛みを訴えるのでその箇所を見たのだそうです。

山口さんはまだ二十二歳で、商業高校を出たあと小さな会社に勤めたのですが、そこが倒産して、うちの病院の中途採用で働き出したのです。最初に配属されたのがこの痴《ち》呆《ほう》病棟なので、まだ助手の仕事も覚えたてです。主任さんからは、当直のときにしっかり訓練をしておくように念をおされ、月に二回は一緒の当直になります。

その山口さんが本当に気味悪がったのが、男性患者のおむつ交換でした。男性の場合、パンツ型の紙おむつの他に、フラット型の小さなおむつをペニスに巻きつけることが多いのです。もちろんフラット型のおむつは二枚重ねます。そうすれば、少々の排尿をしてもペニスに巻きつけた小さなおむつで尿を吸収し、パンツ型のほうに濡《ぬ》れ出ることがありません。うまくいくと、そのフラット型だけ替えればいいのです。

問題は、フラット型のおむつをペニスに巻きつける要領です。ペニスの先端を左手でつまみ上げ、フラット型の上に寝かせ、そのまま覆《おお》い、根元のところを畳み込まなければなりません。巻きつけが弱いと、動いているうちに脱落して何の役にも立ちません。もちろん、その処理にはプラスチックの手袋をはめますが、つまみ上げるときの感じが独特で、山口さんが当惑したのも無理はありません。恥ずかしさと気味悪さが混在した真剣な表情で、山口さんはわたしの言った通りに何回も繰り返してくれました。こんな経験は、家に帰って両親にも話せず、まして同世代の友人にもなかなか言えたものではないのです。

わたしも学生時代、臨床実習のときの思い出があります。虫垂炎の手術のために、高校生の男の子が入院していたのです。それまで中年や高齢者の導尿は経験していたので、婦長さんから命令されたときも、処置台にヒビテン消毒液や導尿用カテーテルと、コッヘル、キシロカインのゼリー、尿器などが載っているのを確認して、患者さんの部屋に行ったのです。四人部屋だったのでカーテンを周囲に引き、患者さんにパジャマをおろすように言いました。

ペニスが露出したのを見届け、プラスチック手袋をはめ、ヒビテン液のしみた綿球をピンセットで挟み、ペニスの先にこすりつけました。

そのとき、左手で支えていたペニスが急に膨らみ出したのです。わたしは一瞬何事が起こったのかと思いました。しかし事態を認識した次の瞬間、もうその場にいたたまれなくなり、「ちょっと待っていて下さい」と言い残し、手袋をはめたまま小走りに詰所まで戻りました。

「何か変なんです」

婦長さんを前にしてわたしが言えたのはそれだけでした。

「あら、ごめんね」

婦長さんは事の次第をすぐに理解してくれたようで、わたしの代わりに病室に行き、程なく処置台を押して戻って来ました。尿器の中にはちゃんと液体が溜《た》まっていました。

「城野さん、気づかなくて悪かったわ」

婦長さんは他の先輩看護婦にわたしのうぶさ加減を茶化すこともなく、二人だけの秘密にしてくれました。

高校生は間もなく退院して行きましたが、今思うとすまなかったと反省させられます。

ちょっと変ですと言った山口さんについて観察室に行ってみました。病衣をめくって多賀さんのペニスを露出します。

「ここです」

山口さんが指さしました。カテーテルは尿道にはいっていて問題はありませんが、亀頭《きとう》に固いものが触れるのです。それだけではなく、薄い皮膚を通して白い物が見えます。

「多賀さん、痛くありませんか」

プラスチックの手袋をはめたあと、指でその部位を押しながら訊きました。多賀さんは「痛か」とだけ答えます。

「人工ペニスが破れかけているのかもしれない」

わたしは小さな声で山口さんに言います。「白いのはたぶんシリコン」

わたしも人工ペニスがどんなものかは知りません。多賀さんが入院してきた当初、日誌の既往歴や手術歴にもその件は全く記載されていなかったのです。それでも入浴の際に眺める多賀さんのペニスが、他の人よりずば抜けて大きいのにはみんな気がついていました。小さく縮んだ普通のものより三、四倍も大きいのです。そのうち、多賀さんにパンツをはかせていた鈴木さんが何の気なしにそこに触ってみて、固いのにも気づきました。固いだけでなく、機械でできたように、自由自在に持ち上がるのです。

不思議なペニスだと思い、多賀さんに問いただしたのですが、要領を得ない答えが返ってくるのみです。報告を受けた主任さんも自分で確かめ、多賀さんの奥さんが面会に来たとき、思い切って尋ねたといいます。

「あら、本人は黙っていましたか。二十年ばかり前に、泌尿器科《ひにょうき》で埋め込み手術をしてもらったんです。二十年ばかりかかったはずです」

二度目のその奥さんはまだ七十歳を少し越えたばかりですが、はきはきと答えました。

「もちろんわたしが勧めたのではありません。そんなことはどうでも良かったのですが、多賀がどうしてもやるというので黙っていたのです。手術をする際、わたしも承諾書をとられました。理由は分かりませんが、夫婦双方の承諾書がいるんだそうです。手術後は、わたしから言うのも何ですが、モノは大きくても、どこか冷やりとしていて、あまり良いものではありません。多賀は、別のところであれを使っていたのではないですか」

奥さんは主任さんが訊《き》かなくても、自分からどんどんしゃべってくれたといいます。

多賀さんは若い頃から一級建築士の事務所を構えていて財力もあり、相当の艶福家《えんぷくか》だったようです。手術を決意したのも、家庭円満のためというより、そちらの方面のためかもしれません。

入院後、多賀さんの痴呆がさらに進んで、夜間はおむつを使うようになりました。おむつ替えの際、鈴木さんや田中さんなどは、多賀さんの人工ペニスを矯《た》めつすがめつしていたようです。口さがない田中さんは「見れば見るほど惚《ほ》れ惚れする」と言って、わたしたち独身組の顔を赤らめさせて喜んでいました。

人工ペニスの手術がどういうものか、具体的には知りません。豊胸手術と同じで、中にシリコンの詰め物をするのでしょうが、いま多賀さんの亀頭の皮膚の下に白く見え、固く触れるのは、その先端なのかもしれません。

わたしは少々悪いなと思いながらも、当直の朔《さく》先生に電話をしてみました。深夜の呼び出しも、気軽に応じてくれる当直医もいれば、そうではない先生もいます。朔先生は泌尿器科が専門ではありませんが、何はともあれ現場に飛んで来てくれる先生で、わたしたちにとっては電話をかけやすいのです。

五分ばかりして駆けつけた先生は、わたしの説明を受けてから患部を診察してくれました。

「プロステーシスの脱出だろうな」

少し首を捻《ひね》りながら呟《つぶや》きます。急いで来たのに違いなく、白衣の下は青いパジャマです。

「何ですか、それは」

「補綴物《ほていぶつ》のことだよ。専門ではないからよく分からんが、留置カテーテルがいけなかったのだろう。炎症を起こして粘膜が軟らかくなったんだ」

朔先生は多賀さんの患部を見下ろしたままで答えます。「しかし、ぼくも初めて実物を見たよ。立派だねえ。患者さんはいくつ？　九十二歳かい。偉いものだ」しきりに感心しています。

「どうしたらいいんでしょうか」

わたしは処置のほうが心配になって尋ねます。

「こうなったらもう抜去しかないと思うよ。プロステーシスが感染を起こしたら、それこそ取り返しがつかない」

朔先生はきっぱり言います。「抜去したって構わないのだろう。奥さんはいるのか」

「おられますが、もう外泊はありません」

「それなら、もう無用の長物――」

そう言いかけて、朔先生は自分でしきりに頷《うなず》きます。「そうか、無用の長物というのはこういうことから来ているのかな」

観察室から詰所に戻り、多賀さんの病床日誌を広げます。

「城野さんはどう思う？」

「何がですか」

「無用の長物という言葉の由来だよ」

冷やかし半分の訊《き》き方ではなく、真顔です。

「多賀さんの場合とは関係がないのじゃないでしょうか。もっと昔からある言い方でしようし」

わたしも真面目さを装《よそお》って答えます。

「そうかな。うん、やはりそうだろうな」

朔先生は納得したようにボサボサ頭を手で撫《な》でつけ、所見を診療録に書き始めました。

「すぐ泌尿器科に移しますか」

「いや、今夜はこのまま様子を見ていいだろう。明日の午前中に泌尿器科に転棟させて、抜去してもらう。抗生物質もはいっているし、すぐに悪化はしないはずだ。患者が自分でペニスを扱うことはないだろう?」

「一応おむつをはめていますから」

「じゃ大丈夫だな」

朔先生はひとりごとのように呟きました。「これも製造物責任の一種だな」

「何ですか、それは」

わたしは訊《き》きました。

山口さんが気を利かせてお茶をいれ、患者さんの家族からの貰《もら》い物の茶菓子を添えて、朔先生の前にさし出します。

「PL法だよ。この間、この病棟から内科にひき取った患者がいたろう」

「椎名さんですか」

「そうそう。ペースメーカーを入れた患者」

九十一歳の椎名さんは、脳虚血を起こしてちょくちょく観察室にはいっていましたが、二週間前に本格的な脳梗塞《のうこうそく》を起こして、内科転棟になっていました。

「まだ意識が戻らず、レスピレーターをつけたままなんだ。頭部ＣＴでも、広範な梗塞巣があってね」

朔先生は出されたお茶を口にもっていき、おいしそうに飲みます。

「じゃ、回復は無理ですね」

「まあ、脳死と植物状態の間のどこかに落ちつくしかないね」

朔先生は、ちらりと観察室の方に眼をやってから続けます。「ところが問題なのは、心臓ペースメーカーの電池交換の時期が今月末なんだよ。埋め込みをしたのは五年前だそうだ。うちの病院ではなかったがね。メーカー側では、手術をした患者の消息はすべてデータに入れていて、ずっと追跡している。製造元としては、患者が死亡しない限り、ジェネレーターを取り換える義務がある。それが製造物責任だそうだ。自動車と同じ。ところがあの患者の場合、本人は意識がないし、家族ももういつその時期が来てもいい覚悟はできている。レスピレーターでずっと生かしておくことにも首をかしげているくらいなんだ。長男なんか、ペースメーカーの電池が切れてくれれば丁度いい、とまで言っていた。しかしね、メーカー側の担当者は、それでは困りますと必死なんだよ。電池切れで死亡となっては、企業側の責任重大というのだ」

「結局、どうなるのですか」

「来週、手術をすることになった。簡単な手術だからね。これで、あと五年の心臓の動きは保証されたも同然だ。ま、梗塞のある脳がどこまでもってくれるかだけど、それもレスピレーターがついているからね」

「ペースメーカーとレスピレーターがあれば、鬼に金棒ですね」

わたしまでも、つい言ってしまいます。

朔先生は菓子を頬ばり、ゆっくりかみしめます。

「いずれ、レスピレーターも抜かなければならない時が来るだろうな」

「誰が抜くのですか」

「抜くのは主治医だよ」

朔先生はぎょろりとした目を向けました。

「いいえ、抜くのを決める人です」

わたしは見返すようにして訊きました。

「家族と主治医のあうんの呼吸だね。脳死の可能性が高ければ、院内の脳死判定委員会にかけて、正式に決定してもらえる。その結果が脳死と出れば、主治医から家族に言いやすい。逆に脳死と出なければ、却《かえ》って事は面倒になる。あうんの呼吸での決定ができにくい雰囲気になってしまう」

「あうんの呼吸ですか」

「そう。平たく言えば、雰囲気」

朔先生は自分が吐いた言に驚いたように、茶碗《ちゃわん》を手にしたままじっとしています。

わたしはテーブルの反対側に坐《すわ》って朔先生の話を聞いていますが、山口さんは遠慮して流しの前に立ったままです。しかしそれでも話には興味があるらしく、真剣に耳を傾けています。

「確かに雰囲気なんだよな。その雰囲気のなかで、最終決定は主治医がしているのが現状なんだ。問題は、その雰囲気がない場合だよ。主治医はとことん治療を進めるしか方法がなくなる。徹底的に攻めまくって、生き続けさせる。こっちには道具立てが揃《そろ》っているから、たいていのことでは負けない。しかし、生きている本人は意識もなく、ベッドの上に横たわっているだけだ。その状態が半年も一年も続く。下手をすると五年も続く。そうなれば、死というおっかない猫に、誰も鈴をつけに行けなくなってしまう」

朔先生ははね上がった頭髪が気になるのか、また右手で押さえます。

「わたしたち看護婦のほうは、そうやって敷かれたレールの上をひたすら動いていくしかありません」

「そりゃそうだ。日々の体位交換やおむつ替え、清拭《せいしき》などは看護者の務めだからね。毎日毎日、同じ仕事の繰り返し。その仕事がある確固とした目標に向かっているのならいいけど、患者に回復の見込みは全くない。賽《さい》の河原の石積みと同じだ。割り切って働かないと、やっていられない」

朔先生はわたしに同意を求めるように言います。

たぶんそうでしょう。看護婦に決定権はありません。頭のなかを単純にしておかなければ、いや頭のなかを空っぽにしておかねば、そんな繰り返しの状態を何年間も続けるのは困難です。

わたしたちの痴呆《ちほう》病棟には、重度の痴呆のため、病前の性格からはまったく変わり果てた患者さんが数多くいます。しかしいずれも、まだ動いて、反応を示し、こう言うと誤解を受けるかもしれませんが、やっぱり人間なのです。泣き叫び、手足を動かすだけの新生児と同じく人間なのです。もちろん、植物状態の患者さんも人間には違いないのですが、動きも叫びもしません。看護者にとっては、着せ替え人形遊びのようなものではないでしょうか。

「わたしには経験がありませんが、毎日世話をしているうちに、あるいは情が移るのかもしれません」

「情が移って、却って可哀相《かわいそう》になることはないだろうか。主治医のほうは四六時中、その患者と接しているわけではないから、感情移入は少ない。その点、身近にいる看護者や介護者は違うからな」

朔先生はわたしと山口さんの顔を交互に見つめます。「重度痴呆の母親を自宅で介護していた息子が、その母親の首を絞めて殺した例があったろう。母親がもう息子の顔も判《わか》らなくなってしまったというのが、動機だったらしい。これなど、感情移入の典型だよ。初めから他人同士の間では、たぶん起こらない。子供の顔も判らなくなっては、もう生きる屍《しかばね》と同じだと、その息子は判断したのだろうね。

もうひとつはフランスで、看護婦がやはり植物状態の老人たちを二十人近く安楽死させた例があったね。あれもやはり感情移入かもしれない。患者たちの気持にはいり過ぎて、これは悲惨そのものの状態だと同情し、行為に及んだというわけ」

「そうすると、感情移入も良くないのですね」

わたしは山口さんと顔を見合わせたあと言いました。

「そうだね。単純作業とみなしてわりきったほうが良いかもしれない」

「わたし、そんな病棟でなく、この病棟で良かったです」

山口さんが遠慮がちに初めて口を開きます。「どの患者さんもわたしを判ってくれているし、仕事を単純作業と考えたことはありません。人間、誰でも、ここにいる患者さんと同じようになるのですから。初めはびっくりすることばかりでしたが、今は良かったと思います。勤め始めた頃と今とでは、どこか自分が変わりました」

それまで胸の内にしまっていたものを吐き出すように、山口さんは言ったのです。

「偉いね。あなたの若さでそう感じるのは」

朔先生は呟きます。

わたしはまたその時、祭のときの夜店に出るカルメラのゲームを思い出しました。前に突き出た管の中にビー玉を入れると、玉は釘《くぎ》に当たりながら板の上を下降し、最後には大小さまざまなカルメラが入れてある区切りのどこかにおさまる、あのゲームです。大きなカルメラが二個はいっている区切りもあれば、申し訳程度の極小のカルメラが一個という区切りもあります。いずれにしても、ビー玉は十四、五ある区切りのどれかにはいってしまうのです。それ以外の場所で、ビー玉が静止することはありません。

わたしたちの力で、どの区画にはいるか選択できるわけでもありません。ビー玉が管を下るときの回転や勢い、そしてまた釘の弾性や板の傾きと湿り具合で変化はするでしょうが、それもわたしたちの意志で左右はできません。老いと全く同じです。

「じゃ、明日の午前中、泌尿器に転棟させるように手配しておく。病棟医の香月先生にもぼくから連絡する」

朔先生は日誌に二、三行書き加えたあと、顔を上げます。「しかし香月先生の熱心さには頭が下がる。優秀な先生だもの、普通だったら痴呆老人の担当などにはなりたくないよ。それが、香月先生は自分から病棟医になられた」

偉いもんだ、と朔先生は呟《つぶや》きます。

「お茶、ありがとう」

大きな欠伸《あくび》を残して、朔先生は当直室に戻っていきました。

「転棟の件、家族には明朝、電話で伝えることにするわ」

わたしは山口さんに言い、仮眠をするように勧めました。

わたしが多賀さんの日誌を広げている間に、休憩室から早くも山口さんの寝息が聞こえ始めます。仮眠の時間は二時間ほどなので、もたもたしていると、あっという間に過ぎてしまいます。簡易ベッドに横になるやいなや眠りにはいってしまわないと、実質上の仮眠にはなりません。山口さんがその芸当ができるのは、一人前の当直看護者になった証拠です。

わたしは看護記録に多賀さんの状態を記入していきます。ペニスに埋めていたシリコンが飛び出しそうになっているのは、全く新しい症状です。多賀さんが入院してきた当初の問題リストは、第一が病院に馴《な》れさせること、第二が日常の身のまわり動作の確立、第三が排尿のコントロールでした。長男の嫁、次男坊、そして後添いの奥さんに付添われて、多賀さんが入院してきた時のことはよく覚えています。家では奥さんと二人暮らしで、同じ敷地内の別棟に長男一家が住んでいました。しかし痴呆が進み、夜間徘徊《はいかい》や、家中どこでも排尿してまわり、注意をする奥さんに手を上げたりするようになったので、入院になったのです。

病棟にはいって家族が帰ったあと、多賀さんは入口の扉をがたがた動かして怒りの声を上げていました。「こんなところを閉めまくって、一体どういうことか」と叫ぶのです。「ここの所長を呼べ。社長でもよか。どういうつもりか」

大変な剣幕でした。

「まあまあ、しばらくするとご家族が迎えに来られます。少し休んでいて下さい」

主任さんがなだめるのですが、多賀さんはますます怒って、家に電話をかけさせろと聞き入れません。仕方なく詰所に連れて行き、受話器を渡して、自分でかけさせます。ちゃんとゼロ発信をするように教えるのですが、多賀さんはそのあとの自分の家の電話番号が判りません。勝手にボタンを押し、「出らん」と舌打ちします。

「多賀さん、わたしがかけてあげましょうか。家の電話番号は？」

主任さんが、少しばかり慇懃《いんぎん》無礼な口調で訊《き》きます。

「番号は六三八の——」

「六三八の？」

「いや八六一かもしれん」

「八六一の？」

主任さんはなおも食い下がります。

多賀さんは一瞬返事に詰まり、

「どいつもこいつも」

と言って、受話器をガチャンと置きました。

「多賀さん、今日はひとまずここに一日居て、明日、ご家族に連絡をつけてみましょう」

わたしは内心恐る恐る言いかけてみました。手を振り回されても当たらないくらいの距離からです。

多賀さんはちらりとわたしの方を見ます。

「他にもたくさんの人がここに休養しているでしょう。多賀さんの部屋もベッドも用意しています。よかったら案内します」

多賀さんはホールのテーブルについている患者さんたちを見やって、何か考えている様子でした。

「泊まるにしても、寝巻や着替えがなかぞ」

半分はその気になった様子で多賀さんが言います。

「それはもう、こちらで準備しますから」

主任さんが太鼓判を捺《お》すと、多賀さんの顔から怒りが消えます。

「それでは多賀さん、こちらです」

わたしは多賀さんの手を引いて廊下を歩き出します。声には壮年の勢いがありますが、足取りは九十歳の患者さんそのもので、わたしの手にすがって足を運びます。

「家の者を呼べ。帰るぞ」

翌日、朝食が終わると多賀さんがまた怒鳴り始めました。家に電話をして、奥さんには打ち合わせずみのことを言ってもらいます。身体《からだ》の具合が悪いのでしばらく来れない、不自由でしょうが我慢して下さい、という返事に、多賀さんの怒りも、多少はおさまります。

「毎日、電話をして奥さんの容態を尋ねてもいいのですよ」

多賀さん自身も、家にいるとき奥さんに手を上げたことを反省しているのか、主任さんの助言が奏効しました。

その後、多賀さんは看護婦に頼んで一日二回ほど家に電話をしていましたが、最後には奥さんから「あまり頻繁に電話をかけて来ないように」と叱《しか》られて、しょんぼりしていました。そんなとき、多賀さんを慰めていたのが、収集癖のある加辺さんです。

「あなた、もうあたしたちと一緒にここにいたほうが良かですよ。そのうち奥さんも来らっしゃるでしょう」

多賀さんはびっくりした顔で加辺さんを見つめていましたが、それっきり「帰る」とは言わなくなったのです。

加辺さん自身も、入院した当初は帰りたがって大変でした。自分が家にいないと、掃除や洗濯をする者が誰もいないと言うのです。たまりかねて、娘さんと孫娘に何度か来てもらい、家での掃除洗濯には支障がない、おばあちゃんは病院でゆっくり治療してもらいなさいと、根気よく説得を続けました。やはり多賀さん同様、一週間もすると落ちつきました。

十日目くらいに面会に来た奥さんに、多賀さんは一緒に帰ろうとは言わなかったのです。二週間もたつと、もう病棟の古住人のような振舞いになり、間違えて自分の部屋にはいってきた患者さんを怒鳴り散らしていました。一ヵ月後に一泊二日の外泊もするようになりましたが、自分から病院に戻ると言い出したそうです。

そうやって、入院当初の第一の問題点、病院に馴れることは克服できたのです。二番目の日常生活の自立も、歯磨きと洗面や入浴、着替えなど、少しの手助けでできるようになり、三番目の尿失禁だけがまだ充分に改善せず、夜間のみおむつをはめて対処していました。ところが夏風邪をこじらせて観察室にはいってからは、合併症対策が第四の問題として最重要課題になったのです。もともと慢性腎炎《じんえん》があって、肺炎のために食事がはいらなくなるとともに尿量が減少しました。観察室で寝たきりになると、褥創《じょくそう》の予防、身体面の清潔、水分の出入りのチェックなども問題点に上がってきます。

褥創の予防にはエアマットを敷き、一時間毎《ごと》の体位交換を行い、水分と栄養補給は点滴、尿量は留置カテーテルで測定していました。

そんななかで新たな問題点として生じたのが、今回の人工ペニス騒ぎです。それを問題リストに追加し、データ、アクション、レスポンスのフォーカス・チャーティングに従って記載します。まずデータの項目は、亀頭《きとう》の皮膚下に代用ペニスを埋め込んだ手術歴を有するという事実です。アクションの項には、留置カテーテルはそのままにして患部を保護的に扱い、多賀さんがその部位を触れないようにおむつで覆《おお》うことです。さらに当直の朔先生の診察を仰ぎ、人工ペニス抜去術のために明日の泌尿器科転棟を待つことも書き添えます。最後のレスポンスの項は、多賀さんの痛みなどの主観的な症状は著明でなく、今のところ観察継続で対応可能だと記載します。

これで、明日日勤の看護婦への伝達も過不足なく行えます。

柱時計を見ると二時少し前になっていました。休憩室の山口さんは熟睡しているらしく、軽いいびきをたてています。

わたしは観察室にいる多賀さんに近づき、額に手を当てます。熱は微熱で、呼吸も整い、脈の乱れもありません。よく眠っています。これなら明日の転棟も無事にすむに違いありません。

巡回に出る前にホールの水槽《すいそう》の横に立ちました。サザナミヤッコが底の方で眠り、タテジマキンチャクダイは岩の中に隠れています。わたしの好きなカクレクマノミは、水面近くにひょうひょうと漂っています。時々胸びれと尻尾《しっぽ》を動かしますが、眠ってはいるのでしょう。水の中にいながら、どこか溺《おぼ》れかけている魚のようです。

このホールに水槽がなかったらと考えると、背筋が冷やりとしてきます。誰もいないがらんとしたホールでも、水槽の中でこうして生き物が息づいているので、ほっとさせられるのです。

ひと部屋毎《ごと》に巡回していきます。一番手前の個室は、三日前に八十五歳の男性が入院してきたばかりです。長男一家の転勤を見越して二世帯住宅を新築したばかりなのに、転勤は二年後に延期になって、大きな家に老夫婦だけの生活になりました。そのうち夫のほうに物忘れと幻覚、粗暴行為が出現したのです。家の外を眺めては連隊がいる、こちらに一斉射撃をしかけてくると言って怯《おび》え、否定する奥さんを殴り、奥さんが買物に出かけると、外に好きな男がいるのだろうと嫉妬《しっと》妄想《もうそう》をいだくのです。心配になって駆けつけた長男の嫁には、性的な欲求をあからさまに口にして、半ば強制的に入院させられてきました。すぐに向精神薬の投与が始まり、拒否が強かった第一日目と二日目には抗精神病薬の筋注もして、攻撃性はぐんと減っています。薬が効き過ぎているためか、日中でも足取りがおぼつかなく、食事も口の端からこぼしがちです。それでも看護婦に向かってこぶしを振り上げるよりはましなので、経過を見ることにしています。

今はぐっすり眠っています。入院直前に撮られた頭部ＣＴスキャンをちらっと見ましたが、脳は萎縮《いしゅく》がひどく、こういう脳であれば樹木が兵隊に見え、車の音が機関銃音に聞こえても不思議ではない気がしました。定年まで化学工業の大企業で爆薬づくりをしていたそうで、その道では有名な主任研究者だったといいます。兵役を免れたのもそのためで、戦争中はひたすら火薬を作っていたのだと、これは本人が得意気に語ってくれました。

「家も建てて、息子たちも迎えて、これから本当の老後と思っていたのですけど――」

奥さんが病棟の出がけに涙を拭《ふ》いたのを覚えています。

この患者さんも多賀さんと同じように、しばらくすると病棟に馴れていくでしょうが、その新築の家に帰れるとは思えません。一度家を出てしまうと、症状が多少なりとも軽減したところで、受け取り手側の家族は過剰な警戒をしてしまうものです。それでなくても、いったん張りつめた緊張が弛《ゆる》んでしまうと、もう元に戻るのは容易ではありません。患者さんのいない家庭が当たり前になって、いつの間にか居場所はなくなっています。

もうひとつの個室は空床です。二人部屋三つも、異常なく患者さんは安眠していました。

九号室にはいったとき、わたしは何かが変だと思いました。しかし四つのベッドをざっと見渡しましたが、日頃と変わったところはありません。手前右のベッドは、亡《な》くなった松川さんのあとに、まだ六十歳代のアルツハイマー病の患者さんがはいっていて、よく眠っています。手前左は異食症の津島さんです。五百円硬貨はまだ腸に留まったままですが、身体は元気です。体内の硬貨を大事に思ってか、エビのように背を曲げて眠っています。その向こうが収集癖の加辺さんで、今夜はおむつもはずさないで寝息をたてています。

向かい側の高倉さんのベッドを見やったとき、嫌な予感がしました。身体は仰臥位《ぎょうが》になっているのに、顔は横を向いていました。

近寄って懐中電灯の明かりを顔に当てたとき、落ちつけと自分に言いきかせました。どこか普段の顔色と違うのです。部屋にはいった瞬間に感じた異様さは、これだなと思いました。四人部屋なのに、四人が生きている気配がなかったのです。

わたしは高倉さんの右手で脈をとりました。体温はあるのですが、もう脈は触れません。名前を呼び、胸をひと叩《たた》きしましたが応答もありません。改めて高倉さんの口元に顔をもっていきます。半ば開かれた口からは呼気が漏れてこないのです。瞼《まぶた》を押し開け、懐中電灯の光を当てました。瞳孔《どうこう》は開いたままで反応しません。

叫びたくなる衝動を抑えて廊下を走りました。山口さんをゆり起こし、当直室の朔先生に電話を入れます。そのあと、高倉さんの病床日誌を開け、家に連絡します。ご主人は、電話の呼び出し音が二十回ほど鳴ってから受話器を取りました。

「三枚川病院ですが、奥様が急変されました。すぐに病院に来ていただけますか」

「家内の具合が悪いのですか」

まだ事情が摑《つか》めず、ご主人が訊いてきます。

「とにかく、すぐお願いします」

それだけ念押しして、起き出した山口さんと共に九号室に戻ります。

腕にマンシェットを巻いて血圧を測ろうとしましたが、すぐに無駄だと分かりました。

高倉さんの皮膚から、もう温かみが去りかけていたのです。

ホールのドアを開ける音がしたので、山口さんに朔先生を迎えに行ってもらいます。

厳しい顔ではいってくるなり、朔先生はペンシルライトを高倉さんの目に当てます。

わたしが高倉さんのパジャマの胸元を開けてやり、朔先生はそこに聴診器を置き、注意深く聴いていました。

「気がついたのはいつだね」

聴診器を耳からはずして、朔先生が訊きます。

「十分前です」

「その前は」

「十二時頃、わたしが回ったときは異常ありませんでした」

山口さんが緊張した面持で答えます。

「とすると、死亡時刻は二時前後かな。二時五分にしておこう」

朔先生は腕時計を見て言います。「家族への連絡は?」

「しました。間もなくご主人が来られると思います。心電図や点滴は、必要ないでしょうか」

「しないでいい。ご主人にはぼくから説明する」

駆けつける家族の手前、形だけの治療を装《よそお》うこともあるので、わたしは訊いたのです。

朔先生は答えました。

「患者さんを個室に移してもいいでしょうか」

「空いているならそれがいいだろうな」

はす向かいの津島さんが目を覚まして、起き上がろうとしています。どうやらおトイレのようです。山口さんが誘導しに行きます。

高倉さんを寝かせたまま、ベッドを個室に運び入れ、ご主人の到着を待ちました。

「基礎疾患があるわけでもないのだね。ひと月前の心電図も、上室性の不整脈があるだけで、血圧も高くない。今日一日で変わったところもなかったのか」

日誌を調べた朔先生が首をかしげながら、尋ねます。

「申し送りでも、特に具合が悪かったとは聞いていません」

「飲んでいる薬もたいしたものはないし。香月先生には連絡したのか」

「まだです」

「真夜中だしな。まあ、明日の朝でもいいだろう」

朔先生は自分で納得します。

高倉さんのご主人がタクシーで病棟に到着したのは、それから三十分くらいたってからです。真夜中に呼び出されたのにスーツを着、ネクタイもしていました。

「実は、奥様の容態が急に悪くなって――」

詰所の椅子《いす》にご主人を坐らせると、朔先生が沈痛な表情で口を開きました。「死亡推定時刻は二時五分です」

「家内は死んだのですか」

呆然《ぼうぜん》となって、ご主人が問い返します。

「ええ、急死です。看護婦が巡回したときにはもう心停止と呼吸停止がきていました。蘇生《そせい》術を施す暇もありませんでした」

朔先生はありのままを伝えます。

「二日前に面会に来たときは元気でしたが」

ご主人は目をきょろきょろさせながら呟《つぶや》きます。ほとんど一日おきに、ご主人は高倉さんの好物のサーモンを持って来ていました。

「急性心不全でしょう。本当にお気の毒です」

朔先生は頭を垂れます。

「それで、家内はどこに」

初めて気づいたように、ご主人は顔を上げました。

部屋を移した旨《むね》を告げながら、個室に案内します。ご主人はベッド脇《わき》に膝《ひざ》をつき、高倉さんの安らかな顔をじっと見つめていましたが、閉じた瞼と薄く開いた唇に指で触れ、やがて肩を震わせ始めました。わたしたち三人は立ったままそれを眺めるだけです。

「本当にお世話になりました」

涙を拭いてから、ご主人は立ち上がりました。

「病理解剖を望まれるのでしたら、病院のほうで手配します」

朔先生の問いに、ご主人はゆっくりかぶりを振りました。

「そこまでしていただくには及びません」

赤くなった目がわたしのほうに向けられます。「家内はすぐ引き取らねばならないでしょうか」

「いえ、これから身体をきれいにして霊安室に安置します。引き取りにお見えになるのは、明け方でも構いません」

「そうですか。お世話になります」

ご主人はわたしたちにお辞儀をし、自分の足に活力を入れるようにして歩き出します。

「すみません、タクシーを呼んでもらえませんか」

出口のところでご主人は震える声で言いました。

鈴　虫

久しぶりに面会に来た柴木さんのお嫁さんが、鈴虫のはいったガラス箱を置いていきました。

飼育係にはさっそく三田くんが任命され、ナスを毎日家から持参しては、箱の中に入れます。土の上に直接並べると腐りやすいとかで、輪切りにしたナスをつま楊枝《ようじ》で刺し、パラソルのように土に突き立てておくのです。鈴虫はそのパラソルの裏にへばりついて、汁を吸います。湿度を保つために、時々霧吹きも必要です。

ざっと数えても三十匹はいるでしょうか。柴木さんのお嫁さんによると、鈴虫を飼い出したのは五、六年前からで、代々飼い継いできたのだそうです。秋の終わりになると鈴虫は死に絶えますが、その前に交尾をして、目に見えない卵を土中に産みつけているといいます。鈴虫の死骸《しがい》をきれいに拾って始末をし、土に軽く霧吹きをしたあと、ガラス箱全体をビニールで包み、暗い所でひと冬越させると、翌年の夏には卵が孵化《ふか》して、小さな虫が無数に這《は》い出してくるそうです。それらを、新しい土を入れたガラス箱に分けて、近くの小学校や幼稚園に持って行きます。今年はそのひとつを病棟が貰《もら》ったわけです。

「ぼくは鈴虫の世話はしても、鳴き声は聞いたことがない。考えてみれば損な役を引き受けました」

三田くんがぼやいたのは、鈴虫が来てもう何週間もたってからです。確かに、介護士の三田くんには当直がまわってきません。五時十五分の日勤の終わりまでに、鈴虫が鳴くことはまずありません。ナスのパラソルの裏か、土の上でじっとしているだけです。

「鈴虫の鳴き声を聴くために残業するのももったいないし」

「テープレコーダを置いておいてくれれば、録音してあげるわよ」

副主任がからかいます。

その三田くんがわざわざ鈴虫の声を聴きに来たのは、ちょうどわたしが当直の夜でした。九時少し過ぎで、患者さんたちを部屋に帰し終わった頃でした。

「はい、お土産です。夜食にどうぞ」

三田くんは紙包みをわたしと井上さんの前にさし出しました。息が少し酒臭く、顔が赤いので、どこかで飲んでの帰りでしょう。

「このまま帰ると飲酒運転で捕まるので、少し酔いを醒《さ》まさせて下さい」

三田くんは言いおいて、水槽《すいそう》の横にある鈴虫の箱の方に行きます。

紙包みはにぎり寿司《ずし》でした。全部で十二個、いかにもおいしそうです。薄暗がりの中で、井上さんがお箸《はし》と小皿を用意したあとで、ホールに声をかけます。

「三田くんは食べないの？」

三田くんは手でいらないと合図します。

病院の夕食をすませたばかりでしたが、寿司を前にしては満腹も何のそのです。

「三田くん、偶然ではないわ」

にぎりを一個食べてから井上さんが言います。

「偶然じゃないって？」

わたしは訊《き》き返します。あなごのにぎりは大好物で、まずそれを一番目に食べました。満腹のうえに食べているので、それを最後にまわすと、味が損なわれる気がしたからです。

「三田くんが、今夜ここに来たのは城野さんが当直だったから」

思わせぶりに井上さんが答えます。

「だって、三田くんは今夜、飲み会だったのでしょう。そんなはずないです」

わたしは少しむきになります。

「その飲み会というのも、城野さんの当直日に合わせたのよ。鈴虫観賞というのは口実。その証拠に、三田くんは照れくさいので詰所にははいって来ない」

「考え過ぎですよ」

「これは女の勘。齢《とし》をくっている分、勘は鋭いのだから」

井上さんは笑い、そっとホールを眺めやります。

三田くんはテーブルの椅子を引き寄せ、ガラス箱の方を向いて坐っています。

耳を澄ますと、鈴虫の声がかすかに聴こえます。耳がいったんその音をとらえると、まるで音量を上げたように大きく響き出します。まるでホール全体が鈴虫の声で満たされているようです。

「鈴虫とにぎりはあんまり似合わないわね」

井上さんが言い、それでもパクパクと口を動かします。

本当は月見のおだんごをいただき、お茶を飲みながらの虫の音がふさわしいのかもしれません。

「三田くん、お茶でも飲まない？」

井上さんが再び声をかけて、三田くんはやっと詰所に戻って来ました。

「いい音色で、来た甲斐《かい》がありました」

「ご馳走《ちそう》さま」

わたしは寿司の礼を言います。

「本当に三田くん、来た甲斐があったわね」

流しに立った井上さんが揶揄《からかい》気味に言ったのですが、三田くんには通じなかったようです。丸椅子に乗せた大きな身体《からだ》をくるりとホールの方に回します。

「夜の病棟というのは、昼とは全く違いますね。別世界——。ぼくは昼ばかりの勤務ですから初めて知りました」

しきりに何かに感心している様子です。

「見かけは静かだけど、おむつ替えなどで結構大変なの。発熱者や喘息《ぜんそく》患者、それに急変があれば、もうてんてこ舞い」

わたしは答えます。「でも何も異変がなければ、虫の音を聴いて、水槽の中のきれいな魚を眺めて、ほっとひと息つける」

「そうでしょうね」

三田くんの顔の赤味がいくらか薄らいでいます。

「お二人さん、ごゆっくり。わたくしは患者さんを見回って来ます」

気を利《き》かせたつもりなのか、皮肉をこめたのか、井上さんが懐中電灯を手にして出て行きます。

「今夜はどこで飲んだの」

手もちぶさたになって、わたしは訊きました。

「唐崎駅前の〈みくにや〉です。知りませんか」

「飲み屋さんなんか知らないわ」

「そうでしょうね。ちょっと古風な屋号でしょう。昭和の初めからある店らしいです。一階が寿司屋さんで、二階が居酒屋。どちらも同じみくにやですから、下から刺身や寿司をとることができます。専門学校時代の友人三人が集まって飲みました」

よほど楽しかったのか三田くんは普段よりも口が滑らかです。「ひとりは老人病院、もうひとりは老健施設で働いていますが、苦労しているようです。だって介護士の仕事って、まだ医療現場で理解されていないでしょう。雑用ばかりさせられたり、それから何といっても伝統的に女性優先の職場ですからね。紅の中に白一点。気をつかいますよね」

「三田くんも気をつかってる?」

「そりゃつかっていますよ。それなりに」

「そんな風には見えないけど」

「まあ、なるべく楽しく仕事しようと努めてはいますが。いや結構楽しいです」

半ば無理に自分に言いきかせる口調です。

確かに看護婦も看護助手もすべて女性ですから、そこに男性がひとりで混じり込むだけでも苦労は多いはずです。加えて、扱う患者さんたちは半世紀以上も年齢が離れています。いかに覚悟をしてこの道にはいったとしても、青年が好んで働く職場でないのは確かです。

「今度、みくにやに行きましょうか」

三田くんが遠慮がちに訊きます。

「そうね」

気乗り薄な返事になったのを少しばかり後悔しました。

「名物はご汁なんです」

「ご汁？」

「コース料理を頼むと、必ず最後に、焼きおにぎりとそれが出ます。大豆のつぶしたものがはいった味噌汁《みそしる》と思えばいいです」

「味噌だって大豆でしょう。他には何もはいっていないの？」

「はいっていません。これが二日酔いを予防するらしいです」

「三田くん、今夜もそれを食べてきたわけね」

「そうです。城野さんはお酒強いでしょうから、二日酔いの心配はないでしょうけど」

「酔いどめでなくても、一度食べてみたい気もする」

「じゃ、今度誘います」

三田くんはそれでもう目的を達したかのように、丸椅子から立ち上がります。そっと詰所を出てホールを横切るとき、鈴虫の声があたかも教会の鐘のように、大きく耳に届きました。

二人とも立ち止まって、また耳を澄まします。本当にいい声です。

入口の扉に鍵《かぎ》をさし込んだとき、廊下の奥から井上さんが走って来ました。

「城野さん、ちょっと」

そのままわたしは井上さんのあとについて病室に急ぎます。

一番奥にある七号室でした。園地さんが悪いというのは、すぐに分かりました。大きな息をしていて苦しそうです。

「ごめん、井上さん、血圧計と聴診器を持って来て下さい」

わたしは指示を出し、園地さんに向き直ります。

「園地さん、分かりますか」

園地さんは返事をしません。唇にチアノーゼは出ていません。閉じた瞼《まぶた》を開けて眼球の位置を見ましたが、偏位はありません。上肢はだらりとしたままです。毛布をはぐって下肢の向き具合も確かめます。左右対称で、どちらかが外側に傾いているわけでもありません。

井上さんが持って来た血圧計を腕に装着して、ボタンを押します。一四二と八七という数字が表示されます。園地さんは日頃はやや低目の血圧ですから、普段よりは高くなっています。脈拍は八九で、少し頻脈です。不整脈はありません。パジャマの胸をはだけて、心音と呼吸音を聴きます。心雑音がある様子はなく、呼吸音にも異常はないように思われます。

井上さんが気を利かせて、腋下《えきか》に体温計を挟みました。

「やっぱり当直の先生を呼んだほうが安心」

わたしは言い残し、詰所に戻りました。

その日の当直は偶然にも先生でした。ほっとしたわたしは園地さんの状態を手短に説明したのです。先生がみえたのは七、八分してからでした。

「きみも当直なのか」

先生は、病室にいる三田くんを見て驚いたようでした。三田くんは、ええと曖昧《あいまい》な返事をしました。帰ろうとした三田くんを引き止めたのはわたしでした。患者さんの容態に変化があったとき、ひとりでも手が多いほうがいいのです。

先生はもう一度血圧を測らせ、発熱がないのを確かめてから、上から下まで診察し、ハンマーで腱《けん》反射なども確かめました。

「あるいは一過性の脳虚血かもしれない。しかしそれにしては意識障害が強いね。いずれにしても観察室に移して、軽く酸素を流しておこうか。向こうのベッドの用意をしておいてくれ」

先生は、聴診器を黒い往診カバンの中にしまいながら言いました。黒革のカバンは先生の分身みたいなもので、他の先生は診察のときほとんど手ぶらで来るのに、先生は日常の診察時も、当直で呼び出されるときも、その黒カバンが一緒です。

観察室のベッドは三つとも空いていました。ペースメーカーを入れた椎名さんは内科に行き、まだ戻ってきません。ペースメーカーの埋め替え後も意識は出ていないそうですから、このまま内科に留まる可能性のほうが高いでしょう。肺炎を起こしかけていた多賀さんは、無事人工ペニスの摘出が終わったといいます。しかし腎《じん》機能が少し悪く、病棟に戻るのは二、三週間後だという報告を受けています。

観察室のベッドをひとつ廊下に出し、再び七号室に戻って、園地さんのベッドを運び出しました。ベッドを動かすのは三田くんの力が大いに役に立ちました。

「酸素は一分間二リットル。呼吸が平常になったらやめていい。急変があれば、また連絡してくれ」

先生はわたしにそう命じました。

観察室に移した園地さんは、大きな呼吸が目立たなくなっていました。

「虫の音がするね」

ホールに出た先生が、驚いたように立ちすくみました。外にいる鈴虫の声が建物の中まではいってきていると勘違いしたのでしょう。

「鈴虫を飼っているのです」

わたしは先生に寄り添い、水槽の近くまで引っ張って行きます。人の動く気配で、虫の音はぴたりと止まりました。

「患者さんの家族が持って来てくれました」

わたしがペンシルライトでガラスケースの中を照らしている間、先生は黒い鈴虫をじっと見つめていました。

「鈴虫はオスが弱ってくると、メスが食べてしまう。そのあと卵を産んで、自分も死ぬ」

先生はケースの中を凝視したままで言い、ゆっくり顔を上げました。「卵は冬を越して、孵化《ふか》する。自然の妙理だよ」

「オスがメスに食べられるのですか。知りませんでした」

わたしは心底びっくりしたのです。鈴虫を持参した柴木さんのお嫁さんは、そんなことはひとことも教えてくれませんでした。冬になってオス・メス共に死に絶えるのだとばかり思い込んでいました。

「ああ、生きているうちにメスが食べる。弱肉強食、適者生存といったところだね。動物の世界には痴呆《ちほう》病棟などないし――」

極めて厳粛に先生は答えました。わたしは、黒カバンを下げてホールから出て行く先生の後ろ姿をずっと見ていました。

三田くんが帰ったのはそのあとです。数時間だけでも三人当直をしたようなもので、わたしたちは礼を言いました。

「もう飲酒運転ではないですよね」

「大丈夫、大丈夫」

顔色を眺めて井上さんが頷《うなず》きます。

「じゃ、みくにやの件、約束ですよ」

三田くんはわたしに念を押し、階段を降りて行きました。

「みくにや？」

井上さんがわたしに顔を向けます。

「居酒屋だそうです」

「デートに誘われたのね。やっぱり三田くんが来たのには下心があったんだ」

井上さんはわたしをからかうことよりも、自分の予感が当たったのに満足した様子でした。

井上さんがもう一度病室を巡回している間に、わたしは観察室の園地さんの様子を見に行きます。呼吸もさっきと違って静かです。声をかけて意識の状態を確かめようと思ったのですが、眠っているのを起こすような気がしてやめました。脈も微弱で速脈ながらも規則正しく打っています。今夜はこのまま経過をみていいようです。酸素の流量を一・五リットルに下げて、テーブルに戻りました。園地さんの日誌に、今回の容態の変化について記載します。

開け放ったドアから、ホールの鈴虫の声が再び忍び入ってきます。か細いくせに、部屋の隅々にまで届く音色です。

わたしはしばらく鈴虫の声を聴いていました。二分か三分くらいたって、急に胸騒ぎがしたのです。立ち上がったとき、足は自動的に観察室の方に向かっていました。仰臥《ぎょうが》している園地さんの顔がいくらか蒼白《そうはく》に見えました。呼吸をしているか、二、三メートル離れたところに立って、毛布の上下の動きを確かめました。毛布が動いていないような気がしました。

わたしは息を詰めてベッドに近づき、手のひらを園地さんの額に当てました。少しばかり冷たく、体温より低いのは確かです。脈も触れません。

夢中でベッドに上がり、園地さんの胸を重ねた両手で押し下げます。十五回を数えて、今度は園地さんの鼻をつまみ、口うつしで息を二回吹き込みました。井上さんを呼ぶよりも、そうやって心肺蘇生《そせい》をすることのほうが先と思い、一心不乱に動作を繰り返しました。

井上さんが詰所に戻って来たのはその直後です。

「当直室に電話をして、香月先生を呼んで下さい」

叫びながらも、園地さんの胸骨の上をピストンのように押し続け、口に息を吹き入れます。

井上さんが救助セットからマスクとバッグを取り出してからは、呼吸のほうは井上さんに任せました。わたしが五回心マッサージをし終えて、井上さんが一回バッグを押して空気を送り込むのです。

「もう少し顎《あご》を引き上げて」

園地さんの胸郭のふくらみが不足しているのを見て、井上さんに注意します。

しかしわたしは次第に、自分たちの努力が無駄に終わるのではないかと思い始めていました。園地さんの顔に血の気が戻らず、手のひらが触れている胸は少しずつ温《ぬく》もりを失っていくように感じられたからです。

井上さんもそれを感じとっていたはずです。かといって、心肺蘇生術を止《や》めるわけにはいきません。黙々と同じ動作を繰り返すしかないのです。

先生が黒革のカバンを手にして、詰所に来たのは、その四、五分後でした。

「そのまま続けて」

先生は言い、ペンシルライトで園地さんの瞳孔《どうこう》反応を確かめました。

「マッサージをやめて」

先生の言葉で、二人とも動作を中止しました。自発呼吸が戻っているかを確認するため、じっと三人の眼が園地さんの胸を見おろします。

肋骨《ろっこつ》が薄く浮き出た肌は白く、細かな皺《しわ》に包まれた乳房が胸の両側に垂れています。まだかすかにピンク色を残した乳首が、ぽつんと平たい乳房にのっています。

しかしもう胸はぴくりとも動きませんでした。

「駄目だな」

先生は首を振りました。「家族に連絡してくれ。死亡時刻は——」

と言って、先生は腕時計を見、ちょうどその時刻を死亡時刻に定めました。

わたしと井上さんは、まだ諦《あきら》めきれない気持で、園地さんの胸を見つめていました。もう何をしてもこの世に呼び戻せないことは分かっています。でも、あまりにあっけない死に呆然《ぼうぜん》自失していたのです。

家族に電話を入れたときの相手の驚きを、わたしは思い浮かべていました。今までの反応は多種多様でした。驚きよりも怒りをこちらにぶつけてくる家族、電話口で泣き出す家族、衝撃で受話器を握ったまま口をきけない家族、はいすぐ行きますと事務的に答える家族、というようにさまざまなのです。

園地さんを時々見舞いにくる娘さんは五十代半ばで、自分の息子さん一家と同居していたはずです。その息子さんのお嫁さんは黙って家を出、それ以後は娘さんが、小さな孫二人を母親代わりでみなくてはならなくなりました。痴呆がひどくなった園地さんは、娘さんにとってもう重荷以外の何ものでもありません。孫たちを小学校と保育園に送り出したあと、自分もパートの仕事に出かけます。そうでもしなければ、息子さんの給料だけでは生活が成り立たないのです。しかし園地さんは、留守居ができません。ひとりにしておけば火事が心配です。娘さんは悩んだ挙句、母親をここに入院させることに決めたのです。

そんな娘さんですから、園地さんの死には動揺するはずです。自分が半ば強いて入院させただけに、自分を責める気持がその悲しみを増幅させます。

わたしは園地さんの眠るような死に顔を見つめながら、そんなことを考えていました。観察室から詰所に戻り、電話の前に立ったとき、薄暗いホールの中に先生がいるのが見えました。

熱帯魚の水槽の脇《わき》で、先生は鈴虫の音に聴き入っていました。

敬老の日

敬老の日の催しは、お盆過ぎから準備し、家族にも招待状を出しました。

患者さんを外泊させて、敬老の日を家で祝いたいという家族にも、その日はなるべく病院に来て、催しに参加したあと連れて帰って欲しいと主旨を書いていました。外泊はもちろん結構ですが、たまには家族に病院でゆっくり過ごしてもらい、日頃患者さんがどういう場所でどんな生活をしているのか、知ってもらいたいのです。

家族宛《あて》の封筒は、書面と一緒に、葉書大の招待状も入れてあります。裏面にはコスモスの花が輪郭だけ描かれ、患者さん自身が花びらを赤やピンク、葉を緑色で塗りこむのです。

催しは、九時半から受けつけが始まり、昼食を一緒に食べて、一時半頃に解散、外泊する患者さんはそのまま家族と帰って行きます。

招待には、約半数の家族が出席の返事をしてきました。出席者の人数は、子供も含めて、おおよその見込みを記入させています。患者さんの昼食は病院の厨房《ちゅうぼう》で作ってもらいますが、家族はもちろん弁当持参です。

心配なのは駐車場ですが、祭日なので病院の外来は休みです。職員も休日体制で出勤者は少なくなっています。痴呆病棟付近にはテープを張って、職員が車を置かないように警告していました。

幸い、前日の午後ぱらついた雨は、当日になってからりと晴れました。

朝の申し送りが終わる頃から、少しずつ家族が集まり始めました。三十八名の入院患者に対して、来賓の家族は五十五名、そのうち十名は子供です。デイケアの椅子《いす》を運んできても足りないので、本館の会議室から折り畳みの椅子を運んできました。

開会は十時で、オープニングには病棟医でもある香月先生に挨拶《あいさつ》をしてもらったほうがいいと主任さんが言い出し、前々日にわたしが先生に頼みに行ったのです。

「敬老の日って、何か入院患者に贈り物でもするのかい」

先生は訊《き》きました。

「いえ、贈り物は何もありません。秋の運動会の代わりです」

わたしは答えました。

確かにこの日の催しは、患者さんたちに何かを見せて喜ばせるのではなく、患者さんに参加してもらう行事を考えていました。患者と家族、そして職員を紅白に分けて、運動会の真似事《まねごと》をするのです。そのために、赤と白の鉢巻は五十本ずつ用意しました。

会は十時きっかりに、副主任の司会で始まりました。冒頭は予定通り先生の挨拶です。ほんの五、六分の短い話でしたが、会にふさわしい内容でした。やっぱり先生に来てもらって良かったと思いました。

——敬老の日のお祝いに今日来ていただいているご家族は、まだ自分と老いは無関係だと思われているかもしれません。それほど、老いに至る坂道は気がつかぬほどの微妙な傾斜でできています。しかし、日々自分たちがこの坂道を下っているのは、動かしようのない事実です。みなさんがたが今日、長寿を祝ってあげている父や母、あるいは姉や兄、さらに祖父祖母、そしてひょっとしたら、伯父さん伯母さんというのは、将来の自分たちの姿であることを、しっかり頭に入れておかねばなりません。

先生はそう言って、臨席している家族に向かって、〈初老〉は果たして何歳かと尋ねたのです。

誰も手を挙げず、先生は前の方に坐《すわ》っていた女性に答えさせました。菊本さんのところのお嫁さんでしたが、迷いながら「五十五歳」と答えました。先生はその横の中年の男性も指名し、その人は「五十歳でしょうか」と首をかしげつつ答えたのです。

実を言えば、わたしも知りませんでした。先生が「初老というのは四十歳なのです」と教えてくれたときには、その場にいた家族とともにびっくりしました。

——お集まりいただいたご家族のうち、四十歳以上の方、ちょっと手を挙げて下さい。

先生は至極真面目《まじめ》な顔で言いました。子供をのぞく大半の人が、照れ笑いを抑えながら挙手をしました。

——分かりました。どうぞ手をおろして下さい。本当にみなさんの大部分が、もう老いのゆるやかな坂道を下りかけているのです。敬老の日というのは、自分たちとは関係のない祝日であり、単に年寄りを敬い祝う日だと思っている方があるとすれば、大間違いです。知らず知らず老いの坂を下っている自分を確認する日だと考えるべきです。そしてその坂道の先では、今みなさんが目にしておられる患者さんたちに、みなさん自身がなるのだということを、しっかり頭の中に入れて下さい。

普通の社交辞令的な挨拶とは異なる先生の話に、拍手はまばらにしか起こりませんでしたが、それは居合わせたみんなが話の内容をかみしめていたからだと思います。

本当は先生にも最後まで会の進行を見てもらいたかったのですが、十一時から医師会の集まりがあるとかで、残れなかったのが本当に残念です。しかしその後のホールの中の雰囲気には、先生の話の余韻が残っているようでした。患者さんを自分と切り離してみるのではなく、自分の延長、自分の将来の化身として扱おうとする様子が見られたからです。

最初の行事は、主任さんによる〈お年寄りの介護、ワンポイント・レッスン〉でしたが、家族は私語もせずに、じっと聞き入ってくれたのです。

主任さんは、同じ痴呆《ちほう》という障害でも十把ひとからげにはいかないことを強調しました。視覚障害者と聴覚障害者とでは、その不自由さ加減も、周囲の援助の方法も、全く異なります。痴呆もそれと同じだというのです。そこには患者さんの個性、性格、病前の生活様式などが大きく影響してきます。家族はそれに応じた対処をしなければなりません。

外泊したときでも、本人のしたいことをまずさせるのです。草取りが日課だった患者さんは、草取りをしたがるでしょう。例えば、入浴で頭を洗われると子供のように泣く入間さんは、窓の外を眺めては、「草が伸びた。取らにゃならんばい」と呟《つぶや》きます。九十歳になった今でも、若い時からの草取りは脳の一番奥深いところに沁《し》みついているのです。

「家に帰って茶碗《ちゃわん》洗わんといかん」と言うのは、五百円硬貨を腸の中に入れている津島さんです。津島さんは八十九歳ですが、第一線の家事はできなくなったあとも、茶碗洗いだけは続けていたのに違いありません。

外泊したときも、そんな草取りや茶碗洗いは、本人の気がすむまでやらせて下さい。主任さんはそう強調します。草取りが草取りになっていなくても、茶碗洗いのあとまた洗い直さねばならないとしても、それは大目に見てやって欲しい、と主任さんは言います。あれもいけない、これもいけないの連続では、せっかくの残存能力までも削《そ》ぎとっていくのです。——それが主任さんの話の結論でした。

次が、寝たきり患者に対する上着の上手な着せ方と、おむつ替えの実演でした。担当は、こともあろうに三田くんとわたしでした。初め、主任さんにその役目をするよう相談されたときは、びっくりしました。断ろうとしたら、

「相手が城野さんなら引き受けてもいいと、三田くんが言っているのよ。お願いするわ」

と主任さんは一歩も退く気配を見せません。

月に一回催す家族会のときに、効果的な介護の仕方は、三田くんと看護婦が交代で簡単な講義を実習しています。例えば、お年寄りに手を添えて立たせる時、必ず健常な側の腕をつかまえるということなどです。

通常、家族会に参加するのは十人足らずですから、敬老の日の出席者の人数には遠く及びません。見学者の多いときこそ、家族教育のやり甲斐《がい》があるではないか。そう思って主任さんには諾の返事をしておいたのです。

三田くんとは予行練習などせずに、ぶっつけ本番でいくことにしました。

「それでは、せっかくご家族のみなさんがお出《い》でになっているので、ひとつでもふたつでも、日々の介護の役に立つ技を覚えて帰って欲しいと思います。技といっても、たいそうなものではありません。ほんのちょっとした工夫です」

わたしは三田くんと並んでみんなの前に立ち、しゃべり始めます。「こちらが患者役の三田介護士で、わたしは看護婦の城野と申します。三田さんに、身体《からだ》が不自由な高齢者の患者さん役をやってもらいます」

三田くんはにこにこした顔で頭を下げ、ジーンズの後ろポケットからベージュ色の布をとり出して頭にかぶります。子供たちが笑いました。おとぎ話に出てくる小人たちがかぶるような帽子で、先端に赤い玉がついているのです。

「はいそれでは、おじいちゃんはベッドに横になりましょうね」

わたしは三田くんをベッドに導きます。九十キロはある三田くんの巨体がのると、ベッドはそれだけで狭く感じられます。

「はい、この患者さんの場合、上衣《うわぎ》を着せるにも、介護者ひとりの力では上体を起こせません。そんなときは、患者さんをころがすのです。それにはやはり、前開きになっている上着が便利です」

わたしは大きめな病衣をみんなに見せ、まず三田くんに右を下にする側臥位《そくがい》になってもらいます。

「どんな高齢者でも、このくらいの体位置変換はできます。病衣の左袖《そで》に腕を通し、片側をしっかり着せます。そして残りの病衣の半分をまとめて、背中の下のところに敷くのです」

見物している家族の中には、よく見ようとして前の方に出て来る人もいます。

「はいそれでは、おじいちゃん、今度はあっち側に、ごろんと転がりましょうね」

わたしは三田くんに呼びかけ、反対側に身体を押しやります。三田くんの丸っこい身体は苦もなく半回転し、左側臥位になります。

「はい、おじいちゃん上手ですね。こんな具合に、大して力もいりません。そして背中の下にまとめていた病衣の片側は、こんな風に反対側に出ています。それを引っ張り出して広げ、はいおじいちゃん、右手を袖に通しましょうね。上手上手。これで両腕とも袖に通りました。最後にはまた、天井を向いてもらいます」

わたしは三田くんの身体をぐいっと手前に引き寄せ、仰臥位にします。「こんな風に手荒に扱ってはいけません。やはり、あくまでも優しく優しく」

みんな笑うなかで、わたしは病衣の前紐《ひも》を締めてやります。「この手順でやれば、介護者も腰痛にならずにすみます。大きな荷物は、持ち上げるよりもコロを使って転がすこと、これを覚えて下さい」

次はおむつ交換で、これには三田くん用に特大サイズを用意していました。さすがに三田くんもどんな風に扱われるのか不安らしく、頭を持ち上げて、足の方を見ています。

「おむつ替えも、さっきの上着と同じ要領です。まず向こう側に転がってもらいます。側臥位になったとき、上のほうの足がこちらに戻らぬように組ませるのがコツです」

わたしは三田くんの太い左腿《もも》を右腿に交叉《こうさ》させます。「はい、おじいちゃん上手ですよ。そしてやっぱり半分だけを広げ、残りはまとめてしっかりお尻《しり》の下に押し込みます。次にまたこっち側に身体を向け、押し込んでいたおむつを持って広げ、仰臥位にします。それから先はもう赤ん坊のおむつ替えと同じです」

わたしは三田くんのジーンズの上からバタバタとおむつを当て、「はい一丁でき上がり」と叫びます。また見物人から笑いが漏れます。いつの間にか近くに池辺さんが来ていて、妙に感心した様子で頷《うなず》いています。

池辺さんは、身寄りのない吉岡さんのために、家族代理人として参加していたのです。当初は吉岡さんの傍に坐っていたのですが、背丈が小さくてよく見えないのか、ベッド脇《わき》まで出て来ていました。

「これが赤ん坊であれば、左手で両足首を摑《つか》んでお尻を高々と上げられるのですが、大人はそうもいきません」

周囲の人たちもそうだそうだと頷きます。「はい、それでは次に、このおむつをはずしましょう。おじいちゃん、お尻を上げて下さい」

わたしが命令すると、三田くんは仰臥したままで両足を高々と上げます。

「おじいちゃん、それはお尻ではなく足でしょう。上げるのはここです」

わたしは三田くんの大きな腰をパンパンと叩《たた》きます。見物人も大笑いです。

三田くんは要領が分かったようで、足を踏んばって腰を浮かします。

「上手上手、そうですよ。はいそのまましばらくじっとしていましょうね」

わたしは三田くんに言い、見物席に顔を向けます。「患者さんのみんながみんな、こんな具合に高々と腰を上げることができればわたしたちも苦労はしません。汚れたおむつを引き出し、温水で下腹部を洗ったあと、拭《ふ》き上げて、新しいおむつをお尻の下に敷けばいいのです。どうですか、まだ腰は大丈夫ですか」

意地悪く三田くんに訊きます。

「くたびれてきました」

顔を真赤にして三田くんが答えます。

「もう少しですよ。頑張って下さいね」

わたしは冷やかに言って続けます。「みなさんも、将来のために身体を鍛えるのでしたら、このお尻上げの練習を今からしておくといいと思います。介護者を助ける運動がこれです」

あちこちで笑いが起こります。池辺さんだけは笑わず、真顔で頷いています。

「はいおじいちゃん、ご苦労さまでした。お尻をおろして結構ですよ」

三田くんはバタンと尻をつき、安堵《あんど》の息をつきます。

三田くんの身体を向こう側とこちら側にころがしておむつをはずし、ベッドから降ろしてデモンストレーションは終わりです。まるで寸劇でもやったかのように、大きな拍手が起こりました。

「なるほどね、腰上げの練習か」

菊本さんの息子さんが何度か腰を前後に出し、お嫁さんからたしなめられています。

患者さんと家族と二組に分けたのはそのあとです。テーブルの間に椅子を並べて、全員が坐ります。子供も一緒で、男女の区別もありません。職員も二手にわかれて、合計の人数だけは同じにします。片方に赤の鉢巻、もう一方には白の鉢巻を渡して、しっかり頭に巻きつけました。

ゲームの要領を副主任が説明します。難しくはありません。後ろ向きになって風船を頭の上で通過させ、順送りしていけばいいのです。風船は両手で挟んでも、突き上げても構いません。とにかく、各人が一度、風船に手を触れるのが規則です。途中で割れたら、審判員のところに取りに行き、割れた場所から再開です。二回割れると風船がないので負けになります。横に落としたときは、椅子を立って拾い上げればすみます。

紅白の列はくねくねと曲がっていますが、ちょうど四十人ずつになっています。余った職員と家族は見物です。

三田くんが鳴らした笛を合図に、風船が動き出しました。

両手で持って頭の上を後ろに渡す人もいれば、指先でついただけで上手に後方に流す人もいます。

わたしに赤組のまん中付近に坐り、前が池辺さん、その前が吉岡さんでした。敵の白組は初めは順調に行っていましたが、途中で子供が風船を遠くにはねやってしまい、それを拾いに行ったのが元社長の室伏さんです。少しも慌《あわ》てず悠々としているので、赤組の風船に挽回《ばんかい》されてしまいました。

赤い風船は遅いながらも確実に進んでいましたが、吉岡さんの前で突然視界から消えます。後ろに控えた連中がどうしたことかと騒ぎ出して、ようやく犯人が分かりました。収集癖の加辺さんが風船を抱え込んでいるようです。吉岡さんが後ろから何か言っていますが、加辺さんは知らんふりして、風船を放しません。見かねて副主任が駆け寄ります。

「加辺さん、風船は後ろに渡すのですよ」

いくら言われても、加辺さんは知らぬふりです。三田くんは仕方なく、代わりの風船を持って来て、加辺さんのと交換します。

赤風船は吉岡さんに渡り、池辺さんがさらに頭の上を転がせ、今度はわたしがひと息に後方にやります。白風船のほうは遅れを取り戻して、赤組よりは優勢です。

パンと音がして、消えたのは白い風船でした。浦さんの頭の上ではじけたのでしょう。

浦さんのすぐ後ろに坐《すわ》っていたお孫さんが、三田くんのところに白風船を取りに行き、坐り直して再開です。

結局、最初に風船を三田くんに返したのは赤鉢巻をした家族で、五、六秒遅れて白組アンカー山口さんが到着しました。

赤組の勝ちで、みんな立ち上がって喜びましたが、加辺さんだけは坐ったままでしっかり風船を抱え込んでいます。

後半のゲームは、病棟一周のリレーです。回廊を一周すると八十メートルくらいの距離になり、患者さんには酷ではないかという意見も出ましたが、主任さんの鶴《つる》の一声で決定しました。運動会とは違って一生懸命になる必要はなく、家族付添いの散歩リレーと考えればいいと、主任さんは強調したのです。家族が来ていない患者さんは、職員がその代役をします。

紅白十四組ずつに分かれて待機しました。廊下の角には職員が立って、万が一の事故に備えます。

白組第一走者は永井さんとそのお嫁さんです。赤組の浦さんは直角に腰が曲がっており、永井さんは腰が伸びてはいるものの、足はそう丈夫ではないのでいい勝負のはずです。

浦さんはバトンを右に持ち、じっと廊下の先を睨《にら》みつけています。曲がった腰は、そのままでスタートの姿勢にうってつけです。反対に永井さんはバトンは握ったものの、何をするのか判然としない様子で、手を引いたお嫁さんが走り出す方向を教えています。主任さんが笛を鳴らすと、浦さんが猛然と走り出します。娘さんもついていけないくらいの速さです。かがめた腰のまま、今まで見せたこともない足取りの確かさで、まっすぐ走ります。一方の永井さんは、おむつをしているせいで足取りが良くないうえに、速度を上げようという意志が見えません。お嫁さんに引っ張られて仕方なく足を運んでいます。

向こう側を回り、反対側の廊下に浦さんが姿を見せます。速度はあまり落ちていません。腰を九十度に曲げた姿勢も相変わらずで、しっかり前方を見据えています。娘さんのほうはくたびれたらしく、五、六メートルあとをついて来ています。

浦さんは衰えぬ速度でホールまで戻って来て、赤いバトンを相良さんに渡します。後ろから追って来ていた娘さんは、ホールにはいる前に走るのをやめて椅子に坐り込みます。

「昔からおばあちゃんは負けん気が強かった」

息をつきつき、娘さんは言います。

「あんたには負けちゃならんと思うての」

浦さんが答えます。「腰の痛みも忘れとった。今夜はいっぱい湿布を貼《は》っとかにゃならんじゃろう」

「それでも満足気に言い、ようやく戻ってきた永井さんに拍手を送ります。

永井さんはちょうど半周遅れくらいでしょう。拍手のなかで、白いバトンを瀬尾さんに手渡します。

相良さんとひ孫さんの組は、思ったほど進んでいません。やせて背は高いのですが、何だかその場で足踏みをするような走り方です。小学生のひ孫さんも、じれったがって盛んに後ろを気にしています。

反対にバトンを受けた瀬尾さんは、右足を引きずりながらも、確実な足取りです。奥さんがイチニ、イチニと声をかけているのも奏効しています。

左側の廊下に姿を見せたときには、瀬尾さん夫婦が相良さんのすぐ後方に迫っていました。

もう三番目の走者を準備させなければなりません。風船を抱いた加辺さんには、田中さんが家族代わりに付添っています。風船と引き換えにバトンを渡そうとしますが、加辺さんは両方ともに放しません。仕方がないので、そのまま走らせるしかなさそうです。

白組の津島さんの補佐役は息子さんです。息子さんといっても、六十代の後半で、頭髪はきれいになくなっています。二人とも長顔で、並んでいると、親子だとすぐ判《わか》ります。

加辺さんと津島さんの組は、走るというより、歩く競走です。八十八歳と八十九歳ですから無理もありません。加辺さんはそのうえ風船とバトンの両方を持っているので、真直《まっす》ぐ歩くのが精一杯です。津島さんはもっと速く歩けるはずですが、加辺さんと並んで歩くのを選んでしまったようです。入院したときから同じ病室で過ごしているよしみでしょう。付添いの息子さんも看護助手の田中さんも二人を急がせずに、両端を守りながら歩いて一周して来ました。

次の走者は室伏さんと菊本さんです。室伏さんには娘さん、菊本さんには息子のお嫁さんがついています。

バトンタッチはほとんど同時のように見えたのですが、加辺さんが赤バトンを放そうとしません。

「こら、渡さんか。バトンがないと俺が走れんじゃろ」

室伏さんが怒り出しても加辺さんは知らん顔です。室伏さんは快調に走る菊本さんの後ろ姿を眺め、ますますいきり立ちます。

「このけちが。もうあげんところに行ってしもうたぞ」

今にも加辺さんに叩きかかりそうになり、娘さんにたしなめられます。その間に田中さんが加辺さんの右手を開き、どうにかバトンを取り出します。

それから走り出した室伏さんは、土建会社の社長をしていただけあって、力強いがに股《また》で足を運びます。反対側の廊下に姿を現したときには、菊本さんを抜き去っていました。

次の走者は赤組が多賀さんで、白が入間さんです。多賀さんはペニスの中の詰め物を抜いたあと、一週間前に病棟に戻ってきました。今日は奥さんが付添いです。

一方の入間さんは、もう自分が走る前から「ガンバレー」を連呼しています。他人が何か一生懸命やっている姿を見ると、「ガンバレー」が口癖です。一緒に誘導してくれるのは、高校生のお孫さんで、スラリと背が高い美人です。頬を染め、おじいちゃんの手を取り、菊本さんが到着するのを待っています。

がに股走りの室伏さんは力を使い果たし、ゴール前では歩き始めました。後ろの菊本さんとは十メートルくらい離れているので、悠然と歩き、多賀さんに赤いバトンを渡します。しばらく遅れて、入間さんも菊本さんからバトンを受け取ります。

「おじいちゃんと走ったのは、生まれて初めてです」

菊本さんのお嫁さんが息を弾ませて、わたしに言いました。目が潤《うる》んでいます。

「手をつないで走っていると、今までのことが思い出されて――」

お嫁さんはハンカチで目を拭きます。「でもこんなに元気なら、来年も再来年も走れそうですね」

お嫁さんは笑いながら、菊本さんに言います。菊本さんは上気した顔で頷くだけです。

多賀さんと奥さん、入間さんとお孫さんは、一団となってホールに戻って来ました。高校生のお孫さんが顔を真赤にしているのは走ったからではなく、みんなが手を叩いて迎えたせいでしょう。

次の赤組は柴木さんとお嫁さん、白組は道慶さんと看護婦の安田さんです。道慶さんはぬいぐるみの人形を抱いたまま歩きます。このあたりの組になると、無理をして走るのではなく、相手と歩調を合わせて歩けばいいと、付添い役たちも心得ています。

スタートラインには、もう次の走者が待っています。

神がかりの新垣さんは八十歳でも足が丈夫なので、元校長の下野さんと組ませていました。新垣さんにはお嫁さん、下野さんにはやはり学校の先生をしている息子さんが付添いです。下野さんは、これが運動会とは分かっているのでしょう、自分の白鉢巻を締め直したり、相手の新垣さんとお嫁さんの位置定めをしてやったり、どことなく忙しそうな表情です。

柴木さんから赤バトンを受け取った新垣さんは、小走りでスタートです。道慶さんは少し遅れて下野さんにバトンタッチします。

新垣さんは女性の足ながら、下野さんとの距離をみるみる広げていきます。下野さんが進まないのは、足を上げても前に踏み出さないからです。見かねた息子さんが歩くように言い、ようやく前進します。小走りの新垣さんの勢いは衰えず、あきれ顔のお嫁さんを従えてホールに戻って来て、無事に葛原さんにバトンを渡します。

下野さんは結局大幅に遅れて到着しました。次の白の走者はいつも「カアカア」と声を出す知念さんですが、バトンを受け取った小柄な知念さんをひょいとおんぶしたのは息子さんでした。ごま塩頭をしたタクシーの運転手さんで、週に一度は勤務のあい間にタクシーを病院に付け、面会に来ます。知念さんは「カアカア」と叫ぶ暇もありません。息子の背中に、赤ん坊のようにすがりついています。

ホールに姿を見せたとき、息子さんの足取りはおぼつかなくなっていましたが、知念さんをおろすと、「こりゃ、相当な距離。ばあちゃんに運賃ば貰《もら》わにゃならぬ」と頭をかきます。みんな大笑いです。

最後の走者は赤組が吉岡さん、白が唐鎌さんにしていました。八十三歳と八十一歳で、年齢も似通い、吉岡さんには痴呆《ちほう》がなく、唐鎌さんは痴呆がありますが、若い頃は陸上選手だったと娘さんが打ち明けてくれたのです。いつも昼間は居眠りばかりしている唐鎌さんが運動選手だったとはびっくりしたものの、最終ランナーに抜擢《ばってき》する理由は充分にありました。吉岡さんに付添いは不要ですが、池辺さんが一緒に走るというので依頼しました。唐鎌さんには、きびきびした娘さんがついています。娘さんも、十年くらい前まではママさんバレーで活躍していたそうです。

バトンを受けた時には、赤組が大きくリードしていました。吉岡さんは走り出します。

しかし不器用な足運びで、横についている池辺さんのほうがむしろ機敏な動きです。

唐鎌さんは騒ぎをよそに、今も眠そうな顔で立っています。娘さんが赤組との差を気にして吉岡さんたちの後ろ姿を見ては戻って来て、もたつきながらも走っている白組の芦辺さんを手招きしています。

その時点で赤組との差は半周弱あって、勝負はついたと誰もが思っていたのです。ところが、唐鎌親子の走りは、今まで外泊のたびにかけっこの練習をしていたのかと思うくらい、スマートなものでした。唐鎌さん八十一歳、娘さんも五十前後でしょうから、合計、百三十歳です。いったん走り出すと、足の筋肉も目が覚めたのか、かなりの歩幅で進みます。

左側の廊下に出て来たとき、追い抜かれる危機を感じて、吉岡さんと池辺さんは手をつないでいました。八十三歳と八十二歳で、こちらは合計百六十五歳です。一生懸命足をたぐるのですが、後方に迫る白組の足取りとは違います。赤組は歩行、白組は走りです。

観客は全員がテーブルから立って、大騒ぎしています。白鉢巻をした子供が唐鎌さんの組を応援するかと思えば、赤組の家族が、吉岡さんと池辺さんに声援を送ります。

三田くんと副主任がゴールのテープを用意します。できれば、二組とも同時にゴールインして欲しいと思いました。ところが唐鎌さんのほうは声援に益々《ますます》勢いづき、顔を赤くして足をたぐります。手をつないだ娘さんもしっかり前を見据え、ホールの入口のコーナーで吉岡組を抜き去り、ゴールのテープを切ったのです。

三田くんがおもちゃのピストルを鳴らします。続いて、吉岡さんと池辺さんのゴールにも、パーンと一発。

白組の優勝ですが、男女の優秀選手に賞状と記念品が出ることは、わたしたちも知りませんでした。女性では赤組の浦さんの名前が読み上げられました。浦さんはしきりに恐縮しながら、小さな賞状とピンクの模様入りの布袋を賞品としておしいただきました。この袋は主任さんの手作りだと、あとで聞かされました。信玄袋になっていて、こまごまとした物を中に入れ、手にぶら下げるにはもってこいです。

男性の優秀選手は唐鎌さんで、やはり同じように紺色の信玄袋が賞品です。

「おじいちゃんの部屋には、若い時からの賞状やトロフィーがたくさん、そのままになっています。この賞状も、わたしが飾っておきます」

唐鎌さんの娘さんは、拍手の中で小さな賞状を受け取り、四方に頭を下げ続けました。

ピクニック

十月のコスモス見物は、患者さんよりも職員のほうが楽しみにしていたふしがあります。

患者さんは十四、五人、付添いの職員が三田くんを入れて五人と決められていたのですが、わたしは早々に主任さんに希望を出していました。どうせ患者さんの世話をするなら、コスモスを見学しながらのほうが、病棟に残るより何倍も気持いいと思ったのです。しかしなかには、患者さんを屋外に連れていくと、世話ばかりやけて周囲の見物どころではないと、逆に嫌う職員もいます。副主任や渡辺さんがそうです。

結局、三田くんとわたしの他には、看護婦の安田さん、看護助手の田中さんと井上さんが引率役に選ばれました。

出発に際して、楽しいはずのピクニックが、悲しい結果に終わるとは、誰ひとり想像すらしていませんでした。

患者さんが十五人、職員が五人でマイクロバスに乗り込むとき、誰もが浮き浮きしていたと思います。天気も良く、青い空には初秋らしいすじ雲が薄くなびいていて、気温も二十度くらいでしょうか。日なたにいても決して汗ばまないくらいの行楽日和《びより》だったのです。

昼食は現地でとる予定でした。クーラーケースに入れたお茶やジュース、おしぼり、ビニール袋、昼食後に飲む薬、着替えとおむつがひとかかえ、ポータブルトイレ一個、ビニールシート、万が一に備えて折り畳み式の車椅子《くるまいす》が二台、そして救急箱というように、荷物はすべて後方の座席に積んでしまうと、マイクロバスの中は助手席を残して、ほとんど満席状態でした。

鐘崎パークに到着する四十分くらいの間、バスの中は賑《にぎ》やかでした。痴呆の患者さんでも、病棟から外に出ると、どことなく気持が騒ぐのでしょう。幼稚園の遠足と似ています。

バスが海岸道路にかかると、みんなは一斉に声をあげました。凪《な》いだ海が一望されるからです。海に浮かんでいるウィンドサーフィンを見て、あれは何だろうかと、患者さんは話し合います。いか釣り舟だろう、いや小さなヨット、いや模型の船に違いない、とみんな思い思いの意見を出しますが、誰ひとり正解はありません。「ウィンドサーフィン」だと教えてやると、やっと「ウィンド」までは覚えてくれました。

バスはパークの入場門のすぐ近くに駐車し、門をくぐったあと、全員をトイレに誘導します。幸い紙パンツを濡《ぬ》らしている患者さんはおらず、はき替えさせるまでもありませんでした。

下調べは三田くんがしていたので、道案内は彼に任せて歩き出します。両側には千日草の花壇があり、白とピンクと赤が交互に植えられていました。千日草は赤だけと思っていたら白もピンクもあるのですね、と井上さんが感心します。千日草が途切れ、歩道がゆるやかな登り坂になったので、二人ずつ手をつながせました。

「急がなくていいですよ。ゆっくり花でも眺めながら」

わたしも後ろから患者さんに呼びかけます。

「帽子を持ってくれば良かった」

思ったより陽射《ひざ》しが強く、安田さんがしきりに悔やみます。

「このタオルば使いなさい」

横を歩いていた柴木さんが、胸元から手ぬぐいを取り出して安田さんにさし出しました。

「柴木さんはいいのですか」

「あたしは元女で、今は女じゃなか。看護婦さんがかぶらにゃ」

柴木さんからにこりともせずに言われ、安田さんも、手ぬぐいで姉さんかぶりにしました。

道は再び平坦《へいたん》になり、両側は金魚草や日日草、そのほか名も知らない紫色の花でいっぱいです。

入口からだんだん遠ざかるので、心配になったのはトイレですが、三田くんによると、前方に見えている小さな建物の中にあるといいます。それさえ分かれば安心なので、ちょうど羊の群れを誘導するように、ゆっくりと通路を歩きました。

コスモスは満開でした。もう種になっている株もありますが、大部分の株が上から下まで花びらをつけています。

「あそこの芝生でひと休みですよ」

安田さんがみんなに声をかけます。安田さんは目の下の血管腫《しゅ》をお化粧で目立たなくしていますが、運動して上気すると、赤味が増します。醜くはなく、却《かえ》ってそれが顔に生気を与えています。

丘の頂上からコスモス畑が見おろせ、向こうの方に、歩いてきた道筋とゲートが望めました。

「ここでひと休みです」

三田くんが言い、かついできた青いシートを広げ始めます。その間に、わたしたちは再びトイレ誘導です。

男性患者には井上さんを付添わせ、女性患者は田中さんとわたしで世話をします。三つある女性トイレのすべてが洋式で、トイレットペーパーもついています。津島さんを誘導する際、ブラウスの胸のあたりが大きくふくれているのに気づきました。中を確かめてみると、ひとつかみのちり紙です。病棟では、トイレ内にペーパーを置かず、ちり紙を少しずつ持たせるのですが、津島さんはそれを貯《た》め込んでいたのでしょう。

「これは使わなくていいですからね。備えつけのトイレットペーパーを使って下さい」

わたしはそう言って、津島さんを中に入れます。

まん中のトイレでは、田中さんが太った見元さんの世話をしています。一番奥のトイレは、自分で何もかも始末ができる患者さんに使ってもらいます。

「終わりましたか？」

津島さんがなかなか出て来ないので、そっとドアを開けてみました。ちょうど終わったところで、津島さんはトイレットペーパーを細かく折り畳んでいます。五センチ四方です。

「津島さん、小さくしなくても、どんどん使っていいのですよ」

「あたしはこれで良か」

「そんなに節約しなくても、いっぱいあるでしょう」

わたしが言っても、効きめはありません。津島さんが切手みたいに小さく畳んだ紙を使うのを見て、わたしはドアを閉めます。

トイレを利用したのは十人足らずでした。

勢揃《せいぞろ》いしたところで、おやつとお茶やジュースを配付します。それぞれ注文を訊《き》いて、紙コップについでやるのです。

「向こうの方には動物園があって、狐《きつね》や狸《たぬき》がいます。みなさん見たいですか」

三田くんが訊きます。「それともここにいるのがいいですか」

「ここがよか」

たいていの患者さんが答えます。もう歩くのが億劫《おっくう》なのでしょう。

「狐や狸は、いつも見ていますからね。病棟でいっぱい」

田中さんが冗談めかして言いますが、誰にも通じません。「自分が狸じゃないの？」と安田さんから野次をとばされて、田中さんは笑いながら首をすくめます。

ビニールシートの上に坐《すわ》っていると、左側にコスモス畑、右手にパークの全容が見渡せます。屋外劇場の横はイングリッシュガーデンになっていて、小さな岩も散在していました。その脇《わき》に池があり、橋を渡った奥が動物園です。手前にガラス張りの植物園、さらに前方にレストラン兼休憩所の二階建が見えています。

平日のためか、入場者はまばらです。

患者さんがジュースを飲む光景を、三田くんがカメラにおさめています。あとでホールに貼《は》り出すのでしょう。柴木さんの案内で行った地蔵まいりの時の写真も、大好評でした。行かなかった職員も患者さんも、大いに口惜《くや》しがったものです。患者さんが写った写真は、面会に来た家族からも注文があり、三田くんはそのたびに焼き増ししていました。お地蔵さんの居並ぶ様子に感心して、現地をわざわざ訪れたのは、タクシー運転手をしている知念さんの息子さんです。夜勤明けに寄ってみたといいます。

「人ひとりいない山道を登って行くと、朝もやの中から、お地蔵さんがずらっと現れて、それは神々《こうごう》しいものでした。赤頭巾《あかずきん》と胸当てがまた良かった」

息子さんはわたしたちに報告してくれました。その後も外泊のとき知念さんを連れて再び行ったそうです。

患者さんの写った写真は、同居の家族だけでなく、遠方の身内にも送られて役立っているようです。

それを知ったためか、三田くんの撮影もこの頃では熱がはいっています。単なるスナップ写真ではなく、わざわざ患者さんを花の前に立たせたりします。

今、撮っているのは吉岡さんと池辺さんのカップルです。コスモスを背景にして二人がジュースを飲んでいます。池辺さんの紫がかったワンピースと黒い帽子が、ピンクのコスモスによく映えます。吉岡さんは、いつもの地味な服装ですが、池辺さんの横に行くと、それが却ってよく似合います。

「さあ、元気のある人は、コスモスの中を歩いてみましょう」

もっとコスモスを見たくなって、わたしは声をかけます。半数くらいがその気になってくれました。

そのとき三須さんも来るかと思いましたが、シートの上にあぐらをかいたままでじっとしていたのです。既にどこか具合が悪かったのかもしれません。もう少し注意を払っておけばよかったと、今になって悔やまれます。

七人の患者さんを、三田くんとわたしで引率して行きました。お盆前に充分雨が降ったせいか、コスモスの生育は上々で、大きな花びらをつけています。

「ひとつぐらい花をちぎっても良かでしょうな」

吉岡さんが言って、赤紫の花を摘み採ります。花びらを一枚おきに抜き、高く掲げて落とします。花は風車のように回ります。池辺さんがそれを拾い上げ、

「昔は、こげんしてよう遊んだ」

と、また投げるのです。

「あ、津島さん、食べたらいかん」

三田くんが後ろの方で声を上げました。振り返ると、津島さんが花びらをちぎって口の中に入れています。

「津島さん、おいしくないでしょう」

駆け寄って、津島さんの口を開けさせます。中にピンクや白の花びらが、かたまりに

なっていきます。指でかき出しました。

「変な味でしょう。お昼御飯はもうすぐですから、それまで我慢ですよ」

「私が花をちぎったのが悪かった」

吉岡さんが謝ります。

「バラや菊の花なら食べられるけど、コスモスはどうかなあ」

三田くんが首をかしげ、試しに一枚味わってみます。「やっぱり、苦い。これはまずい。津島さん、よう食べたね」

津島さんは、以前おむつを口に入れて死にそうになったことがありました。おむつの吸湿性のある部分をかんで、唾液《だえき》まみれにしたのです。ゼリー状になったものが口の中いっぱいに広がり、副主任が気がついてかき出したから事なきを得ましたが、危機一髪でした。

「きれいでしょう」

津島さんの手を握り、コスモスを眺めます。左側の花壇は高くなり、花はちょうど通路から見上げる恰好《かっこう》になっています。青空の中で、白、赤、ピンクのコスモスが見事に咲き誇っています。

「城野さん、これはレモングラスらしいですよ」

先頭にいた三田くんが報告します。

通路を挟んでコスモスと反対側に、茅《かや》のような植物が無造作に繁茂しています。その根元にある白い札にレモングラスと表示されていました。

「ハーブですよ、ハーブ」

きょとんとしているわたしに三田くんが言い、四方をきょろきょろと見回し、素早く葉っぱをひきちぎりました。津島さんには、また悪い見本です。

「ほら確かにレモンのかおり」

葉の断片を鼻に当て、わたしの方にさし出します。半信半疑でしたが、茅そっくりの葉なのに匂《にお》いは紛れもなくレモンです。

「知らなかった。本当にレモン」

わたしは葉っぱの香を津島さんにかがせ、他の患者さんの鼻の先にも順々にもっていきます。

「ほう、不思議なこつがあるもんですね」

池辺さんが感嘆したように首をかしげます。

「誰も見ていないからいいですよね」

三田くんはレモングラスの株の後ろ側に回り込み、長い葉の途中から五、六枚ひきちぎり、丸めてズボンのポケットに入れます。

「ぼくの真似《まね》をしたらいけませんよ」戻って来て言います。「しかし誰も取った形跡がないのが不思議。こんなところまで来ないのかな」

「三田くんのような泥棒がいないだけよ」

わたしは手にした葉をもう一度鼻に近づけます。本当にレモンの香です。黄色いレモンとは似ても似つかない葉にどうして同じかおりが宿るのか、魔法にかけられたような気持です。

「これを干して、お湯をかけたらハーブティー」

三田くんは、ポケットの中に入れたレモングラスの先端をかみ切りました。そのままむしゃむしゃと口の中で味わいます。

「味は、やっぱりまずい。津島さん、これも食べては駄目ですよ」

寝た子を起こすようにして、三田くんが津島さんに注意します。

コスモスの間の通路を一巡して、芝生まで戻って来ると、安田さんたちの歌声がしていました。シートの上に車座になって、患者さんと一緒に歌っているのです。

山の畑の桑の実を
小かごに摘んだは幻か

わたしたちも手拍子を取りながら、加わります。

十五で姉やは嫁に行き
お里の便りも絶え果てた

安田さんが歌うのはこれまで聞いたことはなかったのですが、学校の先生のような正統派の声です。

「昔は十五で嫁入りですか」

三田くんが驚きます。

「そう。もうわたしの年齢では孫があったのよ」

手ぬぐいをかぶった顔を向けて、安田さんが笑います。

夕焼け小焼けの赤とんぼ
止まっているよ竿《さお》の先

「はい、今度は三田さんが歌います。みんなであとをつけましょう」

安田さんから指名されて、三田くんは頭をかいています。

「秋の唄《うた》を歌えばいいのでしょう。ぼくが知っているのは、このくらい」

三田くんの歌声を聞くのも初めてです。

秋の夕日に　照る山もみじ
濃いも薄いも　数ある中に
松を彩《いろど》る　楓《かえで》やつたは
山のふもとの　すそ模様

歌詞はほとんど全員が知っているので、一番を再度、みんなで繰り返し、勢いに乗って二番にはいろうとしますが、三田くんは出だしでつまずきます。歌詞を知っていたのは、詰所で電話番をしている葛原さんでした。〈渓《たに》の流れに、散り浮くもみじ〉と口ずさんだのです。〈波に揺られて、離れて寄って〉は、さらに二、三人が覚えていました。

赤や黄色の　色さまざまに
水の上にも　織る錦《にしき》

二番も、もう一度、全員で繰り返します。陽は照っているのですが、風が心地良く、本当に秋の気配がこの丘いっぱいに漂っています。

「三田さん、ありがとうございました。身体《からだ》が大きい割に、可愛《かわい》い歌声でした」

安田さんから言われて、三田くんは大いに照れます。「それではみなさん、秋の空気を胸一杯吸い込みましょう。深呼吸です」

整理体操をするように、胸を突き出して大きな息をします。薄くすじ雲のなびいている空は、どこまでも澄んだ青です。

十一時半でした。

わたしたちはビニールシートを片づけて、ゆるやかな坂を下って行きました。ガラス張りの植物園と並んで建っているレストランが目標です。

食事だと聞いて、患者さんの足取りも心なしか軽くなっていました。そのとき三須さんがどういう様子だったのか、あまり記憶がありません。少なくとも、足がよろけたり、列からはずれたりしなかったのは確かです。なだらかな坂だったので、具合の悪さが目立たず、他の患者さんに従うようにして歩いていたのでしょう。

建物は一階が土産物売場とドリンクコーナー、二階がレストランでした。エレベーターには三組に分かれて乗ったのですが、そのときも三須さんの様子に特別な変化はなかったような気がします。

二階のテーブル席からは、花畑や芝生、日本庭園、そして野外劇場などが見渡せました。動物園の横に馬場があって、子供を乗せたロバがゆっくり歩いているのが見えます。

「あれは大人も乗れます」

そこも下見をしたのか三田くんが教えてくれます。「子供は二人まで、もちろん大人はひとり。小学生は二百円、中学生以上が四百円」

「体重別の料金ではないの？」

井上さんから訊かれて、三田くんは首を振ります。

「それじゃロバも可哀相《かわいそう》。客を選べないしね。三田くんが乗っていたら、翌日からロバは動物病院行きよ。腰痛で」

「帰りがけに見に行きましょうか。ロバが三田くんの方、恨めしそうに見るわ、きっと」

わたしたちからさんざん冷やかされても、三田くんが気を悪くした様子はありません。

「本当に乗ってみようかな。動物の背中には、メリーゴーランドでしか跨《また》がったことがないし」

「じゃ帰りはあっちの方に少し回り道しましょう。患者さんたちも、ロバには喜ぶかもしれない」

安田さんが言ってくれたのですが、三田くんのロバ乗りは結局実現しませんでした。

患者さんをテーブルに坐《すわ》らせ、わたしたちはそれぞれ三人を受け持って世話をすることにしました。

患者さんから注文をとるのはひと苦労でした。日頃は病院でお仕着せのメニューばかりなので、外のレストランに来たときこそ、好きなものを食べてもらいたいと思っていました。料理の中には喉《のど》に詰まりやすいものもありますが、気をつけていれば大丈夫です。

患者さんにとってメニューの文字は小さ過ぎ、わたしが声をあげて読んでやりました。そのあとで手を挙げさせます。

丼《どんぶり》物の希望が多いかと思ったのは間違いで、ほとんどの患者さんが天ぷら定食でした。あとはすき焼き定食と豚汁定食で、わたしたち職員だけが丸天うどんやえび天うどんを選び、ただひとり三田くんがハンバーグ定食を注文しました。

料理を待つ間に、持参してきたエプロンを患者さんの首に巻きつけてあげます。レストランのウエイトレスも、一度にこんなに多くの高齢者を見たのは初めてなのでしょう。手伝ってやりたい気持はあっても、どうしてよいか分からぬ表情で、遠くから見守っています。

それが終わると服薬の準備です。これも気をつかいます。

昼の薬のない患者さんもいて、薬袋に書いてある名前を確認しなければなりません。自分が飲む薬の数や色をしっかり覚えている下野さんのような患者さんもいれば、手のひらに置かれた薬なら何でも口に放り込む新垣さんのような患者さんもいます。

この時点でも、わたしは三須さんがどんな様子だったか覚えていません。患者さん全体を見渡すのではなく、受け持ちの患者さんを見ることで精一杯でした。ただ三須さんが静かだったのは確かです。いつもは嬉《うれ》しいにつけ怒るにつけ奇声を出すのが常ですから、よく目立つのです。

わたしの正面に坐っていたのは、ぬいぐるみの人形を抱いている道慶さんでしたが、食事が待ちきれず、長いよだれを垂らしていました。席を立ってエプロンできれいに拭《ぬぐ》ってやり、また席に戻ると、今度は右隣の芦辺さんからかすかに便臭がするのに気づきました。芦辺さんも気になるのでしょう。神妙な顔をして、身動きひとつしません。芦辺さんは昼間も時々尿失禁があるので、用心のため紙パンツをはいて来ていたのです。

わたしはさり気なく芦辺さんを立たせ、バスケットを手にしてトイレに行きました。

案の定、軟便が紙パンツから漏れていました。

「気持悪かったでしょう。気づかなくてすみません」

芦辺さんは黙って頷《うなず》きます。便意を告げたくても、わたしたちが忙しそうにしていたので言いそびれたのに違いありません。

紙パンツもズボンも脱がせて、少し冷たいのですが、濡《ぬ》れタオルで汚れたお尻《しり》を拭《ふ》き上げました。新しい紙パンツと替えのズボンをはかせます。終わったとき、芦辺さんが「うんこが出そう」と呟《つぶや》きました。

驚いて再び便座に坐ってもらいます。それでも出る気配がないので、芦辺さんの下腹部を撫《な》でます。

「やっぱり出らん」

諦《あきら》めたように芦辺さんが言います。

「じゃ、今度出そうになったら、いつでも言って下さい」

朝も排便があり、先刻のおむつにもかなりの便が出ていたので、実際はたまっていないと判断し、再びおむつをはめました。

「ありがと」

芦辺さんの口からお礼の言葉が漏れます。

手を洗って席に戻ると、定食類はもうテーブルにのっていました。

「みなさん、いただきます」

患者さんの注文が全部揃《そろ》ったのを見届けて、安田さんが言います。わたしたちのうどんは、患者さんを食べさせたあとでもいいのです。

そのときも三須さんがどんな様子だったか、わたしは注意を払っていません。自分の近くの道慶さんや芦辺さん、新垣さん、下野さんたちの食べ方ばかり観察していました。

「下野さん、おいしいですか」

下野さんはすき焼き定食なので、肉を喉にひっかけないよう気をつけてやらねばなりません。

「うん、うん」

下野さんはもっと言いたいのでしょうが、口から出る言葉はそれだけです。

早く食べ過ぎるのが道慶さんで、膝《ひざ》の上に置いた人形に御飯がこぼれ落ちます。「ゆっくり食べていいですよ」と、何度も言葉をかけます。

わたしはと言えば、丸天うどんにごぼう天も入れてもらいました。出てきたのは、予想したのと違って小さな丸天と、その代わりに太いごぼう天がついていました。本当のことを言えば、外食で一番好きなのが、学生時代からこのごぼう天入り丸天うどんです。うどん屋にはいって、そのメニューがあれば必ず注文します。二つともなければ、いっそのこと店を出ようかとさえ思うくらいです。丸天にも腰の強いのから薄っぺらなものまで、ごぼう天も、硬くて揚がり過ぎのから軟らかいのまで、千差万別です。うどんの出来具合もつゆの味にしても、それこそ店毎《ごと》に違うので、ごぼう天入り丸天うどんを注文すれば、うどん屋の実力は一目瞭然《りょうぜん》です。

そのレストランのごぼう天だけは、なかなかの味でした。たぶん、いったん太いごぼうを茹《ゆ》でてから揚げるのでしょう。さくっと歯ごたえがあって、ごぼう特有の土の香が口いっぱいに広がります。

「衣ばかり食べてはいけませんよ」

芦辺さんがピーマンやイカの天ぷらの外側ばかり食べているのを見て、わたしは注意しました。

しかしふと思いあたります。芦辺さんは総入れ歯で、病棟では刻み食にしています。ピーマンやイカは食べにくいのでしょう。

「衣もおいしいですか」

「おいしか」

芦辺さんは答えました。ナスやエビ、さつま芋の天ぷらは、たれの中に充分に浸し、口の中に入れています。病棟の刻み食では、原形が何だったか判《わか》らないような料理になります。たとえ充分に噛《か》めなくても、芦辺さんは形のある天ぷらを味わいたかったのに違いありません。

そこにいくと、左隣の新垣さんはまだ自分の歯が十本以上残っているので、遠慮がありません。イカやピーマンはもちろん、鰺《あじ》やエビの尾までも食べそうな勢いです。

「尻尾《しっぽ》は残していいですよ」

わたしが言っても、「残したらいかん」と首を振るのみです。

新垣さんがお吸物を飲んでいる隙《すき》に、わたしは鰺とエビの尾をお碗《わん》の蓋《ふた》で隠します。

新垣さんは気がつきません。お新香に箸《はし》をのばして、カリカリと小気味良い音をたてます。

みんなが食べ終えたのは十二時半くらいで、レストランも四、五組、他の客がはいっていました。テーブルの上を片づけてもらう間に、患者さんの汚れた口元や手をおしぼりで拭きます。

荷物をまとめ、いざ出発しようとしたとき、知念さんが「カアカア」と声を上げました。井上さんがどうしたのか確かめると、どうやらトイレに行きたいようです。改めてまた、トイレの時間をつくり、行きたい患者さんを募ります。半分くらいが手を挙げました。

それから再び大忙しになり、安田さんと三田くんをテーブルに残して、あとの井上さん、田中さん、わたしの三人で、トイレの世話をしました。そのときも、三須さんはトイレを希望した組にはおらず、ずっとテーブルについていたと思います。

レストランのほうで何か大きな音がして騒がしくなったのは、大部分の患者さんに排尿をさせ終わった頃でした。

「城野さん、ちょっと」

三田くんが青い顔をしてわたしたちを呼びに来ました。

テーブルに戻ると、椅子《いす》が倒れ、その横に三須さんが仰向けになり、安田さんが耳元で名前を呼んでいました。椅子から落ちて後頭部を強打したのかと、咄嗟《とっさ》に思いました。

「坐っていたら、上体が揺れ出したので支えたのだけれど、そのまま倒れたの。どこも打っていないはずなんだけど」

安田さんは言います。

脈はやっと触れる程度です。食事をしたあとの意識消失なので、低血糖発作ではないはずです。とすれば脳内出血でしょうか。

「安田さん、救急車を呼んだほうが――」

「そうね、そうしてちょうだい」

一一九番通報は田中さんに頼み、安田さんとわたしで、心肺蘇生《そせい》を始めました。救急車の到着まで、そうやって持ちこたえるつもりでした。

安田さんが呼吸を、わたしが心マッサージを担当します。しかし三須さんの顔色は悪くなっていくばかりでした。

何か良くないことがいま三須さんの体内で起きている。胸部を押し続けながら、わたしは悪い予感にかられていました。

「あなたたち悪いけど、他の患者さんたちを店の外に出してくれない？」

安田さんが田中さんに命令します。それでなくても、わたしたちの周囲にはレストランのお客が集まっていたのです。

「奥の方に運びますか？」

店長らしい男性が言ってくれましたが、断りました。運ぶ間に蘇生の手技が中断するからです。救急隊が到着するまでは、その場を動くべきではありません。自発呼吸が戻りつつあるのか、蘇生術が効いているのか、やっている当人には分かるものです。駄目かもしれない。安田さんもわたしも、その点では同じ思いだったに違いありません。互いに無言で、同じ動作を必死で繰り返しました。

時間がひどく長く感じられました。いつまでたっても救急車のサイレンは耳にはいらないのです。その間にも、三須さんの肉体はますます緊張を失い、人形のような無機物に変化していく感じがしました。

「来ました」

店長が叫んだのは、二十分以上たった頃でしょう。救急車はサイレンを鳴らさずに園内にはいってきたのです。

「外傷はありませんね」

わたしたちを押しのけるようにして、二人の救急隊員は三須さんの呼吸と脈を確かめました。瞳孔《どうこう》も調べ、一瞬のうちに担架に乗せます。

「わたしは看護婦ですので、付添います」

安田さんが追いすがりながら隊員に言い、「城野さん、あとは頼みます」と、わたしにも言葉をかけました。

救急車の扉が閉まるのを、わたしは呆然《ぼうぜん》と見守っていました。本当に申し訳ないのですが、その時わたしは二度と三須さんに会えない気がしました。

サイレンを鳴らした救急車は、通路の端に立ち止まっている患者さんたちを尻目に、全速力で正門めがけて走り去ったのです。

もうロバに乗る元気も、あたりを散策する気持もなくなっていました。マイクロバスに乗る前に、三田くんの携帯電話で病棟に連絡しました。

主任さんに報告しながら涙があふれました。

「本当にすみません」

「泣かないでいい。あなたたちの責任ではないのだから。最善を尽くしたのよ。気をつけて帰っていらっしゃい」

主任さんは言ってくれましたが、バスの中はまるでお通夜《つや》のように静かでした。患者さんも何が起きたのかはもう分かっていたのでしょう。

病院に着き、患者さんたちを車から降ろして無事に病棟まで上がったとき、主任さんから詰所に呼ばれました。

「ご苦労さま。大変だったわね」

その先を言いにくそうに、主任さんは口をつぐんだのです。

「安田さんからは連絡あったでしょうか」

わたしは自分から訊《き》きました。

「十分ほど前にあった。救急車の中でもう瞳孔が開いていたそうなの。到着した病院では蘇生はできず、死亡確認をしただけですって。家族にはそちらの方に行ってもらうことにしたわ」

やっぱりあれが三須さんとの最後の別れだったのだと、わたしは息をのむ思いでした。

ヴェジェタティヴ

菊本さんのお嫁さんから電話がかかってきたのは、わたしの当直明けの朝で、七時半頃でした。与薬や朝食の準備で大忙しの時間帯です。

「おじいちゃんが倒れました。どうしたらいいでしょう」

息せき切った慌《あわただ》しい声に、わたしは努めて静かに対応します。

「どんな様子ですか」

「何も言いませんが、胸が苦しそうです。起きてトイレに行き、そこで大きな音がしたので駆けつけると、倒れていました」

菊本さんは二日前から月一回の定期的な外泊をしに、自宅に帰っていたのです。

「意識はありますか？」

「うーんうーんと唸《うな》るだけです」

心臓の発作か脳梗塞《のうこうそく》かもしれないと思いました。菊本さんの日頃の検査では、心電図にも血圧にも異常は出ていません。しかし外泊中に変化が生じることは稀《まれ》ではありません。病棟に馴《な》れきった患者さんにとって、かつての我が家はストレスの場所に変わってしまっているのです。

「ともかく救急車ですぐ病院に連れて来て下さい。うちの病院の救急外来です。いいですね」

わたしはお嫁さんに言い、救急外来のほうに電話をかけ直しました。

その日の担当医師は朔先生でした。

「うちの外泊中の患者が家で倒れたと連絡がありました。診ていただけますか。救急車で間もなく到着するはずです。今までの検査データをすぐそちらに持って行きます」

病床日誌やこれまでのレントゲンやCT写真などをひとまとめにして、救急外来に急ぎました。病棟のほうは、ちょうど早出の職員が出勤して来た直後なので、何とか人手は足ります。

倒れた時間が八時前で、不幸中の幸いだったと思いました。この時間なら治療チームも万全の体制がとれるはずです。

「大して基礎疾患もない患者だね」

朔先生は病歴と検査データに目を通して言いました。「すぐに頭部CTを撮ろう」

遠くで鳴っていた救急車のサイレンが次第に近づいて来て、止《や》みます。わたしは救急外来の搬入口に出て扉を開けました。

担架の上の菊本さんは、チアノーゼこそないものの昏睡《こんすい》状態でした。処置は朔先生と外来の看護婦二人に任せて、付添っていたお嫁さんに事情を聞きます。

「大丈夫でしょうか。救急車の中でも心臓が止まったのです」

お嫁さんの顔は蒼白《そうはく》でした。「隊員の人が心臓に電気を当てて、また動き出しました」

「すぐに検査と治療が始まるので、もう安心です」

そう答えながら、わたしは原因は心臓のほうかもしれないと思いました。心筋梗塞の範囲が広くなければ救命は可能です。

わたしはそこでいったん病棟に戻り、朝の申し送りをしたのです。その時点で菊本さんは、痴呆《ちほう》病棟から集中治療室に転棟になっていました。

帰りがけに、わたしは菊本さんの容態を知るために本館に立ち寄りました。お嫁さんの姿はもうありませんでした。

治療室の手前の部屋には、香月先生や朔先生の他に、脳外科、心臓外科の先生も集まっていて、ちょうど話し合いが終わったところでした。

わたしは部屋の奥を覗《のぞ》き込み、菊本さんの口にレスピレーターがついているのを確認しました。予期した以上に事態は深刻だったのです。

「城野くん」

先生がわたしに声をかけました。傍にいた朔先生が手招きして、わたしをシャウカステンの前に寄らせます。頭部CTの写真が目の前にありました。

「かなりの脳浮腫《のうふしゆ》だ」

朔先生が写真を指さしますが、わたしにはどこがどうなっているかは分かりません。

「手術はできないのですか」

「できない。脳実質自体がもう豆腐のようになってしまっている」

朔先生がゆっくり首を振ります。

「原因は突発性の不整脈だろうね」

先生が諭すようにわたしに言いました。「たぶん家で倒れたときに第一回の心停止がきたんだ。救急車の中でも心停止があったというから、数分間の脳虚血が起こり、脳皮質が広範囲に壊死《えし》をきたしたのだろう。血流遮断に一番弱いのは脳だからね」

「心臓のほうは何とか持ちこたえている」

横から朔先生が補足します。

「助かる見込みはあるのですね」

わたしはどこかほっとした気持で訊いていました。

「あるといえばある。あとは自発呼吸が戻るかどうかだね。しかし、この脳はもうどうにもならない」

朔先生はCTの写真に眼を据えたままで答えます。「助かってもヴェジェタティヴ・

ステイトだろう」

「植物状態のことだよ」

日本語に直してくれたのは先生でした。わたしは先生の顔を見上げ、じっと目に見入りました。先生の目は「悲しいけどね」と言っているように見え、わたしはもう少しのところで先生の胸にすがって泣き出しそうになったのです。

その後もわたしは頻繁に集中治療室を訪れて、菊本さんの容態の推移を見守っていました。脳幹部は障害されていなかったのでしょう、自発呼吸が徐々に回復し、レスピレーターは十日後にはずされました。そして内科病棟の管理となったのです。

内科病棟に移ってしまうと、わたしもそこに足繁《しげ》く通うわけにもいきません。いきおい足も遠のいていました。

ですから主任さんに、菊本さんを痴呆病棟に引き取る話を聞いたときには、途惑いました。

「再び菊本さんの看護ができるのは嬉《うれ》しいのですが、痴呆病棟はあくまでも動ける患者さんを収容するのが目的です。

「例外として香月先生が認められたのだから、仕方がないわ」

主任さんは答えました。「個室を使って、栄養は一日三回の鼻腔《びくう》栄養、排泄《はいせつ》はおむつ使用。大変なのは体位交換と喀痰《かくたん》の吸引だけど、褥創《じょくそう》予防にエアマットを敷くことにしている。家族も頻繁に来てくれるそうだから、少しは楽」

転棟してきた菊本さんは、以前よりも血色が良く、体重も増えていました。動かないのに、栄養だけは計算通りに補給されているので当然でしょう。

しかし呼びかけても、目を半開きにしたままで反応もありません。おむつ替えのために身体《からだ》に触れたときだけ、うーんと唸り声を発してのけぞります。手足の関節にも固縮が起こり始めていました。

お嫁さんはほとんど毎日のように顔を出し、菊本さんの顔ににじんだ汗を拭《ふ》いてやったり、わたしたちがおむつ交換をするのを手伝ったりしてくれました。

「この病棟に戻れて本当に良かったと、感謝しています」

あるときお嫁さんがわたしに言ったのです。「内科病棟だと周りは知らない患者さんばかりで、看護婦さんも、こう言ったら悪いですが、とっつきにくいのです。この病棟だと、わたしもおじいちゃんも安心していられます」

お嫁さんは、鼻に管のはいった菊本さんの顔をじっと眺めやります。

それを見てわたしも、先生の真意がつかめた気がしました。

「病棟にはいろいろな音楽がかかるでしょう。ラジオ体操だけでなく、お昼御飯を知らせる音楽や塗り絵の時間の音楽があります。それがかかり出すと、おじいちゃんが聞き耳をたてるのです。ほんの一瞬ですけど」

お嫁さんが真顔で言ったときには少しびっくりしました。

わたしたちも終始菊本さんの世話をしているので、そういう反応があれば、誰かが気づいているはずです。

それでもわたしはお嫁さんの錯覚だと断定することはできません。いつか立ち直って欲しい、眉《まゆ》ひとつでも瞼《まぶた》でも動かして欲しいという思いで菊本さんの顔を凝視していれば、本当にそんな風に見えるのだと思います。わたしは、とうていお嫁さんの言葉を否定する気にはなれませんでした。

死滅回遊

デイケアに通っている池辺さんから、吉岡さんを引き取って、自宅の離れで二人で暮らす計画を聞かされたときは、職員の誰もがあっと驚きました。ひとり平然としていたのは主任さんです。前以《まえもっ》て相談を受けて承知していたのでしょう。「わたしたちは祝福こそすれ、駄目だという権利は全くないわ」と、すましたものです。

「池辺さんの家族も納得しているし、吉岡さんも、よくよく考えたうえでのことでしょう。うちの病棟で初めて生まれたカップル。最初にして最後かもしれないけど」

「わたしたちも考えないとね」

三十代でご主人を亡《な》くし、その後はずっとひとり身を通している渡辺さんが、複雑そうに相槌《あいづち》をうちます。

「本当。あなた、希望持つべきよ」

主任さんはあと押しするように言います。

「いつですか、吉岡さんの退院は」

「今月の末。池辺さんの息子さんも偉いと思うわ。鶴《つる》のひと声で、他の兄弟を説得したのよ。池辺さんの苦労をずっと見てきた息子さんだから、最後くらい母親の希望を叶《かな》えてやりたいと思ったのじゃないかしら」

「吉岡さんと池辺さん、幼な馴染《なじ》みのようですし」

「あらそう。知らなかった」

「隣同士の小学校で、もちろんお互いに会ったことはなかったのですけど、二人とも知っている先生がいたそうです」

わたしは答えます。

「縁があったのね。ふーん」

主任さんは一層感心した様子です。

「入院してきてしばらく、吉岡さんも呆《ぼ》けていくかなという時期があったでしょう」

鈴木さんが口をはさみます。「尿失禁が続いて、夜間はおむつをしていました。それがいつの間にかいらなくなりましたしね」

「排尿誘導が効いたのも確かだけど、池辺さんと付き合うようになったのも影響しているわ、きっと。生きるうえでの心の張りよ。わたしたちも張り合いをもたなきゃ」

主任さんが締めくくります。

「二人ともデイケアには来るのですか」

井上さんが訊《き》きます。

「来るそうよ。だからわたしたちとの関係は切れないのよ」

「良かった。わたし、池辺さんも吉岡さんも両方好きなんです。二人を見ていると何か励まされます。周りの人たちから、わたしはよく訊かれるのです。あなた、よりによって老人の世話なんかよくできるね、まだ若いんだからもっと他に仕事があるのに、と」

井上さんの目が潤《うる》んでいました。「お年寄りのケアというのは大変だけど、わたし、人をケアするって、自分もケアされる気がするんです。ここに勤め始めてやっと分かりました」

井上さんは看護助手になる前には、スーパーの店員のアルバイトをしていたはずです。三十歳になる前に離婚して、今は幼稚園の娘さんと母親と三人暮らしをしています。その井上さんに、そんな心境の変化があったとは気づきませんでした。

でも井上さんがそのとき口にした「ケアすることで自分がケアされる」というのは、わたしにもよく理解できます。先生が講演をしたとき、ダウン症の子を持った母親が質問に立ち、ケアされているのは家族だと言ったのを思い出します。ケアは損得勘定では絶対にできません。損得勘定では収支が合わない仕事なのです。それでもわたしたちがこの仕事を続けていられるのは、たぶん、井上さんが言ったことに集約されるのではないかと思います。

「この間、デイケアに来ている板東さんが、そっとわたしを呼んで言ったのよ」

副主任が少し困った顔をします。「ひとり暮らしは大変だから、誰かいい人はいないか。七十代か、六十代でも構わないって。池辺さんと吉岡さんに刺激されたのかもしれないわね」

「ひところは、やっぱりひとりが一番と言っていたのに」

わたしには確かにそう洩《も》らしていたのです。

「何でも敷地が千二百坪、公定価格でも坪三十万円だそうよ。あんな大きな家にひとり住んでいるのだから、寂しいのは無理もないわ。それで試しにわたしが、四十代はどうかしらと訊いたの」

副主任は笑います。

「三十代でもいいわ」

井上さんが冗談半分で応じます。

「二十代でも構いません」

一番若い山口さんまでも手を挙げます。

「そしたら、四十代は寂しい思いをさせるので駄目ですって。五十代は考えないでもないが、できれば六十代か七十代」

「千二百坪ねぇ。ひと坪三十万円」

鈴木さんが唸《うな》ります。

「感心してないで、仕事仕事」

三任さんから急《せ》き立てられて、みんな持ち場に散って行きます。

「ちょっと電話をかけさせてくれ」

突然はいってきた室伏さんが、険しい顔で要求します。

「はいどこへですか」

副主任が答えます。

「わしの家」

たぶん電話番号は忘れているはずです。副主任がかけてくれるのを待っています。

電話が通じ、副主任は室伏さんに受話器を渡します。

「寒くなったのが分からんか」

相手は息子さんか、そのお嫁さんでしょう。「お前たちも冬物に衣替えしとろう。分かっとろう。お前たちも寒かなら、俺も寒かとぞ。早う持って来い」

言うだけ言うと、一方的に電話を切ります。

「どうも」

副主任に礼を言って、室伏さんは出て行きます。

そのあとの電話番は、いつものように葛原さんに頼みました。一時間でも二時間でもそこに坐《すわ》っていてくれ、ちゃんと受け答えするので、忙しいときには大助かりなのです。それをさせないと、却《かえ》って幻覚が出てトイレに逃げて行き、聞こえてくる声に従って全裸になってしまいます。

「城野看護婦さん、電話です」

わたしがホールにいると葛原さんが呼びます。「外からの電話です」と伝えるのも、なかなかのできです。

電話は見元さんの娘さんでした。

「すみません、お忙しいところを呼び立てて。きのう母の面会に行ったのですが、どうも変なのです」

「どんな具合に？」

「いえ、この前、公園に行ったと言うのです。コスモスがたくさんあって、エビの天ぷらを食べたと、話すことがちぐはぐで。隣のベッドの患者さん、誰でしたか、おむつをはめた方で——」

「永井さんですか」

「そうです。その方がベッドに横になっておられたので、公園に行ったのですかと、確かめると、知らんという返事でした」

永井さんのことだから、何を質問されているのか、要領を得なかったのに違いありません。

「何か妄想《もうそう》が出たのじゃないかと心配になって、電話したのです」

「いいえ、本当です。公園でコスモスも見ましたし、そこのレストランで天ぷら定食も食べました。妄想ではありません」

「そうですか。お世話かけます」

娘さんは安堵《あんど》して電話を切ります。

電話番の葛原さんに礼を言って、またホールに戻ります。

柴木さんのお嫁さんが前日ナスを持って来ていました。それを輪切りにして鈴虫のケースに入れてやるのです。

夜になると鈴虫はまだ鳴いていました。数は減っているのに、死骸《しがい》はどこにも見当りません。土の色と見分けがつかないので、注意深く観察するのですが、土の上のどこにも死んだ鈴虫はいません。やはりいつか先生が言ったように、鳴かなくなった雄を、雌の鈴虫が食べているのかもしれません。それでも不思議なことに、そんな光景は誰も見ていないのです。昼間は楊枝《ようじ》に刺したナスやキュウリの輪切りにすがりついて、動こうともしません。おそらく、明かりがあるところでは行動しないのでしょう。暗いところで、弱った雄に雌が一斉に襲いかかり、あっという間に食べ尽くしてしまうのでしょうか。

「看護婦さーん」

電話が鳴って、また葛原さんが呼びます。

「ありがとう」

受話器を受け取ると、個室に新しく入院した患者さんの家族からです。

「眼科に受診させてくれということだったのですが――」

お嫁さんのつっけんどんな声が聞こえます。その患者さんは糖尿病がひどく、しかも家族が眼科どころか内科にもろくに受診させていないのです。うちの病院には眼科がないので、家族付添いで一度眼科医に診てもらうよう、先生から指示が出ていました。

「もう目が見えなくなって、死んでもいいのです、そのままにしてやって下さい。わたしたちも忙しくて、いちいち年寄りにかまけてはいられません」

捨て科白《ぜりふ》を最後に、電話が切れます。

こうなると、看護婦が付添って、一度眼科を受診する他ありません。その旨《むね》を看護記録に書いておきます。

家族はいったん患者さんを入院させると、何日もしないうちに、患者さん抜きの状態に親しんでしまうようです。そんなところに、患者さんに関する用件をもち込むと大きな抵抗にあいます。排除した異物が再び飛び込んでくるのではないかと、家族の警戒心はひとしおなのです。

「香月先生が見えていますよ」

井上さんが知らせに来てくれます。診察は通常午後からなので、職員も何事かと思ったのでしょう。主任さんでさえ、あとは任せたとばかり、わたしに目配せします。

先生はいつもの黒カバンを下げ、熱帯魚の水槽《すいそう》に見入っていました。

「この間、房総の方に行って来たんだ。大学のクラブで一緒だった友人が木更津に住んでいてね」

先生はわたしに言います。「釣りに誘われたんだが、ぼくは釣るよりも岩場の魚を獲《と》ったほうが面白いので、手網《たも》を持ってうろうろしていた。そしたら、橙色《だいだいいろ》のきれいな魚がいるんだ。白い縞《しま》がはいっていてね。どこかで見た魚だと一瞬妙な気分になった。魚なんて、魚屋をのぞくこともないし、料理に出されたものくらいしか記憶にはない。しかし橙色の小魚など、そもそも食べないからね。しばらく考えて、この水槽の中の魚だと気がついた」

「嘘《うそ》でしょう」

わたしは首をかしげます。「いくら千葉といっても、熱帯魚がいるはずないです」

「そう思うだろう。ところが、やっぱりこの魚だった」

先生は水槽の上にぶら下げた魚の写真と名札を指さします。

「カクレクマノミが千葉にいるのですか」

「いたんだ。ちょうどこんな恰好《かっこう》で、飄々《ひょうひょう》と泳いでいた。茶色っぽい岩場でよく目立った。網ですくって一匹だけは捕まえた。あとの一匹には逃げられたけどね。生け捕ったほうは、すぐ死んだ」

「死んだのですか」

わたしはがっかりです。

「冬になると、どうせ死ぬ運命にあるらしいんだ。友人の話では、もともと熱帯魚の卵や稚魚が黒潮で運ばれてきたものだそうだ。それがたまたま、日本列島の太平洋岸で成魚になり、居座っているわけ。大部分は冬を越せないが、暖冬だったら、翌年まで生きていることもある。魚としては自分の生息範囲を広げるために、死ぬと分かっていながらそうやって回遊しているのだという。何千年、何万年も前からね。それが死滅回遊」

「死滅回遊？」

「ああ、死滅覚悟での魚のお遍路と思えばいい。運がいいのは、遍路の途中で冬を越し、そこに定住する。不運なのは姿を消す」

先生は話を切り上げるように言い、詰所の方に足を運びます。

「診察されるのですね」

「午後から用事ができたので、この五人だけを診察しておく」

そう言ってわたしにメモ用紙を渡し、詰所の奥の診察室にはいりました。

わたしはホールに集まっている患者さんの中から、指示された五人を集め、詰所近くのテーブルに待機させます。六号室の知念さん、三号室の馬渡さん、電話番をしている葛原さん、一号室の入間さん、そして個室に入院して間もない糖尿病の滝沢さんです。先生は診察の前に看護婦から患者の状態を聞き、診察中はわたしたちの補助を求めません。わたしたちにとってはそのほうが楽です。患者さんを入れ代わり立ち代わり、診察室に送り込めばいいのですから。指示事項は診療録を見れば分かります。

診察は平均ひとり十五分から二十分。高齢者の診察にしては丁寧なほうです。診察の間、話し声はあまり聞こえてきません。問診もし、検査データも調べ、身体《からだ》の診察もするのでしょうが、すべては無音のなかで進行します。

しかし診察室から出て来た患者さんは、例外なく満足した顔をしていますし、診てもらうのを楽しみにしている患者さんが大部分なのです。

五人の診察が終わったのは一時間くらいしてでした。

患者さんが診察室から出て来ると同時に診療録も手渡されます。わたしはそこで指示事項を確認し、必要があれば他の職員への連絡簿に転記したりするのです。その日の診察には特に先生からの指示はありませんでした。

「個室の菊本さんは変わりないね」

先生はわたしに確かめました。一時肺炎を起こしかけていたのは、抗生物質の投与でおさまっています。

「じゃ、ちょっと顔だけでも見てくる」

先生は言い、黒カバンを右手にぶら下げて詰所を出て行きました。

「鈴虫はまだ鳴いているかね」

数分後にホールに戻って来た先生は、鈴虫のはいったガラス箱に見入っているわたしに訊《き》きました。どことなく真剣な表情でした。

「数は少なくなりましたが、夜勤のとき小さく鳴いているのが聞こえます」

「食べられているだろう?」

先生の眼がじっとわたしに注がれます。

「はい、たぶん。死骸が見つからないのです」

「そうだろう。自然の摂理というのは全く良くできている」

先生は重々しい声で言い、鈴虫の箱を覗《のぞ》き込むこともなく帰っていきました。

十一時過ぎると、食事前の排尿誘導と服薬の準備で忙しくなります。

全員をテーブルに着かせ、それぞれのお昼の薬を用意して、間違えないように飲ませていきます。普通の患者さんと違って、薬のはいった包みを目の前に置いておくのは危険です。包み紙のまま飲み込む患者さんもいるし、自分のはポケットに隠し、左右の患者さんの薬を一気に飲み下す人もいるからです。

た。

主任さんとわたしは、菊本さんの部屋に駆けつけます。顔にチアノーゼが出ていました。

「看護婦さーん」

廊下の方から鈴木さんが声を上げたのはそのときでした。

「香月先生を呼んで」

主任さんが鈴木さんに指示します。

その間にわたしは血圧を測ろうとしたのですが、音が聞こえません。下顎《かがく》の動脈に手を当てると、かすかに脈が触れます。

「誤嚥《ごえん》はしていないわ」

口の中を調べて主任さんは言い、酸素ボンベとマスクを持って来るように命じました。

「わたしが呼吸管理します。心マッサージお願いします」

わたしは主任さんと位置を入れ代わり、菊本さんの鼻をつまみ、大きく口を開けて、菊本さんの口を覆《おお》い隠します。そのまま息を吹き込み、また息を継ぎ、二度目の呼気を吹き入れるのです。そのあと主任さんが胸骨の上から心マッサージをします。

十分くらい続行したでしょうか。どこかで同じような体験をした気がしました。コスモスを見に行ったときの三須さんの急変がそうでした。救急車を待つ間、レストランの床に寝かせて、安田さんと蘇生《そせい》術を施したのですが、容態が良くなっているという感じは全くしなかったのです。それどころか、時間の経過とともに、手ごたえは少しずつ消えていきました。

それと同じ感覚が、意識のない菊本さんの身体全体から伝わってくるのです。それでも中止するわけにはいかず、ひたすら先生の到着を待って動きを繰り返しました。

先生は落ちついた足取りで部屋にはいり、静脈確保と心電図の装着を命じたあと、自分で気道確保のための挿管をしたのです。

「家族に至急連絡。到着まではこのまま続ける」

主任さんに向かって厳粛に言い、心電図と点滴の落ち具合に視線を走らせます。点滴は全開にしてもゆっくり落ちるだけです。心電図のモニターには心マッサージの波形のみが機械的に描出されます。心マッサージは途中で他の看護婦と交代しました。

無言のままの動作が十五分は続いたでしょうか。

「心マッサージ少しやめてみてくれ」

先生はじっと心電図のモニターを凝視します。「駄目だな」

平坦《へいたん》な線を見て、そういう呟《つぶや》きが漏れました。

病棟の入口が騒がしくなり、菊本さんの息子さん夫婦が駆けつけたのはその直後です。

「おじいちゃん」

入口で声を上げたお嫁さんは、ベッドに駆け寄り、菊本さんに抱きつきます。その後ろで、息子さんは立ち尽くしたままです。

「急変して、蘇生を続けているのですが——」

先生が重々しく伝えます。

「もう駄目でしょうか」

気丈に息子さんが訊きます。

先生はおごそかに顎《あご》を引きました。

「もう結構です」

息子さんが冷静に、しかしはっきりとした口調で言います。

「心マッサージ、もういい」

先生が命じ、モニターを見つめます。やはりどこまでも平らな一本線です。

「お気の毒です」

「ありがとうございました」

息子さんが頭を下げると同時に、お嫁さんはワッと泣き伏しました。

「死亡時刻は十一時四十分」

先生は主任さんに告げ、「力及びませんでした」と息子さんに一礼しました。

先生が挿管をはずしたあと、わたしは鼻腔《びくう》栄養の管を抜き、心電図を片づけます。その間、息子さん夫婦はベッド脇《わき》にじっと立っていましたが、菊本さんの身体からすべての器具がとりはずされると、たまりかねたようにしゃがみこみました。

「おじいちゃん」

お嫁さんが泣きながら菊本さんの顔を撫《な》でます。「おじいちゃんには、もっともっと生きていてもらいたかった。来年の敬老会のリレーには、おじいちゃんをおんぶして出ようと思っていたのに――」

お嫁さんの涙は止まりそうもありません。息子さんがお嫁さんの肩を抱いてやり、自分も必死で涙をこらえています。

わたしもつい貰《もら》い泣きしてしまいます。いつかお嫁さんが見せてくれた写真を思い出します。菊本さんがまだ五十歳くらいのときで、創作ケーキコンクールで金賞をとった記念の写真でした。白くて高いコック帽をかぶり、胸にメダルをかけ、皿の上には大きなデコレーションケーキが載っていました。雪山の形をした珍しいケーキです。モンブランの変形だそうで、菊本さんに痴呆《ちほう》症が出てからは、お嫁さんがそれを引き継いで作っているということでした。

「そろそろ身体をきれいにしてあげたいと思いますが、よろしいでしょうか」

主任さんが静かに訊きます。

「わたしも手伝わせて下さい」

お嫁さんは顔を上げ、きっぱりと言いました。

動《どう》屍《し》

この手紙が先生の許《もと》に届く日、わたしは一週間の旅に出ているはずです。どこに行くのかは病院の同僚にも話していませんし、家族にも知らせていません。

主任さんは、わたしが急に休みを申し出たときには頭をかかえていましたが、他の職員よりも年休を消化していないので、四日間の休みを許してくれました。実際には休みの前後に当直勤務をあてているので、病院はちょうど六日間ほど不在になります。

この休みの間、以前学生時代にクラブの合宿で訪れた場所を再訪するつもりです。小さな鉱泉が山裾《やますそ》にあって、部屋からは、段々畑と入江、その先に太平洋が一望できます。宿の縁側に立ち、じっと大海原を眺めていると、暗く縮こまった気持が明るさを取り戻し、未来に向き直って行ってくれるのではないかと思うのです。

わたしがこうして先生に手紙を書くのは、先生に決意を促すためです。

本来ならば、面と向かって先生を問い詰めてもよかったのです。頭の中で何度か、そういう場面を想定してみたりもしました。二週間に一度、先生の部屋で痴呆病棟の現状を報告してきましたが、その席で事実を明らかにすることも可能でした。

結局その方法を取らなかったのは、先生にさらなる罪を重ねさせたくなかったからかもしれません。これまで先生が繰り返してきた行動と、わたしを殺害するという行為は、いくらか次元が異なるものです。これまでの行動には、先生自身の信念なり信条がからまっています。しかし、わたしの殺害は、そういうものとは異質の、単に証人を消すための殺人になります。

あれは三週間くらい前でしたか。当直の夜、田中さんがわたしにこっそり言ったのです。ひょっとしたら、香月先生は城野さんに気があるのかもしれない、と。わたしは衝撃をうけながらも平静を装《よそお》い、どうしてそう思うのか訊き返しました。

病床日誌の中の看護記録を香月先生はじっと読んでいた。それも城野さんが書いた部分だけをよ。絶対、気がある証拠。

田中さんは自信あり気に言いましたが、わたしの気持は氷のように冷たくなっていきました。

先生がわたしの記載した看護記録ばかりに眼を通していたのは、田中さんの推測とは全く別の理由からだと気がついたからです。先生は、わたしの看護記録の中に、わたしが先生に対して抱き始めた疑惑を感知しようとしたのではないでしょうか。

確かに、わたしがいなくなれば、この事件は闇《やみ》に葬《ほうむ》られます。わたしひとりしか告発者はいないからです。

しかし先生がわたしを殺すことによってこれまでの行為を覆い隠せるとしても、わたしの殺害事件そのものまでも闇に葬るのは不可能です。これまでのような神業に近い巧妙な手段でわたしを殺せるとは思われません。どこかで手口がほころびをきたし、先生は単なる卑劣な人殺しとして逮捕されるはずです。殺人の動機は、世間が喜ぶ怨恨《えんこん》か痴情沙汰《ざた》にまとめあげられるに違いありません。わたしは先生にそんな常軌を逸した医師として、マスコミの好餌《こうじ》になって欲しくないのです。

いつか先生は、某大学病院で起きた安楽死殺人について、わたしに話してくれました。そのときの先生の主張は、担当患者に塩化カリウムを注射した若い医師が、自分の正当性を法廷で徹底的に争わなかったのが残念だったということでした。患者とその家族から楽にしてくれと懇願されて、最後の注射をしてしまったというのが事の真相でしょうが、若い担当医は自分の過《あやま》ちだったと罪を認め、チーム医療のはずの周囲の同僚も、大学病院当局も、すべてを彼の責任にして、事件を片づけてしまったのです。そこには現代医療を根底から問い直す重大な問題があったのに、議論の萌芽《ほうが》が、一件落着によって摘み取られてしまったというのが、先生の考えでした。

先生の行為は、その若い担当医の行為とは対象が違いますが、相通じる問題を提起しています。若い医師はほんの出来心で行為に及んだのかもしれませんが、先生は周到な準備をし、しかも一回きりの行為ではなく、何回も行為を重ねています。自らの行為を社会に向かって説明する責務があると、わたしは思うのです。そしてその説明あるいは弁明こそが、先生が重ねた罪、わたしは敢《あ》えて罪と呼びますが、その罪と同じくらい重要な意味を持ち得るような気がします。つまり、先生は自らの罪を代償にして、根源的な問題をわたしたちに向かって突きつけたのだと、わたしは結論したのです。だからこそ、わたしはこの手紙を書き始めたのだと思います。

わたしは先生にありきたりの連続殺人者になってもらいたくはありません。先生が俗っぽい殺人者になっては、亡《な》くなっていった患者さんたちも浮かばれません。

最初わたしが患者さんの死を奇妙に感じたのは、サーモン好きの高倉さんが急変したときでした。

わたしは当直で、深夜の巡回中に、高倉さんがベッドの上で動かないのに気がつきました。もう瞳孔《どうこう》も開いていて、当直医の朔先生を呼んでも手の施しようはなく、死亡確認をしてもらっただけでした。

高倉さんはかなり痴呆も進み、病棟の食事はめん類とトースト以外には手をつけず、ご主人が持参されるサーモンが主食のようなものでした。しかし痴呆と軽度の不整脈の他はどこといって内臓に悪いところは無く、急変は考えにくかったのです。しかも、その日の夕方、先生の診察があったのですから、ますます奇妙なのです。

その次は園地さんの死でした。その日もわたしは当直で、看護助手の井上さんが園地さんの容態がおかしいのに気がつき、病室に行ってみました。乱れた呼吸ですが、チアノーゼもなく、血圧も正常で、少し頻脈があるだけでした。しかし念のために当直室に連絡を入れたのですが、その日の当直は先生だったのです。先生の指示で園地さんを観察室に移し、酸素吸入を始めました。いったん小康状態になって安心したのも束《つか》の間で、わたしが病床日誌に記録をしている隙《すき》に、呼吸停止が来たのでした。わたしは改めて先生を呼び出しました。先生は園地さんの死亡を確認しても、さして驚いた様子はなく、ホールの鈴虫の声に耳を澄ませていました。わたしはその冷静な態度を見て奇異な感じにかられたのです。今から考えると、先生は当然のことながら、園地さんの死を予想していたのですね。

その次がアルコール性痴呆の三須さんの死です。楽しく終わるはずのピクニックが暗転してしまいました。コスモスを眺め、レストランで昼の薬を飲ませ、食事を終えたあとに三須さんは意識を失ったのです。その日は朝から、日頃の元気な態度に比べて大人しいという印象はありました。しかし急変したのは服薬と昼食のあとでした。

救急車で運ばれた三須さんがそのまま意識を回復せずに亡くなったと聞き、わたしはすぐに病床日誌を調べてみたのです。週一回の先生の診察は三日前にありましたが、英語で書かれた診療録にはそれまでと特別に変わった記載はなく、処方も変更はありません。ところがわたしは妙な事実に気がつきました。日誌の記事では、三須さんに昼間の薬は出ていないのです。服薬は朝と夕、そして就寝前の三回のみが、もう半年も前から続いています。そういえば、病棟で昼間、三須さんが薬を飲んでいるのは見たことがありません。

わたしは、レストランで三須さんの服薬を担当した田中さんに訊《き》いてみました。少し大きめのカプセル一個を飲ませたという返事でした。

「色は?」

「青と白のツートンカラーよ。全体の薬の係もわたしだったので、朝出かける前に、参加するすべての患者さんの昼の薬を全部取り出して持って行った」

入院患者の薬は、引出しのついた透明プラスチックのケースにおさめられています。引出しひとつが患者ひとり分で、調剤された一週間分の薬がはいっています。

わたしは不思議に思い、主任さんにそれとなく訊いてみました。

「特別な薬だからと言って、香月先生が持って来られ、朝と昼の分を五日分、置いていかれたわ」

主任さんは不審に思う様子もなく答えました。

「その薬はどうしたのですか」

「先生が薬局に返されたはずよ。三須さんが亡くなったという知らせがあって、わたしが香月先生に連絡したの。先生がすぐに病棟に見えて、病床日誌と残りの薬は全部持って行かれた」

その返答に、わたしはもしかしたらと考えたのです。でも、まさかという思いも強く、実際に行動に移すことは出来ませんでした。本来なら、薬局まで行き、先生が不要になったすべての薬を薬局に返しているか、あるいはその青と白のツートンカラーのカプセルだけが抜き取られて返却されているのか、確かめるのも可能でした。しかし、二の足を踏みました。先生を疑うのが恐《こわ》かった、いえ涙の出るほど悲しかったからです。

そして二週間前の、菊本さんの死です。あの日、先生は珍しく午前中に診察に見え、五人の患者さんの診察をしました。診察を終えた先生は、思い出したように菊本さんの病状をわたしに訊き、個室に行ったのです。

先生は数分後にホールに出て来たのですが、菊本さんに異変が起きたのは、それから一時間ほどしてです。

蘇生《そせい》術を施しながら、先生の到着を待ちました。しかし、外側から人工的に心臓を動かしてやっても、菊本さんの身体《からだ》は内側から奥深いところに引き込まれていくようでした。ちょうど三須さんのときと同じ感触を、手のひらに感じたのです。

菊本さんが亡くなったあと、わたしは薬ケースに残されていた薬を調べてみました。

主任さんが言った青と白のカプセルが混じっていないか探したのですが、ありません。薬包の中味は、処方箋《せん》に書かれている通りの抗生物質の散剤でした。

自分の思い過ごしではないのか、もしそうであればそうあって欲しいと思いながらも、わたしは疑いを完全に消し去ることができなかったのです。

家に帰って机に向かい、メモ用紙を広げました。そして今年の初めから今までに亡くなった患者さんを、ひとりひとり思い出して書きつけてみました。高倉さん以前にも、四人の患者さんが帰らぬ人になっていました。

五月に観察室で亡くなったのは花栗さんでした。心臓ペースメーカーを入れた椎名さんが隣のベッドにいて、よく二人で呼び合っていました。「おーい、おるか」と椎名さんが叫ぶと、「はい、おります」と花栗さんが答えます。夫婦でもないのに、自分たちでは、お互いに夫や妻が横に寝ていると思っていたのです。

花栗さんは喘息《ぜんそく》持ちでした。午後になって苦しみ出し、わたしは先生の部屋に電話を入れました。先生が在室だったので、ほっとしたのを覚えています。静脈を確保し、そのあとで、備えつけのアンプルを二本側管から静注しておけという指示でした。

そのとき、わたしが奇異な感じを受けたのは確かです。普通、電話での指示を受けるときは、ネオフィリン二アンプルとか、アポプロン一アンプルとか、具体的に薬品名が出されます。しかしそのときの先生は少し違って、患者の処置箱の中にあるアンプルを使えという指示でした。

わたしはさっそく注射液ケース内の引出しを開けました。中に花栗さん用のアンプルが五本、透明なビニール袋に入れて置いてありました。五本のアンプルはすべて同じで、表面にはラベルが貼《は》られ、横文字の表記があり、手書きで〈静注用〉とだけ日本語で記されていたのです。

その横文字が何だったか、覚えていないのが残念です。慌《あわ》てていたので、静注用か筋注用かを確認するだけで精一杯だったのです。点滴の側管から注射したあと、花栗さんの呼吸は楽になったように見えましたが、一時的なものでした。

花栗さんが息を引きとって間もなく、お嫁さんが到着し、先生は「力及びませんでした」と一礼しました。そのときの言葉つきと表情には、主治医としての無念さと悲しみがにじみ出ていて、わたしはさすがだと思いました。先生の尽力をねぎらうように、お嫁さんのほうでも深々と頭を垂れました。

今から考えるとあのときのアンプルが、直接花栗さんに死をもたらしたのではないかと思うのです。

先生は次の喘息発作が起きた際、それを使わせる目的で、アンプルを花栗さんの注射液ケースに入れて置いたのではありませんか。アンプルが一個だと怪しまれるので、五個にしたのでしょう。そしてもちろん、花栗さんが亡くなると同時に、残ったアンプルは、先生が自分の手で回収したのです。花栗さんの死を誰ひとり不思議がる者はいないので、アンプルを持ち出すくらい朝飯前だったに違いありません。

花栗さんの遺体を前にして、先生がお嫁さんに述べた悔やみの言動は、本心からのものではなかったかと、わたしは振り返ってみて思うのです。自分の手でひとりの女性を死に追いやった悲哀とおののきが、あのときの先生の言葉と表情には出ていました。当時は、単なる哀悼の念だと理解していましたが——。

それから一ヵ月くらいあと、石蔵さんが亡くなりました。その前日、わたしは当直で、頭が痛い、胸が苦しいと訴える石蔵さんの相手をしてやっています。乳癌《にゅうがん》、胃癌、大腸癌と三つの癌に見舞われ、人工肛門《こうもん》をつけている石蔵さんが、あれこれと身体の不調を訴えるのは理解できないでもありません。それでいて薬嫌いで、飲ませるのにはいつも苦労するのです。その夜のわたしの当直明けの朝も、なだめすかして朝の服薬をすませたのです。薬包の中には、青と白のツートンカラーのカプセルは入っていませんでした。

石蔵さんが亡くなったのは、わたしが帰った日の深夜で、訴えが多くなったときの頓《とん》用の薬を飲ませ、最後にやはり指示が出ていたアンプルを、副主任が筋注して大分たってからでした。

そのあたりの経過は、あとになって副主任の口から聞いて記憶していました。しかしその時は露ほども疑いをもたなかったのです。もっと詳細を知るために、地下にある資料倉庫に行ってみたのが一週間前でした。通常そこには、あいうえお順に全患者の病床日誌と外来日誌が保管されています。死亡した患者のも、そのまま置かれているのが普通です。

しかしどこを探しても記録は無いのです。総務に電話を入れると、倉庫にないのなら主治医の香月先生が持っているはず、直接訊いてみたらどうかという返事でした。記録がないのは石蔵さんだけではありません。花栗さんも、三須さんも、痴呆《ちほう》病棟で亡くなった患者さんすべての日誌が倉庫から消えていました。これで、その保有者が誰であるか、判明したのも同然でした。

詰所で副主任と二人きりになったとき、石蔵さんの死亡直前の処置について改めて質問してみました。

「頓服で飲ませた薬も筋注したアンプルも香月先生が持って来られて、ケースに入れていたものよ」

「その頓用の薬はカプセルで、青と白のツートンカラーではなかったですか」

「カプセルでなく、錠剤だった」

「アンプルのほうはどんなものでした?」

わたしは息を詰めて、副主任の返事を待ちました。

「英語ばかりで書いてあったから、薬の名前までは覚えていない。ただ、ラベルに筋注と手書きの日本語が添えられていた。でもどうしてそんなことを訊くの」

副主任は怪訝《けげん》な眼をわたしに向け直しました。

それ以上の質問はもうできず、お茶を濁して別の話題に移ったのです。

花栗さんと石蔵さんに続く、三人目の犠牲者は、食事を食べたのに「食べとらん」と叫ぶ佐木さんでした。午後には三枚川小学校の児童たちが訪問する予定になっていましたが、その日の朝から佐木さんは「腹に赤ん坊がいる」と訴えていました。あやまちを犯してできた子だとも言っていたのです。実際は便秘で、わたしが浣腸《かんちょう》をしてやると、大量の排便があり、お腹《なか》もぺしゃんこになりました。そのあと小学生たちとの交流会にも元気に出席していました。

具合が悪くなったのは準夜帯の夕食後で、発熱したのです。安田さんが先生の部屋に電話をすると、先生はまだ帰宅前で、解熱《げねつ》用の座薬を挿入するように指示を出しました。座薬によって佐木さんは発汗とともに三十七度台に解熱し、パジャマを着替えさせたのです。先生がわざわざ病棟まで診察に見えたのは、そのあとでした。安田さんと山口さんは他の患者さんたちのおむつ替えがあったので、先生の診察には付かなかったといいます。

先生は十分ほどして詰所に戻り、今のところ心配ないようだ、自分は帰るが、また何か起これば当直医のほうに連絡を入れるように告げました。

十一時に安田さんが部屋を巡回していて、佐木さんの様子がおかしいのに気がつきました。すぐ当直医を呼びました。しかし心停止が来ており、もう瞳孔《どうこう》が開いていて、処置するすべもなかったそうです。

このとき、亡《な》くなった佐木さんに最後に接したのは先生でした。

お茶会があった夜に死んだ松川さんの場合は、少し事情が異なります。このときの当直も、安田さんと山口さんでした。八時過ぎに就前薬を飲ませたあと、松川さんはキューピー人形の指をしゃぶりながら機嫌よくしていたようです。しかし十一時過ぎの巡回時に山口さんが部屋にはいると、松川さんは荒い呼吸を始めていました。その日の当直医は、大学から派遣された若い先生でした。呼吸中枢《ちゆうすう》の刺激薬を注射し、酸素吸入もしたのですが、心停止は一時間後に訪れました。

この松川さんの病床日誌も倉庫には無いので、そのときの状況は直接安田さんに思い出してもらうしかありませんでした。十日ほど前に、お昼休みの居残りが彼女と一緒になったので訊いたのです。

「松川さんの就前薬がどんなものだったかは覚えていないわ」

安田さんは首を捻《ひね》ります。

「就前薬は、やはりあの服薬ケースから取り出したのですよね」

「そりゃそうよ」

「薬包紙が二種類なかったですか？　ほら追加の就前薬があった場合、それをもともとの薬包紙の中に入れないで、新しいパラフィン紙に包み、二つの袋をホチキスで留めてあるでしょう」

「そうなっていたような気がする」

「その追加した包みの中にはいっていたのは、青と白のツートンカラーのカプセルじゃなかったですか」

「確かにカプセルだった」

安田さんは記憶をたぐり寄せる表情になりました。「でも青と白ではなかった。小豆色だった。嫌な色のカプセルだなという気がしたわ」

安田さんは思い当たったように頷《うなず》きます。わたしはそのとき、安田さんが何故《なぜ》そのカプセルの色を記憶していたのか納得ができました。安田さんの右目の下にある血管腫《しゅ》の色が小豆色なのです。自分が小さいときから気に病み、厚い化粧で隠そうと努力してきたのが、小豆色だったからこそ、同色のカプセルに嫌な感情をもったのでしょう。

「その就前薬は、松川さんが亡くなる何日か前には無かったような気だします」

安田さんの前にわたしも当直をしていたので、松川さんに寝る前の薬を服用させていたのです。小豆色の追加のカプセルがあれば、覚えていたはずです。

「じゃあ、主治医の判断で、急に追加になったのかもしれない。記録を見れば分かるはずよ。でもどうして？」

安田さんは副主任と同様、怪訝そうにわたしを見返しました。その病床日誌が倉庫から抜き取られているのだとは答えられずに、わたしは曖昧《あいまい》な返事をするしかなかったのです。

安田さんが記憶している小豆色のカプセルについて、他の職員全部に確かめることも可能でした。しかしそれをすれば、事を完全に荒立てるだけです。

その代わりに、わたしは薬局に常備してある薬剤ファイルを見に行きました。患者さんに説明するために、すべての薬が切手収集帳の中に入れられています。五冊のファイルは効能別に分けられていました。カプセルはそう多くはなく、二十数種しかありません。しかしそこに、安田さんが見たという小豆色のカプセルはなかったのです。

もうひとつ、三須さんや園地さんが飲んだ青と白のツートンカラーのカプセルも、そこにあるのか探してみました。確かに一個、抗生物質にそれと似て半分青で半分透明なカプセルがありましたが、小さめで、田中さんが目撃したカプセルとは別物です。

つまり、小豆色のカプセルも、青と白のカプセルも、病院の薬局にはない薬でした。とすれば、主治医である先生が薬局を通さずに、自分で病棟に持ち込んだと結論する他ありません。

わたしが花栗さんに静注したアンプルと、副主任が石蔵さんに筋注したアンプルについても、薬局で調べようと思えばできました。薬局にあるすべてのアンプルを見れば、横文字のはいったあのアンプルは見分けられる自信がありました。しかし結局そこまではしませんでした。どうせ、薬局にあるアンプルではないと予想できたからです。

わたしはさらにもうひとつの確認をするために、総務部に連絡をとりました。保険機関に提出する診療報酬明細書には、患者に投与されたすべての薬剤が点数化されて一覧表になっています。医療事務の係に電話をして、亡くなった松川さんのそれがコンピューターの中に残されていないかどうか訊《き》いてみました。残されているという返事でした。

「松川さんは看護面で苦労した患者さんで、その過程を学会発表しようと思っています。生憎《あいにく》、病床日誌が見つからないので、亡くなった月にどんな薬を飲んでいたかが分かればいいのです」

わたしの口実はすんなり受け入れられて、日勤の帰りにコピーを取りに行くことができました。予想どおりとはいえ、安田さんが服用させたカプセルは、明細書に記載されていませんでした。やはり、先生が自分で持ち込んだとしか考えられません。

そして、先生の部屋でいつもの病棟活動の報告をしたのが五日前でした。

わたしはそれまで抱いてきた疑問については口をつぐみ、異食症について書かれた論文の報告を先生にしました。観葉植物の葉やちり紙などを食べる津島さんの例を持ち出すまでもなく、痴呆病棟での異食は珍しくはありません。その対処にはどこの施設も困っているのです。長崎県のある老人病院が出した論文では、異食症の患者九人に経口流動食を飲ませると、いずれも異食行為がやんだという報告がなされていました。経口流動食はビタミンやミネラルなどすべての栄養が充分量はいっているので、異食症は何らかの栄養素不足が原因ではないかという考察がされていたのです。

「それなら追試をやってみるのもいいじゃないか」

先生は乗り気でした。「異食に対して、外国ではどう対応しているか、欧文での文献もぼくのほうで調べてみよう。文献を集めるのは簡単だ」

今年の研究発表は排尿誘導だったので、来年に向けての研究は異食症で決定だ、と先生は機嫌良くつけ加えたのです。

電話がはいったのはそのときでした。二言三言答えたあと、先生はすぐに戻ってくるからと言い残して出て行ったのです。

わたしはもうこの瞬間を逃しては機会がないと思いました。先生の部屋にはいった時から、机の横に置いてある先生の黒い革カバンには気がついていました。病棟に診察に見える時も、当直で呼ばれたときも、先生はそのカバンを必ず手にしています。例のカプセルやアンプルがどこかに保管されているとすれば、その中しかないと直感したのです。

カバンには鍵《かぎ》がかかっていませんでした。中は整然としており、聴診器やハンマー、使い捨ての舌圧子や注射器とともに、革でできた仕切りの中に薬や座薬、アンプルもはいっていました。そこにわたしは、青と白のツートンカラーのカプセルと、小豆色のカプセルを見てしまったのです。

その横の仕切りには肌色のロケット型をした座薬が七、八個、さらにその手前にはアンプルが十数個入れられていました。アンプルの形にも、書かれている横文字にも見覚えがありました。しかしマジックペンでの〈静注〉とか〈筋注〉とかの表示は手書きされていません。

わたしは二種類のカプセルと座薬、そしてアンプルを手づかみにし、白衣のポケットに入れました。

そっとカバンの口金を閉め、何食わぬ顔でソファーに坐《すわ》り直したとき、先生が戻って来たのです。

「前代議士が院長室に来ていてね。顔つなぎに呼ばれたんだ。選挙が近いのだろうが、何だか哀れだよ。代議士と言えども落選してしまうと、ただの風来坊だね」

先生はわたしに、貰《もら》ったばかりの名刺を見せました。前代議士という肩書きとともに、見覚えのある名前が書いてあったのですが、わたしの頭はもうそんなことには集中していなかったのです。

先生は黒カバンにわたしが触れたことなど全く気づかずに、異食症の話を続けました。

本当は対照群をつくって、同じ異食症の患者を二群に分け、片方には経口流動食、もう一方には今まで通りの食事をとらせて、二、三ヵ月後に症状に差が出るかどうか調べるのが理想的だというのです。

「しかし、二群に分けるほどの患者がいないだろうから、ひとりの患者に二ヵ月間流動食を与え、次の二ヵ月間またそれをはずす方法で、症状の変化をみてもいい。そうすると症状出現にズレが出るかもしれない。それによって、栄養素が欠乏してくるまでに何週間かかるかも推測がつく」

先生はわたしに熱っぽく語り、その日のヒアリングを終えたのです。

動悸《どうき》を抑えつつ部屋を出、病棟に戻るまでに、先生が二週間に一度わたしを自室に呼んで、病棟の様子を聞き続けた理由を考えました。表向きは、病棟での問題点を整理し、排尿誘導などの看護技術を向上させるためだったのでしょう。しかし本当は二つの理由があったと思うのです。ひとつは、どの程度の痴呆の患者を死に至らしめるべきかの判断材料を得るためです。家族の嘆きや反応も、わたしの口を通して知ることができます。貴重なデータです。そしてもうひとつが、患者さんの死や、そこに到《いた》らしめた自分の行為に、疑問を抱かれてはいないかの情報収集です。少しでも疑いがかかれば行為は中断できます。

そんな具合にわたしが利用されたと思うと、涙がこみあげてきました。

声で訊きました。

「城野さん、先生に叱《しか》られたのではないの？」

詰所に戻ってもまだ泣いたあとが目の縁に残っていたのでしょう、安田さんが小さな声で訊きました。

「いえ、何でもありません」

慌《あわ》てて否定しましたが、涙はあとからあとから落ちてきて、わたしは急いでトイレに駆け込むしかありませんでした。

ドアを閉めてしまうと、また新たな涙が溢《あふ》れてきました。泣き声こそ出しませんでしたが、そこにはもう別の涙が加わっていました。自分が利用された口惜《くや》しさだけではない、もっと深く悲しい涙がとめどなく頬をつたったのです。

白衣のポケットに入れていたカプセルとアンプルを、トイレのごみ箱の中に捨て去ることも、その瞬間考えました。先生を窮地に追い込まないためには、それが一番の方法にも思えたのです。

しかしそれでは解決にはなりません。ならないどころか、問題は益々深刻になっていくばかりです。つまり先生が犯す罪は一層深く、犠牲者の数は増え続けるばかりです。

そしていつかは必ず破局が訪れます。

やはり犠牲者は菊本さんで最後にすべきだと思い直したとき、嗚咽《おえつ》はとまっていました。

カプセルとアンプルを証拠品として、そのまま警察に届けようかとも考えました。しかしそれはどうしてもできなかったのです。わたしがその証拠品を先生の黒カバンの中から盗み取ったという後ろめたさのためではありません。先生に、気持の準備をしておいてもらいたかったからです。先生に考える時間を与えようと思ったのです。

青と白のツートンカラーのカプセルと、小豆色のカプセル、ロケット型の座薬、そして横文字のラベルの貼《は》られたアンプルは、今もわたしの手元にあります。中味が何であるかはまだ確認していません。

おそらく先生は、患者さんを安楽死させるのに何通りかの方法を使ったのではないでしょうか。アンプルの中味はたぶん強力なインスリンではないかという気もします。静注でも筋注でもよく、花栗さんには静注、石蔵さんには筋注で、その効果を比較したのです。結果は、どちらも成功でした。

三人目の佐木さんには座薬が試されました。わたしがここに持っている座薬には何の表示もありません。プラスチックのケースに入っていますが、少し黄色っぽく、形もいびつで、大量生産されたものではなく、どこか手づくりの印象を受けます。中味は強力な致死量に近い催眠薬で、しかもその外側は解熱《げねつ》剤でコーティングされていたのではないかと思うのです。安田さんはこの座薬を、先生の電話指示で佐木さんに挿入したのです。程なく佐木さんは解熱しますが、容態が変化します。そして先生が呼ばれ、診察している間に、さらにインスリン入りのアンプルを筋注したのではないでしょうか。致死量の催眠薬とインスリンで、佐木さんは眠るように息を引きとったのだと考えられます。

お茶会の夜、就前薬に松川さんが服用した小豆色のこのカプセルの中味も、たぶんインスリンでしょう。胃の中でカプセルが溶けるにつれて高力価のインスリンが放出、吸収されます。それと同時に血糖値は徐々に下降していき、松川さんは静かに死んでいったのです。

アンプルと小豆色のカプセルの中のインスリン、解熱剤で包まれたおそらくバルビツール系の座薬。この二種類のあとに先生が使ったのが青と白のツートンカラーのカプセルです。

高倉さんが亡《な》くなったのは深夜ですが、その日の夕方、先生が診察室で彼女を診ています。そのときに先生はこのカプセルを飲ませたのです。カプセルの外側をさらにもうひとつのカプセルで包み、二重カプセルにすれば、胃腸からの吸収は数時間遅れになります。二重カプセルは看護婦に見られると怪しまれるので、自分の手で服用させるしかありません。しかも高倉さんは、サーモンとめん類しか食べない極端な偏食ですが、薬は大好きです。首尾は上々でした。先生が診察して八時間も九時間も経過しての急変ですから、誰も疑う者はいないのです。時限爆弾を仕掛けてその場から姿を隠す犯人のようなもので、証拠は残りません。しかも爆弾であれば破片が物証となりますが、カプセルは体内に留まったままなのです。

園地さんの具合が悪くなったときも先生が当直だったので、呼んで診察をしてもらいました。その診察中に先生は青と白のカプセルを飲ませるか、点滴の中にアンプルを入れたか、あるいはその二つともをしたのに違いありません。

レストランで瀕死《ひんし》の状態に陥った三須さんは、昼食前にカプセルを飲んでいます。ですからカプセルの中味はインスリンでないのは確かです。いくら強力なインスリンとはいえ、食後に急速に低血糖をきたすのは考えにくいのです。やはり青と白のツートンカラーのカプセルの中味はバルビツール系の薬で、力価の強い致死量がはいっていたのだと思います。もちろんカプセルが胃の中で溶解するのはかなり後になってからです。

そして菊本さんは、先生の診察のあと一時間くらいして容態が急変しています。昼間の薬を飲ませる前ですから、定期薬が原因ではありません。個室の中で、先生がたぶん、インスリン入りのアンプルを注射したのでしょう。そもそも植物状態にある菊本さんを痴呆《ちほう》病棟に引き取ったのも、そうした目論見《もくろみ》があったからです。内科病棟では患者に近づけませんから。

八人が八人とも、誰からも疑念をもたれないまま亡くなりました。すべては先生の計算通りに行われたのです。ただひとつ、わたしという存在を除いては、です。

一昨日の当直の夜、わたしはほとんど仕事が手につかない状態でした。相棒の鈴木さんから、顔色の悪さを指摘されたくらいです。頭の中では、ぼんやりとカプセルや座薬、アンプルのことを考えていました。先生ひとりの力で、あのような特殊な薬剤を作ることは不可能です。やはり専門の技術が要求されます。

先生がどこから薬剤を入手したかを考えたとき、思いついたのが、先生がかつて出席したという研究会です。本屋で先生と偶然出会った際、先生は終末期医療の研究会から帰ってきたばかりだとわたしに言いました。

もしかしたらその研究会が一括して薬剤を製造し、会員に配布しているのではないかという気がしたのです。

それと同時にわたしの記憶は、突然ある光景を思い出していました。先生の部屋のソファーに坐っていると、右側の壁にある大きな本棚がまず目にはいります。他の先生の部屋と違って、本棚に詰まっているのは書物ではなくて、二百以上はあると思われるファイルなのです。各ファイルは三、四センチの厚さで、中には邦文や欧文の文献のコピーがはいっています。そしてひとつひとつに〈インフォームド・コンセント〉や〈便秘症〉、〈高齢者の心理〉〈老年うつ病〉などといった見出しが書かれていました。もちろん〈失禁〉や〈異食症〉というファイルも目にしたことがあります。

しかしそのときわたしが想起したのは、一番上の棚の端にあった二冊の黄色いファイルでした。他のは青や赤、緑色をした紙製のファイルなのですが、その二つだけはプラスチックでできており、〈終末期医療〉〈終末期医療（研）〉と見出しがつけられていたのです。

そこまで思い出すと、わたしは知らぬ間に立ち上がっていました。

「ちょっと地下倉庫まで行って来ます。調べたいことがあるのです」

驚いて顔を上げた鈴木さんに、わたしは告げました。

「勉強好きはいいけど、気をつけなさいよ。あそこは、出るので有名なんだから。階段を上がろうとしても、後ろから見えないものに引っ張られて足が前に進まないそうよ」

鈴木さんはわざと低い声で言い、わたしを恐《こわ》がらせました。

医局の方に向かいながら、何も持たずに行くよりも、病床日誌でも手に抱えていたほうが怪しまれずにすむと思い至りました。途中で地下に降り、マスターキィで倉庫の扉を開けました。そこには病床日誌やファイルなどのデータの他に、古い医学雑誌も置かれています。わたしは雑誌のバックナンバーのなかから二冊を抜きとり、また扉を閉めたのです。

先生の部屋に行くには、外来の事務所の前を通らなければなりません。いつも事務当直の係がいて、夜間の電話の取り次ぎなどをしているのです。

した。

案の定、中からわたしの姿を見て、男子事務員が「おつかれさま」と声をかけてきました。

「香月先生からこれを借りていたので返します」

わたしは雑誌を示しました。不審に思われた様子はありません。

医局の廊下を通り、先生の部屋のドアをマスターキィで開け、中にはいります。明かりをつけて本棚を見ました。黄色いファイルはいつもの場所にありました。わたしが手にとったのは〈終末期医療(研)〉と書いてあるほうでした。

先生宛《あ》ての郵便物やファックス、会議の議題や文献のコピーなどが雑然と詰め込まれています。封筒の中味を取り出してひとつひとつ点検する時間はありません。ぱらぱらとめくっていたとき眼についたのが一枚の用紙でした。わたしはそれだけで充分だと即座に判断しました。

ファイルを元の位置に戻し、持参していた二冊の雑誌は本棚の後ろに落とし込んで見えなくしました。

用紙は四つ折りにして白衣のポケットに入れました。

事務室の係員はテレビに見入っていました。わたしは「おつかれさま」と会釈《えしやく》をして病棟に戻ったのです。

そのときの紙片がいま手許《てもと》にあります。

香月康雄先生

拝復　過日ご注文いただいた薬品は別便にて送付致しました。お手元に届き次第、同封の受領書に御署名の上、ご返送下さい。

なお、先般の理事会でも申し合わせた通り、薬品使用後の経過については、各症例毎に直接私宛に御報告下さいますよう重ねてお願い申し上げます。

敬具

四月五日

終末期医療研究会

会長　木部準一

この手紙には、具体的にどんな薬剤を送ったかは書いてありませんが、四月五日という日付からして、おそらく先生がその後使用することになるアンプルやカプセル、座薬ではないかと思うのです。

そして三枚川病院と同じような行為が、他にも数ヵ所の施設でなされていることも、当然想像できます。いわばこれは全国規模の実験なのです。

わたしはいつか先生が口にした言葉を思い出します。痴呆患者というのは、もう一種の屍《しかばね》だという人間もいる。屍、つまりカダーヴァー、それが動くから、ムーヴィング・カダーヴァー、動屍《どうし》。きみはどう思うかね、と先生はわたしに鋭い視線を向けました。自分が日常世話をしている患者さんたちが動く死体だと聞いて、わたしは気が動転していました。しかし、そういう考え方のどこかが間違っているという、確かな直感はありました。とはいえ、違うとだけ答えては反論になりません。かといって、心臓も動き、意識もちゃんと保たれている人間が死体であるはずがないと返答しても、それは紋切型の一般論になってしまいます。

痴呆の患者さんでも十人十色です。ひとりとして同じ痴呆はありません。同じ便失禁をしたあとも、患者さんはさまざまな反応をします。知らんふりをする人、他人がしたと責任転嫁する人、すまなかったと素直に謝り、わたしたちが後始末をするのに頭を下げる人もいます。かと思うと、何をするかと逆に怒鳴る患者さんもいるのです。

それに対して、死はひとつです。どこから眺めても死は死です。ですから痴呆の患者さんが動く屍だなんて、わたしは考えもしません。

そんな風にわたしは答えたと思います。冷静に返事をしたつもりなのに、胸はたかぶっていました。たぶん、内心で怒りを感じていたからだと思います。先生はそんなわたしをじっと見つめ、何の感想も加えませんでした。

今から考えると、痴呆は動屍だという言葉を吐いたのは、他の誰でもなく、先生自身だったのではないでしょうか。誰かが言ったように見せかけて、先生はわたしの反応を探ったのです。

昨年の秋、連勝を続けて一番人気だった競走馬が、レース中に脚を骨折しました。その名馬はすぐに安楽死の処分に遇《あ》ったのです。

何年か前にも、看護大学の二年の頃でしたか、脚を折った有名な競走馬が、静脈注射で殺されたという記事を新聞で読みました。たかが骨折くらいでどうして殺されなければならないのか、わたしは驚きを超えて恐怖を覚えたのです。しかし馬の世界ではそれが当たり前だというのです。あの五百キロ近い巨体を、残りの細い三本の足で支えることはできない。従って、骨折した脚の治療は不可能というのが理由のようでした。

看護大学の基礎医学の講座に獣医師の資格を持った先生がいたので、あるときわたしはその疑問をぶつけてみました。

馬は三本の足で立つことはできるが、悪い方の反対側の足の腱《けん》を損傷する確率が高くなる。また、患側の足を切断して義肢にすることも可能だが、合併症が起こって、新たな痛みが出現することも稀《まれ》ではない。だからそれを見越して、骨折した時点で殺してしまうのだろう、という返事でした。それをマーシィ・キリング、〈慈悲ゆえの殺害〉とも呼ぶのだと、獣医師の先生は教えてくれたのです。

「しかしね、実のところ、馬の生理からすれば、必ず殺さねばならぬことはないね。三本足で生きていけるからね。むしろそれを見て耐えられないのは人間のほうだろう。だからマーシィ・キリングをしてしまう。馬にしてみればいらぬお節介かもしれない」

大学の先生はそうつけ加えました。

食事をすませても五分後には「食べていない」と言ったり、サーモンとめん類以外は食べようとせず、自分の年齢も名前も忘れたり、片時もキューピー人形を手放さなかったり、胸が苦しい、腹が痛いとひっきりなしに訴え続けたり、ひと言もしゃべらず、薬を飲むのにも口を開けようとしなかったり、痴呆の患者さんたちは、ある意味では脚の骨を折った競走馬と同じだとみなせます。先生の言葉を使えば、動屍です。まさしくマーシィ・キリングに相当します。

しかしわたしは思うのです――。

先生は、一号室にいる瀬尾さんがどんな絵を描くか知っていますか。

瀬尾さんはまだ若く七十二歳、脳梗塞《のうこうそく》後の痴呆で、言葉も不自由です。血圧も安定せず、時々観察室にはいります。十五歳から左官屋に丁稚《でっち》奉公にはいり、三十歳過ぎにはもうコテ絵の名人と言われていたそうです。漆喰《しっくい》を使ったコテ絵ではなく、普通のセメントで、動物や風景をレリーフにするのがうまく、大阪や四国まで招かれて仕事をしに行ったといいます。

その瀬尾さんが自由画の時間にかくのは、決まって四重丸なのです。塗り絵は気のりがしないようで、白い紙を渡されると顔を輝かせて、同心円の丸を四つ、クレヨンで丁寧に描きます。赤一色のこともあれば、虹《にじ》のように赤や黄や紫が混じることもあります。しかしいつも、出来上がるのは四重の円です。

患者さんの自由画は掲示板に貼《は》っています。瀬尾さんの絵は、遠くからでも見分けがつきます。近寄って、その四重丸を眺めていると、わたしはいつも自分の心が和んでくるのに気づきます。

瀬尾さんは小学校の頃、絵を描いていて先生から誉《ほ》められて、四重丸をもらっていたのかなと考えたり、いやそうではなく、瀬尾さんの願いがここにこめられているのだと思ったりもします。自分の家族、とりまく人々、そして世界が、この円のように丸くあって欲しいと、瀬尾さんは願いながら四重丸を描いているように思えるのです。一心にクレヨンを走らせ、完成したときに見せる嬉《うれ》しそうな顔は、きっとそういうことなのだと思わずにはいられません。

これはいつか先生に話したはずですが、キューピー人形をいつもしゃぶっていた松川さんは、患者さんのうちでも痴呆の度合いは重篤《じゅうとく》なほうでした。しかしそれでも、人間らしい優しさは失われていなかったのです。あるとき田中さんがキューピー人形を取り上げ、からかって振り回すと、松川さんは「赤ちゃんが可哀相《かわいそう》」と言って止《や》めさせるのです。冬の寒い時など、自分のカーディガンを脱いで人形をくるんでいました。

おしなべて患者さんたちは、どんなに痴呆があろうと、分け合い、助け合い、そして感謝を忘れていません。おやつの小さな羊羹《ようかん》でも、それが好物な人には半分に割って与えています。隣の人の湯呑《ゆの》みにお茶がはいっていないのに気づけば、自分のお茶を少しついでやります。助け合いは、いつものことです。ピクニックに行くとそれがよく分かります。足の悪い人に手を貸し、ゆっくり歩きます。団体で行動するとき、一番弱い人の立場をみんながそれとなく気づかってくれるのです。

感謝は、痴呆が進むにつれて言葉には出なくなりますが、態度にはいつまでも残っています。食事のたびに手を合わせたり、入浴のあと、介助役の職員に向かって土下座する患者さんもいます。身体《からだ》まで洗ってもらって申し訳ないという気持なのでしょう。

分け合いと助け合い、そして感謝の三つは、現在のお年寄りをはぐくんできた奥ゆかしい文化の名残りかもしれません。これがもう少しあとの世代になると薄れていき、わたしたちがあの病棟のお年寄りの年齢になったとき、もはやそんな美点もなくなっているはずです。

その意味では、痴呆患者であっても、わたしたち以上に人間的だと言えるのです。

先生があのカプセルやアンプルを使ってきた患者さんたちは、そのような人たちでした。あと五年か十年、自分なりの人生を必死で生きぬくことのできた人たちでした。決して動屍などではなく、まして、マーシィ・キリングとは無縁であるべき人々でした。

明朝、わたしは証拠の品を持って、近くの警察署に行きます。

その日のうちに先生のところに捜査の手が及ぶか、それとも二、三日遅れるか、わたしには分かりません。しかしいずれにしても、先生には一日か二日の余裕があります。その余剰の時間をどう使われようと、先生の自由です。病床日誌を全部始末し、黒カバンの中味も廃棄して、わたしの話を全くのいいがかりだと反論することもできます。終末期医療研究会からの手紙にしろ、決定的なことは何ひとつ書いてありません。わたしの保管しているアンプルやカプセルも、自分とは何の関係も無い、すべて城野という看護婦が考え出した妄想《もうそう》だと言い逃れることも可能です。カプセルを飲み、アンプルを注射された患者さんたちの遺骸《いがい》は、もうこの世の中に存在しません。そして先生が直接そういう行為をしているのを目撃した人間もいないのです。すべては、わたしの話、わたしが保管しているカプセルとアンプル、手紙、そして状況証拠にかかっています。先生があくまでも否定すれば、何ひとつ確固たる証拠は挙がらず、完全犯罪という花道を意気揚々と引き上げることができます。

しかし、それは先生の思想とはあまりにもかけ離れた行為ではありませんか。

いつか先生は、わたしがインフォームド・コンセントについて質問をしたとき、情報や意志をすべて明るみに出してしまうのは不自由かつ不便なことだと答えました。尊厳死したいか、それともあくまで生きたいかなどと、前もってすべての人間に意思表示を迫るのは、文明に逆行することだと先生はつけ加えました。その好例が、結婚式への案内状だと言うのです。気がすすまないが、断れば好意を疑われる。かといってその当人に悪意をもっているわけではなく、むしろいい奴《やつ》だと思っていて、単に出席する気になれないだけのことってあるだろう。案内状は一種の踏み絵になる。生きたいか、死にたいか、選択をさせるのも同じことで、事態はよけい窮屈になる。すべて薄闇《うすやみ》に置いておくのが人間の知恵、文明なのだ——。先生はそう説明しました。

確かに、八人の患者さんたちは、その薄闇の中で亡《な》くなっていきました。大した苦痛もなく、家族は悲嘆にくれながらも通常の死として受けとめました。言うなれば、いずれも理想的な安楽死だったのです。

先生とわたしが痴呆《ちほう》病棟の中で模索したのは、あるいは同じだったのかもしれません。わたしは、病棟が患者さんたちにとって安楽の場になるように努力しました。先生に全く反対の方向から、違った種類の安楽を患者さんに強いたのです。しかもそれは、先生の信念に基づく行動でした。

たとえ求めたものが同じでも、わたしは八人の死期を早めた先生の行為を正しいとは思いません。

いつかの講演の際、先生は安楽死についていろいろ教えてくれました。安楽死は患者の側からすると〈自発的〉〈非自発的〉〈反意的〉の三種、医師側からみると〈積極的〉〈消極的〉の二つがあるので、合計六通りの組み合わせが可能です。先生がとった処置は、その分類でいくと〈反意的積極的安楽死〉にあてはまります。

先生が敬老の日に、患者さんの家族にした講話も覚えています。すべての人間が老いの坂をころげ落ちている。例外は一切無いという話でした。

そうした先生の言葉や講演から、先生自身も既に自分の三十年後、四十年後の老いを自らの視野の中に入れていると、わたしは確信しています。そして、先生が本当の老いを迎えて、わたしたちの病棟の患者のようになったとき、先生自身がした行為を自らも受け入れる準備はできているのだと思うのです。

先生の行為は、そうした確固たる信条に根ざしたものなのです。

それだけに、先生はもう自分のした行為から逃げ出すことはできないのです。先生はあくまでも正々堂々と自分の信念を述べるべきです。誰もが先生の言葉に真摯《しんし》に耳を傾けるでしょう。

わたしは先生のしたことに気がついたとき、暗澹《あんたん》となりました。本当に悲しかった。

あんな行為がなければ、月二回の先生の部屋での話し合いは続き、よりよい看護をつくり出すための助言が得られたはずです。

同じ感覚器官のうちでも目と耳の性質の違いについて、わたしが単なる思いつきを口にしたときも、先生は傾聴してくれ、面白い仮説だ、実際に実験でデータを出せるかもしれないと言ってくれました。異食症に関しても、あのあとすぐに先生は文献を探し出してくれました。成人における異食症は西暦二世紀にガレンという人が初めて記載し、十九世紀の精神病院の中ではかなりの頻度で起きたようだと教えてくれたのです。仮説としては鉄や亜鉛などの不足が有力だとも、先生の話で知りました。

そのときわたしはもう先生に疑いを抱いていたので、先生の熱心な話を半ば悲しい気持で聞いたのです。

わたしは、ホテルのレストランで先生にご馳走《ちそう》になったときのことを思い出します。アペリティフ、ブルゴーニュのワイン、シャンベルタンという名のチーズ、そして三層になったアイスクリームは、みんなわたしが初めて口にするものでした。先生には感謝の気持でいっぱいです。

しかしだからといって、先生の行為に目をつむるわけにはいかないのです。いえ、先生に感謝しているからこそ、わたしが口をつぐめば、先生はこのまま自分の計画をつき進めるでしょう。次の犠牲者は、あるいは元校長の下野さんかもしれません。身体と言葉が不自由になっても、下野さんは教師としての誇りを忘れてはいません。その下野さんに対して、マーシィ・キリングなどとてもわたしには考えられません。

こうやって傍観していれば八人の犠牲が十人になり、二十人になっていき、最後はどこかで必ずや破綻《はたん》をきたします。

そしてこの計画は先生だけにとどまらず、日本国内の何ヵ所かで行われているのです。先生たちの計画に終止符を打つには、やはりわたしが心を鬼にして行動するしかなかったのです。

こんなことがなかったら、どんなに良かったろうかと思います。

先生の部屋でカバンからカプセルとアンプルを取り出し、病棟に戻る時、涙が出て仕方がなかったのはそのためです。今も、こうやって書いていると、気持が乱れ、涙がにじんできます。

きっと先生は四面楚歌《そか》に立たされるでしょう。冷血人間か吸血鬼のように世間からはみなされるでしょう。

何度も言うように、先生がしたことをわたしは正しいとは思いません。でも先生が提起した終末期医療は、世の中がこれからずっと考えていかなければならない問題なのです。ここから目をそむけていては次の世紀は、一歩も先に進めないと思うのです。

先生があの講演で口にした〈Q・O・D《クオリティ・オブ・デス》〉という言葉を思い出します。先生の処置で速やかに人生を終えた八人の患者さんたちのQ・O・Dは、ある意味では上質なものだったかもしれません。そしてまたオランダも、いつかは安楽死をちゃんと法律で認める時を迎えるような気がします。三十年もの長い間、試行錯誤を重ねたあとの法律化は、本当に見上げた精神文化ではないでしょうか。一方、日本はそうした問題を論議することなく、単に治療一辺倒に突っ走っているだけです。無益な生命至上主義に凝り固まっています。

その意味で、先生は自分の人生を賭《か》けて日本の社会に警鐘を鳴らしたと言えます。誰もが口にできないタブーを破ったのです。タブーの蓋《ふた》を開けた人間は糾弾されます。しかし糾弾するだけでは、問題を先送りしただけにすぎません。先生、どうぞ逃げないで下さい。証拠の品を隠し、わたしの話はすべて虚妄で狂言だと言い逃れしないで下さい。堂々と自分がやったのだと胸を張って公言して下さい。そして堂々と持論を述べて下さい。それでこそ、先生の手にかかって亡くなった八人の患者さんの死が生きてくるのです。

世間から抹殺《まっさつ》され、葬《ほうむ》り去られるという点で、先生自身の人生も、あるいは九人目の犠牲者になるのかもしれません。でもそれと闘うのは、死んだ患者さんたちの人生に見合うだけの価値をもっています。

そして先生、これから先どんなに世間が先生を非難しようと、犬畜生より劣る行為をしたと罵《のの》しられようと、わたしだけは先生をそういう風には絶対に思いません。これからもずっと先生の傍にいます。先生はわたしにとってかけがえのない人でした。わたしなんかがと先生は笑うかもしれません。それでもわたしは先生を待ちます。何年でも待ち続けるつもりです。

解　説

中　村　桂　子

痴呆《ちほう》になって生きながらえることと、死とどちらが恐《こわ》いか。こう問われたらどう答えようか。とても難しい。まず、死はもちろんのこと、痴呆もどのようなものかはっきりとはわからない。高齢の身内が、かつては考えられたことが考えられなくなったり、記憶が衰えていったりする状況には接した。身内などと言わずとも、私自身さまざまな能力が日を追って衰えていくのを実感しており、これがもっと激しくなった状態は想像できる。けれども、どんなに記憶する力が失われ、思考の力が小さくなろうとも、私というものが存在し、他との関わりを求め、生きる喜び（もちろん、そこには悲しみも辛《つら》さも入ってのこと）を感じとれるのなら、やはり生きる意味がある。

痴呆とは、どのような状態なのだろう。この小説の中に登場する人々は、道端にあるお地蔵さんの前垂れと帽子を作るのを楽しみにしていたり、ピクニックに行く時には足の悪い人に手を貸したりしている。何よりも、最後の章で城野看護婦が「患者さんたちは、分け合いと助け合い、そして感謝の三つを持っている。これは現在のお年寄りをはぐくんできた奥ゆかしい文化の名残りかもしれない。これが少しあとの世代になると、もうこんな美点もなくなっているはずだ。その意味で、今の患者は痴呆であっても私たち以上に人間的だと言ってよい。これから先も自分なりの人生を必死で生きぬける人だ。怪我《けが》をした競走馬を見ていられないからと言って殺すのと同じマーシィ・キリングなどとは無縁の人だ」と言い切っている。

その通りだと思う。しかし、私自身のこととして考えた時、それまでの暮らしの習慣として人との関わりを上手にすることはできても、本当に私というものがあって何かを考えているのだろうか。考えているとしたら、外から見られている自分と、私はこうなのだと思っている自分にズレがあるのに、それを適確に表現できずにいるという場合はないのだろうか。何も考えていないとしたら……と思いがぐるぐる回り始め、またわからなくなってくる。

とにかくここに、二つの立場が提出されている。起床、食事、入浴と日常生活で接し、患者を常に人間として見ている城野看護婦と「終末期医療研究会」に属し、この問題に医療としての答えを出そうとしている香月医師の見方だ。もちろん香月医師が患者を人間として見ていないわけではない。日常の診療で見る限りよい先生であり、研究熱心な医師だ。だからこそ、安楽死こそよりよい選択と考えたのだろう。はっきりとは書かれていないが、ここでの行為は、マーシィ・キリングではなく、もっと本質的なことを考えてのことに思える。人間とはなんなのか、生きる意味とはどこにあるのか。それを深く考えるために著者は、そこに最も難しい問いを突きつける痴呆病棟を選んだのだと思う。もちろん、すぐに答えの出ることではない。しかし、高齢化社会となった今、考えずに済まされることでないことも明らかだ。

もちろん、香月医師の行為は、現在の日本では犯罪であり、日本で安楽死を認めることにはならないだろうというのが典型的日本人である私の判断だが、本書にあるようにオランダでは安楽死が医療の中にとり込まれている。オランダの実状は公的報告書に基づいて香月医師の講演の中にみごとにまとめられているので、これ以上つけ加えることはない。一つ、オランダ以外では、アメリカのオレゴン州で「尊厳死法」の適用により、成人が自らの生命を終らせるための薬剤を厳格な条件つきで医師に請求できるようになっていると聞く。それにしても、本書にあげられている例を見ると、安楽死という言葉は使わないにしても、毎日の医療の現場では、このような症例に対してどのような処置を施すべきか、また時には施さずにおくべきかという悩みがたくさん生じているのだろうと思う。できるだけ生命を永らえさせることが医療の使命であるという従来の基準でははかれない生死の問題が生じてきているわけだ。これは医療の場だけのことではない。

誕生は〝授かる〟と言い、亡《な》くなる時は〝召される〟と言って、生死を何か大きなものに託し、生命を預っていると考えていた時代と違って、今や私たちは誕生も死も自分の手で操作する対象にしてしまった。それは単に医療現場を変えるだけでなく、私たちの生死に対する考え方にも影響を与えている。

脳死を巡っての議論は、それを考えさせた典型例だ。それにしてもあの時、当時の厚生省の主導で脳死臨調なる委員会が招集され、そこで「脳死は人の死か」という問いを立てての議論が行なわれたのには驚いた。心臓移植という医療技術が海外で進められ、それを受けに行く日本人が出てきたために、技術は充分持ちながら国内でそれを行なわないことは許されなくなってきた。そこで、臓器提供者を脳死の段階で死と判定しなければ、それこそ医師が殺人者になるという事態が生じたわけだ。だから、そのような場合には、脳死状態で死と判定して臓器を摘出することを認めようという議論ならわかる。脳死についての判断基準を明確にし、間違いの起きないような手続きを決めることも大事だ。

しかし、脳死は人の死かという問いを委員会で議論しようという神経は理解できない。それなら心臓死は人の死なのだろうか。違う。これも約束事だ。心臓が止まり、三大兆候が出た時点で、医師は法律上の死亡時刻を決めるだけのことだ。家族にとっては、その瞬間が死ではない。病気が重篤《じゅうとく》になってきた段階で別れを覚悟し、そこからの時間は死と向き合うことになる一方で、死亡時刻を告げられたからと言って、まだ眠るような顔をしている身内を死者とは思えない。死後数年経《た》っているのに、何かの時に母がまだ生きているような気になったことも何度かある。死はプロセスであり、ましてや脳だ心臓だという臓器が働かなくなることが即《すなわ》ち人の死だなどということではないのはあたりまえだ。プロセスであり、関係であるとして死を考えるならば、生と死は明確に二分されるものではなく、その間に限りなく多様で複雑なグレーゾーンが存在することになる。

人間の思考は、どちらかといえば黒白がはっきりした二分法の方が得意であり、それの極とも言えるのが科学の世界だ。その科学が進み、本来グレーが多かった医療の世界に入りこみ、近年、医の世界はどんどん科学化している。その結果、病原体が次々と同定され、新薬が開発され、乳幼児死亡率は下り、高齢化社会が実現したわけだ(平均寿命が延びた理由は医療技術だけでなく、公衆衛生、栄養の改善などもあるが、これとてその裏には科学の進歩がある)。ところが、科学が進み、新しい技術が入り込めば入り込むほど、先にあげた脳死や、本文で取りあげられている遺伝子診断など、まさにグレーとしか言いようのないところがふえるという皮肉なことになったのである。

人間の誕生や死をとり巻く世界を自分の力で操作し、自らのコントロール下に置こうとしたこと自体が間違っていたのではないだろうか。終末期医療について「研究会」を作り、真摯《しんし》に論議を重ね、納得のいく答えを得ようとすれば、正しい答えは痴呆患者には安楽死をとなってしまう。先に本書は舞台として痴呆病棟というグレーの場を選ぶことで人間とはなにかを考える問いを出したと書いたが、更にもう一つ、科学技術の本質が人間という存在と折り合いのつくものなのかどうかという問いも出されているのだ。

我が国は、一九九五年に「科学技術基本法」を制定し、二十一世紀は科学技術で国を立てるとしている。そのなかでも、バイオテクノロジーはITと並んで優先順位一位だ。二〇〇〇年には、国際プロジェクトチームがヒトゲノム塩基配列の概要版を出し、これからはいよいよこのデータを用いた新しい医療の展開となる。当面の主要ターゲットとして、アルツハイマーなどの痴呆症、がん、高血圧、糖尿病、アレルギーという病気があげられ、その原因究明と治療法の開発、新薬の開発を目的とした研究が進められている。もちろん、これらの病気の原因には遺伝子が関わっている（環境因子もからんではいるが）。科学技術開発の目標としては明確だが、多額の資金を投入して到達した先で出される正しい答えはどのようなものになるのか。恐い気もする。

著者は、患者への祝福として、香月医師と城野看護婦の示す二つの方法を示した。共に真摯に人間について考え続けた結果として。これを大きな問いかけとして受けとめるのはもちろんだが、実は私は、ここにあげた科学技術そのものとそれを支えてきた操作し進歩するという価値観とを問い直すという道もあるのではないかと考えている。実は、十年ほど前に生命科学を超えて「生命誌」という考え方で仕事を始めたのは、長い生きものの歴史の中に人間を置いてみるという方法で、現代の価値観を問い直し、新しい道を探したいと思ったからだ。

そこからすぐに正しい答えが出るなどとは思っていない。むしろ、正しいという言葉は辞書から消えることになるのではないかという気持が強い。問題を避けずに正面から向き合いながら、しかし正しい答えへと突き進むのではない道はないか。本書の前半に描き出されているお年寄りたちの、時には明るく、時には我がままに生きる姿に、笑ったり悲しんだりしながらそんなことを考えた。

安楽死という衝撃的なテーマを前にし、それを考えることに懸命になってしまったが、本書のもう一つの読み所は、痴呆老人の介護の様子がみごとに描かれていることだ。とくにそれぞれの患者の入所のいきさつと各章の標題が登場人物を身近に感じさせる。城野看護婦の語りもまた生き生きとしているので（本文の中でお話が上手とほめられている）、そこで語られることが履歴と結びついて、単なる介護というだけでなく人間関係が見えてくる。介護という重いテーマを客観的に書いたのではこれほど人間が浮き彫りにならなかったのではなかろうか。情熱溢《あふ》れる新任看護婦の言葉なので、自然に胸に響いてきて、時に介護ってなかなか楽しいものじゃないのとまで思わされる（人間相手の仕事の中には必ず楽しさがあるはずだ）。

ノンフィクション風ミステリーという新しい試みに引き込まれながら読んでいるうちに、自《おの》ずと大事な問題を考えさせられた。

（二〇〇一年八月、生命科学者、ＪＴ生命誌研究館副館長）

この作品は一九九九年四月新潮社より刊行された。

帚木蓬生著

白い夏の墓標

アメリカ留学中の細菌学者の死の謎は真夏のパリから残雪のピレネーへ、そして二十数年前の仙台へ遡る……抒情と戦慄のサスペンス。

帚木蓬生著

十二年目の映像

東大安田講堂攻防戦と時計台内部から撮影したフィルムが存在した。情報社会を牛耳る巨大組織テレビ局の裏面を撃つ異色サスペンス。

帚木蓬生著

カシスの舞い

南仏マルセイユの大学病院で発見された首なし死体。疑惑を抱いた日本人医師水野の調査が始まる……。戦慄の長編サスペンス。

帚木蓬生著

三たびの海峡

吉川英治文学新人賞受賞

三たびに亙って〝海峡〟を越えた男の生涯と、日韓近代史の深部に埋もれていた悲劇を誠実に重ねて描く。山本賞作家の長編小説。

帚木蓬生著

賞の柩

日本推理サスペンス大賞佳作

199×年度「ノーベル賞」には微かな腐臭が漂っていた。医学論文生産の裏で繰り広げられる権力闘争と国際犯罪を山本賞作家が描く。

帚木蓬生著

臓器農場

新任看護婦の規子がふと耳にした「無脳症児」のひと言。この病院で、一体何が起こっているのか――。医療の闇を描く傑作サスペンス。

小野不由美著　**魔性の子**

同級生に〝祟る〟と恐れられている少年・高里は、幼い頃神隠しにあっていたのだった……。彼の本当の居場所は何処なのだろうか？

小野不由美著　**東京異聞**

人魂売りに首遣い、さらには闇御前に火炎魔人、魑魅魍魎が跋扈する帝都・東京。夜闇で起こる奇怪な事件を妖しく描く伝奇ミステリ。

坂東眞砂子著　**桃色浄土**

鄙びた漁村に異国船が現れたとき、惨劇の幕はあがった――土佐に伝わるわらべうたを素材に展開される、直木賞作家の傑作伝奇小説。

坂東眞砂子著　**山妣**（上・下）直木賞受賞

山妣がいるてや。赤っ子探して里に降りて来るんだいや―明治末期の越後の山里。人間の業と雪深き山の魔力が生んだ凄絶な運命悲劇。

白川道著　**流星たちの宴**

時はバブル期。梨田は極秘情報を元に一か八かの仕手戦に出た……。危ない夢を追い求める男達を骨太に描くハードボイルド傑作長編。

白川道著　**海は涸いていた**

裏社会に生きる兄と天才的ヴァイオリニストの妹。そして孤児院時代の仲間たち――。男は愛する者たちを守るため、最後の賭に出た。

乃南アサ著　幸福な朝食
日本推理サスペンス大賞優秀作受賞

なぜ忘れていたのだろう。あの夏から、私は妊娠しているのだ。そう、何年も、何年も……。直木賞作家のデビュー作、待望の文庫化。

乃南アサ著　凍える牙
直木賞受賞

凶悪な獣の牙――。警視庁機動捜査隊員・音道貴子が連続殺人事件に挑む。女性刑事の孤独な闘いが圧倒的共感を集めた超ベストセラー。

乃南アサ著　死んでも忘れない

誰にでも起こりうる些細なトラブルが、平穏だった三人家族の歯車を狂わせてゆく……。現代人の幸福の危うさを描く心理サスペンス。

乃南アサ著　団欒

深夜、息子は彼女の死体を連れて帰ってきた。その時、家族はどうしたか――。表題作をはじめ、ブラックユーモア風味の短編5編。

乃南アサ著　ドラマチック チルドレン

子どもたちはなぜ荒れ、閉じこもるのか――。それぞれの問題から立ち直ろうと苦しむ少年少女の心理を作家の目で追った感動の記録。

乃南アサ著　家族趣味

家庭をかえりみず仕事と恋に生きる女、宝石に金をつぎ込む女――などなど。よくありそうな話。しかし結末は怖い。傑作短編5編。

遠藤周作著
海と毒薬
毎日出版文化賞・新潮社文学賞受賞

何が彼らをこのような残虐行為に駆りたてたのか？ 終戦時の大学病院の生体解剖事件を小説化し、日本人の罪悪感を追求した問題作。

遠藤周作著
沈黙
谷崎潤一郎賞受賞

殉教を遂げるキリシタン信徒と棄教を迫られるポルトガル司祭。神の存在、背教の心理、東洋と西洋の思想的断絶等を追求した問題作。

遠藤周作著
真昼の悪魔

悪には悪の美と楽しみがある――大学病院を舞台に、つぎつぎと異常な行動に走る美貌の女医の神秘をさぐる推理長編小説。

遠藤周作著
スキャンダル

数々の賞を受賞したキリスト教作家の醜聞《スキャンダル》！ 繁華街の覗き部屋、ＳＭクラブに出没するもう一人の〈自分〉の正体は？ 衝撃の長編。

遠藤周作著
砂の城

過激派集団に入った西も、詐欺漢に身を捧げたトシも真実を求めて生きようとしたのだ。ひたむきに生きた若者たちの青春群像を描く。

遠藤周作著
死海のほとり

信仰につまずき、キリストを棄てようとした男――彼は真実のイエスを求め、死海のほとりにその足跡を追う。愛と信仰の原点を探る。

山崎豊子著　白い巨塔（上・中・下）

癌の検査・手術、泥沼の教授選、誤診裁判などを綿密にとらえ、尊厳であるべき医学界に渦巻く人間の欲望と打算を迫真の筆に描く。

山崎豊子著　女系家族

代々養子婿をとる大阪・船場の木綿問屋四代目嘉蔵の遺言をめぐってくりひろげられる遺産相続の醜い争い。欲に絡む女の正体を抉る。

山崎豊子著　華麗なる一族（上・中・下）

大衆から預金を獲得し、裏では冷酷に産業界を支配する権力機構〈銀行〉――野望に燃える万俵大介とその一族の熾烈な人間ドラマ。

山崎豊子著　不毛地帯（一～四）

シベリアの収容所で十一年間の強制労働に耐え、帰還後、商社マンとして熾烈な商戦に巻き込まれてゆく元大本営参謀・壹岐正の運命。

山崎豊子著　二つの祖国（上・中・下）

真珠湾、ヒロシマ、東京裁判――戦争の嵐に翻弄され、身を二つに裂かれながら、祖国を探し求めた日系移民一家の劇的運命を描く。

山崎豊子著　仮装集団

すぐれた企画力で大阪勤音を牛耳る流郷正之は、内部の政治的な傾斜に気づき、調査を開始した……綿密な調査と豊かな筆で描く長編。

安《あん》楽《らく》病《びょう》棟《とう》

新潮文庫　は－7－13

平成十三年十月一日発行

著者　帚木《ははき》蓬《ほう》生《せい》
発行者　佐藤隆信
発行所　株式会社 新潮社

郵便番号　一六二―八七一一
東京都新宿区矢来町七一
電話　編集部（〇三）三二六六―五四四〇
　　　読者係（〇三）三二六六―五一一一

価格はカバーに表示してあります。

乱丁・落丁本は、ご面倒ですが小社読者係宛ご送付ください。送料小社負担にてお取替えいたします。

印刷・二光印刷株式会社　製本・株式会社大進堂

ISBN4-10-128813-5 C0193